PAX AQUILAE
TOME UN : UCHRONIE(S)

Noa Bouchy

Pax Aquilae

Tome Un : Uchronie(s)

Vérone éditions

Envois de manuscrits :
Vérone éditions – 75 boulevard Haussmann – 75008 Paris

À ma maman,

PRÉFACE

À l'heure où d'autres ont le cœur fou qui robinsonne à travers les romans, qu'est-ce qui peut bien conduire une plume de moins de 17 ans à vagabonder dans les méandres de l'uchronie et de ses tourments? Keith Roberts avait 33 ans quand il a créé *Pavane* (1968), l'un des ouvrages fondateurs de l'uchronie, précédé de peu par Philip K. Dick, âgé de 34 ans au moment de la publication de son célèbre roman désormais adapté en série télévisée: *Le maître du haut château* (1962). Robert Harris en avait quant à lui 35 lorsqu'il imaginait à son tour la victoire de la Seconde Guerre mondiale par le IIIe Reich dans *Fatherland* (1992).

Les plus mystiques considéreront peut-être que l'approche des 33 ans signe la fin de l'âge du bonheur, celui où l'on desserre l'étreinte de l'égocentrisme juvénile pour étendre les bras en croix et considérer la réalité du monde, voire prendre sa part dans la responsabilité de l'humanité sur le cours de l'histoire. D'un point de vue plus cartésien et prosaïque, l'historien François Hartog a esquissé quelques pistes d'explication à cette envie d'uchronie avec l'élaboration du concept de régime d'historicité. Selon lui, le succès de ce genre littéraire serait d'abord le fruit d'une époque qui ressent le besoin de s'inscrire dans le temps et de donner du sens à son existence en réorganisant l'équilibre entre passé, présent et futur.

Si l'on suit cette hypothèse, la proposition de Noa Bouchy avec *Pax Aquilae* constitue une clef pour nous aider à comprendre les caractéristiques d'une nouvelle stabilité recherchée par nos sociétés contemporaines. L'engagement relativement inédit de la jeunesse semble en effet indiquer que la lucidité n'attend point le nombre des années, et qu'au contraire elle prospère dans les esprits ardents qui ont très tôt intégré l'idée qu'ils allaient hériter d'un monde dont ils vont certes devoir assumer la responsabilité, mais non sans en dénoncer d'abord les aliénations imposées du passé.

L'uchronie d'aujourd'hui n'a donc probablement pas le même sens que l'uchronie d'hier. Elle n'est plus seulement une façon de proposer une histoire contrefactuelle visant à ouvrir d'autres futurs plus ou moins acceptables, ni même un refuge psychologique pour se rassurer dans un passé imaginé qui aurait pu être encore bien pire que celui dont on a hérité. L'uchronie en ce début de XXIe siècle est peut-être surtout la manifestation d'une rupture violente d'une génération qui, face aux affres des crises climatiques, politiques et sociales, fait table rase d'un passé en considérant que ses prédécesseurs ne l'ont que trop enjolivé.

Et pourtant, Noa Bouchy ne rend pas dans ce récit au passé sa virginité et ne brûle pas totalement la cire des tablettes. Au contraire, il s'inscrit parfaitement dans la logique intrinsèque de l'uchronie qui fonctionne comme un palimpseste littéraire dans lequel certains événements sont grattés sans jamais totalement disparaître.

Certains considéreront peut-être qu'il s'agit là d'une ingénuité propre aux premiers romans. Ainsi, le putsch des généraux de 1961 est conservé dans la trame narrative de l'auteur, qui renverse simplement la logique en considérant que la sédition est menée par De Gaulle et Massu contre le gouvernement de Marcel Déat. De même, dans la quatrième et dernière partie, les nazis développent un programme militaire spatial, nourri par la dynamique de leur victoire à l'issue de la Seconde Guerre mondiale, mais ils sont confrontés sur la lune à la concurrence des États-Unis qui, dans cette vision alternative de l'histoire, n'ont manifestement pas été empêchés dans le déploiement de leurs ambitions de puissance.

Ces stratégies sont en fait symptomatiques de l'écriture de l'uchronie qui ne fonctionne que si elle trouve un équilibre toujours précaire entre la réalité historique et un récit fantastique, reliés entre eux par des ancres conceptuelles qui permettent de ne jamais trop s'éloigner de l'univers mental du lecteur ou du spectateur, au risque de lui faire perdre ses repères et de ne pas parvenir à l'arrimer dans les périples censés l'emmener vers un nouveau monde. C'est la raison pour laquelle Philip K. Dick, dans *Le Maître du Haut Château*, imagine un territoire étasunien divisé en trois zones qui ressemble beaucoup à la situation de l'Allemagne et de l'Europe à l'époque de la Guerre froide. Et c'est probablement pour les mêmes raisons que Noa Bouchy inscrit son intrigue dans un monde qui n'est pas parvenu à s'extraire des logiques de la Guerre froide, mais qui se divise désormais en quatre blocs organisés autour de l'État britannique, des États-Unis de la Grande Amérique, du Japon et enfin du Reich Allemand.

Il s'agit d'ailleurs de l'une des dimensions les plus impressionnantes de cette œuvre potentielle dont le premier opus ne constitue qu'une introduction. Si l'on découvre dans ces lignes les contours du Novus Imperium Romanum (Italie), du Livsmiljö (espace vital des Suédois), de l'Empire du Japon et du Reich nazi, on comprend assez rapidement qu'un monde entier a été esquissé et qu'il nous faudra probablement quelques années pour en comprendre l'ensemble des logiques et des subtilités.

Si le contexte général de ce récit offre donc un cadre pour le moins rassurant au lecteur, il n'en demeure pas moins riche de multiples références culturelles plus subtiles qui font tout l'intérêt de cette littérature. Chacun trouvera en effet dans ces pages des anecdotes, des noms de lieux ou des personnages qui feront vibrer différentes cordes sensibles selon la culture historique de chacun.

La plupart des régimes autoritaires présentés dans cette histoire accordent ainsi une attention toute particulière à la mise en scène de leur pouvoir par l'intermédiaire de la propagande de manière générale, mais aussi par la construction de musées célébrant leur victoire et l'étendue de leur puissance. Or, cette grille de lecture proposée pour des musées imaginaires pourrait tout aussi bien s'appliquer à de nombreuses institutions parmi les plus visitées et respectées au monde. De même, l'État britannique imaginé par Noa Bouchy ressuscite les guerres de l'opium en les transférant du XIXe au XXe siècle pour mieux en critiquer le cynisme mais aussi rappeler qu'elles s'inscrivent dans une même logique d'émergence puis de développement tentaculaire d'un capitalisme éhonté dans le contexte d'une mondialisation effrénée.

Le jeune auteur n'oublie pas non plus de rendre hommage à ses illustres prédécesseurs par l'intermédiaire de quelques indices laissés au fil de la narration. Ainsi, il n'est pas anodin de constater que le personnage principal de sa première partie est un historien inquiété par le régime pour avoir enseigné à plusieurs reprises « *la vraie Histoire, celle qu'on ne racontait pas* ». À chacune de ses péripéties, Baris semble poursuivi par l'ombre de Winston Smith, le héros de *1984* de George Orwell. Comme lui, il appartient à cette caste des intellectuels et des fonctionnaires qui sont parvenus à maintenir leur position sociale en se frayant un chemin dans les dédales sinueux et dangereux du pouvoir officiel. Comme lui, il est déchiré par ce confort matériel relatif qui ne parvient pas à apaiser le sentiment de culpabilité de ceux qui mentent pour défendre des intérêts qu'ils ne partagent pas.

Ce sentiment ambigu est d'ailleurs partagé par les quatre principaux personnages de ce premier tome. Chacun à leur manière, ces hommes doutent. Ils considèrent les opportunités tout en se sachant observés par cet aigle mystérieux qui se rappelle régulièrement à eux et à leur conscience torturée. Et pourtant, à chaque fois, ils sont irrémédiablement sacrifiés.

Alors même que cet aspect pourrait être considéré au premier abord comme désespérant et révélateur d'une génération qui aurait une revanche à prendre, ce choix narratif est peut-être plutôt porteur d'espoir. À l'exception de ce sacrifice ultime, le récit de Noa Bouchy se distingue en effet de bien d'autres uchronies et dystopies par une mise à distance de la catharsis qui constitue l'une des autres grandes caractéristiques de ce genre littéraire. Nul déchaînement de violence gratuite, ni d'orgie décomplexée dans ce récit sous prétexte que le monde a sombré dans un univers qui laisse peu d'échappatoire.

Au contraire, l'auteur rappelle à plusieurs reprises que seuls les jeunes « *nés dans le fanatisme du régime* » n'ont plus guère la force d'ouvrir les yeux. Il faut néanmoins une génération complète pour que ce système parvienne à conquérir les corps, mais aussi les esprits. Or, aussi menaçant soit-il, tant que l'aigle tournoie dans le ciel avec splendeur, l'espoir d'une paix retrouvée demeure.

Mickaël BERTRAND

AVERTISSEMENT AU LECTEUR

Les différentes histoires écrites dans ce livre sont entièrement fictives.

Elles font référence à divers personnages historiques qui ont réellement existé, cependant ce livre ne renie AUCUNEMENT le parcours personnel de chacun d'eux.

Cet ouvrage ne s'inscrit absolument pas dans une démarche de révision ou de modification de l'Histoire. Il ne cherche pas à faire l'apologie du nazisme, du totalitarisme, ou encore du négationnisme ou toute autre modification de l'Histoire réelle, ni à vanter les mérites d'une quelconque idéologie.

Bien au contraire, ces écrits veulent défendre la liberté et dénoncer toutes formes d'oppression.

Ce livre est simplement une uchronie, se basant sur des personnages réels, dont les trajectoires de vie vont être modifiées, sans aucunement chercher à renier les parcours réels de ces personnages, ni à les considérer autrement.

Une uchronie est une histoire alternative dont les bases se fondent néanmoins sur des faits ou des personnages qui ont réellement existé. Il s'agit donc d'une pure fiction littéraire.

L'objectif poursuivi est d'interroger le lecteur sur des sujets tant philosophiques, sociaux, qu'humains.

Ce livre vise à dénoncer toute forme de totalitarisme et met en exergue ses conséquences en matière de restrictions de libertés.

Bonne lecture !

PARTIE I

BARIS ET AYLIN YILDIRIM

CHAPITRE PREMIER

Marchant dans la pénombre des rues de Besiktas[1], un homme vêtu d'un grand manteau noir, et d'un chapeau de même couleur, sortait de l'Université d'Istanbul pour se rendre chez lui. Les rues étaient vides, et mis à part des jeunes étudiants rentrant également chez eux dans l'insouciance la plus totale, il n'y avait aucun bruit.

Baris Yildirim regardait les coins de chaque rue, car il savait. Il savait qu'on l'espionnait, pour peut-être, encore une fois, l'emprisonner.

Maître de conférences d'Histoire à l'Université d'Istanbul, il fut emprisonné à de nombreuses reprises, puis torturé, pour avoir enseigné à ses élèves des choses contraires à la vision des *autres*.

Dénoncé par un de ses étudiants, il passa de longues journées dans la froideur des cellules, dans l'horreur d'un tel environnement.

Baris n'avait aucune envie d'y revenir, de revenir dans ces bas tréfonds sordides de la prison d'Imrali[2]. Cette prison dans laquelle le mot « enfer » signifiait même une chance, tant les conditions de détention y étaient ignobles. Mais tout cela, personne ne savait, personne ne savait…

La vision des *autres* devait être dans la conformité du régime. L'historien fit des séjours de près de six mois à chaque fois que le régime l'y emprisonnait, mais malheureusement, le gouvernement de la Nouvelle Turquie était sans pitié, et ce fut cinq fois au total qu'il y

---

1 Quartier universitaire d'Istanbul.

2 Centre de rééducation du peuple d'Istanbul.

séjourna, derrière ses barreaux métalliques et froids. Ne voulant plus continuer à se remémorer ces sinistres souvenirs, Baris Yildirim se demanda si sa journée s'était bien passée.

Avait-il fait ses prières ? Oui, bien sûr que oui, tout le temps. Ses collègues ne s'étaient pas moqués de lui pour la énième fois ? Peut-être, mais soit, qu'est-ce que cela faisait ? Se faire juger péjorativement par des personnes même pas capables de narrer la vraie histoire à leurs élèves.

Mais oui ! Voilà pourquoi il était allé à Imrali : il avait osé raconter la vraie Histoire, celle qu'on ne racontait pas, celle que les anciens connaissaient, mais que les jeunes, nés dans le fanatisme du régime, ignoraient.

Ses souvenirs le hantaient, et Baris, quelles que fussent ses pensées, revenait toujours à cet éternel constat : il connaissait la vérité, du moins sa vérité, mais s'il la signifiait, il retournerait dans la prison d'Istanbul.

Bref, après ses trente minutes de trajet à pied quotidien pour retourner chez lui, comme chaque matin et comme chaque soir, le maître conférencier arriva à son appartement.

Exécutant son petit rituel personnel, sayin[3] Yildirim posa progressivement son grand manteau noir dans le vestibule, enleva ses chaussures à lacets, et les déposa au pied de son paillasson, sur lequel était marqué « Gloire à la Nouvelle Turquie ». Ce paillasson, tout le monde le possédait, mais surtout devait le posséder. Dînant chaque soir le même repas, offert par le gouvernement, Baris alla ensuite se coucher, sa journée, se terminant à 21 heures, heure du couvre-feu.

Le lendemain, arrivant à 7 h 43 au pied de la grande porte Fevzi Çakmak[4], croisant les mêmes sots qui lui servaient d'élèves et de collègues, Baris Yildirim déposa sa mallette dans sa salle de

3 Signifie « monsieur » en turc.

4 Du nom du Kilavuz Fevzi Çakmak, dirigeant de Nouvelle Turquie.

classe. Il devait après ses quatre heures de cours, effectuer des recherches sur l'Histoire, du moins celle qu'il fallait enseigner aux *autres*.

Ce métier l'agaçait, et il devait chaque jour lutter contre sa propre conscience, pour conserver la vérité historique, et ne pas se faire envahir l'esprit par les mensonges du régime. Malgré ce poids, Baris aimait l'Histoire. Il étudiait plus souvent l'époque prémilitaire, le temps du Kémalisme, les Sultans Ottomans ou encore l'Histoire des Götürks. Même s'il devait accroître la puissance et la gloire de ses contemporains, ou démontrer de manière enfantine la décadence des civilisations s'opposant aux divers empires successifs turcs pour contenter le Kilavuz[5], il aimait découvrir les divers secrets de ces régimes politiques.

Chaque jour se répétait, il faisait attention maintenant à tout ce qui sortait de sa bouche d'opposant, car voilà bientôt deux ans qu'il n'était pas allé en Enfer.

Il devait désormais, encore et encore, raconter des vérités faussées à ses élèves et dans les rapports qu'il rédigeait, pour espérer, simplement espérer ne pas retourner à Imrali.

Et quand Baris Yildirim regardait la situation à l'international, il se disait finalement que sa misérable vie n'était pas si mauvaise dans la Sublime Porte[6].

Mais comme toutes les trois années – pour les « patriotes turcs exemplaires » – Baris pourrait bientôt partir dans un pays étranger, ou ailleurs en Nouvelle Turquie.

Mais où ? Cela faisait si longtemps qu'il n'avait pas eu la chance de partir autre part. 23 ans, oui voilà, cela faisait 23 ans qu'il n'avait même pas quitté la région d'Istanbul, à cause de ses ennuis avec le Conseil Fasciste[7]. Pourrait-il se rendre dans les autres régions

5 Guide du peuple de Nouvelle Turquie.

6 Surnom de l'Empire Ottoman puis de la Nouvelle Turquie.

7 Représentants du Fascisme turc, dont chaque membre dirige une région de l'Empire, garant du Pouvoir du Kilavuz.

turques ? Oui, mais les églises orthodoxes arméniennes avaient toutes été détruites. L'Arménie n'avait plus aucun attrait qui la différenciait du reste des régions de Nouvelle Turquie. Les mosquées sunnites avaient remplacé tous les autres édifices religieux.

D'ailleurs, dans l'Empire, tout le monde était sunnite, et depuis que Fevzi Çakmak était Kilavuz de Nouvelle Turquie, la laïcité kémaliste avait totalement disparu.

Quoi qu'il en fût, Baris Yildirim avait décidé de se rendre en Italie, du moins dans le « Novus Imperium Romanum[8] ».

Les relations turco-romaines étaient assez bonnes, et cela permettra de montrer sa sympathie pour les régimes alliés à la Nouvelle Turquie. C'était alors le 3 mars, et l'aéroscaphe partait le 13 mars à 11 h 52 de l'aéroport d'Esenboga à Ankara pour Rome.

Ce voyage dans le Novus Imperium Romanum permettra également à l'enseignant non-conformiste de découvrir l'histoire de l'Italie plus en profondeur, et ce malgré les mensonges dictés par le régime d'Il Duce[9], il pourra comparer les degrés de propagande historique entre les deux nations fascistes…

Le lendemain, pensant dommage de ne pas visiter la Roumélie turque[10], Baris Yildirim décida finalement de statuer sur le déroulé de son voyage. Il commencera par visiter Rome, puis Neapolis, Cagliari, Gênes, Mediolanum, ensuite Ljubjana, Mussolinople[11] et enfin Fevzikent puis rentrerait à Istanbul. Ce voyage devra durer un mois, pas plus.

Un guide spécialisé se chargera de lui détailler les choses qu'il observera, mais surtout de le surveiller. Baris espérait se voir confier à une personne semblable à lui, « mais bon, aucune chance » se

---

8 Nom de l'Italie depuis la fin de la Grande Guerre d'Unification.

9 Benito 1er est Duce (guide en italien) du Novus Imperium Romanum, avec le titre, en plus, d'Empereur des Romains.

10 Partie européenne de la Nouvelle Turquie.

11 Ancienne Athènes, renommée en l'honneur de Mussolini, après la bataille éponyme. Faisant référence à Constantinople, ville de Constatin, Mussolinople signifie « la ville de Mussolini ».

disait-il, personne ne voulait critiquer personne. Seuls les différents dirigeants des pays le pouvaient, et dictaient ce que devaient faire les quatre autres milliards d'êtres humains leur servant de peuples.

CHAPITRE DEUX

Après avoir attendu impatiemment le 13 mars, Baris Yildirim se rendit à l'aéroport Esenboga d'Ankara. Ces dix derniers jours furent particulièrement rudes et difficiles. Ses élèves avaient été très curieux – pour une fois ! – et Baris eut beaucoup de mal à ne pas narrer les évènements de manière véridique.

D'ailleurs, le régime avait extrêmement bien modifié l'Histoire, des détails avaient été changés, et l'Histoire générale rendue bien plus crédible et plus patriotique pour les Turcs. Certaines défaites avaient été oubliées, des victoires ajoutées, ou encore divers éléments additionnés pour vanter la gloire du régime de Fevzi Çakmak.

De plus, les recherches de l'historien se concentraient principalement, cette année-ci, sur la période de la Guerre Civile de 1938[12]. Là encore, rajouter des généraux n'étant pas intervenu dans la réalité, modifier les puissances des armées d'Ismet Inönü[13] étaient devenues des habitudes pour Baris. Aussi, ce nom d'Ismet Inönü, était devenu tabou. Le prononcer équivalait à une mort certaine tant l'ancien dirigeant de la Turquie, le dernier légitime selon le maître de conférences, était haï.

Aucun lieu n'évoquait le nom de ce personnage historique. Ataturk, lui, avait droit à quelques vénérations, car il faisait partie

---

12 Guerre Civile turque, ayant lieu de 1938 à 1940, opposant le camp des Kémalistes autoproclamés (ils ne font pas partis du vrai Kémalisme, le Kémalisme Fasciste de Çakmak), dirigés par Ismet Inönü, aux Nationalistes, dirigés par Fevzi Çakmak et Recep Peker.
13 Premier ministre de Mustapha Kemal, il fut désigné comme successeur de ce dernier, et mena le camp de la démocratie kémaliste dans la guerre civile turque.

des trois principales figures de la Turquie, avec, bien sûr, Çakmak et Peker[14].

Tout devait porter le nom de Fevzi Çakmak, l'heureux vainqueur de la guerre civile, le grand Kilavuz de Nouvelle Turquie, ou de son Premier ministre, Recep Peker, ainsi que de ses généraux et ministres, et membres du Conseil Fasciste, et pour finir de l'héroïque fondateur de la Turquie Moderne, Mustapha Kemal.

Même les noms de Mussolini ou Herr Hitler étaient plus courants dans les villes que ceux de Celâl Bayar[15] ou Ali Fethi Okyar[16].

Mais soit, Baris Yildirim avait vécu l'ère prémilitaire, il était né sous Mehmet V, en 1915, et par conséquent il pouvait comparer les deux époques, pour lui, le paradis de la liberté et l'enfer accablant.

Quelques heures avant son départ de la capitale turque, Baris Yildirim reçut une lettre du doyen de l'université d'Istanbul, Mübeccel Arslan. Ce dernier lui demandait, dans son écrit, de faire un rapport de son voyage dans chaque ville qu'il allait être amené à visiter.

Baris, qui était très proche de son supérieur – ils avaient étudié dans les mêmes écoles et se connaissaient depuis leur plus tendre enfance – décida d'accepter, surtout qu'il connaissait la raison d'une telle requête : se forger une meilleure opinion pour acquérir la protection des plus puissants, et ainsi le protéger lui, Baris Yildirim.

Baris arriva à 9h13 aux portes de l'ancienne capitale Ankara. Cette dernière, deuxième plus grande ville de Nouvelle Turquie, était la capitale industrielle et scientifique de l'Empire.

Esenboga était l'un des seuls aéroports internationaux du pays, le Kilavuz étant très regardant sur les étrangers arrivant sur son sol.

Les grandes portes de l'aérogare étaient ornées de plaquettes dorées, sur lesquelles figuraient les inscriptions suivantes : « Gloire à la Nouvelle Turquie et à son Kilavuz ! ».

---

14 Premier Ministre de Fevzi Çakmak, encore à l'heure actuelle.

15 Premier ministre en 1937 jusqu'au déclenchement de la Guerre Civile.

16 Premier ministre de 1924 à 1925, et fondateur du parti républicain libéral, meurt dans lors d'un accident de voiture en 1937.

Baris Yildirim se rendit à la porte d'embarquement numéro 8. Y était installée une centaine de personnes, qui, machinalement buvait son café, et faisait ses prières dans le hall. Ces personnes n'avaient sans doute jamais pris l'avion, et craignaient de tomber dans la mer : c'était ce à quoi pensait l'historien.

L'enseignant non-conformiste, lui, n'avait pas peur. Il était 11 h 34 quand il se décida de rejoindre la salle d'embarquement. Ce fut l'un des premiers à s'approcher. En effet, les autres passaient leur temps à dire « au revoir » à leurs proches avant de s'engager dans la file d'attente qui s'agrandissait petit à petit.

Le maître conférencier, une fois dans l'avion, s'installa à la place numéro 11A. Il rangea sa mallette dans le coffre à bagages, et attendit le décollage. Soudain, un gros monsieur, certainement âgé d'une soixantaine d'années s'installa à la droite de Baris, et demanda à ce dernier s'il pouvait prendre les deux places pour lui.

Baris vérifia son ticket d'embarquement, et confirma à l'homme qu'il en avait la possibilité car personne d'autre ne viendrait s'installer sur la place 11C.

Le Novus Imperium Romanum était un état allié à la Nouvelle Turquie, Baris Yildirim n'avait par conséquent aucune inquiétude concernant la fiabilité du trajet. Même la Grande Hongrie voisine, qui pouvait représenter une menace au niveau aérien[17], était alliée avec les Allemands, qui étaient très proches des Turcs. Il ne craignait donc que les tempêtes de la mer Égée, car un avion sur trois cent, statistiquement parlant, s'écrasait dans l'eau égéenne. La Nouvelle Turquie ne possédait guère une flotte aérienne, tant militaire que civile, à la qualité reconnue, et nombreux étaient les murmures que l'on entendait au coin d'une rue indiquant la mort d'un proche, causée par la compagnie aérienne.

---

17 Surnommée les Terribles Turuls (Doubles T), l'armée de l'air hongroise est l'une des plus performantes et mieux organisées du monde. Son champ d'action ne se limite à aucune partie du monde, elle est réputée pour être très rapide, et très discrète. Lors de la Grande Guerre d'Unification, les TT firent des ravages dans les campagnes yougoslaves.

Baris avait pris son déjeuner au restaurant de l'aérogare, près de la porte d'embarquement. Après cela, et selon son habitude, l'historien prit le temps de lire son livre narrant des expériences de vies après la mort, œuvre scientifique dont l'existence oscillait en fonction des pays, tantôt censuré, tantôt vendu sous le manteau. L'historien l'acquit de la seconde manière.

Après un bref laps de temps, la durée nécessaire à son voisin sexagénaire pour ranger ses bagages et s'installer, celui-ci décida finalement d'engager la discussion.

— Bonjour, merci beaucoup pour la place.

— Mais je vous en prie.

— Güven Hoyuk, et vous ?

— Baris Yildirim.

— Enchanté Sayin Yildirim.

Enfin, après ce premier échange, il y eut un long silence entre les deux hommes, durant lequel l'avion se positionna sur la piste, pour se préparer à décoller. Puis, de manière tout à fait hasardeuse, Güven demanda à son voisin :

— Avez-vous peur de l'avion ? Car c'est ma première fois et j'ai l'impression que vous aussi…

— Non je l'ai déjà pris, il y a longtemps…

— Ah d'accord, et à quelle occasion ?

— Enfin, ce sont des questions un peu indiscrètes, mais soit. Je l'ai pris pour la première fois avec ma mère, quand j'avais 10 ans. Déjà à l'époque, je n'avais pas peur, les avions m'ont toujours fasciné. Quant à vous, que ressentez-vous présentement ?

— Vous allez me prendre pour un fou mais… Je… Je sens que je vais mourir, je ne veux pas vous faire peur, mais j'ai l'étrange sentiment que, ce n'est pas l'avion qui me tuera, mais une force qui le dépasse.

— Mais non, n'ayez pas peur, tout se passera bien.

— Merci de me rassurer, maintenant je vais tenter de me reposer, ça va me changer les idées.

Baris décida d'en faire de même. Cet homme, il le trouvait bien étrange, et il perturba son esprit avant de s'endormir.

Près de six heures de vol séparaient les deux villes, Ankara et Rome.

Il se réveilla difficilement après de longues mais reposantes heures de sommeil. Commençant par regarder autour de lui, il s'étonna d'une chose : son voisin avait disparu.

Tout d'abord intrigué, il commença à s'inquiéter lorsqu'une demi-heure passa et que Güven Hoyuk n'eut toujours pas réapparu.

Baris Yildirim demanda alors à une hôtesse où était son voisin, et cette dernière répondit ne pas avoir vu à côté de lui le moindre voisin durant tout le voyage.

Avait-il halluciné ? Avait-il parlé à une personne qui n'existait pas ? Avait-il parlé tout seul, dans le vide des deux places qui se trouvaient à sa droite ?

Considérablement effrayé par ce qu'il venait de se passer, il vérifia le coffre à bagages.

Rien, mis à part sa propre valise, et un morceau de tissu rouge, de même couleur et de même texture que celui du manteau de l'homme disparu.

Sur ce morceau de tissu était inscrit en latin : « *Cave dux, qui ubique est vigilantes vos*[18] ».

Tout à coup, un long frisson glacial lui parcourut le corps.

Une incompréhension totale s'empara de son âme, et il vit défiler soudainement tous ses souvenirs d'Imrali : la torture, les prisonniers marchant sans but dans les étroites salles.

Pourquoi le menacerait-on dans la langue du pays dans lequel il se rendait ? Ce message lui était-il adressé ? Et si oui, pourquoi ?

Soudain, la forte voix du pilote l'extirpa de ses lugubres songes, et le ramena à la réalité.

---

18 Littéralement : « Méfiez-vous du Dirigeant qui vous observe partout ».

Il n'avait plus peur, du moins, beaucoup moins, et lâcha subitement le morceau de tissu. La voix qui s'exprimait de manière monotone, annonçait que Rome n'était plus qu'à dix minutes, et que tous les passagers étaient priés de regagner leur place.

Dans un espoir enfantin, Baris s'imagina voir revenir posément Güven à côté de lui. Mais ce ne fut le cas, et la réalité se confondait confusément dans son esprit. Pis encore, il avait l'impression de s'évanouir…

D'un exploit surhumain il résista, et resta éveillé. Réfléchissant aux événements qui venaient de se dérouler, il conclut ses réflexions en admettant que Güven décéda discrètement, comme ses sinistres pressentiments l'avaient animé quelques minutes plus tôt.

Ce morceau de tissu en était la preuve, confortant Baris dans l'idée que sayin Hoyuk avait bien totalement disparu, et qu'il avait été, sans doute, un opposant de Mussolini ou de Çakmak. De plus, ce nom de Hoyuk ne semblait pas conforme aux traditions turques…

En effet, malgré son nom turc, la loi Soyadi Kanunu[19] avait bel et bien instauré une restriction dans les noms de famille à employer chez tous les habitants de Nouvelle Turquie.

Le Kilavuz conserva cette loi, malgré le fait qu'elle fût l'héritage d'un kémalisme décadent. Il la préserva, et même y renforça les actions principales.

Baris Yildirim sortit enfin de l'avion, dans lequel tant de choses étranges s'étaient produites.

Un homme, grand, semblant bientôt âgé de la quarantaine, vêtu d'une chemise noire, d'un foulard bleu et d'un pantalon gris-vert – uniforme typique des officiels fascistes romains – regardait fixement l'historien.

Ce dernier, après avoir descendu toutes les marches, s'avança près de l'officiel. L'homme en uniforme le salua et lui parla dans un turc très soutenu et presque sans accent. L'homme se présenta.

---

19 Loi votée sous la présidence de Mustapha Kemal, sous l'impulsion des conservateurs turcs.

— Bonjour à vous, je suis Domenico Silius, je présume que vous êtes Baris Yildirim ?

— Oui, c'est cela. Je suis enchanté de faire votre connaissance. Vous êtes bien mon guide touristique pour le voyage dans l'Imperium ?

— Oui en effet, je suis chargé par le gouvernement romain de vous faire visiter et de vous présenter les merveilles culturelles qui caractérisent l'Imperium.

— Très bien, par où commençons-nous ?

— Veuillez me suivre s'il vous plaît.

Baris se dirigea avec son guide vers la porte de débarquement.

Ses souvenirs refaisaient surface, mais il parvint à les éviter. Convaincu de passer un agréable séjour en Italie Romaine, il se demandait si cet officiel romain allait lui faire visiter le Colisée, ou encore le Palais de la Civilisation Italienne – qui dépassera bientôt le Louvre en nombre de chefs-d'œuvre.

Baris foulait désormais la Terre de l'Aigle, et ce dernier planait tranquillement au-dessus des oiseaux d'aciers…

Derrière le touriste turc et son guide marchait discrètement une femme, qui, ayant redécouvert le visage de l'homme, larmoya quelque peu.

CHAPITRE TROIS

Il était 18 h 22 lorsque les deux hommes quittèrent l'aéroport international Trajan de Rome. Baris Yildirim était constamment impressionné par l'architecture fasciste.

Les grandes colonnes en marbre qui ornaient les différentes halles de l'aéroport étaient toutes parfaitement alignées. On pouvait reconnaître les officiels romains grâce à leurs uniformes. Ils se tenaient tous très droitement, comme en Turquie, et de manière hautaine, marchaient et se reconnaissaient entre eux avec le salut fasciste. Domenico Silius lui présentait alors les différents grands monuments de la capitale romaine.

Le touriste turc et son guide avaient ainsi prévu de visiter le Coliseum, la Colline du Janicule[20] et ses monuments dans la première journée, c'est-à-dire le lendemain.

À cette issue, ils se rendirent à l'Hôtel Excelsior, l'un des plus luxueux hôtels de Rome, mais aussi le principal lieu d'accueil des touristes étrangers.

Baris s'approcha de la porte d'entrée où une hôtesse les accueillit avec un grand sourire. Les deux messieurs rejoignirent l'accueil. Un homme grand, vêtu d'un uniforme fasciste rouge, leur indiqua le chemin vers leurs chambres, la 542 pour Baris et 584 pour Silius. Ils s'installèrent chacun dans leur lieu de séjour.

Baris fut époustouflé en constatant la finesse des détails de sa chambre, elle était vraiment magnifique, dotée d'ornementations sans commune mesure.

---

20 Huitième colline de Rome.

Il pouvait lire de fines lettres d'or sur lesquelles était écrit « Benito 1er ». Un large aigle en marbre était accroché au mur, au-dessus du lit. Ce lit à la splendeur singulière, possédait quatre colonnes rouges et dorées. Sur le plafond était peint une copie de la « Bataille de Mussolinople[21] », magnifique ouvrage qui représentait toute la gloire – ou la décadence pour d'autres – du fascisme romain.

Ce tableau représentait cette fameuse bataille[22] qui opposa les Italiens aux Grecs, et qui s'était soldée par la victoire écrasante du Duce.

Sur le bureau constitué de bois de châtaignier, une horloge pesait avec à son haut un rameau d'olivier. Elle était disposée parallèlement au Globus Romanus, qui représentait l'Imperium dans sa totalité. Baris Yildirim s'imprégna de son nouvel habitat en inspectant chaque recoin.

Soudain, on frappa à la porte. Il venait juste de terminer de ranger ses affaires dans les meubles de sa chambre et s'étonna donc que quelqu'un ne frappe. Le pas hésitant, il ouvrit.

Personne…

Regardant à gauche, puis à droite, à travers les longs couloirs de style Terragni[23], Baris ne vit l'ombre de quiconque. Ses yeux se posèrent au pied du petit tapis disposé devant la porte.

Là, une lettre était déposée.

L'enveloppe était parfaitement neutre, ne faisant aucunement référence à son expéditeur ni adressant le quelconque signe d'appartenance à une nation.

Le cachet ne donnait aucune autre indication. Ce dernier était un étrange et nostalgique mélange entre un M et un A.

---

21 De Giorgio de Chirico, peint en 1946. Exposé actuellement au Musée de Grande Guerre d'Unification à Rome.

22 À lieu le 23 avril 1941, dans l'ancienne ville d'Athènes. Cette bataille opposait les Grecs, qui défendaient la ville, aux Italiens, qui gagnèrent la bataille, après de nombreux massacres perpétrés.

23 Giuseppe Terragnipas, architecte préféré du Duce, et pionnier de l'architecture fasciste romaine.

Trop d'explication

Baris se souvint alors qu'il s'agissait d'un signe de reconnaissance entre lui et son ami et doyen de l'université d'Istanbul, Mübeccel Arslan.

Ce signe était lié à l'histoire des deux hommes. Lors d'une sorte de guerre de clan primitive alors qu'ils étaient encore à l'école, en niveau 8, quand ils avaient 14 ans, lorsque les deux jeunes adolescents voulaient parler de ces sujets ils correspondaient et se comprenaient en utilisant un langage secret.

La signature de Mübeccel avait été justement l'immémorial M+A, et celle de Baris, B+I+Y. Ce moyen de reconnaissance, personne ne le connaissait, et les deux hommes n'en avaient jamais signifié la moindre existence depuis près de trente ans !

Mais Baris s'en souvenait et était certain que cette lettre venait du doyen, se servant d'une signature que l'historien seul connaissait, et qui ne correspondait en rien à l'actuelle de Mübeccel Arslan. Alors, il en vint rapidement à la conclusion de l'importance de ce morceau de papier.

Impatient ~~et très curieux~~, il décida d'ouvrir la lettre. Dans cette dernière se cachait une seconde lettre sur laquelle était inscrit : « Ne pas ouvrir avant le 27 mars », et la signature M+A y était encore une fois apposée.

Pas de doute, son ami cherchait à le contacter. Baris fit le choix de respecter la doléance de son doyen et convînt de n'ouvrir le pli que le 27 mars.

Baris revit ensuite son emploi du temps pour la visite de Rome lorsque soudainement Domenico vint frapper à la porte du touriste turc, pour l'avertir du début du repas à 20 h 30 et donc que par conséquent, les deux hommes devaient se rejoindre à 20 h 15 à la réception.

Pour profiter de ces vingt minutes, Baris décida finalement de visiter l'hôtel paisiblement, dans une solitude qui le convenait aisément. Pensif, il réfléchissait au message que cherchait à lui adresser son vieil ami. Il se questionnait longuement, tandis qu'il traversait les couloirs richement décorés ~~du bâtiment hôtelier~~.

de l'hôtel

L'Hôtel Excelsior était tout bonnement immense. Le long des couloirs étaient disposés des statues des divers dirigeants et empereurs romains, qui étaient toutes en marbre et incroyablement détaillées. On y voyait Trajan, Constantin, Jules César ou encore Scipion l'Africain.

Il croisait des couples allemands, américains, anglais ou même encore japonais. Ils étaient tous vêtus de riches habits. Ils semblaient tous heureux de séjourner dans cet hôtel, dans une insouciance naïve de riches couples étrangers à ~~la culture romaine~~.

Baris, lui, déambulait dans les couloirs, demeurant autre part, tel un opposant américain quelconque poursuivi par la Silver Legion of America[24], tel que de nombreux films américains la représentait.

Il finit par descendre au rez-de-chaussée, et ici-bas, M. Silius l'attendait, accompagné d'une femme vêtue d'une longue robe noire, possédant un regard sombre, aussi sombre que la nuit en Nouvelle Turquie. Son teint était métis, et elle ressemblait beaucoup à l'ancienne femme de Baris, Aylin.

Ils s'étaient surnommés toujours « Birtanem[25] », et ils s'étaient aimés profondément, avant qu'elle ne disparaisse…

Baris reconnaissait chez cette femme qui se dressait devant lui tous les détails qu'avaient autrefois la beauté ravissante d'Aylin Yildirim. Ses yeux noirs d'une vivacité rare. Sa respiration calme. Son petit nez et son visage d'une douceur extraordinaire. Ses cheveux dont la noirceur équivalait celle de ses yeux, mais dont la luminescence au soleil rappelait la gaieté de son regard.

Elle lui manquait terriblement…

---

24 La Silver Legion of America est l'organisation paramilitaire du régime américaniste, créée sous le mandat de Charles Lindbergh (1940-1944), grâce au soutien de William Dudley Pelley, alors secrétaire à la Propagande. Elle devient sous le mandat de MacArthur une organisation moins importante, le président préférant privilégier l'armée régulière, mais se servant de la Silver Legion comme police politique.

25 Veut dire « ma chérie » ou « mon amour ».

La jeune femme le considéra longuement. Cela ne faisait aucun doute : c'était bien lui. Elle géra ses émotions en retrouvant, pour la première fois depuis de longues années, son visage, l'aspiration bienveillante de ses traits, et son sourire, si splendide qu'elle venait à se demander comment avait-elle passé tant d'années sans vivre avec. Mais lui ne semblait pas comprendre. C'était normal, et il en valait mieux ainsi, pour l'instant. Il avait une mission, et se devait de l'exécuter.

Baris marcha vers l'étrangère et le guide romain, lorsque la femme tendit la main à Baris comme signe de salut et bredouilla de sa voix douce :

— Bonsoir, je suis Esin Aydin, je suis enchantée de faire votre connaissance sayin Yildirim.

— Bonsoir Madame, c'est également un enchantement de faire votre connaissance.

Domenico la présenta, et raconta alors à Baris qu'il avait discuté avec elle au bar en attendant son arrivée. Elle venait d'Istanbul et travaillait comme professeure de lettre à l'université de Fevzikent[26]. Elle venait également tout juste d'arriver à Rome. Mais alors, avaient-ils été dans le même avion ?

Baris la questionna donc :

— Avez-vous pris le vol de midi partant d'Ankara pour Rome ?

— Oui bien sûr, vous étiez dans le même, je vous ai aperçu, maintenant cela me revient, à la sortie de l'aéroport avec votre valise noire et rouge, accompagnée d'un guide officiel.

— Ce guide, c'était justement moi ! s'exclama soudainement Domenico, qui semblait s'intéresser à cette splendide femme turque.

Mais Baris se souvenait également désormais avoir déjà vu cette femme. Mais où ? Il se souvenait d'un endroit sinistre. Mais il n'arrivait pas à retrouver lequel. Un des réceptionnistes de l'hôtel

26 Ancienne Sofia, renommé en l'honneur du Victorieux Kilavuz après la conquête turque de la Bulgarie.

l'interrompit dans ses pensées, pour annoncer que leur table était prête et qu'ils pouvaient aller s'installer.

Baris demanda alors à la jeune femme si elle souhaitait se joindre à eux pour le dîner. Cette dernière accepta et elle arbora un splendide sourire en faisant de sa douce voix « oui ». Cette voix rappelait toujours plus sa femme à Baris. Ils s'installèrent ensuite tous les trois autour de la table désignée par le réceptionniste. Un serveur vint leur donner la carte.

Baris était heureux car il allait manger autre chose que le repas immonde fourni par le Gouvernement à chaque soir. L'historien turc allait donc pouvoir découvrir les délicieux vins italiens, dont la renommée était reconnue et respectée principalement dans les pays de la Grande Alliance Fasciste.

Puis, chacun commença par choisir son entrée. Baris et Esin prirent la même chose, Aubergines à la Parmigiana. Ils parlèrent de leurs parcours, de leur profession, et Domenico décrivait avec enchantement les innombrables « délices » – selon ses propres dires – qu'ils allaient visiter les jours prochains et vantait les régals culinaires italiens.

Il était admis que la nourriture turque était bien moins bonne que l'italienne, et la reconnaissance des deux types de cuisine à l'international allait dans ce sens.

Esin Aydin était donc née à Istanbul, sous Mehmet V[27] également, et était partie vivre à Izmit durant la Grande Guerre d'Unification, et fut encouragée par le gouvernement du Kilavuz, comme des centaines de milliers d'autres turcs, à s'installer en Roumélie, pour y favoriser les élites du pays et pour y marginaliser les populations locales tels que Bulgares, Roumains et autres Serbes.

Après un repas fastueux, un des plus mémorable que Baris n'eut mangé de toute sa vie, chacun alla se coucher dans sa chambre.

---

27 Mehmet V, sultan Ottoman de 1909 à sa mort en 1918.

Esin avait le même programme que Baris, mais n'avait pas encore rencontré son guide officiel, ce qui, elle ne se cacha pas de le signifier, la perturbait grandement.

Baris n'eut aucun mal à s'endormir. Il se réveilla à 6h52, après avoir passé une excellente nuit. Ses rêves furent agréables, caractérisés par des songes innombrables en partant à la redécouverte de ce passé lointain, enfoui dans son cœur…

Le petit-déjeuner commençait à 7h45. Baris prit le temps de se doucher, de s'habiller, et de s'équiper de toutes les choses nécessaires à la visite de la sublime Rome. Il descendit ensuite au restaurant. La jeune femme à la robe noire s'y tenait également. Baris alla la voir, et elle lui adressa un de ses sourires magnifiques avant de dire :

— Bonjour ! Comment allez-vous Baris ?

— Très bien, je vais très bien et vous ?

— Oui je vais bien, mais je suis inquiète, je n'ai toujours pas de nouvelles de mon guide, il devait me rejoindre ici au bar à 7h15, et voilà trente minutes que je l'attends.

— Il vous avait accueilli à l'aéroport hier, n'est-ce pas ?

— Non, c'est la troisième fois que je viens à Rome, et le gouvernement romain accorde plus d'autonomie aux touristes à partir de la troisième fois qu'ils viennent dans l'Imperium. Mais j'adore cette ville, et c'est pour cela que j'y viens à chaque fois que je le peux. On m'a fait part du fait que je visiterai cette ville avec un guide, comme je le souhaitais, mais je crois qu'il n'en est rien, malheureusement.

— Eh bien, si vous le souhaitez, pourriez-vous peut-être vous joindre à nous lors de la visite de Rome, le temps que vous trouviez un guide, si celui-ci ne vient pas aujourd'hui ?

— Oh oui ! Avec plaisir, mais il faut que votre guide accepte.

— Il acceptera. J'irai lui demander dès qu'il descendra.

— Merci. Merci beaucoup.

Elle avait grand mal à faire semblant. Mais il le fallait. Elle n'attendait désormais plus qu'une chose : le revoir lui, sans la carapace encore solide que les autorités turques avaient constitué autour de sa mémoire.

Baris appréciait grandement cette femme, elle était belle, et très gentille. De plus, elle était turque, et dans son regard, Baris pouvait desceller de grandes blessures morales, semblables à celles qu'il avait lui-même vécues. Était-ce une coïncidence du destin ?

Il essayait encore de se souvenir d'où provenait cette figure familière, mis à part sa femme. Et plus il regardait ses traits de visage, sa manière de parler, de se comporter, plus il semblait y voir Aylin Yildirim, sa défunte épouse. Mais cette figure qui souriait malgré même les plus grandes difficultés lui faisait se souvenir d'un endroit très sinistre et lugubre, dans lequel avaient régné la folie et le désespoir. Quel était cet endroit ? Pourquoi était-il assimilé à cette jeune femme ?

Soudain, Domenico fit irruption dans le hall. Baris le salua et lui demanda si Esin Aydin pouvait les accompagner, durant la visite de Rome.

Après une brève hésitation, M. Silius accepta, pensant alors qu'il aurait plus de chances avec cette femme, et qu'il gagnait à la négociation. Il posa néanmoins la condition qu'Esin se devait de les suivre constamment

— Vous avez deux solutions. La première serait de trouver un autre guide rapidement. La seconde serait de faire le voyage guidé entièrement avec nous. Je n'y peux rien, ce sont les prérogatives des serviteurs du Duce, madame, disait-il en tentant une gentillesse autoritaire très étrange.

L'officiel romain et les deux touristes turcs prirent alors leur petit-déjeuner, et discutèrent des lieux qu'ils allaient visiter aujourd'hui. Au programme ce matin, la visite de la Colline du Janicule, du Coliseum, et cet après-midi des autres monuments héritant de la période romaine, tel que le Panthéon ou encore le Forum Romanus.

Il était un peu plus de 8 h 30 lorsqu'ils quittèrent l'hôtel. Les rues débordaient déjà de monde, et on pouvait y voir des touristes japonais, américains, suédois, mais également beaucoup, énormément même, d'officiels romains. Ils semblaient tous, comme la veille, d'une arrogance certaine et se mettaient en position d'êtres supérieurs du fait de leur grade et leur uniforme fasciste.

Le guide Domenico Silius les emmena tout d'abord au pied de la Colline du Janicule. Il leur expliqua la bataille entre les deux frères, étant à l'origine de la fondation de l'immortelle Rome, la bataille fratricide qui eut opposé dans un passé lointain, Romulus à Remus.

— La Colline du Janicule est le lieu le plus ancien de la civilisation et de la culture romaine. C'est un haut lieu de pèlerinage également, car Benito 1er décida d'y faire ériger des monuments en l'honneur des Italiens morts pour la résurgence de l'Imperium.

Ils montèrent les escaliers de marbre, sur lesquels étaient inscrits la chronologie de tous les événements importants (selon la vision des administrateurs de l'Imperium) depuis la fondation de la cité mythique, jusqu'en 2713[28] dans le nouveau calendrier romain, adopté par Il Duce.

On y apercevait la bataille de Mussolinople, le Deuxième Concile de Nicée, le Risorgimento, ou encore la bataille d'Alésia[29]. Après dix minutes d'escalade des escaliers de marbre, ils arrivèrent enfin à la dernière des marches. Des ouvriers étaient en train d'y inscrire « COLLOQUIUM KHARTOUM[30] ».

Baris, en voyant cette épigraphe, demanda à son guide ce que cela désignait.

— La conférence de Khartoum aura lieu dans trois semaines, c'est une entrevue entre Sir Oswald Mosley[31] et notre Empereur Benito 1er. Le dirigeant britannique sera reçu à Rome dans quelques

---

28 Le nouveau calendrier italien fut adopté à la toute fin de la guerre, le jour du Couronnement de Benito Mussolini, en tant qu'Auguste de Rome. L'an 2714 correspond à l'an 1960 dans la plupart des autres pays.

29 Ce sont tous divers grands évènements historiques, ayant marqué l'Histoire de Rome, de Byzance, et des états successeurs à ces derniers.

30 Signifie « La Conférence de Khartoum. »

31 Sir Oswald Mosley est le dirigeant fasciste de l'État Britannique. C'est le Premier Ministre du Roi Edouard VIII, et le représentant de la Couronne Fasciste Britannique. C'est également un grand ami de l'Empereur Benito.

jours, avant de rassembler tous les fonctionnaires britanniques et romains à Khartoum. Une surveillance accrue a donc été mobilisée, afin de sécuriser à tout prix notre honorable invité.

— Pour quelles raisons cette conférence est-elle organisée ?

— Les deux dirigeants discuteront de l'avenir de leurs colonies d'Afrique et de Moyen-Orient. On parle, ce ne sont que des rumeurs, mais l'on parle d'un échange entre l'Afrique australe et la Perse italiennes et l'Égypte et l'Arabie anglaises. Un échange territorial inédit qui profiterait à nos deux pays partenaires.

— Et donc Sir Mosley sera convié à Rome dans les prochains jours vous dîtes ? demanda avec intérêt Esin Aydin.

— Oui, exactement. Il Duce organise des préparatifs qui seront exceptionnels, pour cette conférence. Tout le peuple romain espère y gagner quelque chose – et le peuple britannique également. Les deux pays, après cette entrevue, pourront espérer également sceller une alliance plus poussée toujours dans le cadre de la Grande Alliance Fasciste[32]. Mais surtout contre notre principal ennemi.

— Qui est votre ennemi ?

— Voyons, mon cher Baris, les Juifs américains[33]. Ce peuple décadent et barbare, qui a colonisé toute l'Amérique pour étendre l'influence des banquiers judéo-maçonniques.

— Les Allemands ne sont-ils pas vos principaux ennemis ? demanda curieusement Baris.

— Eh bien, oui et non. Nous estimons que les États-Unis de Grande Amérique sont plus dangereux pour l'équilibre de nos deux nations partenaires, que le Reich Allemand.

---

32 La Grande Alliance Fasciste est une organisation de coopération entre divers états fascistes, respectivement :
Le Directoire Espagnol, la Nouvelle Turquie, le Novus Imperium Romanum, la Nation Afrikaner, et enfin, son état dirigeant, la Nation Britannique. Ce bloc constitue l'une des quatre forces principales s'opposant lors de la Guerre Froide actuelle.

33 Ces termes sont repris par la Propagande Romaine contre les Américains, qu'ils considèrent comme leurs ennemis. Mais les Américains disent la même chose de leurs ennemis dans la Propagande qu'ils émettent.

Baris Yildirim, tout comme Esin Aydin, fut surpris d'entendre cela. Henry Ford[34] n'avait-il pas dit les mêmes choses ? Les différents présidents des États-Unis de Grande Amérique[35] avaient tous été profondément antisémites, mis à part l'actuel Douglas MacArthur[36], qui ne montrait pas de signes clairement antisémites.

Domenico, voyant que ses deux touristes étaient un petit peu surpris par ses déclarations, décida de changer de sujet et d'expliquer la construction des différents monuments religieux du Janicule.

Ils arrivèrent en face de la Basilique du Janicule. Elle était la plus grande basilique catholique d'Italie, devant celle de Saint Pierre de Rome, dans le quartier du Vatican. Ce bijou de l'architecture fasciste qui ornait le sommet de la colline du Janicule fut commandé par Mussolini à la fin de la Grande Guerre d'Unification. Une coupole immense de 244 mètres de hauteur s'élevait dans le ciel bleuâtre de la ville éternelle. Cette coupole était presque deux fois plus grande que celle de la Basilique Saint-Pierre, dans le quartier du Vatican. Tout était de marbre sur la place du 28 octobre[37], et un immense obélisque sur lequel était gravé en lettres d'or « MVSSOLINI », y était installé.

Il y avait énormément de touristes. Mais Domenico prit le soin d'ajouter :

— Étant donné que Sir Oswald Mosley arrivera bientôt, le nombre de touristes accueillis fut restreint. C'est une chance d'être en Italie à la veille de ce type d'évènements.

---

34 Henry Ford, président américaniste de 1924 à 1931, et mort assassiné par un révolutionnaire communiste en 1931. Sa mort déclencha la Guerre civile américaine.

35 Depuis la Révolution Américaniste, les États-Unis ont changé de nom, pour prendre celui de : États-Unis de Grande Amérique. Ainsi, pour en parler plus rapidement, l'on utilise l'acronyme USGA, pour *United States of Great America.*

36 L'actuel président des USGA est Douglas MacArthur, au pouvoir depuis 1948. Mais son état de santé envisage à penser une mort certaine dans quelques mois, ou peut-être même semaines.

37 Le 28 octobre est le jour où eu lieu la Marche sur Rome de Mussolini.

Le guide poursuivit en narrant les détails de la provenance de toutes ces pierres blanches.

Le marbre venait de Grèce romaine. Il Duce adorait le marbre, et les grands monuments romano-fascistes furent quasiment tous construits en ce matériau, qui était devenu le plus prisé dans l'Imperium.

À la droite de la Basilique était construit un imposant mémorial, en l'honneur de tous les morts italiens et étrangers ayant combattu pour l'Imperium durant la Grande Guerre d'Unification. Ce fut le premier bâtiment construit dans l'ensemble harmonieux de la Place du 28 octobre. Domenico invita donc Esin et Baris à pénétrer dans le sanctuaire mortuaire.

Là encore, d'immenses colonnes de marbre blanc, avec le nom de chacun des décédés, écrit en Serpentinite[38] et en lettres majuscules, caractérisaient le mémorial. Peu de personnes aimaient visiter ce lieu, car il évoquait une vision de l'Imperium qui déplaisait aux visiteurs, mais les deux touristes turcs étaient plus impressionnés qu'effrayés. Deux immenses statues se dressaient au fond du bâtiment. L'une à gauche, représentant la mort, et l'autre à droite représentant la renaissance. Enfin sur le plafond, l'œuvre la plus célèbre de Giorgio de Chirico était peinte.

« Le Traité d'Unification », représentait la conférence qui mettait fin à la Seconde Grande Guerre, et aux conflits entre le totalitarisme bienfaiteur de la populace contre la démocratie corrompue et le communisme bolchevique.

Car désormais il n'existait plus qu'une idéologie fascisante et totalitaire mondiale. Les démocraties majeures furent balayées durant la première partie de la Guerre, les régimes bolcheviques durant la deuxième. Et enfin la dernière phase entraina l'annexion de tous les pays secondaires, tels que le Guatemala ou le Honduras

---

38 La Serpentinite est une matière organique très très rare et précieuse, et elle a la particularité de se mouvoir continuellement dans un espace défini, rendant ainsi les inscriptions encore plus magnifiques.

pour la Junte Mexicaine[39], le Paraguay ou la Bolivie pour le Second Empire Brésilien[40].

Domenico pria durant dix minutes dans le Mémorial. Son frère, tout comme lui, avait combattu dans la Grande Guerre d'Unification. Mais le guide romain eut la chance, disait-il, de vivre dans un pays nouveau, une Rome nouvelle et renaissant de ses cendres grâce à l'action de Benito 1er, et l'officiel fasciste en était considérablement fier.

Son frère mourut, comme beaucoup d'autres soldats, durant la Bataille de Mussolinople.

Ils quittèrent ensuite le mémorial pour se rendre dans la Basilique du Janicule. Ils durent attendre près de trente minutes pour pénétrer dans l'un des plus imposants et resplendissants monuments du Novus Imperium Romanum.

Les bancs étaient tous fixés au sol, alignés symétriquement les uns aux autres et construits en bois de baobab d'Éthiopie. De nombreuses croix catholiques étaient suspendues à l'extrémité des bancs, sur les murs marbrés de la Basilique du Janicule. Ces saintes croix étaient faites entièrement en or pur.

Des tableaux représentant l'Histoire de la nouvelle Rome étaient peints sur les plafonds. Domenico, Esin et Baris entrèrent dans une salle dans laquelle se tassaient de nombreux touristes, dans un silence contredisant la logique d'une telle scène. Cette salle, nommée salle Auguste, était remplie de tapisseries et de statues en or massif, représentant tous les papes catholiques. C'était la deuxième plus grande salle de la Basilique. Les innombrables statues de papes de l'Église Romaine étaient installées en un cercle immense qui emplissait l'imposante salle. On disait que toutes les richesses gagnées et volées par l'Imperium durant la Grande Guerre d'Unification avaient servi à construire cet édifice, dont le raffinement dépassait l'entendement.

---

39 La Junte Synarchiste Mexicaine est l'état successeur du Mexique, qui devint synarchiste (un Fascisme mexicain) et l'un des principaux alliés des USGA.

40 Le Second Empire Brésilien est un vaste état fasciste d'Amérique du Sud, lui aussi allié aux USGA.

Puis, la messe commença. Chaque visiteur devait y assister, car c'était une cérémonie très importante et solennelle et elle représentait la vision romaine de la spiritualité et de la religion. Baris et Esin s'assirent côte à côte à l'arrière. Domenico Silius s'agenouilla tout devant. L'évêque Clemente Micara et le cardinal-vicaire de Rome célébrèrent le Christ en face de la foule incroyable que connaissait très régulièrement, même trop souvent l'immense Basilique. Les deux religieux évoquèrent plus tardivement la rencontre entre Sir Oswald Mosley et l'Auguste de Rome, qui selon eux, allait faire entrer l'Imperium dans une ère nouvelle et prospère. Des rites furent ensuite accomplis. Baris fut réellement surpris de voir que Mussolini était vénéré avec ce fanatisme, que même la Nouvelle Turquie n'offrait pas au Kilavuz.

Après une heure et demie de cérémonie religieuse, Domenico invita les deux touristes à sortir de la Basilique et à continuer la visite. Il indiqua que la messe n'en était qu'à la moitié de son déroulement.

Il était plus de midi, et Domenico proposa d'aller déjeuner. Ils rentrèrent donc à l'Hôtel Excelsior. Esin Aydin alla, avant de passer à table, à l'office de tourisme car elle n'avait toujours pas de nouvelles de son guide. Son guide faisait en réalité partie de l'organe journalistique de l'office romain du tourisme, et s'était vu confier la mission de se rendre à Khartoum pour s'occuper des préparatifs de l'historique conférence.

Le bâtiment abritant l'organe du tourisme de la capitale impériale était à deux pas de l'hôtel et elle y revint assez rapidement, pour informer Baris et son guide.

— Je n'aurai finalement pas de guide.

— Ce n'est pas grave, si cela peut vous arranger, vous pourriez continuer la visite de l'Imperium avec nous, annonça Baris arborant un sourire séduisant à la malchanceuse jeune femme.

Le guide Fasciste reprit :

— Oui, cela ne pose aucun problème, mais il faut juste que j'ai l'accord de mes supérieurs. Cela sera un plaisir de vous expliquer la richesse de notre Histoire et de notre culture.

Ils mangèrent des pizzas italiennes, et après ce repas délicieux qui changeait tellement de ce que les Turcs avaient l'habitude de manger chez eux, ils se rendirent à l'office de tourisme pour y indiquer leur décision.

La jeune femme qui gérait le bureau était une amie de Domenico, et la requête serait donc très vite étudiée. Seulement cinq minutes après l'officialisation de la demande, elle fut acceptée.

Cet après-midi, Baris, Esin et Domenico allaient visiter le Coliseum. Le chemin vers ce dernier n'était pas long, vingt minutes à pied depuis l'office de tourisme. À la vue du monument, Baris fut très surpris de constater que ce dernier était totalement rénové.

Encore une fois, le Coliseum était restauré avec du marbre grec. Toutes les statues furent reconstruites parfaitement, par les sculpteurs les plus renommés d'Italie et du monde. Des spectacles y étaient organisés à de très rares occasions. Les bourgeois et hauts fonctionnaires romains seuls pouvaient y assister, uniquement si membres du Parti Impérial Fasciste[41]. Des animaux ramenés des quatre coins du monde bataillaient, les plus grands athlètes mondiaux concouraient, et tout cela devant une foule ébahie de spectateurs romains. On ne pouvait donc pas entrer à l'intérieur.

Des centaines de touristes prenaient en photo le monument. Était érigée à proximité du Coliseum une immense statue d'une vingtaine de mètres, représentant Il Duce. Cette dernière était construite avec du marbre grec, de la lave séchée du volcan d'Erta Ale, du baobab d'Éthiopie, avec à quelques endroits des diamants sud-africains, et de l'or d'Arabie pour représenter les yeux de l'Auguste.

— Tous ces matériaux représentent l'intégralité territoriale du Novus Imperium Romanum. Même si les Romains sont supérieurs aux autres races africaines, il nous faut représenter notre Empire dans son ensemble au reste du monde, affirmait le guide de l'Imperium.

41 Fondé en 1921, et renommé depuis, il est le parti unique, d'extrême-droite, de l'Imperium. Son dirigeant est le Duce et Empereur des Romains, Benito 1er.

Malgré son désaccord profond avec les propos racistes de l'officiel, Baris demeurait bouche bée à la vue de ces monuments romains. Esin, de son côté, connaissait tous ces monuments, qui lui évoquaient de nombreux souvenirs, tout comme la visite en elle-même.

Après la visite des alentours du Coliseum et les explications de M. Silius, ils finiraient la journée en visitant le Panthéon, la Piazza della Rotonda et enfin la Fontaine de Trévise.

Ils marchèrent une vingtaine de minutes jusqu'à la Piazza della Rotonda. Le Panthéon de Rome et sa place étaient deux les seuls monuments romains auquel le Duce n'avait pas touché, du moins pour l'instant. Car un musée sur l'art méditerranéen devait bientôt y voir le jour, en fonction des conclusions de la Conférence de Khartoum. Sur la piazza se trouvait une fontaine, et bien sûr, le Panthéon. Ce dernier était un temple romain construit par Agrippa puis par Hadrien.

Sa visite fut très rapide. Les deux touristes et leur guide allèrent, pour achever la journée, à la magnifique fontaine de Trévise. Des milliers de pièces de lires romaines y étaient enfouies. La zone était très sécurisée. Baris et Esin attendirent leur tour pour jeter une pièce, dos à la Fontaine. À ce moment, Esin prit la main de l'historien, la serra, puis le regarda et lança la pièce. Baris, ému, serra également la douce main d'Esin Aydin, et lui sourit.

Domenico, témoin de cette scène, changea du tout au tout son expression. Alors qu'il était jusqu'alors heureux et fier de ses explications sur la fontaine en pensant qu'elles pourraient peut-être l'aider à séduire la professeure de lettres, son regard devint sombre et l'on pouvait sentir de la jalousie au travers de son visage. On apercevait le reflet des deux proches amis dans l'eau claire de la fontaine, avec en arrière-fond l'expression sinistre de Domenico.

Il était aux alentours de 18 heures quand ils rentrèrent à l'Hôtel Excelsior. Le sentiment de jalousie du romain s'était estompé, malgré les signes de plus en plus visibles d'une réelle proximité entre les deux enseignants turcs. Le repas du soir était composé de foie gras, accompagné de pâtes « al ragu » et suivi, en plat de résistance, d'une

« Ribollita ». Pour finir le dîner, un tiramisu de fort belle allure fut servi.

Domenico alla se coucher après cette rude journée d'explications – et de propagande.

Quant aux deux nouveaux complices, ils discutèrent jusqu'à minuit en racontant chacun leur histoire personnelle. La femme tentait chaque fois de faire revivre les souvenirs immémoriaux de l'homme avec lequel elle parlait.

Esin était donc d'origine turque istanbuliote, née dans une famille aisée. Son père était écrivain, emprisonné plusieurs fois pour ses ouvrages vantant la démocratie, ce que Mehmet V et ses prédécesseurs n'appréciaient guère. Sa mère était d'origine bulgare, docteur en linguistique turque. Elle enseignait principalement à l'Université d'Istanbul, mais plus tard à celle d'Ankara lors de l'ère kémaliste. Esin avait quatre sœurs, toutes mortes lors de la Guerre Civile et lors de la Grande Guerre d'Unification. Ses parents étaient décédés également depuis près de dix ans. Elle confia également à Baris qu'elle avait eu des problèmes avec le Conseil Fasciste.

Tous ces détails, elle tentait de les faire se revivre aux yeux de Baris Yildirim, qui toujours, semblait avoir perdu une grande partie de sa mémoire. Tandis qu'elle parlait de ses origines, elle essayait de dire indirectement à l'historien qui elle était vraiment. Mais il ne comprenait pas, et cela signifiait que cela n'était toujours pas le moment pour faire une telle chose.

Baris se souvenait encore un peu plus de son visage. Il était dès lors sûr et certain de l'avoir déjà rencontré. Baris raconta également sa vie et ses origines. Ses parents étaient originaires de la vraie Turquie, du Turkestan, plus exactement de Samarkand. Il était un fervent croyant musulman. Il était né à Bakou, à l'époque de l'Empire Russe. Et ses parents, dès sa naissance, immigrèrent en Turquie, la cause principale étant la mort de ses grands-parents maternels, qui furent tués lors du génocide Arménien, et qui avaient laissé la famille dans une insécurité effrayante.

Lors de la prononciation de ce groupe de mots – tués lors du génocide Arménien –, le serveur du bar, sursauta presque. Ses yeux noirs regardaient Baris. Après environ une vingtaine de secondes de fixation morbide entre les deux hommes, le serveur détourna le regard.

Baris ne signifia aucunement à Esin qu'il avait été emprisonné, ni qu'il avait eu des « problèmes » avec le gouvernement du Kilavuz, car, très étrangement, elle semblait le savoir, mais aussi car cela ne se divulguait guère…

La description qu'il avait donnée de lui correspondait à un historien turc, fidèle au régime et fidèle au Kilavuz. Mais cette description, Esin Aydin semblait ne pas y croire. Elle semblait, aux yeux de Baris le connaître parfaitement, sans tous les mensonges qu'il venait de proférer.

Signifiant son accord avec un simple hochement de tête, la jeune femme, cela se voyait dans son regard, y doutait réellement.

Ils finirent leur longue discussion en abordant le thème de leur journée de demain, la visite du Vatican. C'était le seul quartier gardé entièrement intact par les architectes et sculpteurs fascistes du Duce. Esin l'avait déjà visité et en gardait un souvenir assez positif. Cela lui rappelait les messes orthodoxes de son enfance.

Plus Baris découvrait cette femme, plus, étrangement, il semblait y redécouvrir Aylin Yildirim, et les nombreux détails qu'évoquaient constamment la radieuse femme ne faisaient qu'aller dans ce sens.

Esin et Baris allèrent ensuite se coucher. Les deux opposants marchèrent dans les longs couloirs de l'hôtel, et entrèrent dans la chambre 542, puis s'endormirent dans les mêmes draps.

Les rêves de Baris, contrairement à la nuit précédente, étaient fort mouvementés, et très étranges. Il y voyait sa femme, Aylin, dans une prison ressemblant fortement à celle d'Imrali. Il s'approchait d'elle. Aylin lui prenait la main, le regardait et lui souriait. Après un bref instant, ils lançaient leurs menottes dans le coin de la cellule. Après cela, un garde de la prison arrivait et leur remettait de nouvelles menottes. Ils allaient ensuite manger, dans une incompréhension et une logique singulière qui perturbaient toujours plus le prisonnier.

Enfin, le garde allait se coucher. Puis, Baris parlait avec sa femme, et lui signifiait sa rencontre avec une femme semblable à elle. Aylin, dans son rêve, s'exclama :

— Oh ! Mais mon amour, c'est moi !

À ce moment précis, Baris comprit. Il comprit que tout était lié. Il comprit qu'Esin Aydin était réellement son ancienne femme, Aylin. Il décida alors de s'échapper de ce rêve.

Esin se tenait à côté de lui, lui souriait. En retour, Baris lui sourit également. Elle engagea la conversation.

— Mais de quoi avez-vous rêvé, Baris ?

— Non rien, un rêve fort étrange, je préfère ne pas en parler.

Baris, soudain, se mit à se persuader de la fausseté de toutes ses réflexions sur le lien éventuel entre Esin et sa femme, morte.

Esin prit la main de M. Yildirim, et insista :

— Mais si, je vous ai entendu parler durant votre sommeil, vous étiez avec une personne que vous aimiez je crois.

— Oui, j'étais avec ma femme, dans une prison. C'était étrange. Et j'avais la même conversation avec elle que celle que j'ai eue avec vous, hier soir.

— Ne vous inquiétez pas, nous allons en discuter, Birtanem, répondit la femme, qui, enfin, pouvait s'expliquer.

CHAPITRE QUATRE

Il commençait à peine à faire jour. Le doux soleil d'Italie traversait les rideaux de la chambre 542. Le sourire d'Esin était à la fois radieux, et crispé. Il démontrait une sorte de gêne, une gêne qui, petit à petit, se faisait de plus en plus visible. Les yeux de Baris regardaient froidement et impatiemment ceux d'Esin Aydin, qui se confondaient de plus en plus singulièrement avec le regard d'Aylin Yildirim. Elle était en robe de chambre, et de manière très sobre, aborda le sujet.

— Je t'ai entendu parler dans ton sommeil, tu as découvert involontairement la vérité.

— Oui, mais… mais je t'avoue que je ne comprends guère. Hier, quand je t'ai vue pour la première fois, ton visage me rappelait celui de ma femme, Aylin. Mais… mais ce n'est pas possible… ce n'est pas possible.

— Si, ça l'est. C'est bien moi. Aylin.

— Mais je te croyais morte il y a maintenant cinq ans, d'un accident de voiture ! J'étais à ton enterrement. Je me rends chaque semaine sur ta propre tombe !

— Tu n'as pas vu mon corps ?

— Non, les Loups Gris[42] m'ont interdit de le voir, disant qu'il était calciné.

— J'ai été kidnappée. Je suis allée à Imrali pendant trois ans. On m'a torturée, violée… Et j'ai décidé de ne pas mettre fin à mes jours car je t'ai vu à Imrali, aussi. Je suis sortie de cet enfer avec l'aide de

42 Les Loups Gris sont l'organisation paramilitaire du régime de Fevzi çakmak.

Mübeccel Arslan, ton doyen. C'est compliqué. En apprenant que toi aussi tu étais encore en vie, je voulais… je voulais te revoir. C'est pour ça que je suis venue à Rome. Ça m'a fait si étrange lorsque je t'ai revu. Cela m'a fait tellement… tellement du bien.

— Comment ! ? Mais alors c'est ce qui explique également ces souvenirs. J'ai aussi eu l'impression de t'avoir aperçue à Imrali. Ce rêve m'a tout démontré…

— Mübeccel Arslan possède des liens très forts mais surtout très étroits et très discrets avec le Gouvernement de MacArthur. La lettre que tu as reçue, c'est moi qui l'ai déposée. C'est capital.

— Bien, je vois. Tout s'explique alors.

— Tu ne le sais pas, mais en prison, durant l'une des innombrables fois où ils te torturaient, ils t'ont également effacé une part très importante de ta mémoire. Tu ne te rappelais plus guère de moi. Tu ne te rappelles pas que nous étions dans la même cellule. Tout a été instrumentalisé pour que tu deviennes en enfant du régime de Çakmak. Moi, je n'ai pas oublié. Tu étais entre la vie et la mort, tu errais sans but dans la cour, comme les autres. Tu ne te souvenais pas de moi, après cet évènement. Tu devais y rester pour l'éternité. Coincé dans cet endroit sordide, comme un cimetière rempli d'opposants. Mais avec Mübeccel, nous avons réussi à te faire sortir.

— Je ne me rappelle rien. Mais qu'est-ce qui prouve toutes ces paroles.

— Tu ne me fais pas confiance ? Je suis venue en Italie pour toi, mon amour. Nous allons poursuivre notre visite de Rome. Nous allons ensuite partir d'Europe, pour aller à Washington DC. Nous témoignerons de toutes ces choses horribles qui se passent ici. Et enfin, nous aurons la chance de vivre une vie paisible, en Amérique, loin de toutes les horreurs de Nouvelle Turquie et d'Europe.

— Mais pourquoi te croirais-je ? Tu étais pour moi hier, une pure inconnue. Maintenant tu es ma femme décédée, qui me demande de la croire et qui veut que l'on parte de Nouvelle Turquie pour aller aux USGA.

— Chérie, tu te souviens de la tache de naissance que j'avais sur la nuque.

— Oui.

— Eh bien la voilà.

À ce moment précis, Aylin montra du doigt sa tache de naissance sur sa nuque. Personne ne possédait une telle marque de reconnaissance. Sa tâche représentait – naturellement bien sûr – un croissant de lune. Baris observa attentivement. C'était bien la même tâche. Il la croyait désormais.

Esin Aydin et Aylin Yildirim étaient bien la même et unique personne : sa femme. Baris toucha et essaya de l'enlever, souffla dessus – avec l'accord d'Aylin – mais cela était bien naturel.

À cette simple pensée, Baris eut une sensation de vertige, et d'un sensible malaise.

— La lettre, elle contient deux cartes d'identité de nationalité turque, et deux tickets pour un vol Fevzikent – New York. Nous partirons le 27 mars, comme c'est indiqué sur la lettre.

— Mais cette lettre venait donc bien de Mübeccel Arslan ?

— Oui. Tout va bien se passer, birtanem. Des diplomates américains nous accueilleront. Notre témoignage changera le monde, Baris. Même si le régime de MacArthur est autoritaire, c'est le plus « libre et démocratique » du monde. Tu as envie de retourner à Istanbul ? De te faire insulter par tes collègues ? De risquer de retourner à Imrali ?

— Non, bien sûr que non, mais nous prenons énormément de risques.

— Oui, et alors ? Tu en prends chaque jour quand tu enseignes à tes élèves, quand tu te déplaces de la rue Trajedi à l'Université. En faisant cela, nous changerons l'Histoire, et la Turquie redeviendra comme avant. Comme avant… comme l'ère du Kémalisme. Les autres pays également… Et alors, aussi, nous sauverons nos vies, et nous pourrons enfin vivre heureux.

— Oui, mais je veux y réfléchir. Donne-moi jusqu'à ce soir. En attendant il faut que l'on aille déjeuner.

— Oui tu as raison. Très bien, mais fais le bon choix. Je t'aime Baris.

— Je t'aime aussi Aylin…

Ils descendirent au restaurant. L'officiel romain les y attendait.

— Bonjour Esin, bonjour Baris, vous avez bien dormi ?

— Oui, fort bien, répondit la jeune femme, vraisemblablement soulagée d'avoir signifié toute la vérité à son mari.

— Et vous Baris ?

— Oui, oui, bien…

— Nous allons donc visiter le quartier du Vatican ce matin, puis cet après-midi nous visiterons le quartier Caesar. Mais commençons par déjeuner !

Ils prirent leurs petits déjeuners, puis partirent à 8 h 15 pour le Quartier du Vatican. La Basilique Saint-Pierre de Rome était très grande, mais minuscule face à la Basilique du Janicule. Au centre de la Place se trouvait également – comme sur la Place du 28 octobre – un obélisque, commandé par Caligula pour orner la spina de son nouveau cirque du Vatican. Le couple Yildirim, reformé, et Domenico entrèrent ensuite dans la Basilique. Plusieurs dômes immenses couvraient le plafond de Saint-Pierre.

— La Basilique du Janicule se base énormément sur l'architecture de nos plus grands ingénieurs de la Renaissance qui ont érigé cette merveille du monde. Car oui, les sept merveilles du monde avaient été décidées de nouveau, suite à la Conférence de Gizeh. Ces merveilles sont donc les suivantes :

– Le Grand Dôme de Germania,
– La Statue du Loyaliste,
– La Basilique Saint-Pierre,
– La Fernsehturm Großdeutscher Rundfunk,
– Le Christ Anauêen,
– La Mosquée Sainte-Sophie,

– Et enfin, le Grand Miyajima.

Domenico Silius continuait :

— Nous voyons bien en citant les nouvelles merveilles que l'architecture ancienne est décadente, et vouée à disparaître. Mais nos régimes politiques dureront mille ans et plus, et nos nouvelles merveilles également !

Après la visite de la basilique, ils entrèrent dans la chapelle Sixtine. L'œuvre de Michel-Ange était intacte.

Baris et Aylin étaient éblouis par la splendeur du tableau. La foule de visiteurs de la veille était plus amoindrie, les touristes étrangers se faisant de moins en moins nombreux. De plus en plus d'officiels fascistes se trouvaient dans les rues de la capitale. La rencontre avec Sir Oswald Mosley aura lieu le 20 mars. « Sept jours avant le vol… » se disait intérieurement Baris. La visite du Vatican continuait avec le musée du Vatican. Le guide reprit alors la parole et expliqua :

— Le Musée du Vatican est un ensemble de douze musées, les œuvres contenues dans ce chef-d'œuvre d'architecture pontificale sont des tableaux, des sculptures, ou encore des reliques – comme la Sainte-Tunique par exemple –, toutes regroupées au fil du temps par les papes de l'Église Catholique.

Au fur et à mesure de la visite des longs couloirs et salles du musée, défilaient des merveilles de la Renaissance italienne, telles que « la Dispute du Saint Sacrement » ou encore « Pie XI » de Adolfo Widt. Des œuvres étrangères comme du Picasso ou du Van Gogh y étaient entreposées également. La visite fut longue et très instructive, les deux touristes turcs furent tout de même déçus de ne pas voir des peintures d'origines de pays vaincus, ce qui, en soi, n'avait rien de surprenant.

Ils rentrèrent ensuite à l'hôtel pour déjeuner. Ils eurent un temps libre dans l'hôtel Excelsior, en attendant leur service.

Aylin et Baris se donnèrent rendez-vous dans la chambre 542. Domenico Silius était parti à l'office de tourisme pour prendre les billets du train pour le voyage jusqu'à Neapolis[43] le lendemain. Car la moitié du voyage d'un mois était réservée aux trajets entre les différentes villes.

— Alors, tu as commencé à réfléchir ? demanda avec espoir Aylin à son mari retrouvé.

— Oui. Je ne sais pas. D'un côté je me dis que je t'aime et que je souhaite quitter cet enfer qu'est la Nouvelle Turquie, mais d'un autre je vais abandonner tout ce que j'ai là-bas, ma maison, mes élèves, ma famille. Tout. Je ne suis pas quelqu'un comme ça, tu le sais.

— Oui je te comprends Baris. Mais tout ce qui t'appartient matériellement est contrôlé par le Kilavuz. Ta famille, tu ne peux la voir qu'une fois par an, le jour de la fête nationale. Tes élèves sont des imbéciles et des ignorants. Nous allons pouvoir recommencer une nouvelle vie, tous les deux, dans un autre pays, un autre univers, plus libre.

— Oui, tout cela, je le sais, Aylin. Je te le redis, je te dirai ma décision ce soir. De toute façon, Domenico ne se doute de rien. Et d'ailleurs, comment allons-nous nous en débarrasser ?

— Nous l'éliminerons lors du trajet entre Mussolinople et Fevzikent, après avoir traversé la frontière.

— Je ne tuerai personne. Jamais personne. Je ne peux pas.

— Mais Baris, il nous surveille. Domenico nous surveille, et il n'est là que pour cela. C'est également son rôle de nous expliquer – du moins la vérité romaine – ce qu'il s'est passé et tous les monuments que nous visitons. Mais il nous faut le faire disparaître.

— Oui, mais je ne peux pas le tuer, il ne m'a rien fait.

— Tu pourrais le croire, mais s'il découvre ce que nous organisons, il nous tuera nous deux dans l'hôtel, ou dès qu'il le pourra.

— Oui, je pense déjà que je vais accepter ta proposition, mais je te le confirme ce soir, Aylin.

---

43 Anciennement Naples, renommée Neapolis comme du temps de l'Empire romain, après la conquête de la Yougoslavie.

— Très bien. Nous allons visiter le quartier Caesar[44] cet après-midi, il faudra faire extrêmement attention. Des soldats et gardes sont présents partout dans les rues du quartier. C'est le quartier de résidence du Duce. S'il y a un quartier dans lequel il faut se comporter irréprochablement, c'est celui-ci.

— Bien, je ferai attention, en attendant nous ne nous sommes pas vus, et ce soir nous parlerons sans la crainte de se faire écouter. Ça ne va pas être le cas le reste de la journée.

— Oui bien sûr, maintenant allons manger.

Les deux époux redescendirent de leur chambre. Ils attendirent une dizaine de minutes l'officiel romain. Quand celui-ci arriva, il commença par s'excuser et annonça qu'il avait obtenu les tickets pour le trajet Rome-Neapolis qui aura lieu demain matin. Ils mangèrent ensuite, toujours à la même table, numéro 22. Le repas servi était des pâtes à l'entrée, Osso buco à la milanaise en ~~tant que~~ plat de résistance et enfin un savillum était servi pour le dessert.

La visite de cet après-midi allait être particulièrement chargée, car les époux Yildirim allaient visiter le palais de la Civilisation italienne, puis le musée de la Grande Guerre d'Unification et enfin les alentours du Palais du Duce, et ses jardins.

Aylin, Baris et leur guide partirent de l'Hôtel Excelsior peu de temps après, et se dirigèrent vers le quartier Caesar, qui était en périphérie du centre-ville et du Colisée. Vingt minutes de trajet séparaient l'hôtel du quartier.

Ils marchèrent en rencontrant de plus en plus de gardes et de moins en moins de civils dans les rues. Assez peu de touristes pouvaient se vanter de pénétrer et de visiter les alentours et les jardins du Palais des Romains.

Le Palais de la Civilisation Italienne était un imposant bâtiment, d'une centaine de mètres de hauteur, couvrant une très grande

---

44 Le quartier Caesar est le quartier impérial de Rome, lieu de résidence de Benito 1er. Il regroupe également une immense majorité des hauts lieux d'importance de l'Imperium. De nombreux monuments fascistes parsèment le quartier nouveau.

surface. L'ensemble était construit en marbre. Une pyramide construite en cette pierre blanche se trouvait à la gauche du palais, avec à son sommet un pyramidion d'or massif. Juste à côté du complexe culturel, on pouvait reconnaître le musée de la Grande Guerre d'Unification.

Ils entrèrent dans le Palais après une bonne demi-heure d'attente. Un homme en uniforme romain était placé en moyenne tous les cinq mètres de chaque côté du mur. Sur la façade d'accueil était inscrite le nom de chaque personne ayant dirigé un État italien dans l'histoire du pays. On y voyait des empereurs romains tout d'abord, des tyrans de Syracuse, des doges vénitiens, ou encore des princes autrichiens. Tous ces noms étaient marqués en pépérite, et leurs lettres inscrites en majuscule avec l'antique alphabet latin. Ce long couloir qui faisait office d'introduction à l'Histoire italienne se terminait par un grand escalier construit en bois. Il menait au premier étage. Chaque étage détaillait une époque, ou un état. Le premier était réservé à la civilisation étrusque. Chaque section était séparée en deux. La première concernait l'histoire et la seconde, à l'arrière, laissait découvrir les différents objets d'arts de la civilisation.

Domenico fit visiter chaque étage, avec une courte explication de la civilisation, puis une remarque sur un objet artistique. Ils parcoururent les quarante étages, avec cinq minutes d'éclaircissement pour chacun des étages.

Ils sortirent pour voir la vue générale offerte par le bâtiment à son sommet. On y voyait au loin le Coliseum, et l'on distinguait pleinement la Basilique du Janicule. Après 3 h 30 de visite, ils quittèrent le bâtiment, pour se rendre à la Pyramide.

— Cette pyramide, offerte par Sir Oswald Mosley au Duce à la fin de la guerre, provient d'Égypte. Elle a été découverte alors que des soldats soviétiques tentaient de prendre Le Caire. Elle était jusque-là enfouie dans le sable du désert égyptien. Elle fut construite par Ramsès II. Le marbre provient de Mésopotamie, et l'or des mines du Mali. Cette pyramide témoigne de l'avancement de la civilisation égyptienne, qui – ai-je besoin de le rappeler – est une ancêtre directe des romains. À l'intérieur de la pyramide se trouve une autre pyramide, de 98 kg d'or massif. La pyramide a été transportée par bateau depuis le Nil, jusqu'à Neapolis puis acheminée en train jusqu'à Rome. Elle mesure douze mètres de hauteur. Ce cadeau de Mosley fut offert à Benito 1er à l'occasion de la signature de la Grande Alliance Fasciste, juste après la guerre.

Toutes les indications offertes par M. Silius étaient extravagantes, abusées et exagérées, certes, mais le monument était bien une prouesse technique égyptienne.

Ensuite, ils traversèrent la place de la Grande Alliance Fasciste, pour se rendre dans la rue du 20 janvier 1954 – date à laquelle la Seconde Guerre Mondiale se termina officiellement.

Le bâtiment était relativement bas comparé au palais de la Civilisation italienne, car il ne mesurait pas plus de quarante mètres.

L'entrée était indiquée par une grande porte, ornée du nom de tous les vainqueurs de la guerre. Ce musée n'était pas le seul à traiter de la Grande Guerre d'Unification, chaque pays avait le sien. Le musée Fevzi Çakmak à Fezvikent par exemple, ou encore le Musée Second Great War, à Chicago, étaient plus ou moins des musées traitant de La Victoire[45].

Les deux touristes et M. Silius entrèrent dans le grand bâtiment. Des images du Duce serrant la main d'Hirohito, ou des peintures traitant des Traités de Stalingrad ou encore du Cap, étaient illustrées sur les façades de l'accueil du bâtiment.

La visite dura une heure et demie. Domenico y expliqua les différentes étapes de la Grande Guerre d'Unification, de la capitulation du Canada en 1941, à l'invasion totale de l'Union Soviétique en 1945, et en passant par le discours de victoire du Duce. Bref, tous les éléments relatifs à la Grande Guerre d'Unification y étaient

45 La Victoire est le nom donné à la victoire des forces coalisées fascistes contre « les verrues de cet ancien monde », les démocraties et les régimes bolcheviques. Ce nom devint un nom propre dans tous les pays après le Grand Traité d'Unification.

expliqués. Mais Baris et Aylin connaissaient parfaitement bien cette période, celle qu'ils avaient vécue. Car cela ne faisait que six ans que la guerre était terminée.

Ils quittèrent le bâtiment, ayant en tête les célèbres mots de Benito 1er :

« La Victoire est nôtre, l'Empire Romain renaît de ses cendres après le formidable succès contre le Capitalisme et le Bolchevisme. Mes chers amis, il est l'heure de vous annoncer la formation du Nouvel Empire Romain. »

Et on entendait au loin, en s'imprégnant d'une telle scène, les « viva il Duce, viva Benito 1er ! » des témoins du fantastique spectacle qu'était la reformation de l'Empire Romain.

Ils sortirent ensuite du grand bâtiment, pour se rendre dans les jardins et les alentours du palais des Romains. Le Palais était construit en marbre. On pouvait l'apercevoir à travers les étroites rues surveillées par la Garde Prétorienne[46].

On ne pouvait pas s'approcher de moins de deux cents mètres du Palais de Mussolini, les gardes avaient l'ordre de supprimer tous ceux qui tentaient de le faire. Le palais était donc très mystérieux, on ne pouvait en voir qu'une infime partie depuis les jardins. Aylin, Baris et Domenico entrèrent ensuite dans les jardins des Faisceaux, construits sous l'impulsion du Duce. Ils recouvraient des dizaines d'hectares, dans une Rome magnifique.

Ces jardins furent construits lors de la Guerre, et étaient entretenus quotidiennement par plus de quatre mille jardiniers, tous au service fidèle du Duce. Il y avait un jardin pour chaque fleur provenant d'une province Impériale, avec par exemple des Arums blancs d'Éthiopie, ou des Romanda Serbica de Serbie.

La visite fut courte mais très dense, Domenico connaissait énormément de choses sur les fleurs romaines. Aylin faisait semblant

---

46 La Garde Prétorienne est la Garde personnelle de l'Empereur Benito 1er, héritage de l'antique empire Romain.

d'être séduite par toutes ces belles paroles sur les fleurs, mais ce n'était qu'un jeu pour rassurer l'officiel italien.

Ils rentrèrent ensuite à l'Excelsior, puis chacun retourna dans sa chambre et commença à faire ses bagages. Cette journée, très intense, fatigua énormément Baris.

Ils mangèrent ensuite le repas, puis allèrent se coucher – enfin c'était ce que croyait Domenico. Baris et Aylin allèrent dans la chambre de l'historien.

— Alors, quelle décision prends-tu Baris ?

— J'ai réfléchi. Je vais te suivre, je vais aller avec toi à Washington. Je ne crains pas la mort finalement, ce que je crains c'est de retourner à Imrali. Et si cette mission échoue, je me donnerai la mort, cela revient à la même chose…

— Ne t'inquiète pas Baris, nous réussirons, Mübeccel est avec nous, et le gouvernement américain aussi. Nous irons, j'en suis certaine, à notre objectif qu'est Washington, et nous pourrons vivre librement, en tout cas bien plus qu'auparavant.

— Mais enfin, quels sont les intérêts de MacArthur à gérer les témoignages de Turcs contre le gouvernement fasciste du Kilavuz ?

— Les Américains se considèrent comme le pays de la liberté, et veulent représenter la partie démocratique du monde, même si leur gouvernement est loin d'être une démocratie, c'est le seul régime au monde où le peuple y décide certaines choses, avec la France. Ils veulent gagner la Guerre froide mise en place depuis la fin de la guerre. Ils veulent montrer au monde leur puissance.

— Bien, je vois.

Sur ces mots, les deux époux s'endormirent ensemble, et Aylin se réjouissait grandement de la décision de son mari, qui marquait enfin un retour de cet amour qu'elle avait cru révolu et disparu. Baris pensait à la même chose, tandis qu'ils se laissaient entraîner dans leurs songes.

Baris se réveilla en même temps que sa femme. Il dormit magnifiquement bien, et ce fut le cas d'Aylin également. Ils prirent le déjeuner tous les deux à 7 heures. Domenico partit plus tôt, car il devait finaliser la partie administrative du voyage vers Neapolis.

Ils partirent tous les trois à 8 heures pour la Stazione di Roma Termini[47]. Le train partait à 9h02. Ils s'installèrent aux places indiquées par les tickets. Domenico à côté d'Esin, et Baris en face d'elle. Le train était grand, de couleur rouge et doré, comme tous les trains de la Ferrovie del Impero[48]. Le train partit avec une minute d'avance pour la ville romaine de Neapolis, et s'engagea avec vitesse sur les rails, tandis que le couple Yildirim pensait avec espoir à son avenir.

---

47 C'est la gare principale de Rome, menant aux villes du sud d'Italie.

48 La Ferrovie del Impero est l'unique entreprise publique de construction de chemins de fer, dans tout l'Imperium.

CHAPITRE CINQ

Le train traversait la brume de la capitale italienne, les rails grondaient au passage de la locomotive fasciste. Le voyage dura près de deux heures. Domenico faisait des allers-retours entre sa place et le bar, lieu où se réunissaient tous les guides du train. Profitant de ces moments d'absences de l'officiel, Aylin et Baris parlaient :

— Que visiterons-nous à Neapolis ? demanda Baris

— Nous allons voir le quartier historique, mais surtout le quartier romain, qui était anciennement Pompéi.

— Bien, nous allons pouvoir réfléchir aux prochains évènements ensemble.

— Oui, mais je te le répète, n'ai pas peur, je te promets que tout va bien se passer. Nous aurons des informations supplémentaires lors du trajet entre Neapolis et Cagliari. Nous nous débarrasserons de Domenico à Mussolinople. J'ai eu l'information de Mübeccel Arslan ce matin même.

— D'accord, mais je ne voudrais pas être témoin de ça. Et comment as-tu obtenu des informations de Mübeccel ?

Aylin Yildirim fit un clin d'œil complice à son conjoint. Lors du trajet, Baris fit son rapport sur la visite de Rome, rapport qui était sans doute, selon lui, lié aux futurs événements.

Ils arrivèrent aux alentours de 11 heures à la stazione Gariboldi[49]. La gare était bien moins occupée par des officiels romains que celle

49 La Stazione Gariboldi est la principale gare de Neapolis, nommée Gariboldi en l'honneur du Général Italo Gariboldi, qui permit aux troupes italiennes d'envahir une partie de la Yougoslavie.

de Roma Termini. À la sortie du train, Domenico fit le salut fasciste à tous les guides qu'il croisa.

Le guide romain venait de Neapolis, né également lors de la Grande Guerre, dans cette cité autrefois nommée « Naples ».

Ils se déplacèrent en taxi jusqu'à leur hôtel du centre-ville : le Fascist Hotel Villa Capodimonte.

La grande allée verte menant à l'accueil était parsemée de fleurs, elle était inspirée des jardins fascistes, et entretenue par des jardiniers aux airs éthiopiens.

Ils coupaient machinalement les herbes trop hautes, et déracinaient les mauvaises herbes, comme des ouvriers colombiens ou opposants américains assemblant quotidiennement des blocs de voitures Ford[50], aux USGA.

À l'accueil, une femme sembla reconnaître Aylin. Après que Domenico et Baris partirent pour déposer leurs bagages, elle engagea la discussion :

— Bonjour Madame Aydin, voici une lettre pour vous, elle provient de votre directeur M. Mehmet Alexiev. Faites-en bon usage.

— Je n'y manquerai pas, merci beaucoup madame.

Aylin se dirigea ensuite vers sa chambre, tout en prenant le soin de dissimuler la lettre dans la poche cadenassée de sa valise.

La jeune femme turque rangea ensuite l'enveloppe de papier dans une armoire de sa chambre, à l'abri des regards, après en avoir lu le contenu.

Enfin, Baris, Aylin et Domenico se retrouvèrent en bas quelques minutes plus tard pour amorcer la visite du quartier romain de Neapolis…

À la sortie de l'hôtel d'architecture gréco-romaine, ils prirent le bus qui attendait tous les touristes du complexe hôtelier.

50 Depuis que le Président américain Henry Ford a été élu, sa marque d'automobile est la seule autorisée aux USGA.

La plupart des visiteurs semblaient être allemands, et quelques-uns japonais.

Les touristes étrangers étaient bien moins nombreux qu'à Rome, même si Neapolis était la quatrième ville de l'Imperium. Le conducteur se fit contrôler plusieurs fois par de nonchalants officiers romains.

— Pourquoi de telles mesures sont-elles prises ? questionna Aylin Yildirim au guide romain.

— Une à deux fois par jour, des touristes étrangers se font kidnapper par on ne sait qui, sans doute un Juif.

Domenico prenait toujours le soin d'ajouter ce mot à quatre lettres, qui était à l'origine de tous les maux du monde selon les différentes idéologies totalitaristes de la planète.

— Des mesures sont donc prises, continuait Domenico Silius, et nécessaires pour stopper ces enlèvements. Des officiers au service de l'Empereur vérifient régulièrement les bus, ou les groupes de touristes. Prions Benito et Dieu pour que cela ne vous arrive pas.

Aylin se tourna vers Baris, et lui sourit, un sourire évoquant une certaine connaissance des paroles du guide italien. Un frisson parcourut le corps de l'historien, mais la douce main de sa femme sur son épaule le rassura. Après une quarantaine de minutes de trajet – la moitié de ce temps de trajet avait été destinée à la vérification de tous les passagers méthodiquement par les officiels romains –, le bus s'arrêta en face d'une grande entrée, représentée par deux colonnes d'une dizaine de mètres de hauteur, et une enseigne indiquant : « Benvenuti a Pompei, una nuova città romana[51] ».

Domenico donna ses trois tickets d'entrée à l'un des nombreux agents fascistes présents pour vérifier le nombre de personnes entrant dans la Nuova Città.

Tous les bâtiments étaient rénovés, à la manière antique des romains. Les thermes étaient comme intacts. L'amphithéâtre abritait des centaines de personnes observant un combat entre deux Noirs,

51 « Bienvenue à Pompéi, une nouvelle ville romaine. »

avec à son côté droit la Villa des Mystères, qui abritait la résidence de la famille la plus riche de la ville, les Scribonius[52].

Des hommes et des femmes vêtus comme des romains vivaient et discutaient dans les rues de la ville, les commerces fonctionnaient de la même manière que sous l'Empire Romain.

Mais à la vue des groupes de touristes – seuls touristes de la journée – les Pompeiani quittèrent leurs occupations, et repartirent d'un air inquiet dans leurs maisons.

— Depuis les kidnappings, une rumeur court, selon laquelle approcher des touristes étrangers serait un risque pour les habitants de la Nuova Città d'être kidnappés également.

En quelques minutes, les rues devinrent vides. Même l'amphithéâtre devint presque entièrement libéré de ses places, conséquence des peurs insensées et superstitieuses des habitants romains de Pompéi.

Ils continuèrent la visite, en s'approchant du temple d'Apollon, et en entrant dans le musée de l'Histoire de Pompéi. Des centaines de statues – plutôt des corps de pierres – étaient exposées dans les vitrines du musée.

Certains Pompéiani priaient en face de ces corps de lave, et déposaient des offrandes à leurs pieds. La visite se termina avec la vue magnifique du Vésuve, dont la dernière éruption datait du 28 octobre 1921. Cette éruption était vue comme une prophétie par les romains les plus fidèles au fascisme, car ils y voyaient l'annonciation un an plus tard de la prise de pouvoir du Duce. C'était même une chose qui s'enseignait désormais à l'école fasciste de l'Empire, et que les plus jeunes enfants romains mémorisaient comme une date capitale.

Ils passèrent la grande porte de sortie de la ville, puis entrèrent dans le même bus. Une énième fois, des officiers romains y contrôlèrent

---

52 La Famille Scribonius était une très influente famille romaine, qui avait permis aux Italiens l'entière colonisation de la Libye. Elle était aussi très proche des milieux sociaux-démocrates italiens, avant l'accession au pouvoir du Duce. Mais maintenant, les rumeurs disent que l'actuel chef de famille a renié son passé démocrate, pour embrasser le Fascisme Mussolinien.

le chauffeur du bus et le nombre de touristes, dans un rituel auquel s'habituaient tous les visiteurs.

— C'est pour votre sécurité, affirmait Domenico.

Le bus les mena jusqu'au centre-ville. Il était aux alentours de 13h30, et ils avaient deux heures pour déjeuner dans la vieille Neapolis. Ils s'installèrent dans un restaurant, depuis lequel on pouvait voir le Vésuve au loin, et l'urbanisation romaine mangeant progressivement le volcan.

Pendant toute la durée d'attente des plats qu'ils avaient commandés, Domenico leur expliqua les conditions de vie merveilleuses des grandes villes romaines, la sécurité totale dans la ville de Naples – oubliant la Camorra, la mafia de la ville, que l'on disait la branche illégale du régime – ou encore l'éducation des jeunes au fascisme et l'Histoire romaine.

Ces manières d'éduquer « l'homme de demain, l'homme nouveau », étaient semblables et possédaient les mêmes bases dans les pays du monde entier, que cela fût en Nouvelle Turquie, aux USGA, dans l'Imperium ou dans le Reich, les « jeunes » étaient éduqués de telle manière à ce que le fascisme et le totalitarisme soient des manières de gouvernance banales, et communes dans l'Histoire.

Les plats arrivant sur les tables de roche coupèrent le monologue propagandiste de Domenico Silius.

Les pâtes chaudes qui faisaient office d'entrée laissaient échapper une épaisse fumée qui donnait une allure de gourmand au guide romain.

Enfin, après le repas, ils eurent le temps de se rendre au centre commercial de « la Città del Vesuvio ».

Là, Aylin acheta des robes aux prix relativement élevés, de manière à donner à Domenico l'image d'une femme coquettement banale. Baris, lui, se fit l'un des uniques cadeaux de toute sa vie, en prenant une montre qui indiquait l'heure dans toutes les grandes villes possibles. De cette manière, il pouvait voir l'heure rapidement à Washington DC. Domenico prit des bottes de cuir, et un nouvel exemplaire de l'uniforme fasciste, car disait-il « l'actuel commençait à se faire vieux ».

Lorsque sonnèrent les 14 h 30, ils quittèrent le centre « de la Città del Vesuvio » et se rendirent à l'endroit où le bus leur avait donné rendez-vous.

Des touristes hongrois et même portugais – ce qui était très rare étant donné que l'Ibérie est unifiée et les Portugais quasi-persécutés – attendaient également. Les rues, à la manière de celles de Pompéi, se vidèrent rapidement, pour une raison inconnue.

Enfin, le bus arriva. Le chauffeur avait été remplacé par un autre. Les touristes montèrent dans le bus de visite romain, et ce dernier démarra. Ils firent un rapide tour du centre-ville, en admirant très rapidement la basilique Santa Chiara de Neapolis, les côtes de la Città del Vesuvio, avec notamment le Castel dell'Ovo. Enfin, le chauffeur les déposa au même lieu de rassemblement.

Chaque groupe de touristes retourna visiter la vieille ville, laissant le regard vide du chauffeur s'évanouir dans les décombres de Naples. Les deux touristes et M. Silius se dirigèrent ensuite vers la Piazza del Plebiscito, centre administratif de la ville. L'imposante basilique San Francesco di Paola, qui venait tout juste d'être rénovée, se dressait sur les abords de la place piétonne. Son dôme, qui égalait celui du quartier du Vatican, mesurait 133 mètres (soit 80 de plus qu'à sa construction primitive). Cette Basilique était donc la troisième plus grande de l'Imperium. La place, dont le nom provenait du plébiscite du 21 octobre 1860, ayant permis le Risorgimento, possédait en son sein aussi d'autres monuments, tel que le Palazzo Salerno, le Palazzo della Prefectura, ou encore le palais Trajan – anciennement Palais Royal de Naples –, qui servait de résidence pour l'Empereur lors de ses visites de Neapolis.

Ce dernier fut rénové entièrement, sous l'ordre du Maréchal Pétain[53] par la France en signe d'amitié avec l'Italie, après les accords de Bern[54].

---

53 Philippe Pétain fut le premier Chef de la Nation Française, de 1936 à 1953, date de sa mort.

54 Accords entre Italie fasciste et Nation Française, représentées respectivement par Benito Mussolini et Pierre Laval, en janvier 1941. Ceux-ci prévoyaient l'échange de la Tunisie et

Ils finirent la journée en visitant et traversant les rues de Neapolis. La nuit tombait doucement sur la grande ville, les restaurants fermaient petit à petit, les magasins éteignaient leurs enseignes, car à Neapolis, tout le monde rentrait chez soi naturellement vers 18 heures, craignant trop les kidnappings…

Ils mangèrent très tôt, et allèrent se coucher très tôt également. Domenico était particulièrement fatigué, et angoissé par on ne sait quoi. Même l'hôtel arrêtait de veiller à partir de 21 heures.

La nuit, la ville semblait inhabitée et déserte, ou sinon remplie de malfaiteurs, prêt à kidnapper les malheureux qui avaient l'imprudence de sortir.

Ce soir-là, Aylin et Baris partirent dormir chacun dans leurs chambres, ne prenant pas le risque de parler et de coucher ensemble.

Aylin avait juste indiqué ces quelques mots :

— Prépare-toi, cette nuit sera tourmentée… je t'aime Baris.

L'historien n'eut pas le temps de répondre qu'elle était déjà partie, en laissant seulement un léger sourire mesquin mais ayant des allures d'imprévision derrière elle…

Baris eut énormément de mal à s'endormir, tourmenté par les paroles de sa femme. On n'entendait aucun bruit. L'hôtel semblait abandonné. Baris entendait malgré tout d'étranges et inquiétants bruits de pas. Mais il ne parvenait pas à savoir si ceux-ci étaient rêve ou réalité.

Au bout de quelque temps, il décida de s'arrêter d'essayer de percevoir des bruits lointains, semblables à des murmures singuliers, et se laissa entraîner dans un rêve particulièrement étrange. Il était dans une grande maison, une sorte de villa, dans laquelle il voyait le corps de Domenico, le crâne brisé par une balle de revolver.

Puis soudain, tout redevenait banal, et il se voyait marcher dans les rues d'Istanbul avec Aylin à ses côtés, et serrant la douce main

---

de Djibouti (territoires alors français), donnés à l'Italie, avec la Vallée d'Aoste, cédée à la Quatrième République française.

de sa femme, regardant vers l'avant et s'apercevant de l'arrivée progressive d'horreurs…

Tout à coup, les douces paroles d'Aylin le réveillèrent :

— Baris, mon amour, réveille-toi vite ! Nous avons été kidnappés !

Baris ouvrit les yeux avec vitesse, et jeta un coup d'œil autour de lui. Il semblait se trouver dans la Villa des Mystères.

Ils avaient tous deux les mains ligotées. Domenico se tenait à dix mètres d'eux, à l'opposé de la grande pièce dans laquelle ils se trouvaient. Il n'y avait que très peu de meubles, la salle était presque vide, le sol y était glacial.

Les yeux d'Aylin considéraient ceux de Baris, et inversement.

Les deux semblaient comprendre quelque chose dans ce désordre commun.

Domenico Silius tentait de crier, de se faire entendre, mais un large bandeau recouvrait sa bouche. Ses yeux étaient remplis de stupeur et d'incompréhension.

Baris le fixa peu de temps, avant qu'un homme vêtu d'une grande toge noire fît son entrée.

Son visage était masqué d'une capuche. Les pas de l'homme résonnaient dans le cœur et la tête de Baris, tels des coups de tonnerre.

Aylin frappa l'épaule de l'historien, et lui montra du coin de l'œil l'insigne que portait l'homme à la toge sur son bras gauche. La lettre grecque oméga était représentée en un rouge flamboyant. L'homme s'avança vers le guide romain, tandis que deux autres entrèrent dans la grande salle.

Tous les trois, ils prirent le fasciste, et l'emmenèrent dehors. Les cris étouffés de Domenico retentissaient dans tous les membres de Baris, rythmés par le bruit des pas des hommes en toge noire.

Puis, après une trentaine de secondes, les cris de Domenico s'estompèrent puis disparurent.

Aylin réussit à se libérer des liens, et retira ensuite ceux de Baris. Le maître conférencier vit un Aigle au-dehors, à travers les fenêtres.

C'était la première fois qu'il voyait un Aigle d'une telle splendeur, d'une telle magnificence terrifiante.

— Mais enfin que se passe-t-il ?

— Tout se passe comme prévu. Ton souhait a été également respecté.

— Mais lequel ? Nous avons été kidnappés, et des hommes ont embarqué pour un endroit inconnu Domenico.

— Domenico mourra. Il ne sera pas exécuté sous tes propres yeux. Ne t'inquiète pas, ils vont revenir dans une dizaine de minutes, et tout sera plus clair pour toi, et je te l'avoue, pour moi un peu également.

— Bien, d'accord, je vais te faire confiance. Tout cela a un rapport avec Mübeccel et Washington ?

— Oui, exactement. Nous sommes enfin libérés du guide qui nous surveillait. Tout s'est accéléré. Normalement, nous devions donc le tuer à Mussolinople. Mais il commençait à avoir des doutes sur nous. Il a donc été décidé de le supprimer cette nuit. Domenico Silius n'existe plus et n'a jamais existé. À partir de maintenant, Mme. Esin Aydin et M. Baris Yildirim sont repartis d'urgence dans leurs villes respectives pour cause de travail. Nos nouvelles identités nous seront données lorsque les trois hommes reviendront.

— Mais c'est eux qui kidnappent des touristes étrangers ? Et où sommes-nous ?

— Oui, ce sont eux. Ce sont des membres de la Famille Scribonius.

— Mais cela veut dire que nous sommes dans la Villa des Mystères ?

— Oui, c'est cela. Mais ne t'inquiète pas. Ils coopèrent avec Mübeccel Arslan. Nous avons des ennemis partout, mais aussi des amis partout. Nos ennemis sont plus visibles que nos amis.

— Tu es sûre que ce sont les Scribonius ? Je pensais que c'était une famille de marchands fascistes très respectable et soutenant cœurs et âmes Mussolini.

— C'est ce qu'ils montrent. Mais ils coopèrent avec différentes organisations de résistances internes et de soutien aux populations opprimées. Mübeccel dirige une organisation secrète démocratique, cherchant à rétablir la Démocratie en Turquie. C'est pour cela que nous allons à Washington et que nous vivons toutes ces choses, la Liberté est de plus en plus proche de nous.

— Soit, mais pourquoi toutes ces informations sont-elles indiquées en trois jours seulement ?

— Sayin Arslan a eu des problèmes, et donc notre emploi du temps est bien plus condensé par conséquent. Mais, nous allons avoir de plus amples informations dans quelques minutes. En attendant, repose-toi. Je t'avertis quand ils arrivent.

Baris prit tout le temps qui lui était donné pour se reposer et méditer sur tout cela. Après une vingtaine de minutes – une éternité pour Baris – les trois hommes revinrent. Ils enlevèrent leurs capuches. L'un portait des lunettes, et avait des yeux bleus et des cheveux châtain foncé. L'autre portait une moustache, avait le teint métis tel un Sicilien, avec des yeux aussi noirs que les ténèbres régnant dans la ville la nuit. Et enfin, le troisième se caractérisait par des cheveux gris foncé plaqués, aucune pilosité faciale, et un vif regard vert.

Ce dernier se présenta :

— Nous sommes désolés pour toutes ces manières, mais enfin, je pense que vous avez compris. Mon nom est Lucius Scribonius et je suis chargé de vous donner ces documents.

Il présenta deux enveloppes, l'une à Aylin, l'autre à Baris. L'homme aux lunettes s'avança et se présenta également :

— Je suis Octave Scribonius, frère aîné de la famille des Scribonius.

Suivie de l'homme à la moustache, qui, de manière hésitante, déclara :

— Je m'appelle Opiter Scribonius, et je suis le frère cadet de la famille de la Villa des Mystères.

Baris pensait que cette maison n'avait jamais pu autant mieux porter son nom qu'à cet instant précis. Lucius continua :

— Je vais donc vous expliquer ce qui vous attend. Ces deux enveloppes contiennent deux cartes d'identité d'Italiens. Vous êtes désormais italiens de naissance, vous monsieur Costa, et vous madame Rizzo. Vous êtes deux collègues visitant les villes italiennes pour y faire une description de chacune d'entre elles, pour l'École Polytechnique de Mediolanum[55]. C'est pour cela M. Costa, que notre chef vous a demandé de faire un rapport sur chacune des villes que vous visitiez. Notre organisation a tout prévu.

— Mais maintenant qu'allons-nous faire ?

— Calmez-vous, je vais vous l'expliquer. Votre identité est changée, mais pas vos objectifs. Vous devez encore prendre l'avion à Fevzikent pour Washington le 27 mars. Demain nous serons le 17 mars. Il vous reste dix jours et dix nuits pour arriver là-bas et partir. Vous allez donc commencer par quitter demain matin Neapolis pour vous rendre à Mediolanum. Là-bas, M. Arslan vous attendra au pied du Duomo, le 18 mars, pour vous indiquer la suite et la fin de votre mission, et détaillera votre objectif. Ensuite vous prendrez la route pour Ljubjana et y faire une description, donc visiter la ville. Vous traverserez les Balkans pour arriver le 23 mars à Mussolinople. Vous devrez visiter la ville, faire également un rapport, puis vous partirez pour Fevzikent. Tenez, voici dix mille lires italiennes, de quoi payer vos hôtels, et repas durant vos séjours dans les différentes villes italiennes. M. Arslan vous donnera de l'argent turc pour Fevzikent. Posez des questions tant que vous pouvez, car bientôt le soleil se lèvera et vous devrez partir.

— Qu'avez-vous fait de Domenico ?

— Nous l'avons tué, et tous ses papiers officiels ont été supprimés.

— Que va-t-on faire jusqu'au lever du jour ? Comment allons-nous nous rendre à Mediolanum ?

— Des lits sont prêts à l'étage, vous pourrez dormir quelques heures. Nous vous réveillerons, vous pourrez manger avant de partir.

---

55 Anciennement Milan, renommé Mediolanum, à la proclamation de l'Empire, en 1947.

Mais dès que le soleil illuminera de ses rayons la vieille Pompéi, vous devrez être partis de la ville. Une voiture vous attend dans le garage. Le plein est fait. Je vous conseille d'aller vous coucher maintenant.

Baris et Aylin, désormais M. Costa et Mme. Rizzo, partirent se coucher. Les draps dégageaient une odeur d'horreur.

Baris percevait des mouvements d'âmes dans la Villa des Mystères, et finit par s'endormir sous le poids des responsabilités qui lui avaient été confiées…

CHAPITRE SIX

Ce fut le jeune Opiter qui vint les réveiller. Ils avaient dormi trois heures seulement, mais pour Baris celles-ci lui donnèrent beaucoup de forces et d'énergie pour affronter les évènements futurs.

Ils descendirent, la nuit était encore là, mais on pouvait apercevoir quelques rayons lumineux traverser les pénombres de Pompéi.

Ils déjeunèrent rapidement, et partirent aussitôt. La voiture qu'ils empruntaient pour traverser l'Imperium était – comme toutes les autres voitures italiennes – une Fiat[56] 124 grise. Baris décida de conduire en se relayant toutes les deux heures avec Aylin. Les huit heures de voyage allaient sans doute les fatiguer énormément, mais ils allaient pouvoir s'arrêter plusieurs fois, et arriver à Mediolanum en fin d'après-midi.

La grande autoroute qui partait de Neapolis était presque aussi vide que sa ville la nuit. Les quelques lampadaires installés sur les rebords éclairaient difficilement la voie. Les phares de la Fiat 124 donnaient de la vision, mais pas assez pour voir aisément au loin.

La limitation de vitesse y était à 120 km/h, ce qui freina tout d'abord les ardeurs de l'historien, souhaitant rouler plus vite pour arriver plus tôt.

Quelques voitures dépassaient celle des deux opposants, mais la route était relativement calme. Ils s'arrêtèrent une première fois, dans la Station Michele Bianchi[57]. Seulement deux autres voitures étaient

56 Fiat est la seule marque de voiture autorisée à être produite dans l'Imperium. Elle fût nationalisée par Mussolini pendant la Grande Guerre d'Unification.

57 Du nom de Michele Bianchi, l'actuel ministre de l'Intérieur de l'Imperium, et très proche ami – et potentiel successeur de Mussolini.

garées sur le parking de la station. Un vieil homme sortit du bâtiment principal. Un soldat romain stationnait à l'entrée.

« L'armée est partout ici, et plus encore qu'en Nouvelle Turquie », se disait Baris.

M. Costa et Mme Rizzio présentèrent leurs cartes d'identité au soldat, qui semblait méfiant. Ils prirent un sandwich, une bouteille d'eau, et repartirent avec leur voiture. Pour ne pas se faire remarquer, ils décidèrent de ne plus s'arrêter jusqu'à Mediolanum. Ils s'arrêtèrent juste une seconde fois pour reprendre de l'essence, dans une station ayant pour seule présence celui qui la tenait. Lors du voyage, Baris prit le temps de faire son rapport sur Neapolis.

Enfin, après huit heures de route interminables, ils arrivèrent à Mediolanum.

La ville était jumelée à celle de Munich, de Boston et enfin de Manchester. La città était bien plus dynamique que Neapolis. On y voyait d'interminables files de voitures se créer dans le centre-ville et à proximité.

Des jeunes et belles femmes discutaient avec les soldats romains. Mediolanum était une des capitales de la mode, tout comme Paris, et par conséquent, était relativement peuplée et particulièrement riche.

Ils quittèrent rapidement le centre-ville, trop fréquenté, pour se rendre dans le quartier Via Lincoln. Ils descendirent de la voiture italienne, et demandèrent une chambre pour deux nuits dans l'Eurohotel.

Il était près de 16h30 lorsqu'ils décidèrent de s'endormir, si fatigués par le voyage et la nuit précédente.

Soudain, on frappa à la porte. Baris se réveilla, et alla ouvrir. Il devait être six heures du matin. Un valet de chambre attendait, avec une lettre à la main.

— Bonjour Monsieur Costa, tenez, voici une lettre urgente pour vous, provenant de monsieur le doyen.

— Merci beaucoup. Quelle heure est-il s'il vous plaît ?

— Il est très exactement 6h33. Le petit déjeuner vous sera apporté à 7 heures dans votre chambre, bonne journée Monsieur Costa.

Il prit rapidement la lettre, puis referma la porte et réveilla sa femme. Aylin ouvrit les yeux, et se leva rapidement à la vue de la lettre. Baris l'ouvrit. Y était inscrit :

« Monsieur Costa et Madame Rizzio, je vous salue. Notre rencontre – et cela s'est confirmé très récemment – sera donc le 18 mars, à 15 heures sur la Piazza del Duomo[58]. Vous me rendrez vos travaux déjà rédigés sur les différentes villes italiennes. Nous discuterons également d'un projet vous concernant tous les deux. En vous souhaitant une très bonne journée, MA. »

Les yeux d'Aylin et de Baris s'illuminèrent. Enfin, ils allaient pouvoir avoir de vraies explications. Ils allaient pouvoir rencontrer Mübeccel, qui, après toutes ces aventures, représentait un génie démocrate servant les intérêts de la Liberté.

Ils déjeunèrent dans leur chambre, puis s'habillèrent et partirent à 8 heures pour visiter la ville. Les cafés étaient déjà ouverts, et tous déjà occupés par des personnes de tous âges. Il faisait plutôt frais, tout comme un mois de mars.

Ils visitèrent alors, en attendant l'heure fatidique de 15 heures, le Cimetière Monumentale.

Le monument aux morts de Mediolanum était tout bonnement majestueux, mais il n'arrivait même pas à la cheville de celui de la place du 28 octobre, de Rome.

Tout était construit en marbre – bien entendu – et une grande statue, celle du soldat inconnu, se dressait devant le monument. Il portait un uniforme fasciste, un drapeau italien dans la main gauche et un fusil dans la main droite. Il était tout en blanc, construit en cette pierre blanchâtre dont les romains raffolaient, et l'on pouvait voir qu'il possédait la Très Sainte Croix Romaine Fasciste de l'Ordre

58 La principale place de Mediolanum.

Mussolini[59], près de son cœur. Sa bouche était grande ouverte, comme criant un ultime chant avant sa mort.

Cette statue représentait tous les soldats italiens morts pour le fascisme romain. Ils marchèrent ensuite dans les longues avenues du cimetière, regardant les noms des différentes riches familles enterrées dans leurs caveaux « dynastiques ».

Enfin ils quittèrent le sinistre lieu en milieu de matinée pour se rendre ensuite dans la Galleria Vittorio Emanuele II. La galerie commerçante était surmontée de grands plafonds de verre, héritant de l'art néo-classique Milanais. Ils firent les magasins et achetèrent des robes pour Aylin, des chemises et des costumes pour Baris. Tout cela pour profiter du monde européen avant de rompre entièrement et brusquement avec lui.

Plus que quelques jours…

Aylin et Baris s'aimaient éperdument, leur amour retrouvé était au fur et à mesure des jours qui paissaient, de plus en plus fort. Aylin était vraiment heureuse d'avoir pris le risque qu'elle avait osé prendre, et qui avait donné ses fruits.

Après le shopping dans la Galleria, le couple Yildirim alla déjeuner au Restaurante Galleria, le lieu de restauration le plus chic du centre commercial. Du rostin neàa avec de la polenta, ou encore du negroni sbagliato furent servis lors du repas exquis auquel ils eurent droit.

Baris repensait encore à Domenico, il se disait qu'il était innocent et ne méritait pas de mourir, mais, d'un autre côté, il les avait surveillés et avait servi la dictature romaine.

Mais maintenant, tout le monde servait une dictature, lorsqu'on était financier américain, on servait les intérêts économiques de Douglas MacArthur, et lorsqu'on était archéologue suédois, on

---

59 Plus grande récompense militaire attribuable dans l'Imperium, décernée par l'Empereur lui-même.

servait les intérêts historiques de Lindholm[60], et la liste pouvait être bien plus longue.

Ils quittèrent le restaurant à 14 h 30, et prirent le temps de se diriger vers le Duomo de Mediolanum. Les rues débordaient toujours de monde, les différents magasins restaient tous prisés par les touristes comme par les romains, et les jeunes femmes étaient toujours suivies par quelques photographes ou copines.

Ils arrivèrent à 14 h 55 à la Piazza del Duomo. Après cinq courtes minutes d'attente à proximité de l'entrée du monument. Soudain un homme, leur demanda :

— Bonjour, auriez-vous l'heure s'il vous plaît ?

— Il est 15 h 00, répondit Baris avec soupçon.

— Merci beaucoup, j'ai un rendez-vous très important, il m'attend à l'intérieur.

— Très bien, où se trouvera-t-il ?

— À gauche de l'entrée, directement à gauche, bonne journée à vous.

L'homme au teint blanc comme la neige les quitta, Baris et Aylin se dirigèrent ensuite à l'intérieur du Duomo. Ils aperçurent effectivement à la gauche un homme, ressemblant à M. Arslan, qui lisait un journal. Le gros titre de ce dernier « Suivez-moi, paroles de notre Empereur et Duce Benito 1er », donnait entièrement son identité au doyen d'Istanbul, pour le couple turc.

L'homme se déplaça ensuite vers le fond et dans les endroits les moins fréquentés du Duomo. Les deux le suivirent, jusqu'à une porte qu'il ouvrit. Aylin et Baris le suivirent à l'intérieur. L'homme parla :

— Très bien, je vois que vous avez compris. Je me présente, Mübeccel Arslan, Doyen de l'Université d'Istanbul, et toutes les choses que vous savez déjà.

Baris prit la parole :

---

60 Sven Olov Lindholm est le Fader de la Svea Rike, le « père » de tous les Suédois. Ce titre est semblable au Führer Allemand, ou au Duce Romain.

— Oui, bonjour Mübeccel, je suis très heureux de vous revoir après tout ce qui s'est passé.

— Ne vous inquiétez pas, je vais seulement vous expliquer les choses que vous allez devoir faire jusqu'à votre vol, puis à Washington. Je vous raconterai brièvement notre histoire, si cela vous intéresse. Mais après toutes ces péripéties, je pense qu'il est intéressant pour vous de nous connaître un peu mieux.

— Très bien nous vous écoutons, nous avons énormément d'interrogations sur tout cela, affirma l'historien à son vieil ami.

— Oui, c'est normal. L'Organisation du Demokratik Güneş, que j'ai fondé en 1942, deux ans après la guerre civile, se base principalement sur le sabotage des effectifs du Kilavuz, le renseignement sur toutes les actions politiques internes au pays, puis des actions diplomatiques, avec la mise en relation de pays alliés ou ennemis à la Nouvelle Turquie, pour servir nos intérêts. Notre objectif est le suivant : restaurer la démocratie kémaliste en Turquie, tout en conservant les territoires conquis lors de la Grande Guerre d'Unification. Nous savons grâce à de soutiens hauts placés, que par exemple le Kilavuz commence à avoir des problèmes de santé, c'est pour cela que vous agissez en ce moment, nous lui donnerons un coup de grâce.

— Qui sont vos soutiens hauts placés ?

— Notre soutien le plus éminent est Nazim Hikmet, le célèbre écrivain. Il a, comme vous, séjourné de nombreuses fois en prison. Mais maintenant c'est une marionnette – de façade – de Çakmak. Nous avons également le soutien de l'écrivaine Bahriye Üçok, qui est dans la même situation que Hikmet. Tous sont fidèles au régime, aux yeux de celui-ci, mais sont dévoués à la cause que nous défendons. Rassurez-vous, nous réussirons à renverser Çakmak.

— Très bien, mais maintenant qu'allons-nous faire, Aylin et moi ?

— Eh bien, l'emploi du temps ne changera aucunement à celui que vous avait donné Lucius. Je vais seulement vous expliquer vos prérogatives pour Washington. Vous prendrez donc l'avion à Fevzikent – l'horaire m'a été confirmé – à 18h59, le 27 mars. Arrivés à Washington, vous devrez vous rendre directement au consulat général de Nouvelle Turquie, qui se trouve à Ford City[61]. Vous louerez une voiture à Washington pour vous y rendre. Pour finir, avec le consul Garip Öztürk, vous vous rendrez au Huey Long Building, siège du Département d'État des États Unis de Grande Amérique. Vous finirez par faire un rapport sur tout ce que vous avez vécu, vos souffrances, votre vie en Nouvelle Turquie. Il faudra se montrer convaincant avec John Foster Dulles[62], car vos témoignages détermineront l'avenir de la Nouvelle Turquie, et peut-être plus. Ne soyez pas trop violents, suffisamment doux pour éviter qu'une Troisième Guerre Mondiale n'éclate, mais pas trop timide également, pour faire vivre nos intérêts. Voici donc dix mille livres turques, et dix mille dollars américains, vous devriez vous sentir à l'aise. Je vous remercie pour notre entrevue, avez-vous des questions ?

— Non aucune. Merci à vous aussi, j'espère que notre mission réussira, et que vous serez attentifs aux événements extérieurs !

— Vous devez partir maintenant de Mediolanum, les hommes du Kilavuz sont partout. Au revoir, Monsieur Costa et Madame Rizzio.

À ces derniers mots, Mübeccel adressa un sourire amical et complice.

Aylin resta muette pendant toute la discussion, elle savait en grande partie tout ce qui allait se passer maintenant, mais semblant, très étrangement, cacher quelque chose.

Le couple partit en premier, suivi par Mübeccel avec un intervalle de dix minutes, pour ne pas attiser les soupçons. Baris et Aylin partirent du magnifique Duomo, en fixant une dernière fois la grande allée remplie de bancs et de colonnes de marbre.

---

61 Anciennement New York City, Ford City fut renommée par Charles Lindbergh en 1942, alors Président des États-Unis de Grande Amérique, en l'honneur du Président Ford, qui instaura l'unité politique, en supprimant les partis autres au Parti Américaniste.

62 L'anticommuniste John Foster Dulles est Secrétaire d'État des USGA depuis les premières années de la présidence de MacArthur.

Ils quittèrent le centre-ville, pour reprendre leurs bagages à l'Hôtel, puis partirent directement, vers 16 h 20, pour Ljubjana. Le trajet prévu durait près de cinq heures. Chaque voiture était louée sous des noms différents et créés de toutes pièces.

Ils ne s'arrêtèrent pas jusqu'à l'ancienne capitale slovène. Ils traversèrent les régions de Vénétie, puis du Frioul-Vénétie Julienne, et enfin arrivèrent en Slovenia[63]. Durant les cinq heures, Aylin fit le rapport sur Mediolanum, et Baris conduisit. Ils arrivèrent à Ljubjana à 21 h 26, et se rendirent dans le centre-ville directement. Le vieux quartier de la ville était piéton et tout bonnement magnifique. Ils garèrent leur voiture dans un parking, puis se rendirent à pied à l'hôtel que leur avait recommandé le chef de la Demokratik Güneş. Ils déposèrent leurs bagages, réservèrent une chambre pour une seule nuit, puis partirent se balader en ville, dans la nuit, avec tous les faux documents qui leur servaient d'identité.

Baris et Aylin traversèrent le célèbre Pont des Dragons – un des seuls monuments que le régime mussolinien avait préservé de la capitale de la province slovène. Ils passèrent devant une grande bibliothèque, à la fois imposante et pittoresque.

Un homme en sortit. Il était vêtu d'un pardessus beige, sa barbe était gris foncé, il portait des lunettes rondes et sa calvitie témoignait de son âge avancé.

L'homme referma à quadruple tours la porte d'entrée de la bibliothèque, qui devait être vraisemblablement la sienne. Il tourna ses yeux noirs vers Baris, et à la vision de ce dernier, s'enfuit en courant à toute vitesse à l'opposé du couple turc, en s'assurant à plusieurs reprises qu'il n'était pas suivi par un poursuivant sans pitié. Son visage était terrifié, sanglant et remplie de stupeur. Baris sentit dans le regard de l'homme, quelque chose de pareil au couple : il semblait être un opposant, et semblait se méfier de tout le monde constamment. Il possédait le même regard effrayé que celui de

63 L'une des innombrables provinces romaines.

Baris lorsqu'il regardait autour de lui quand il rentrait chez lui, après l'Université. Aylin ressentit aussi la même chose, et, assez singulièrement, craignait pour lui.

Cette scène terrifia les deux Turcs, et ils n'eurent même pas besoin d'en parler pour comprendre. Cela était-il un présage ? De mauvais augure ou de bon augure ?

Ou était-ce simplement une coïncidence ? Quoi qu'il en soit, Baris et Aylin redoutaient désormais le pire, et comme le bibliothécaire, ils sentaient qu'ils allaient être traqués et espionnés de toute part.

Depuis le début du voyage, Baris ne faisait pas spécialement attention aux potentiels ennemis qui pouvaient pourchasser le couple, même s'il regardait toujours autour de lui quand il sortait, se méfiant sans arrêt des autres, et notamment de Domenico, lorsqu'il était encore en vie…

Ils continuèrent la visite du centre-ville en s'attardant au Monumento alla Vittoria del Popolo – énième monument fasciste commémorant la Victoire du Duce sur ses ennemis. Il comportait deux statues, l'une représentant une aigle romaine terrassant la seconde statue, qui représentait un Lipizzan, un cheval représentant le peuple de Slovénie. Cette allégorie représentait Rome terrassant son ennemi slovène.

Ils ne prirent pas le temps de manger, et immédiatement après la visite se réfugièrent dans la chambre de leur hôtel, craignant une surveillance invisible mais bien présente. Le lendemain n'offrait plus que huit jours d'attente avec l'arrivée à Washington DC. Ce furent sur ces dernières pensées et réflexions – notamment sur le bibliothécaire – que Aylin et Baris s'endormirent.

Dehors, tandis qu'ils dormaient, s'approcha de la fenêtre un aigle majestueux, qui les observa, avant de rire d'eux, dans la pénombre indicible de la ville occupée.

CHAPITRE SEPT

Baris et Aylin Yildirim se réveillèrent relativement tôt, vers cinq heures du matin, puis partirent directement pour la capitale de la province d'Achaea[64].

La voiture qu'ils utilisaient était toujours la Fiat 124 de couleur grise, une voiture si commune dans cet Imperium Romanum.

Ils avaient stocké tout l'argent dans un coffre scellé dans un des bagages d'Aylin. Le couple prit l'Autostrada Costiera, qui longeait la côte Adriatique. L'on pouvait régulièrement observer des merveilles maritimes telles que, après avoir traversé Zagreb, les îles de Brac, ou encore de Hvar[65].

L'architecture des différents bâtiments de la Dalmatie était inspirée très fortement de l'architecture vénitienne. Tous ces bâtiments furent détruits, puis reconstruits par le Duce, afin de démontrer la supériorité de l'héritage vénitien – et donc italien – sur ces côtes.

Ils s'arrêtèrent ensuite à proximité de Split, pour déjeuner. Les seize heures de route qui séparaient Ljubjana de Mussolinople seraient faites en deux jours seulement.

Aylin et Baris dégustèrent en amoureux une Pašticada, spécialité dalmatienne, en profitant de l'un des uniques moments de plaisir qu'ils pouvaient s'accorder jusqu'au 27 mars.

---

64 La Province d'Achae est une province romaine en Grèce, qui regroupe entre autres la métropole de Mussolinople.

65 Différentes îles en Dalmatie.

Ils admirèrent le palais de Dioclétien, lui aussi rénové par Benito 1er. Ce monument faisait office de palais diplomatique lorsque se tint par exemple la conférence de Split, en 1942.

Il était l'un des monuments de l'antiquité tardive les mieux conservés, et donc les architectes fascistes n'eurent guère de mal à le rénover entièrement.

Le couple d'opposants repartit ensuite pour Tirana, et les sept heures de trajet qui séparaient les deux villes. Ils se relayèrent plusieurs fois, et arrivèrent à 20h45 aux abords de Tirana. Un immense monument commémorant la prise de l'Albanie se dressait sur la Place Vittoria-Emanuele III[66], c'était le plus grand Monolithe du monde, le monolithe du 7 avril[67]. Il mesurait 173 mètres de hauteur, dépassant de quatre mètres le Washington Monument.

Tous les drapeaux des différentes provinces romaines entouraient le monument. On y ajoutait le drapeau de chaque nation ayant gagné la Grande Guerre d'Unification, dans une harmonie qui n'était plus d'actualité dans la guerre froide qui s'était dès lors engagée. Il était construit en marbre de Carrare.

Ils dormirent dans un hôtel du centre-ville, proche de la place du 7 avril. Depuis leur fenêtre, Baris et Aylin ne pouvaient à peine voir que la moitié du monolithe.

Au lendemain matin, ils leur restaient huit heures et demie de trajet jusqu'à Mussolinople. Ils ne s'arrêtèrent pas, et la journée fut aussi peu intéressante et fatigante que la veille.

Ils partirent néanmoins plus tard, car il leur restait suffisamment de temps. Lorsqu'Aylin conduisait, Baris terminait son rapport sur Ljubjana et Tirana, et vice-versa.

---

66 En l'honneur du Roi d'Italie avant la proclamation de l'Imperium. C'est une figure très importante du Fascisme Romain, qui même si considéré comme une simple marionnette du Duce, demeure reconnu par certains membres du Grand Conseil du Fascisme comme le tout premier Roi de la Nouvelle Rome. Il fut déchu de tous ses titres royaux à la proclamation de l'Empire.

67 Jour du commencement de la campagne militaire d'invasion de l'Albanie, et le monolithe fût baptisé en l'honneur de cette date.

Il détaillait les monuments, inventait ses impressions pour que son témoignage soit le plus crédible possible aux yeux des autorités italiennes et turques. Baris réfléchissait parfois en admettant que cela ne servait à rien de détailler ses rapports, mais si par immense malheur il se faisait contrôler, la crédibilité de ses documents serait sans faille.

Après les interminables deux jours de périple dans l'Imperium, Baris et Aylin arrivèrent aux portes de Mussolinople.

Il ne leur restait plus que six jours avant le vol Fevzikent-Washington, Baris et Aylin décidèrent donc de passer deux jours à Mussolinople, un jour à Pekerkent et enfin, deux jours de visite de la ville du Victorieux[68]. Lors du trajet entre Tirana et Mussolinople, ils préparèrent leur emploi du temps pour la visite de l'antique Athènes.

Ils commençaient leur visite de la ville par le quartier d'Omónia. Celui-ci représentait le Mussolinople moderne, italien et riche.

Ravagé par les bombardements turco-italiens lors de la guerre, le quartier fut reconstruit sous l'ordre du Duce après la prise de la ville. Des gratte-ciels étaient en construction, la lumière produite par le quartier représentait une grande partie de l'électricité de la ville. À la tombée de la nuit, après avoir dîné dans l'hôtel qu'ils avaient pris, Aylin et Baris se rendirent sur la Place Sebastiano Visconti Prasca[69], place centrale du quartier.

Une basilique était en construction sur la place, on y voyait des ouvriers éthiopiens et grecs travailler sur les hauteurs de la coupole, guidés par d'arrogants architectes italiens, leur commandant avec leur voix forte où ils devaient déposer telle brique provenant de l'Acropole.

Le monument commémorant la victoire italienne lors de la Bataille de Mussolinople était une immense tour, le Visconti Prasca Grattacielo. Un building de trois cent trois mètres de hauteur fait

68 Surnom officiel de Fevzikent.

69 Comme la plupart des monuments importants du quartier d'Omonia, la place est baptisée en l'honneur du Général Italien Visconti Prasca, qui mena les opérations militaires lors de l'invasion de la Grèce.

de verre, d'acier et à quelques endroits de marbre grec. Sa forme rappelait celle d'une flèche, qui perforait le thorax de son ennemi, lancée à travers l'air. Au sommet, à l'extrême pointe de l'aiguille, était placée une aigle romaine, sur laquelle était marquée « MVSSOLINI CIVATATEM[70] ».

Le couple Yildirim alla au sommet du grattacielo, en empruntant son ascenseur, qui les fit monter en trois minutes quarante au sommet de la tour. Ce chef-d'œuvre architectural faisait office de musée concernant la bataille de Mussolinople et la campagne de Grèce – sur les premiers étages –, de siège pour plusieurs grandes entreprises basées dans la région – sur presque la totalité restante des étages – et enfin permettait d'avoir une vue panoramique de la ville – aux derniers étages.

C'était également le siège de la mairie, et le tout dernier étage, au sommet de l'immense tour, était réservé par la municipalité de Mussolinople à la salle du conseil municipal, avec les bureaux de Visconti Prasca jouxtant cette dernière.

Baris, qui avait le vertige à une certaine hauteur, se cramponnait à sa femme lorsqu'il se trouvait proche des vitres de verre.

Mais la vue était tout bonnement impressionnante et magnifique pour qu'il en fasse abstraction. On pouvait voir la Basilique de la place Sebastiano Visconti Prasca en construction, l'Acropole d'Athènes en décomposition, avec des ouvriers libyens enlevant avec précaution les briques de marbre, les déposant dans de grandes caisses, qui, elles, étaient transportées machinalement par des camions.

On voyait aussi, au sommet de la colline de la Pnyx, l'immense palais du général italien ayant dirigé puis gagné la campagne de Grèce, maintenant gouverneur romain de la province d'Achaea.

Ils considérèrent les différentes tables d'orientations permettant de se repérer dans l'espace cosmopolite et mélodieux de la ville de Mussolini.

70 « La ville de Mussolini ».

Le couple rentra ensuite à l'hôtel, puis s'endormit.

Baris et Aylin avaient pris des décisions pouvant être perçues comme dérisoires, comme le fait de changer d'hôtel à chaque nuit, ou encore ne jamais manger deux fois dans le même restaurant d'une ville, car ils savaient qu'ils étaient observés de partout. Baris se souvenait notamment du bout de papier laissé par Güven Hoyuk où y était inscrit : « Cave dux, qui ubique es vigilantes vos », soit « méfiez-vous du dirigeant qui vous observe partout ».

Le lendemain, ils prévirent, comme ils l'avaient organisé, visiter l'Académie de Platon[71]. Haut centre d'échanges et de partages technologiques, de savoirs scientifiques, historiques et culturels, l'Académie fut fondée par le philosophe en -387. Disparue en -86, elle fut restaurée sous le « glorieux règne de Benito 1er », précisément en 1942, pour pallier le manque de scientifiques italiens, et pour la formation de mathématiciens particulièrement capables, et aptes à vanter les mérites des sciences romaines.

Tout le site fut rénové, et elle devint la deuxième plus importante université d'Europe, après la Reichsuniversität der Wissenschaften[72], de Germania[73]. L'Académie de Platon se réclamait bien entendu des sciences grecques, mais aussi notamment des sciences romaines – les Grecs étant les « cousins des Romains », les sciences fascistes romaines englobaient tout le savoir-faire de l'Imperium.

Très peu de touristes visitaient l'Académie, car elle n'était guère intéressante pourrait-on croire à première vue, et souvent réservée aux gens de lettres.

---

71 L'Académie de Platon est la plus grande université de l'Imperium, la plus prestigieuse, et la plus importante du Novus Imperium Romanum. Les plus grands génies des Mathématiques y font leurs études, et possèdent ensuite un statut d'ultra privilégié, en devenant les plus grands scientifiques que possèdent l'Empire.

72 L'Université des Sciences du Reich est la plus prestigieuse université du monde, c'est ici que tous les grands savants, polytechniciens, ingénieurs, et hauts fonctionnaires, sont passés pour devenir ce qu'ils sont.

73 Germania est le nom de la Capitale du Reich, qui remplaça Berlin, alors détruite et reconstruite en Germania.

Baris était maître conférencier, et Aylin, professeure de lettres, ils étaient donc naturellement les bienvenus dans ce chef-d'œuvre de débats scientifiques. Un homme vêtu d'un Himation – comme tous les enseignants et responsables de l'Académie, une robe blanche venant des méandres antiques – vint à leur rencontre :

— Bonjour, vous venez pour visiter l'Académie, je me doute ?

— Oui, est-ce possible ? demanda Aylin.

— Oui, bien entendu, un étudiant arrivera pour vous guider dans la visite de ce haut lieu des sciences romaines.

Soudain, l'homme à l'himation s'écria :

— Hari ! Venez voir !

L'homme, vêtu lui, d'une toge, se présenta :

— Que puis-je faire monsieur ?

— Faites-leur visiter l'Académie, comme indiqué dans le protocole. Monsieur, madame, je vous laisse avec Hari Nadaharipati, l'un de nos étudiants, dont le rôle, à ses heures perdues, est de faire visiter notre Académie à quiconque le veut. Bonne journée à vous.

— Merci Monsieur, je vous en prie, suivez-moi, déclara celui-là avec assurance.

L'homme à l'himation partit, et ce fut le jeune étudiant Hari Nadaharipati qui reprit la visite du couple. Il avait la peau métisse, l'air indien, l'œil vif et clair, et semblait d'une ingéniosité naturelle surprenante. Il se présenta :

— Je me prénomme Hari Nadahirapati, je viens de Calcutta, du Raj fasciste britannique[74] et j'étudie dans l'Académie depuis déjà plus de deux ans. Les élèves ayant passé plus de deux années dans l'Académie peuvent avoir l'honneur – que j'ai actuellement – de faire visiter l'Œuvre de Platon, reconstruite par le Duce.

Quand il évoqua « par le Duce », Hari eut une infime déformation du visage, témoignant d'un dégoût prononcé.

---

74 Le Raj Fasciste Britannique est l'entité-État, satellite de l'État Britannique et membre du Grand Commonwealth Fasciste Britannique, et successeur du Raj Britannique.

« Décidément, nous ne sommes pas les seuls à être dégoûtés par les régimes fascistes » se dit Baris intérieurement.

L'historien sentait en cet homme une intelligence incroyable, dans sa manière de s'exprimer, le respect avec lequel il s'adressait à lui et sa femme, et aussi la démarche singulière qu'avait le jeune étudiant. Ce dernier continua :

— Vous savez, très peu de personnes étrangères, surtout appartenant d'une sous-race – eh bien oui, c'est la dure vérité que je me dois d'accepter – ont la chance d'étudier ici. J'espère infiniment que grâce à ces études je vais pouvoir faire avancer la Science Anglo-Italienne[75].

— Mais ne croyez qu'en apparence à ces choses-là, jeune homme, lui murmura Aylin dans une gentillesse qui enorgueillit Baris d'être le mari d'une telle femme.

L'homme se forçait – et cela se voyait – à dire toutes ces choses. Dans le ton de sa voix, il était à la fois très modeste, essayait de ne pas dire des choses contraires à l'immorale vision des *autres*, et exprimait un sentiment de chance et d'essai à la confiance en soi.

Il tourna la tête et exprima un léger sourire à ses hôtes.

Ils passèrent ensuite dans les couloirs entourant les jardins et les fontaines de l'Académie.

— La nature est très importante pour les mathématiciens, car elle est composée d'innombrables éléments géométriques et mathématiques.

Les colonnes de marbre étaient toutes parfaitement symétriques et géométriquement disposées de telle sorte à former le chiffre π.

La cour intérieure formait le même signe mathématique. Les cinq grands bâtiments, tous construits en marbre, étaient alignés mathématiquement à l'opposé des uns des autres.

75 Fut signée en 1954 une coopération scientifique entre l'Imperium et l'État Britannique, et elle avait pour but de promouvoir l'échange de scientifiques, et de populations entre les deux nations fascistes.

Ils se ressemblaient tous, c'étaient de grandes tours rectangulaires, contenant chacune dix étages.

Sur le mur du premier étage de chacune d'elles était marqué : « que nul n'entre ici s'il n'est géomètre », inscrit en grec, en latin, puis en italien. Les cheveux noirs de l'étudiant étaient balayés par le vent qui soufflait, ce qui lui donnait une allure particulièrement charismatique.

La visite continua avec la découverte des salles de cours, et du monument central des jardins. Il s'agissait d'une statue du Duce portant dans la main droite le symbole de l'atome, et dans sa main gauche une épée où était gravée « Scientia est infinitus Romanum[76] », avec un symbole représentant l'aigle romaine portant le signe infini dans ses pattes. C'était réellement très impressionnant.

La visite se conclut sur l'affirmation des ambitions du jeune mathématicien, qui voulait devenir le plus grand mathématicien indien, dépassant ainsi Ramanujan[77] et ainsi démontrer l'égalité de la race indienne à celles des Britanniques.

— Merci beaucoup pour votre attention, cela m'a fait énormément plaisir de vous faire visiter l'Académie de Platon, et d'avoir discuté avec vous, je vous souhaite un très agréable séjour à Mussolinople, au revoir. J'agirai selon vos conseils, madame.

Le couple le salua, puis repartit en direction de la Pnyx, et du Palais de Visconti Prasca.

Les rues débordaient de touristes, les alentours du palais étaient l'endroit le plus visité de la ville. Il y avait des soldats fascistes qui gardaient chaque coin de rue, car le Gouverneur d'Achaea séjournait en permanence dans son palais. On se croyait très aisément dans le quartier caesar de Rome, et ses centaines de soldats fascistes y protégeant une personnalité importante ne faisaient qu'aller dans ce sens.

---

76 « La Science Romaine est infinie. »

77 Célèbre Mathématicien indien.

Ce gouverneur se montrait très proche du peuple, cependant il méprisait les Grecs, et tous les peuples vaincus par le régime mussolinien. Visconti Prasca avait eu l'autorisation du Duce pour la construction de son palais, une fantaisie architecturale.

Des colonnes qui tenaient l'ensemble étaient construites avec les briques des monastères des Météores, le toit avec des restes archéologiques de Herculanum et enfin le reste bâti avec des pierres égyptiennes.

Son palais ressemblait quelque peu à l'Acropole, y était même pratiquement identique.

De vastes jardins accompagnés de fontaines dominaient les abords du palais. Une vingtaine de gardes romains protégeaient les allées verdoyantes, et le nombre de soldats devait doubler sans aucun doute à l'intérieur du palais.

On n'avait évidemment pas le droit de visiter le palais, mais Aylin et Baris eurent l'occasion de voir le général à la retraite.

Il sortit de son impressionnante résidence, et salua les touristes, qui l'acclamaient dans une joie singulière. Mais le gouverneur Visconti de Prasca demeurait dans les jardins, et jamais ne sortait de l'enceinte du palais.

Ses cheveux plaqués et sa calvitie le rendaient facilement reconnaissable.

Il avait remplacé depuis de nombreuses années déjà la tenue militaire ârun large costume noir, une grande cravate rouge avec des lettres d'or marquant « Achaea ».

Baris et Aylin ne pouvaient pas s'approcher plus, et les hauts bâtiments commerciaux à proximité du palais donnaient l'envie aux touristes de parcourir les magasins, ce à quoi les deux Turcs ne s'intéressaient guère. Ils avaient la volonté de voir de plus près l'égocentrique général.

Baris, dans un latin parfait, demanda aux gardes si cela était possible de pénétrer dans les jardins du palais. Chaque garde répondait par une réplique que chacun semblait avoir apprise par cœur :

— C'est impossible, les touristes que vous voyez là-haut possèdent une autorisation spéciale, et sont des proches de monsieur le Gouverneur.

Baris et Aylin repartirent ensuite en direction de leur hôtel, après deux heures de visite du quartier et déçus étaient-ils de ne pas avoir vu de plus près l'odieux homme se cachant derrière son palais, l'asservisseur du peuple grec. Mais tout cela, il ne fallait pas le montrer, du moins le moins possible, sinon retour en prison, mais celle du Vésuve, celle d'Italie, réputée pire qu'Imrali.

Il était 16 heures, et le couple Yildirim devait partir pour Pekerkent, qui était à cinq heures de route de la Ville de Mussolini. Ils avaient encore à passer la frontière, et dès lors, leur séjour dans l'Imperium était terminé.

Ils arrivèrent alors enfin à la frontière turco-romaine. Malgré la grande amitié entre les deux pays fascistes, des murs de barbelés allongeaient les limites territoriales des deux nations.

Seule la douane – qui occupait une grande superficie, frontière entre deux pays fascistes se situant dans une zone annexée datant de la Grande Guerre d'Unification – se profilait.

Il n'y avait qu'un seul bâtiment, grand, d'architecture romaine, et des centaines de soldats des deux nations aux abords des murs de barbelés et à l'entrée du complexe douanier.

Le couple Yildirim attendit, puis présenta ses papiers – en tant que M. Costa et Mme Rizzio bien entendu – et passa la frontière.

Baris et Aylin étaient de retour en Nouvelle Turquie, en Roumélie plus exactement.

Partie européenne de l'empire du Kilavuz, la Roumélie était la zone la plus sous tension du grand territoire néo-turc, des revendications et des rébellions caractérisaient la situation de la région. Celles-ci se retrouvaient toutes rapidement matées dans le sang par le premier ministre Recep Peker.

La ville de Thessalonique avait été d'ailleurs renommée en l'honneur du premier ministre Peker, pour la représentation qu'il était du kémalisme fasciste, et du pouvoir militaire de la Nouvelle Turquie en Roumélie qu'il représentait, ayant mené de grandes campagnes d'invasions durant la guerre.

La ville était la plus grande de la région, et la deuxième plus grande ville de Roumélie. Sa visite allait sans doute être rapide, mais Baris et Aylin avaient l'intention de profiter de leur pays d'origine pour la dernière fois.

La ville était totalement restaurée et refondée, il ne restait même plus la tour blanche ou l'Arc de Galère, mais seulement la Place Recep Peker, qui faisait face à la mer. Ils arrivèrent à 21 h 23 dans la ville. Ils commencèrent par se coucher, exténués par cette journée et pour bien se reposer avant de commencer les choses sérieuses, qui allaient se dérouler pour la première fois dans quelques jours.

Ils se laissèrent tomber dans les bras de Morphée dans le Yildiz Otel, classieux hôtel du centre-ville, à proximité de la place principale et la mer Égée.

Le lendemain, Aylin et Baris prirent leur petit déjeuner, et partirent pour la place Recep Peker, et ses nombreux magasins de luxe, ses restaurants témoignant de l'échange culturel entre grecs et turcs. Ils avaient encore beaucoup de monnaie turque, et en profitèrent pour s'offrir quelques cadeaux, pour résister à la pression et à l'angoisse qui grandissaient constamment en eux. Mais après ces achats, les deux époux se promirent de plus rien dépenser avant le voyage jusqu'aux USGA. Le couple traversa la ville en taxi turc, et comme ils étaient italiens maintenant, plus personne ne pouvait leur reprocher quoi que ce soit.

À la fin de la matinée, ils se rendirent dans le quartier religieux de la ville. Pekerkent était devenue le deuxième lieu de la religion musulmane en Europe, après Fevzikent bien sûr.

La ville allait bientôt dépasser le million d'habitants, et rattrapait Izmir au niveau du développement économique. La grande Mosquée

Trakyalı était immense, possédait quatre minarets, tous dépassant les cinquante mètres de hauteur. Ce fut le Premier Ministre Peker qui approuva lui-même ses plans. Elle possédait un grand dôme doré, recouvert selon les habitants locaux « des cris de libération des Grecs lors de la bataille ». C'est ce que voulait faire croire la propagande de Çakmak aux colons d'Anatolie venus vivre ici avec l'encouragement financier du régime bekerçakiste[78].

Des soldats turcs étaient postés à l'entrée, et observaient méthodiquement quiconque entrait et sortait des bâtiments religieux. Ils ne purent entrer à l'intérieur de l'imposante mosquée, car selon la « loi 1667 », ou la « Loi contre les entrées des étrangers dans les lieux saints », aucun étranger, même musulman ne pouvait pénétrer dans les mosquées turques, et les Turcs de confession non musulmane – ce qui est très rare actuellement – ne le pouvaient non plus. Et les époux Yildirim étaient Italiens désormais, et Baris le premier avait du mal à s'en souvenir.

Ils ne pouvaient qu'admirer ce chef-d'œuvre de l'architecture néo-turque, qui, même si fasciste, ne pouvait être considéré comme inintéressant. Néanmoins, en restant à l'extérieur, ils avaient plus de chance de ne pas se faire remarquer que s'ils avaient pénétré dans le bâtiment religieux. Baris et Aylin découvrirent ensuite les autres mosquées de la ville, innombrables dans Pekerkent, ainsi que les divers restes des églises orthodoxes grecques.

En effet, la ville ne laissait en aucun cas entrevoir son passé grec, et l'on ne croyait désormais plus qu'à l'existence de Pekerkent, et non d'une nouvelle Thessalonique. Toutes les églises orthodoxes et tous les sites archéologiques grecs avaient été rasés, et leurs pierres avaient servi à la construction des lieux musulmans de la cité.

À midi, ils se rendirent au Bazar de Pekerkent, le plus grand bazar de Roumélie. Les marchands criaient le prix record de leurs produits,

---

78 C'est le nom de l'idéologie fascisante turque du trio dirigeant la Nouvelle Turquie, à savoir Fevzi Çakmak, Recep Peker et Ali Enver Beyefendi.

et des vieilles mères de famille allaient et venaient en y achetant des produits de première nécessité.

Les touristes étaient attirés par les commerces les plus bruyants. Aylin donna l'envie à son mari de goûter les spécialités de Roumélie et notamment de Pekerkent, vendues par un Turc à la barbe noire et aux yeux verts.

— Voyons Monsieur, goûtez les spécialités culinaires de votre épouse, disait-il avec un grand sourire et un fort accent grec.

Ils déjeunèrent donc au Bazar de la ville du premier ministre, sous le regard attentif du commerçant à la barbe noire, qui donnait l'impression d'une authenticité unique à ses clients.

Après le fastueux et traditionnel repas, le couple Yildirim partit en direction du port de Pekerkent. La ville était située à quelques kilomètres de la frontière avec l'Imperium, et par conséquent son port était considérable et militarisé.

On voyait de grands navires néo-turcs aux abords des quais, et d'autres qui s'effaçaient dans l'horizon maritime. Pendant près d'une heure, ils se promenèrent dans le complexe naval, et firent quelques excursions sur les îles aux alentours, profitant d'une vue magnifique sur les abords maritimes de Pekerkent et du port. Tout en parlant dans un latin parfait lorsqu'ils étaient amenés à se retrouver proches d'un passant ou d'un militaire, ils faisaient constamment attention à ce qu'ils se disaient.

Ils rentrèrent au centre-ville au début de la soirée, et mangèrent et profitèrent de la place Recep Peker, pour ce dernier moment de réjouissance dans leur pays natal. La place principale était très animée, remplie de Turcs, de Grecs et de touristes étrangers dansant sous le regard des divers gardes qui étaient postés aux quatre coins de la place.

Parfois, la situation dégénérait, les forces de l'ordre de Nouvelle Turquie intervenaient, et embarquaient une nouvelle cargaison d'opposant dans les nombreux commissariats que comptait la ville de Recep Peker.

Le couple ne se fit absolument pas remarquer, dansait quand tout le monde dansait, mangeait lorsque tout le monde mangeait, et riait quand tout le monde riait.

Bref, M. Costa et Mme. Rizzio étaient deux étrangers parfaitement normaux.

Ils se couchèrent relativement tard dans la nuit, songeant déjà à la prochaine à Fevzikent, qui était l'une des villes les plus surveillées de Nouvelle Turquie, si ce n'était la plus surveillée. Et pour cause, de nombreux attentats se produisaient régulièrement dans la cité du Kilavuz, et blessaient et tuaient d'innombrables Turcs, comme les rares touristes qui s'aventuraient dans la dangereuse Fevzikent.

Le lendemain matin, ils se rendirent au Musée des Atatürk[79].

Thessalonique était la ville de naissance de Kemal, mais ce détail échappa au Kilavuz et à Recep Peker, qui préférèrent renommer la ville en l'honneur de ce dernier.

Le Musée des Atatürk était consacré pour une petite partie à Mustapha Kemal, le reste du complexe retraçait les épopées héroïques qui menèrent au pouvoir les deux mastodontes politiques qu'étaient Recep Peker et Fevzi Çakmak.

Baris et Aylin rirent intérieurement à la lecture des différentes explications, car l'histoire de Kemal était radicalement sous-estimée, tandis que celles de Peker et de Çakmak, largement surestimées. Eux, ils connaissaient parfaitement les vraies vies des trois hommes. Mais cela devait se conformer à la vision des *autres*, encore et encore.

Le bâtiment ressemblait fortement à une mosquée d'architecture ottomane, ses plans se basant sur la mosquée Suleyman d'Istanbul. Ils finirent la visite du musée et son quartier à midi, puis partirent enfin pour la ville du Victorieux, ne leur restant que plus quatre nuits avant le décisif vol Fevzikent-Washington DC.

---

79 Les Atatürk, selon la tradition bekerçakiste, sont Mustapha Kemal, Fevz Çakmak et Recep Peker.

Seulement trois heures de route séparaient les deux villes. L'autoroute était relativement fréquentée, mais pas au point d'avoir des bouchons.

Ils changèrent de voiture pour le trajet, en prenant une voiture Tofaş[80], d'ailleurs basée sur les modèles italiens Fiat.

Aylin allait enfin rentrer chez elle, du moins pour un temps, et présenter les quelques membres de sa famille qui y résidaient encore, et surtout en qui elle avait confiance.

Elle espérait pouvoir être logée chez sa tante, pour n'éveiller aucun soupçon, et pour obtenir de l'aide de la part de cette dernière.

Aylin allait retourner dans Fevzikent, ville qui l'hébergeait depuis la fin de son emprisonnement à Imrali.

Les usagers se pressaient aux péages immenses qui permettaient d'accéder à Fevzikent. Tous étaient turcs, et se tenaient très rigidement lorsque les autorités du Kilavuz passaient près d'eux. Les gardes étaient surarmés. Des hélicoptères rôdaient autour de la ville, on entendait au loin des sirènes de la police nationale de Nouvelle Turquie.

À leur passage au péage, un homme s'écria « Vive Mustafa Barzani[81] ! Vive l'Indépendance des Kurdes ! » avant de tirer avec un révolver p38 spécial sur un soldat du régime. Il fut vite, très vite neutralisé sous les yeux des passants et des conducteurs, sous les yeux des enfants innocents et de leurs parents étourdis, sous les yeux de Baris et d'Aylin, qui, pour première image de la Fevzikent, eurent droit à une exécution sommaire d'un opposant au régime…

L'Aigle planait sur le cadavre de l'opposant, et, soudainement, s'agrippa à lui, lui arracha le bras gauche, et repartit en volant vers son nid.

---

80 La seule entreprise d'automobile turque à pouvoir produire des voitures et d'autres moyens de transport, dans le territoire de la Nouvelle Turquie.

81 Leader Kurde, revendiquant le territoire du Kurdistan, l'un des derniers meneurs des combattants kurdes pour la libération.

Ils commencèrent par se rendre chez la tante d'Aylin. Celle-ci avait élevé Aylin durant son adolescence, lorsque ses parents moururent.

Sa tante était le dernier membre de sa famille avec qui elle était proche, suffisamment pour lui demander de loger chez elle, et pour lui expliquer une partie de ses problèmes. Celle-ci l'écoutait toujours avec attention et gentillesse.

Ils se rendirent dans les quartiers pauvres de Fevzikent. L'immeuble dans lequel habitait sa tante était délabré, et de même composition que tous les autres du quartier : grand, laid, vide, gris.

Aylin sonna. Elle savait que sa tante y résidait toujours, son nom, Gergana Kurt, y était toujours inscrit.

Une grosse et petite femme, âgée de la soixantaine, ouvrit la porte, et prit dans ses bras Aylin. Baris, qui était un peu gêné, la salua avec une poignée de main.

— Entrez donc ! J'vais vous préparer les lits et d'la soupe ! disait-elle avec en turc avec un fort accent slave.

Ils montèrent quatre étages, et la vieille femme ouvrit la porte de son logis. Il n'était pas très grand, et sobrement décoré, avec un tapis de prière en direction du sud, placé dans la chambre de tante Gergana. Elle était vêtue d'un voile blanc et d'habits traditionnels bulgares. La culture de l'Islam était devenue omniprésente dans les ménages de Roumélie.

Tous les non-musulmans étaient exécutés sur la place publique, pour hérésie, alors tous ceux-ci préféraient renier leur Dieu pour préserver leur vie et se convertir à l'Islam, religion d'état de Nouvelle Turquie.

La nuit tombait doucement sur Fevzikent. La soupe chaude servie par tante Gergana servit d'introduction à la longue conversation qui débutait tranquillement.

— Et vous, qui êtes-vous jeune homme ?

— Je suis Baris, Baris Yildirim, le mari d'Aylin.

— Ah mais oui, j'me souviens de vous maintenant ! Mon mari m'avait parlé de vous une fois, il était venu à votre mariage !

— Oui, je me souviens de lui, et je suis très heureux de faire votre connaissance madame, répondit Baris avec politesse, mais décelant quelque chose d'étrange chez la vieille bulgare.

— Oh, mais tu peux m'tutoyer t'sais ! Aller, mangez, la soupe va être froide !

Ils mangèrent rapidement, puis Aylin prit la main de Baris, la serra, le regarda et dit :

— Je vais lui expliquer, d'un murmure que la vieille femme n'entendit pas, ayant perdu depuis longtemps ses capacités auditives de jeunesse.

Le couple expliqua la plupart des événements qu'ils avaient vécus depuis le début de la visite de Rome jusqu'à l'exécution du fanatique Kurde.

Aylin était parfois interrompue par sa tante qui disait « Oh c'pas croyable » ou encore « Vous avez vécu des trucs que même mon mari n'aurait jamais espéré vivre, dit'donc ! »

La vieille femme conclut la conversation avec :

— C'est bien beau tout ça, mais vous d'vez être fatigués après ces aventures ! Aller donc vous coucher, vos lits sont prêts.

Elle n'avait pas l'air de se rendre totalement compte des raisons de leur venue.

Ils dormirent dans le lit de tante Gergana, tandis que cette dernière dormit par terre, sous une couverture de peau de loup.

Le lendemain matin, c'est la tante qui vint les réveiller :

— Vot'p'tit déjeuné est prêt !

Ils décidèrent alors d'effectuer une randonnée pédestre dans le massif de Vitosha[82], qui surplombait Fevzikent.

La promenade durerait toute la journée pour pouvoir réfléchir et organiser ce qui allait se dérouler à Washington et à Ford City.

Tante Gergana leur prépara un pique-nique pour le midi, ayant prévu de rentrer relativement tard dans la soirée.

82 Massif montagneux près de Fevzikent.

Cette promenade était particulièrement empruntée par les plus fervents fidèles de l'Islam et du Kilavuz. Une grande statue représentant Fevzi Çakmak était construite tout en haut du Siyah Ağaçkakan, point culminant auquel on advenait à la fin de la marche.

La randonnée commença doucement, avec un terrain montant progressivement. Ils ne croisèrent que rarement des touristes, ceux qui venaient, priaient tous les vingt mètres. On voyait des femmes, des hommes, parfois même des enfants, des vieillards, des soldats, ou encore des responsables politiques.

Il fallait être très vigilant, car Aylin ne pouvait absolument pas prédire ce qui allait se passer lors de leur séjour à Fevzikent.

Il y avait de nombreuses tensions dans la ville, et Mübeccel Arslan avait prévenu le couple en admettant que la ville « ne permettait pas d'organiser d'avance leur passage ».

Enfin, après cinq heures de marche, ils arrivèrent au sommet du Pic Noir, le Siyah Ağaçkakan. La grande statue du Kilavuz se dressait magnifiquement et veillait paisiblement sur la ville.

Le repas de tante Gergana fut rapidement mangé, Baris et Aylin étant quelque peu fatigués des cinq premières heures de marche.

Une femme vêtue d'un long voile noir, se présenta au couple :

— Bonjour, vous êtes bien Monsieur Rizzio ? demanda-t-elle à Baris.

— Oui, historien romain à la découverte de la culture turque, répondit avec une fausse fierté le maître conférencier.

— Bien, j'ai des informations à vous faire passer, pouvez-vous me suivre ?

Aylin reconnut la personne comme étant « l'une d'entre eux », et alors le couple la suivit jusqu'à un endroit isolé, vers une petite cabane de bois abandonnée.

— C'est le Doyen d'Istanbul qui m'envoie. J'ai des informations de toute urgence à vous faire parvenir.

— Allez-y, nous vous écoutons, ordonna Aylin.

— Votre vol Fevzikent-Washigton est annulé. Vous devrez vous rendre à Bükreş[83] pour le Vol Bükreş-Washington le 27 mars à 6h55.

— Pourquoi le vol est-il annulé ?

— De trop fortes tensions sont survenues à Fevzikent. Les autorités craignent que des opposants politiques ne s'enfuient de la ville, ils ont donc décidé la fermeture provisoire de l'aéroport de Fevzikent. Le Gouverneur Mustafa Abdülhalik Renda[84] l'a ordonné, après consultation avec le Kilavuz. Le seul aéroport offrant un autre vol jusqu'aux USGA est celui de Bükreş. Tenez, voici les billets. Faites attention à vous, au revoir.

Le couple, abasourdi, repartit et finit sa marche. Il leur faudra donc partir en fin de journée du 26, le lendemain. Il était déjà quatre heures de l'après-midi lorsqu'ils quittèrent la jeune femme. Il devait donc tout préparer ce soir pour partir dans de bonnes conditions.

La visite de Fevzikent allait donc être écourtée. Il fallait prévenir Tante Gergana.

Ils rentrèrent à l'immeuble de la Tante d'Aylin. Celle-ci les accueillit avec un grand sourire – enlaidit par les dents manquantes de la vieille dame – et avec une grande marmite de soupe aux mains.

— Votre prom'nade s'est bien déroulée ? demanda-t-elle.

Aylin expliqua avoir vu la statue du Kilavuz, et lui confia les changements d'emploi du temps.

— Oh... Il faudra que j'aille au marché pour vous préparer les r'pas pour le voyage.

Elle semblait déçue, contrariée et à la fois malheureuse.

— Elle est déçue, elle pensait nous voir plus longtemps, dit Aylin à son mari.

— Je ne suis pas sûr de cela. Je doute de ta tante, navré Aylin.

---

83 Bükres est la ville de Bucarest, ancienne capitale roumaine, qui fait partie de la Roumanie Turque – tandis que l'autre partie de la Roumanie se situe dans le Reich. Cette ville fût renommée en turc, et désormais, pour le monde entier, Bucarest est devenue Bükres.

84 Gouverneur de la Roumélie, un ancien proche de Mustapha Kemal, et est désormais un des plus hauts fonctionnaires de la Nouvelle Turquie.

— N'aie pas peur, elle est gentille, je la connais bien, déclara-t-elle, un peu agacée.

Ils s'endormirent avec tous leurs plans bousculés.

Le lendemain, Aylin fit visiter à Baris la Grande Mosquée Saint Fevzi, plus grande mosquée de Roumélie, la seule que les touristes étrangers et les non-musulmans avaient le droit de visiter.

Cette dernière était le vestige de la Cathédrale Saint-Alexandre-Nevski, qui fut détruite lors de la conquête de la ville par les troupes du Kilavuz.

La grande mosquée était également de style néo-byzantin, mélangé à celui du style ottoman. Le dôme d'or était couvert de statues représentant le Kilavuz, et la grande porte servant d'entrée possédait un écriteau en lettres d'or sur lequel était marqué « Kilavuzumuz Fevzi Çakmak'a Şan ve Yaşasın[85] ».

Ils visitèrent ensuite le Vitosha Boulevard. Caractérisée par la présence de nombreux magasins traditionnels, cette grande avenue piétonne débordait de manifestants.

À l'arrivée des forces de l'ordre, le couple opéra un demi-tour.

Des opposants lançaient des projectiles sur la police, et les soldats répliquaient en tirant sur la foule, cette scène témoignant de la brutalité et des nombreuses tensions dans lesquelles évoluait Fevzikent.

Des hélicoptères survolèrent l'avenue, puis tirèrent sur le groupe extrémiste, qui fut éliminé en quelques secondes seulement.

Baris et Aylin passèrent en face du commissariat des forces néo-turques de Roumélie. Une vieille femme avec un voile blanc et des habits traditionnels bulgares sortit du bâtiment.

Baris eut l'impression de reconnaître la tante de sa femme. Elle tenait des billets dans sa main, de même apparence que ceux qui leur avaient été donnés par la jeune femme au voile noir.

La vieille dame le regarda, puis se précipita dans un lieu où elle ne pouvait plus être vue. Baris eut la certitude que c'était tante Gergana.

---

85 « Gloire et Vive notre Guide Fevzi Cakmak. »

L'historien demanda à Aylin si elle avait toujours les billets, et cette dernière lui répondit qu'elle les avait laissés chez sa tante. Il eut un frisson de stupeur, et raconta directement ses impressions à sa femme.

Aylin, d'abord perplexe pendant quelques secondes, prit également peur à l'énumération des détails.

Une vieille femme vêtue d'un voile blanc, et d'habits traditionnels, tenant des billets, et prenant peur à la vue de Baris, ne pouvait qu'être Tante Gergana.

Aylin et Baris coururent vite vers l'immeuble de résidence de la vieille dame. À leur arrivée, après une dizaine de minutes de sprint dans la ville, ils trouvèrent le corps sans vie, écrasé, sur le sol, de Tante Gergana. Elle était en position d'étoile, avec à son côté droit les deux billets d'avion pour le vol Bükreş-Washington.

Le voile blanc de la vieille femme, couvert de sang, s'envola sous l'effet du vent, et s'engagea dans les égouts de la rue.

Aylin essaya de l'attraper, mais en vain. Baris lui, rageant de la trahison d'un membre de sa famille, prit les billets, la main de sa femme, et monta dans la voiture.

— Nous sommes poursuivis, trahis, traqués, dit Baris à sa femme. Nous devons partir, maintenant. Vite, monte.

CHAPITRE HUIT

La voiture démarra. Le moteur gronda. Baris et Aylin partirent en direction de l'autoroute B2.

Les sirènes des forces de l'ordre turc sonnaient au loin, et à mesure, se rapprochaient de plus en plus du couple en fuite. À leur entrée sur l'autoroute, après avoir passé le péage, et avoir évité les regards des soldats gardant l'entrée de la ville, Baris, qui était crispé de terreur sur son volant, accéléra pour arriver le plus vite possible à Bükres.

Un hélicoptère se mit à les survoler. Des voitures ainsi que des fourgons se mirent à les rattraper.

Baris accélérait toujours, mais les soldats aussi. Soudain, l'hélicoptère se mit à s'approcher dangereusement de leur position, et se trouvait juste au-dessus d'eux.

Avec un mégaphone, un homme ordonna dans un turc militaire :

— Arrêtez votre voiture, au nom des lois d'Allah et de notre Kilavuz !

Au dernier mot prononcé, l'homme, sans doute un commissaire, tomba de l'hélicoptère par la force du vent soufflant mortellement sur les engins, et s'écrasa par terre, dans un final sanglant auquel le couple Yildirim n'assista pas.

Les deux voitures et le fourgon s'arrêtèrent vers le cadavre, et l'hélicoptère, lui, explosa dans le ciel de l'autoroute. Une explosion retentissante, qui fit s'arrêter toutes les voitures – sauf celle du couple qui fonçait toujours diligemment vers l'ancienne Bucarest.

Des tirs de mitraillettes étaient dirigés sur eux, mais aucun ne stoppait la course effrénée de la voiture et des deux Turcs qui la conduisaient.

Aylin, machinalement, retournait la tête pour vérifier la position des soldats turcs.

Puis un long moment de réflexion s'engagea.

Si Tante Gergana avait donné l'identité du couple, c'était alors celle M. Et Mme. Yildirim. Car Aylin se souvenait parfaitement d'avoir omis volontairement d'indiquer à sa tante leurs nouveaux noms.

Ainsi la police turque poursuivait un historien et sa femme morte officiellement.

Tante Gergana avait sans aucun doute révélé la destination du couple, mais en employant les noms de Baris et Aylin Yildirim, qui, officiellement, n'existaient plus depuis l'incident de Neapolis. Mais ce qui était certain, c'était qu'aux yeux du gouvernement bekerçakiste, ils étaient devenus des opposants à éliminer.

Les forces de l'ordre n'avaient pas pu avoir un portrait détaillé des deux opposants, ce qui était un autre point positif.

Mais elles avaient pu relever l'identité des deux billets d'avion aux noms de M. Costa et de Mme. Rizzio. Ils savaient donc où, quand, comment, et qui allait prendre ce vol. Ils ne restait plus qu'une solution.

— Ils savent tout, il faut donc trouver deux autres personnes, un homme et une femme, possédant des billets pour exactement le même vol, pour la même heure, la même destination, déclara d'un ton angoissé l'historien.

— Samanlıkta iğne aramak [86]? répondit avec ironie la professeure de lettres.

Ils arrivèrent à six heures de l'après-midi à Bükres. Ils n'eurent plus aucun signe de poursuite de la police néo-turque.

86 « Vous cherchez une aiguille dans une botte de foin ? »

Ils prirent la décision de rester, jusqu'au vol, dans un lieu peu fréquenté, dans lequel ils ne pourraient être repérés, et attendraient donc cachés pendant près de douze heures. Ils conclurent également en prenant la décision de faire des rondes régulières, par l'un puis par l'autre, dans l'aéroport, pour voler de potentiels billets mais également pour surveiller la présence de la police. Peut-être les Loups gris étaient-ils à leur poursuite, également…

À leur arrivée, Aylin mit un voile noir qui recouvrait l'entièreté de son corps, et Baris, lui, s'enveloppa d'un épais manteau noir, grâce auquel on ne pouvait qu'entrevoir son visage.

Ils se rendirent dans les toilettes, à proximité du salon d'attente pour le vol de 6 h 55. Les deux s'enfermèrent chacun dans une cabine, et ils attendirent. Ils se relayèrent pendant près de quatre heures, sans trouver le moindre billet, sans trouver le moindre Loup-Gris.

Soudain, Aylin Yildirim se rendit à la cabine téléphonique. Elle sentait que la situation était désespérée. Profondément inquiète par le message qu'elle reçut quelques heures auparavant, durant une précédente ronde, elle céda à la demande qui lui avait été faite. Un message des Loups-Gris indiquait savoir où ils étaient. Elle l'avait retrouvé dans son manteau, après qu'un homme se fût approché suffisamment près d'elle pour l'y déposer. Aylin n'avait aucunement prêté attention à ce fait mais son angoisse fut terrible lorsqu'elle lit les quelques lignes évoquant sa position actuelle, et les multiples menaces de la paramilitaire turque.

Elle céda, appela, et alors on répondit :

— Donnez-moi vos informations, et vous serez en vie. Vous et votre mari, disait une voix.

— Mais comment puis-je vous faire confiance.

— Nous savons où vous vous trouvez. Nous savons qui vous êtes. Nous savons tout. Si nous n'étions pas de confiance, vous ne vous cacheriez pas dans les toilettes proches de la salle d'embarquement. Mais vous seriez morts, vous et votre mari. Donc coopérez si vous voulez vivre.

— Bien, d'accord. Je vais tout vous dire.

Étant revenue, et après que les deux époux se furent convenu d'un repos commun jusqu'à deux heures du matin, Aylin, aux alentours d'une heure, réveilla son mari.

Un couple discutait alors de leur voyage pour Washington dans cinq heures.

Les Yildirim décidèrent d'agir. Baris sortit de la cabine. On voyait les billets déborder de la poche du monsieur. L'historien lui demanda alors :

— Excusez-moi, auriez-vous l'heure s'il vous plaît ?

— Oui, bien entendu, il est une heure trente-quatre du matin.

— Merci beaucoup.

Les billets sortirent de la poche de l'homme. Il les regarda tomber, puis repartit, tenant la main de sa femme, vers le salon d'attente. Il sourit à Baris quand ce dernier observa les billets tomber.

— Un autre homme du D.G., merci Mübeccel, pensait Baris.

— Herr Stein tient donc sa promesse, constata intérieurement Aylin.

Cette dernière sortit de la cabine, accueillie par le grand sourire de son mari qui tenait les billets pour le vol Bükres-Washington à 6 h 55.

Ils se rendormirent, puis s'éveillèrent peu avant six heures, pour prendre leur petit-déjeuner dans le salon d'attente. Le couple bienfaiteur avait totalement disparu. À 6 h 34, Monsieur et Madame Doğan – nom du couple qui avait passé les billets aux Yildirim et qui serait le nouveau nom d'emprunt – embarquèrent pour le vol Bükres-Washington.

Les deux fausses cartes d'identité de M. Costa et de Mme. Rizzio furent noyées dans les toilettes par le couple, ne laissant aucune trace des hypothétiques Italiens ayant traversé tout l'Imperium et la Roumélie.

Baris et Aylin s'installèrent aux places indiquées sur leurs billets, 11F et 12F.

Au décollage de l'avion, enfin, Baris et Aylinse pensèrent à leur nouvelle vie qui commençait en ce moment même. Désormais, il ne leur restait plus qu'à témoigner et ainsi participer au changement du monde et de la Nouvelle Turquie. « Enfin », se disaient-ils intérieurement.

Aylin priait surtout pour la véracité des propos de Nikolaus Stein, pensant déjà à sa vie nouvelle, avec son mari retrouvé, dans un régime laissant à ses habitants plus de libertés.

CHAPITRE NEUF

L'avion Douglas DC-6 se posait doucement sur le sol des pistes.

Il faisait nuit, et l'on voyait dans la pénombre somptueuse de ce pays que jamais les époux Yildirim eurent cru rejoindre, les mouvements harmonieux des avions qui décollaient et atterrissaient.

Tandis que l'aéroscaphe dans lequel se trouvaient monsieur et madame Doğan – officiellement – se positionnait en direction des portes de débarquement, Aylin Yildirim était pensive.

Avait-elle bien fait ? Ne regrettait-elle pas son acte ? Mais ce dernier avait été commis pour le bien de son époux, qu'elle aimait plus que tout. Mais quelque chose d'étrange la perturbait sans cesse, et tandis qu'elle observait les lueurs émises par l'aéroport, elle se questionnait incessamment.

De grandes lumières très visibles parcouraient le ciel de la ville, au loin. Ils étaient bien là, dans ce pays où la liberté connaissait une définition, contrairement à la Nouvelle Turquie.

Il était plus de 20 heures, et ils étaient arrivés à Washington DC.

Baris et Aylin descendirent de l'avion, puis se rendirent à la halle des bagages, et prirent leurs valises.

Des dizaines de taxis attendaient sagement que les voyageurs fassent appel à leurs services. Le couple monta dans un de ceux-ci. Aylin parlait très bien l'américain, mais Baris avait bien plus de mal.

Mais maintenant, ils avaient pour prétention de se rendre au consulat turc de Ford City.

— *Where are you going ?* demanda le chauffeur.

— *We want to go to the Turkish Consulate in Ford City !* s'exclama Aylin dans un américain parfait.

L'homme ne questionna pas plus, il chercha l'adresse dans l'un de ses guides géographiques, puis partit.

Il ne fut aucunement bavard lors du voyage, Baris et Aylin parlaient guère non plus, mis à part pour se réjouir du moment qu'il vivait alors.

Baris avait bien les dix mille dollars, bonne nouvelle se dit-il en vérifiant méthodiquement tout ce qu'il lui fallait pour en terminer avec cette vie-là.

Le trajet ne coûta guère cher, le coût de la vie quotidienne ayant considérablement baissé, depuis le mandat de Huey Long[87].

En arrivant à Ford City, juste en face du consulat, et après avoir payé le chauffeur pour la course, Baris et Aylin décidèrent d'aller louer une chambre pour y passer la nuit.

Il y avait un hôtel à proximité du site diplomatique. Le « Abascal Hotel FC[88] » était un grand hôtel de luxe, surtout connu pour y abriter de nombreux riches réfugiés politiques, et principalement pour les diplomates étrangers.

En effet, la politique migratoire des États-Unis de Grande Amérique, même xénophobe, était l'une des plus ouvertes au monde.

C'était le seul pays à ne pas fermer ses frontières aux étrangers voulant s'y installer. Le Cabinet Van Hosen Moseley[89] imposait néanmoins un quota de réfugiés.

À leur entrée dans l'hôtel, un couple parlant espagnol était assis dans le salon qui se trouvait juste à droite de l'accueil. La femme

---

87 Huey Long était le Gouverneur de la Louisiane, puis il devint le Président des USGA de 1932 à 1936, et géra avec succès les Conséquences de la Crise de 1929. Néanmoins, il ne fut pas réélu, assassiné quelques jours avant le déroulement de l'élection, alors qu'il était pourtant donné favori des sondages.

88 Cet hôtel porte le nom d'un des fondateurs du Synarchisme Mexicain, Salvador Abascal. Il est actuellement El Jefe de la Junte Mexicaine.

89 Le Cabinet Van Hosen Moseley est le quatrième cabinet de gouvernance du Président MacArthur. Son premier Ministre est donc George Van Hosen Moseley.

n'était pas très grande, avait des cheveux d'un noir de jais, les yeux d'un brun époustouflant, et le teint de peau d'une Espagnole.

L'homme, lui, avait les yeux noirs, des cheveux noirs avec une légère calvitie, un sourire aux lèvres et portait une veste de cuir, ainsi qu'une sacoche.

Le couple discutait avec un Américain, dans un anglais parfait, et parlait, selon l'écoute d'Aylin, de la situation actuelle d'un certain « Francisco Franco[90] ».

Baris et Aylin ne le connaissaient pas.

L'hôtesse – qui était avec un autre client – vint enfin à leur rencontre.

Le très officiel couple Doğan prit une chambre, moyenne, pour une nuit pour l'instant – il n'était jamais sûr de ce qui allait se passer.

La femme espagnole leur jeta un coup d'œil, particulièrement bienveillant mais singulièrement interrogateur, tandis que l'homme, lui, leur adressa un regard amical.

Baris avait eu l'habitude de ces jeux du regard avec ses collègues à l'Université. Mais c'était désormais du passé. Oui… du passé.

Enfin en Amérique, ils s'endormirent, chacun en pensant à une vie meilleure sans s'en parler mais en se comprenant. Aylin effaça de son esprit toute mauvaise pensée sur leur avenir. Tout se passait bien, et tout, espérait-elle, continuerait de l'être.

Le lendemain, ils partirent tôt de l'hôtel, pour aller prendre leur petit-déjeuner dans Manhattan. Le consulat turc, ainsi que les structures diplomatiques de tous les autres pays étrangers, se situaient au cœur de Manhattan, dans la ville de Ford City.

On voyait les hauts bâtiments qui servaient de consulats aux Japonais, Romains, Français – plus vers Central Park –, Hongrois, Allemands – qui se trouvait dans Times Square –, etc.

---

90 Général Espagnol, fait partie des principales personnalités politiques du Phalangisme Espagnol. C'est le plus grand rival de Miguel Primo de Rivera actuellement, et Francisco Franco chercha à prendre le pouvoir au sein du Directoire Espagnol.

Le repas du matin fut exquis, et, songeant qu'ils allaient pouvoir déjeuner comme çà le restant de leur vie dans ce grand pays, bien plus bienveillant que la Nouvelle Turquie, ils se rendirent au consulat turc de Ford City.

Les passants marchaient devant le building d'inspiration ottomane, sans s'en soucier.

Les taxis de la ville traversaient la rue, et les riches Américains sortaient des magasins de luxe qui se situaient dans les centres commerciaux de Manhattan.

Enfin, ils arrivèrent devant le bâtiment diplomatique.

Les grandes vitres de verre s'ouvrirent au passage du couple. Jamais ils n'avaient pu rencontrer ce genre d'architecture en Nouvelle Turquie.

L'accueil était particulièrement grand, gardé par quatre hommes vêtus de costumes noirs, une oreillette très discrète près de la tête, et enfin un revolver coincé dans leurs pantalons sombres.

Les lunettes empêchaient de voir leurs yeux, ils semblaient néanmoins d'un sérieux édifiant.

La femme se trouvant à l'accueil les accompagna tout de suite où ils devaient se rendre.

Cinq ascenseurs permettaient de monter à l'étage le plus haut.

Ils prirent le troisième, dans un rituel superstitieux auquel s'adonnait le couple Yildirim sans le savoir.

La femme les laissa, et leur désigna le moyen d'accéder au bureau du consul de Nouvelle Turquie, Garip Öztürk.

La femme, au moment de la fermeture des portes, sourit à Aylin, un sourire de confiance et d'espoir.

Quarante-neuf secondes permirent au couple d'accéder à l'étage cinquante-deux.

Les portes s'ouvrirent sur un long couloir dans lequel on pouvait voir les bustes et les représentations des grands sultans turcs dans l'ordre chronologique, ainsi que celui du Kilavuz.

Baris et Aylin allèrent à la porte du bureau consulaire. Baris frappa :

— Entrez, lança une voix occupée.

Ils entrèrent donc.

Un homme, aux cheveux, noirs, gras, bouclés, à la légère barbe grisâtre, et au regard de lézard, les accueillit.

— Bonjour, Monsieur et Madame Yildirim.

Il les salua avec le coude, prétextant un mauvais rhume.

— Bonjour monsieur le Consul, bredouilla Baris.

— Très bien, j'ai peu de temps, je vous en prie, asseyez-vous.

— Comment va se dérouler notre entretien ? demanda Aylin.

— C'est très simple, vous allez simplement tout m'expliquer. Je vais prendre note. Je n'ai eu que très peu d'informations de M. Arslan. Je sais seulement que monsieur est historien et madame professeur de lettres. Vous Baris à Istanbul, et vous Aylin à Fevzikent. Alors allez-y, expliquez-moi.

S'ensuit un long monologue de la part du couple, expliquant tout, absolument tout : Imrali, Güven Hoyuk, Rome, Domenico, les antécédents d'Aylin, Naples, l'assassinat du guide, la fuite vers Mediolanum, l'entretien avec Mübeccel, les villes balkaniques, Mussolinople, la Tante Gergana et Fevzikent, jusqu'au vol depuis Bükres. Le consul notait tout – du moins agitait son stylo sur une feuille de papier.

On ne pouvait pas voir ce qu'il marquait. Parfois, il jetait des regards reptiliens vers les coins du bureau.

L'entretien dura au total moins de trois quarts d'heure.

Garip Öztürk leur proposa un verre d'eau. Il pressa un bouton sous son bureau, une trentaine de secondes plus tard, une femme, l'air grave et déchiré, leur apporta sur un plateau deux verres d'eau.

— Veuillez m'excuser, mais le temps que vous vous désaltérez, il faut que j'aille régler quelques détails concernant votre nouvelle vie.

Il quitta ensuite le bureau. Baris et Aylin burent leur verre. L'eau était fraîche, mais ne rafraîchissait pas, très étrangement.

Au contraire, les deux opposants avaient la sensation d'avoir la gorge sèche.

Au bout de dix secondes, leurs yeux se mirent à leur piquer.

La main d'Aylin se mit à trembler toute seule, puis ce fut le cas de Baris quelques secondes plus tard.

Au bout de trente secondes, Aylin fut prise de convulsions.

Baris eut à peine le temps de la prendre dans ses bras et de crier à l'aide, que lui aussi se mit à trembler de tous ses membres sans pouvoir y remédier.

Baris voyait le corps de sa femme envahi par un mal inconnu, et de plus en plus, se tordre de douleur à chaque seconde qui passait.

Soudain il vit défiler toute sa vie, depuis sa naissance, dans les bras de sa mère, jusqu'au dernier instant qui semblait être celui-ci.

Aylin n'était même plus capable de saisir ce qu'il se passait. La seule chose qui lui vint dès lors à l'esprit, était sa trahison. Sa terrible trahison.

Baris percevait clairement le visage de sa femme à Imrali, se souvenait des autres détenus, semblant fantomatiques, et pensa conclure sa vie sur cette phrase :

« Il ne faut pas s'opposer aux tout-puissants ».

Tandis que de la mousse blanche sortait de la bouche des deux opposants, le consul revint, et aussitôt, d'un air dégoûté, déclara :

— Que pensiez-vous ? Qu'en trahissant notre cause vous sauveriez votre mari, et votre peau ? Que vous êtes naïve, Aylin. *Il vous reste beaucoup à apprendre.*

Puis au bout de quarante secondes – quarante longues et atroces secondes –, ils perdirent connaissance.

Leurs yeux, désormais vides d'expression, regardaient le siège du consul, vide, tandis que Garip Öztürk les observait tranquillement.

Celui-ci, se décidant de sortir de son bureau et d'y laisser périr les deux faux opposants, marcha le long des couloirs, abandonnant les vociférations terribles du couple Yildirim.

Garip Öztürk se rendit dans le bureau 7 – son bureau quotidien, personnel – et s'assit sur son siège de cuir. Il prit son PTT24 authentique, et appela.

L'homme décrocha :

— C'est fait, annonça le consul turc.

Mübeccel Arslan raccrocha, et, sans mot dire, mais éprouvant de la déception, finit de remplir les quelques mots sur la page 392 du dossier Yildirim. Il ferma son dossier regroupant toutes les feuilles et détails concernant la vie du couple « *Coup de Tonnerre* », et le transporta jusqu'à la première salle d'un quelconque et inidentifiable lieu de stockage de registres. Il tapa le code d'accès, et la porte de métal blindée s'ouvrit. Il tapa un second code sur un clavier caché derrière le bureau de garde, et enfin utilisa sa clef de passage autorisé pour entrer dans la salle des Archives.

Il acheva sa mission en installant proprement le dossier dans la partie 6, section 18.

Il repartit, refermant machinalement toutes les portes blindées, mais il fut surpris de constater qu'il n'y parvenait plus…

Dès lors, l'Aigle volait au-dessus du ciel, dans un monde où il régnait, et dégustait le cœur de ses opposants.

PARTIE II

FRIDOLF OLOVSON

CHAPITRE PREMIER

Il était bientôt 19 heures, lorsque M. Olovson rentra chez lui, dans sa maison récemment édifiée de Lindholm[91]. Le vent frais de juin soufflait sur les cheveux blonds de l'homme. La lumière de la maison éclairait l'allée qui permettait d'y accéder. La nuit était déjà tombée depuis longtemps. Fridolf Olovson ouvrit la porte de sa demeure, et entendit son chien, aboyant sur le miroir qui reflétait l'homme familier qui pénétrait dans ces murs.

— Bonjour mon chéri, ta journée s'est bien passée ? demanda sa femme.

— Oui très bien, Monika, que mange-t-on ce soir ? demanda Fridolf.

— Du poisson avec des pâtes ! s'écrièrent soudainement en chœur les enfants.

Ils s'installèrent sur la table de la salle à manger, et commencèrent leur repas. La même routine questionnaire débuta :

— Qu'est-ce que vous avez appris aujourd'hui ? demanda le père aimant qu'était Fridolf.

— Les multiplications ! s'écria Gudmund, le benjamin.

— La fondation du parti ! renchérit Gunmar, le cadet.

— L'art scandinave du temps des Vikings ! imposa Laura, la deuxième.

— Ah, c'est très bien ! Et vous avez tout retenu ? demanda Fridolf.

---

91 Lindholm, anciennement nommée Espoo, fut renommée du nom du Dirigeant de la Suède, afin de lui rendre hommage en terre finlandaise.

— Oui ! annoncèrent les trois enfants.

Tous ses enfants étaient blonds, d'un blond doré, reflétant la lumière du Soleil quand il y en avait – sauf un, qui resta muet tout le long du dîner.

— Et toi Farkas ? Qu'as-tu appris ?

— Rien, je connais déjà toute cette période, on étudie toujours la Seconde Grande Guerre. Pffff, ça fait quatre mois qu'on révise les mêmes choses, se lamenta l'aîné.

— Oui, mais tous les enfants ne sont pas aussi doués que toi, mon Jas[92], lança Monika à son fils.

— Arrête de m'appeler Jas, Maman ! Je suis plus un gamin ! rétorqua Farkas.

— N'empêche que ta mère a raison, tu es le meilleur de ta classe, et la Seconde Grande Guerre est l'une des périodes les plus importantes de notre Histoire, c'est grâce à monsieur Lindholm que nous sommes tous ici, en vie, en train de déguster le fastueux repas que nous a préparé Maman, conclut Fridolf.

Ils finirent leur repas sans mot dire, et, à 20 h 15, tous allèrent se coucher.

Fridolf était fier de son fils aîné, il lui rappelait lui étant enfant.

— Il est promis à un bel avenir disait-il à sa femme.

Monika et Fridolf ne se disputaient jamais, cela faisait vingt ans qu'ils étaient mariés, et trois ans qu'ils vivaient à Lindholm, et durant toutes ces années, le couple Olovson ne s'était jamais confronté quant à leur avenir et à celui de leurs enfants. Monika faisait pleinement confiance à son mari, et ne s'opposait jamais à lui.

— Farkas fait sa crise d'adolescence, il devient perturbant, constata avec lassitude la maîtresse du foyer Olovson.

— Mais ne t'inquiète pas ma chérie, il est comme les gamins de son âge, il devient plus mature, et plus intelligent. Et il cherche de plus à s'affirmer.

---

92 Jas est le diminutif amical et gentillet de Farkas.

— Il faudrait que l'on pense à prendre des vacances, dans deux semaines, quand les enfants auront fini l'école. Tous ensemble, en famille. Tu voudrais partir où ?

— Je ne sais pas… J'ai beaucoup de travail en ce moment, mais je te promets que nous y irons.

— Ça te conviendrait Sankt Petersburg ?

— Oui, bien sûr, j'y suis allé une fois, à proximité, pour le travail. On y avait découvert une immense statue représentant un soldat germanique, ainsi que des armes antiques, tout ça dans un bronze presque intact. Mais bref, il faut aussi en parler aux enfants, et surtout à Farkas !

Ils allèrent se coucher en riant de l'affirmation de leur aîné, et en songeant aux merveilles de la ville de Sankt Petersburg.

Fridolf se réveilla vers 9 heures. Aujourd'hui était un mardi, et comme tous les mardis, c'était congé. Sa femme lui prépara son petit-déjeuner préféré : des tartines de pâté de foie.

Depuis qu'ils étaient arrivés à Lindholm, les impôts ainsi que le prix de la vie en général avaient radicalement baissé. La famille Olovson faisait partie des trente mille familles sélectionnées par le Gouvernement de la Svea Rike chargées de coloniser la terre des Finnois. Afin de remédier aux manques des vrais scandinaves dans les territoires annexés, tel que la Norvège, ou la Finlande, Sven Olov Lindholm avait demandé à de nombreux foyers suédois de coloniser le Livsmiljö[93].

Fridolf apprenait à ses enfants l'étude des épaves tous les mardis matin. Mais ce jour-ci, il n'eut pas l'occasion de le faire.

Le téléphone sonna.

Fridolf décrocha :

93 Selon les théories idéologiques de Sven Olov Lindholm, le Livsmiljö est l'espace vital qu'a besoin la Suède pour se développer. La Finlande, la Norvège et certaines îles danoises, ainsi que les terres de la péninsule de Kola font partie de cet espace vital, qui fut conquis aux côtés du Reich Allemand durant les compagnes d'unification du Grand Nord.

— Hallå[94] ? demanda Fridolf.

— Oui, Monsieur Olovson, c'est Monsieur Koskinen. Je vous appelle car une jeune femme déclare avoir découvert une épave d'un bateau très ancien, viking dit-elle, au large des côtes d'Åland, vers Hammarland. Je pense que c'est nécessaire que vous veniez.

— Enfin, nous sommes un mardi, Oskar.

— Oui, mais je me suis dit que cette épave pouvait vous être très intrigante. Un de mes hommes a déjà plongé, Monsieur Olovson. Allons, je ne vous dérangerais pas un mardi matin si ce n'était pas aussi important !

— Très bien, j'arrive dès que je peux, il est… 10h34, je serais là vers 20 heures, à tout à l'heure Oskar.

— À tout à l'heure Monsieur Olovson.

Fridolf raccrocha, et vint vers sa femme :

— Je suis désolé ma chérie, mais Oskar m'a dit qu'on avait trouvé une épave importante, je dois y aller, c'est aux îles Åland.

— Ce n'est pas grave mon chéri, attends juste que je te prépare un déjeuner.

Il regarda ses enfants et leurs expliquèrent. Fridolf confia à Farkas la tâche d'apprendre la formation des moisissures sur les vieilles épaves à ses frères et sœur. Après cinq minutes d'attentes – le temps de préparer un sandwich – Monika donna le déjeuner à son mari, et celui-ci s'empressa de partir. Il démarra sa Volvo[95], et partit pour la nouvelle épave à examiner…

94 Manière suédoise pour dire : « Allô ? »

95 Unique entreprise de voitures autorisée à produire des automobiles en Svea Rike.

CHAPITRE DEUX

Fridolf roulait vite avec sa Volvo, en prenant les diverses routes et autoroutes permettant d'accéder à l'archipel des Åland. Le vent balayait les arbres qui étaient aux deux côtés de la grande route de béton. Fridolf Olovson écoutait la radio, fort, qui annonçait les nouvelles de la journée :

— Notre cher Fader est revenu sans encombre de Germania ce matin. Le sommet sur la coopération des peuples aryens a réuni énormément de monde, venant des quatre coins du Reich et de la Svea Rike. Ce sommet a permis le renouvellement de l'alliance entre la Svea Rike et le Reich, ainsi que la signature d'un pacte de non-agression et d'un traité de coopération scientifique. Tous ces traités vont sûrement aider notre nation a…

Fridolf coupa la radio. Il venait d'arriver à Hammarland, après les neuf heures de trajet, sans aucun arrêt, en mangeant son déjeuner en conduisant. Il faisait sombre, mais on pouvait distinguer au loin les différents bâtiments. Il se rendit au port, où Oskar Koskinen l'attendait. Les plongeurs et les autres stagiaires de l'équipe étaient déjà partis.

— Bonjour Monsieur Olovson, vous êtes pile à l'heure dites donc !

— Oui Oskar, merci de m'avoir attendu à une heure aussi tardive.

— Oh, mais je vous en prie M'sieur, tenez, venez voir donc, la jeune femme est restée là aussi. On attendait tous avec impatience, votre analyse de la situation, m'sieur !

— Très bien merci, je vais l'interroger, vous pouvez partir. On se retrouve demain ici, à 6h30, j'espère que vous avez un bateau et des combinaisons de plongée, car demain matin nous irons voir cette épave.

— Très bien M'sieur, bonne soirée et bonne chance à vous !

Le ventre d'Oskar Koskinen rebondissait à chaque pas qu'il faisait sur les quais du port. Fridolf se dirigea vers la jeune femme, qui était accompagnée à ses côtés de deux membres de la sécurité de l'Institut de la Recherche du Patrimoine Scandinave – dans lequel Fridolf travaillait.

La femme était blonde, d'un blond particulièrement clair et distinguable, que l'on pouvait voir malgré la grande obscurité. Elle avait l'air en état de choc, son visage était paralysé par une sorte d'électricité perforant sa jolie face.

— Bonjour madame, je suis Fridolf Olovson, docteur en archéologie, et je suis là pour que vous me communiquiez des informations sur l'épave que vous avez vue.

— Oui, bonjour Monsieur Olovson, dit-elle d'un air rassuré. Nous étions en train de faire de la voile, mes enfants et moi, et nous avons aperçu dans les profondeurs de la Baltique, une forme ressemblant à un immense bateau. Mon fils de six ans a même cru voir des objets en or. Je sais que mon témoignage peut être ridicule, mais j'ai cru apercevoir des pierres runiques, avec des écritures viking.

— Vous pouvez me faire une description plus précise ? demanda-t-il en ajustant son crayon.

— Oui, le bateau devait faire dans les vingt mètres de longueur, il était en bois, certaines planches étaient aux abords de l'épave. De grandes pierres runiques, ainsi qu'un coffre de roche se trouvaient à l'intérieur du navire, principalement à droite. Les objets en or, disait mon fils, étaient « comme submergés par une force d'attraction divine », et il m'a dit qu'il avait vu plusieurs épées, ainsi que des longues rames de bois, à proximité de l'objet doré. Voilà toute la description que je peux vous faire. Mais l'épave semblait vraiment très étrange, j'en ai déjà vu des dizaines, mais des comme ça, jamais.

— Très bien madame, merci beaucoup. Tous ces détails nous aident déjà à avancer dans notre compréhension de l'épave. Mais il faut que vous fassiez une dernière chose.

— Oui, de quoi il s'agit ?

— Il faut que vous veniez avec nous demain matin, pour aller voir l'épave. Mais ne vous inquiétez pas, cela ne durera que peu de temps.

— Vers quelle heure dois-je venir ?

— 6 h 30, mais vous serez au chaud dans le bateau pendant que mon assistant et moi plongerons pour observer l'épave.

— D'accord, je suis plutôt du matin aussi, à demain monsieur.

— À demain, répondit froidement le docteur en archéologie.

La femme se dirigea vers sa voiture, et quitta pressement les quais du port. Fridolf adressa alors la parole aux deux hommes :

— Alors ment-elle ? Vous a-t-elle fait le même témoignage ? demanda Fridolf.

— Oui, mais moins détaillé, répondit le premier avec son regard inexpressif, tandis que le second acquiesçait.

— Mis à part cela, rien de spécial ?

— Non, dirent en chœur les deux hommes.

— D'accord, demain j'aurai besoin de vous, et sans doute de personnes en plus. Si cette épave est aussi mystérieuse qu'on le raconte, il faut se préparer à éliminer les témoins, vous me suivez ?

— Oui monsieur, nous irons chercher quatre autres de nos collègues, et puis, c'est notre boulot, affirma celui au regard vide.

— Très bien, à demain messieurs.

Fridolf repartit dans le centre-ville d'Hammarland, avec un sentiment soupçonneux sur l'épave et la jeune femme. Il prit un hôtel, appela sa femme, et se coucha.

Le lendemain matin, à 6 h 30 exactement, toute l'équipe était sur place : Oskar, la jeune femme, les six gardes du corps, portant chacun des lunettes noires et un revolver coincé dans leur costume noir. Le soleil, frais, était déjà levé, et ses rayons lumineux réchauffaient l'ambiance vide et froide des quais du port. Le navire, fier de ses voiles et de ses treize mètres de longueur, était prêt à prendre le large. Fridolf alla voir la jeune femme, et lui demanda où se trouvait l'épave.

— Ne vous inquiétez pas pour ça, mon fils et moi avons laissé une barque de bois, restant à un endroit fixe, une brique lui étant accrochée au fond de l'eau. Et j'me souviens aussi quelle direction avoir prise jusqu'à l'épave, répondit-elle.

En quelques minutes, tout le monde embarqua dans le bateau. Il devait y avoir une quinzaine de personnes. Oskar prit le tableau de commande, les six gardes se placèrent symétriquement et de manière égale dans le vaisseau. La jeune femme et Fridolf restèrent dans la salle des commandes, tandis que les hommes d'équipage dressaient les voiles et préparaient les combinaisons de plongée. Après une bonne trentaine de minutes, ils arrivèrent près de la barque de bois, qui n'avait vraisemblablement pas bougé depuis son amarrage. La jeune femme se précipita dehors pour montrer du doigt l'épave. Fridolf s'engagea calmement jusqu'à voir un morceau du navire ayant sombré.

Un grand vaisseau de bois, couvert de planches lui appartenant, se présenta et était caractérisé par un alignement harmonieux de vingt mètres de bois et de pierres parfaitement conservés, dans lesquels on pouvait effectivement apercevoir des écritures runiques, ainsi qu'un coffre. Et, en s'approchant au maximum, un objet ressemblant à une statuette de lion se dessinait. Mais, en l'espace de quelques secondes, ce lion d'or fut transporté par le courant plus loin dans les tréfonds du bateau de bois.

Fridolf ordonna aux hommes de lui apporter une combinaison de plongée, et à Oskar, de l'accompagner. Puis, il alla voir les six hommes, et leur demanda de faire très attention aux comportements de chacune des personnes sur le navire. Quelques instants plus tard,

Fridolf et Oskar entrèrent dans l'eau fraîche de la Baltique. Cette eau trouble donnait à Fridolf une impression morbide et terrifiante, la sensation d'une eau hantée par l'épave sombre qui se trouvait en dessous de lui.

Oskar plongea le premier, suivi de Fridolf. Ils prirent leurs lampes torches, et un spectacle formidablement terrifiant se produisit.

Des centaines de petits poissons s'enfuirent à la vue de l'éblouissante lumière les frappant, et un autre coffre apparut, marqué sur l'avant par une étoile de David. Oskar détourna rapidement le regard sur son supérieur, qui avait l'air incroyablement surpris, et Fridolf se remplit d'une rage dont il ne pouvait pas identifier la source. Oskar remonta à la surface, mais Fridolf s'enfonça dans les ruines. Les pierres runiques mesuraient chacune vers sept mètres de hauteur, et il y en avait cinq au total. Cinq grandes colonnes de pierres, marquées par des lettres médiévales.

Après une dizaine de minutes d'exploration et d'admiration de la découverte archéologique majeure qu'était cette épave, et après avoir médité sur l'étrange étoile de David, Fridolf Olovson remonta à la surface. Après avoir retiré sa combinaison de plongée, il se dirigea vers les six gardes. Et leur ordonna :

— Effectivement, c'est une découverte trop importante et trop intrigante qu'on a faite, pour que toutes ces personnes vivent. Tuez-les tous, et vous balancerez leurs corps dans la mer quand nous nous serons suffisamment éloignés de l'épave.

S'ensuivit une violente fusillade, où tous les membres d'équipage, la jeune femme, Oskar, périrent d'une balle dans la tête. Fridolf n'aimait pas faire ça, mais il y était obligé, car si quelqu'un révélait l'existence de cette étoile de David sur le coffre, lui ainsi que tous les autres allaient mourir sous l'atroce torture effectuée par les Vikingarna[96].

---

96 Les Vikings, en Suédois, une très mystérieuse organisation paramilitaire du gouvernement de Svea Rike.

Fridolf s'éloigna de l'épave, et à une centaine de mètres, fit jeter les corps dans l'eau froide de la Baltique par les six gardes. Ils rentrèrent ensuite au port de Hammarland, et Fridolf leur ordonna de partir repêcher l'épave. Ils prirent donc un navire spécial, récemment conçu pour sortir de l'eau les ruines navales. Deux heures plus tard, les hommes revinrent avec l'épave. Fridolf avait pris une nouvelle dizaine d'hommes entre-temps, car il ne faisait confiance à personne. Il demanda aux repêcheurs :

— Avez-vous touché, ou tenté de regarder plus en détail l'épave ?

Personne ne répondit, et il reposa sa question. Après une nouvelle attente, un des six hommes les dénonça :

— Oui, oui Monsieur ! Les cinq autres ont tenté d'ouvrir le coffre, mais en vain. Mais j'vous jure que j'ai rien fait moi ! supplia le dénonciateur.

Fridolf, qui avait pris le soin de demander leurs armes, les fit exécuter, tous d'une balle dans le cœur, et fit tuer le dénonciateur en dernier, pour qu'il puisse constater ce qu'il venait de faire.

Le compte de morts de Fridolf était très élevé ce jour-ci, et ce fut la journée où il ordonna la mort du plus de personnes, mais « c'était nécessaire » se disait-il. Il culpabilisait très souvent, voyait dans ses cauchemars les âmes de ceux qu'il avait fait tuer revenir le hanter et le faire sombrer dans la folie.

Les dix nouveaux gardes rentrèrent à la mairie d'Hammarland, et Fridolf commença l'inventaire de l'épave. C'était un véritable miracle que ce navire soit presque intact au niveau des matériaux, mais la structure, elle, était véritablement démolie. Il se dirigea vers le coffre, qui était scellé par une serrure. Fridolf prit alors un passe-partout, que son organisation lui avait offert pour ouvrir les éventuelles portes ou coffres qu'il allait croiser lors de ses interventions. Le coffre de pierre s'ouvrit, et un livre se dressa devant lui.

Il prit soigneusement le temps de l'observer de toutes les manières, et après, le prit dans ses mains. Des écritures non pas runiques mais hébraïques se trouvaient sur la couverture du livre. Fridolf ne savait pas lire les écritures de ces sous-races – comme il le disait lui-même et comme la propagande l'affirmait aussi – mais savait déchiffrer quelques termes.

Les juifs, autrefois, avaient eu un livre sacré, dans lequel toute leur histoire et l'histoire de leur religion y étaient expliquées. Elle s'appelait la « Torah », et Fridolf réussit à déchiffrer le titre du livre, qui était justement תורה לעמים הסקנדינבים[97].

Une sensation horrible l'envahit, une stupeur incontrôlée, encore plus lorsqu'il y associa l'étoile de David présente durant la découverte de l'épave.

Il pensait qu'il avait simplement halluciné lors de la plongée, mais finalement non.

Le docteur en archéologie resta quelques minutes bouche bée, réfléchissant intérieurement aux conséquences de sa découverte. Il fallait qu'il détruise tout ça, avant qu'une personne le découvre et le dénonce.

« C'est une bonne chose, que tous ces gens soient morts, sinon je le serais à l'heure qu'il est, mort également » se rassurait-il.

Il remit soigneusement la Torah dans le coffre, et emporta le coffre dans sa voiture. Il devait maintenant découvrir ce que cachait cette Torah. Il continua ses recherches avec le déchiffrage des pierres runiques. Lentement mais sûrement, il découvrait la signification des grandes pierres vikings.

« Le coffre juif contient une Torah, qui témoigne de la redécouverte du judaïsme dans nos contrées, lors de l'avènement des Vikings. Les juifs sont donc arrivés sur nos terres au tout début de... »

Fridolf ne put pas déchiffrer les caractères restants, car ils étaient en partie effacés. Il se pressa de trouver un moyen alors de déchiffrer les deux autres pierres runiques. Elles étaient toutes semblables, ainsi que leur contenu. La deuxième qu'il déchiffra n'affichait que

97 De la traduction de l'Hébreu, l'on trouve : « Torah pour le Peuple Scandinave. »

les trois premiers mots, tandis que la dernière était un peu plus riche et amenait à plus d'explications :

« Le coffre juif contient une Torah, qui témoigne de la redécouverte du judaïsme dans nos contrées, lors de l'avènement des Vikings. Les juifs sont donc arrivés sur nos terres au tout début de notre ère, durant le deuxième siècle après Jésus-Christ. Les premiers hébreux débarquèrent en Laponie, paradoxalement, et cette région témoigne encore aujourd'hui des traces du Judaïsme. Les Vik... »

Alors, ces pierres runiques racontaient le passage des Juifs en Scandinavie, du temps des premiers Suédois, qui nous le savions, étaient eux, les ancêtres de tous les Scandinaves, et les plus proches des Aryens.

Fridolf transporta la pierre runique la plus riche dans sa voiture, au second rang. Il se mit donc à réfléchir à la manière de penser à une vérité qui n'en était paradoxalement pas une.

Il fallait qu'il aille en Laponie, mais où ? Qu'allait-il pouvoir trouver seul une fois sur les lieux ? Il ne le savait pas, mais il était possédé par une folle envie de le découvrir, même s'il ne croyait pas une seconde aux mensonges juifs transmis par ces pierres.

Cette envie incontrôlable de la vérité le mena jusqu'à la capitale des îles Åland, Mariehamn. Il appela sa femme, pour lui dire qu'il se rendait en Laponie, sans expliquer toutefois les détails sensibles de l'épave, et qu'il allait tout faire pour revenir le plus tôt possible pour les voir, elle et les enfants. Une fois au port, il prit un ferry pour se rendre en Laponie, terre qu'il allait découvrir en même temps que de terribles vérités…

CHAPITRE TROIS

Le lendemain, dans l'après-midi, Fridolf arriva à la capitale lapone. Un épais brouillard enveloppait les ruelles vides du centre-ville. Il chercha pendant près d'une heure un hôtel, qu'il trouva près du port. Il ne croisait presque personne. Le Soleil, désormais permanent, enveloppait de ses rayons les bâtiments bas de la vieille ville. Malgré l'épais nuage terrestre reposant sur les pavés de pierre. Fridolf regarda partout dans cette petite cité urbaine : il n'y avait aucune trace d'une synagogue quelconque.

Mais après un bref moment de réflexion, Fridolf pensa au fait que même si les Lapons étaient Juifs, aucune synagogue n'aurait été construite dans la capitale, à cause de sa proximité avec Stockholm.

Au fur et à mesure que la journée passait, le Soleil annexait les parcelles de brouillard, les gens ressortaient, certains allaient même au marché de la place de Lordi. En fin d'après-midi, Fridolf rentra à l'hôtel, et se reposa quelque temps. Il fit une sieste de deux heures, durant laquelle il rêva être un oiseau qui survolait les côtes d'une terre gelée, l'Islande ou le Groenland lui semblait-il.

Il voyait un homme sur un bateau se tirer une balle dans la tête, puis tomber sobrement dans l'eau froide de la mer, le navire coulant avec le cadavre de l'homme.

Ce rêve lui fit très peur, et il en sortit lorsque son songe l'approchait de ce cadavre effrayant, s'apercevant de sa ressemblance physique avec l'horrifiante vision.

Il transpirait. De l'eau chaude couvrait son large front. Ses cheveux blonds étaient comme couverts d'une neige humide. Il compta un, deux, trois, un, deux, trois, un, deux, trois, STOP ! Il s'évanouit à la vue de la tête du cadavre dans ses yeux. Un, deux, trois, quatre, cinq, six.

Il rouvrit enfin les yeux, voyant sa fenêtre refléter le Soleil du Nord. Fridolf avait terriblement soif, toute l'eau coulant sur sa peau le terrifiait. Il se leva, prit sa veste et courut vers un bar, dans lequel il allait pouvoir s'abreuver. En face de l'hôtel, se trouvait un bar, qui avait l'air plutôt coquet. Il demanda un verre d'eau au barman, qui le défigura en constatant les sueurs du Suédois.

Fridolf s'en rendit compte, et prit une serviette qu'il avait dans sa poche, et s'essuya le visage, sous le regard avisé d'un lapon assis seul dans un coin de l'endroit malfamé.

Après avoir bu son eau fraîche, il réclama un autre verre. Puis un autre, puis encore un autre, sous le regard toujours présent du lapon solitaire. Ensuite, Fridolf appela sa femme Monika, pour prendre des nouvelles de ses enfants et d'elle. Le lapon le regardait toujours, avec ses yeux aussi bleus que les lacs finlandais.

Fridolf entendait les rires et les voix de ses enfants derrière :

— Sale juif ! Traita Farkas à son petit frère Gudmund.

Monika interrompit sa conversation avec son mari : « Farkas, arrête d'insulter ton frère ». Et la conversation reprit son cours. À la fin de la discussion avec sa femme, le Lapon se leva et alla voir Fridolf.

— Bonjour, vous cherchez quelque chose ? demanda le Samii[98].

— Bonjour, non je ne cherche rien, mais quel est votre nom ? sonda Fridolf.

— Mon nom est Viljo Antilla, et vous ?

— Fridolf Olovson.

— Je crois que je pourrais vous aider dans vos recherches.

---

98 Population principale et antique de Laponie. Les Samis n'étaient pas considérés comme des cousins ou des apparentés aux Suédois. C'est pour cette raison qu'ils sont persécutés, torturés, tués, s'ils viennent à se rendre dans une grande ville, et ensuite repérés. La Laponie est une sorte d'immense réserve pour cette population, loin de tout.

— Je recherche, certes, mais savez-vous quoi ? demanda, intrigué, le Suédois.

— Cela se voit à votre visage, votre tenue, et vos manières de vous exprimer, vous cherchez une vérité impossible. Veuillez me suivre, nous allons en discuter.

Fridolf acquiesça et suivit Viljo. Ils entrèrent dans une petite salle, étroite, obscure, éclairée par une légère ampoule à sa hauteur.

Des portraits de Lindholm disséminés çà et là, une table de bois, où reposait une carte de la Svea Rike.

« Je vous en prie, asseyez-vous » quêta calmement le lapon.

Il devait avoir dans la quarantaine d'années, comme Fridolf, blond, yeux bleus, quelques tâches de rousseur près du nez, et légère moustache. Sa voix douce était également rauque, un mélange assez inédit.

Viljo s'absenta quelques instants, et revint avec un verre d'eau et un whisky dans ses mains. Il déposa le verre d'eau en face de Fridolf, et commença à boire son verre d'alcool fort. Viljo sortit en s'asseyant :

— Coquet, non ? en parlant de l'endroit dans lequel ils se trouvaient. Fridolf répondit d'un hochement de tête. Le lapon continua la conversation :

— Je vous ai vu arriver dans la ville, ainsi que sortir de l'hôtel d'en face, puis boire vos quatre verres d'eau fraîche. Un homme, il y a bien des années, avait eu le même comportement, et cherchait la vérité sur nos ancêtres.

— Mais monsieur, vous ne pouvez pas savoir ce que je recherche, en vous basant sur un homme, qui, soi-disant, me ressemble, répondit hautainement Fridolf.

— Ne sous-estimez jamais un Lapon, car je suis sûr que vous cherchez des informations sur… les Juifs.

Fridolf s'avoua vaincu et lui narra ses recherches, car Viljo semblait être d'une judéité qui lui serait utile. Enfin, c'était ce qu'il pensait.

— J'ai découvert dans une épave près des îles Åland, une épave, et elle contenait un coffre marqué par l'étoile de David. Dans ce coffre se trouvait, vraisemblablement, une « Torah pour les Peuples Scandinaves ». Des pierres runiques se trouvaient dans l'épave également, sur lesquelles était inscrit : « Les premiers hébreux débarquèrent en Laponie, paradoxalement, et cette région témoigne encore aujourd'hui des traces du Judaïsme. »

— Et qu'avez-vous fait des témoins de ces découvertes ? questionna Viljo, qui se doutait de la réponse.

S'ensuis un long blanc, puis Fridolf lâcha calmement : « Je m'en suis occupé… ».

Viljo ne put s'empêcher de lâcher un petit rire nerveux.

— J'ai des informations, et des choses qui pourraient vous intéressez dans vos recherches. Je suis originaire d'un village au nord, « là où le Soleil ne se couche pas », affirma le Lapon.

— Vous avez des informations sur le passage des Juifs sur la Terre Sacrée de la Svea Rike, des traces concrètes ?

— Oui, une ruine juive se trouve à quelques kilomètres de mon village. Mais avant toute chose, jurez devant notre Fader, que vous ne nous dénoncerez pas.

— Très bien, je veux juste connaître la vérité. Je jure devant mon Fader Lindholm, que je ne révélerai jamais à personne l'emplacement ou l'existence de ruines juives, jura solennellement le pourtant fidèle Fridolf.

— Très bien, retrouvez-moi aux quais du port, demain matin, à 7 heures précises. Je ne vous attendrai pas, si vous arrivez trop tard. Et, une chose de plus, je vois que vous êtes prêt à savoir une vérité qui vous gêne, plutôt que de me dénoncer pour hérésie. Cela est positif. À demain.

Fridolf, laissa partir Viljo, restant assis, pensif, sur son tabouret de bois.

« Je suis fidèle au régime ! » se disait-il pour se rassurer.

Et ce rêve l'effrayait, et Viljo avait raison ! Il rageait à l'idée de ne plus être fidèle à Fader. Ne plus être fidèle à sa femme, ses enfants, à

Farkas et à ses connaissances ! Tous ses morts lui revenaient en tête, Oskar, la jeune femme.

Il lui semblait que tous les opposants qu'il avait fait exécuter, revenaient, et lui dénonçant des mensonges, allaient l'obliger à se lever demain matin, pour partir à la découverte de ruines dont le peuple n'existait même plus !

Et voilà qu'on lui narrait l'existence d'ancêtres juifs pour lui, pour sa famille, pour même le plus antisémite du pays, notre Fader.

Il perdait la tête, mais se mit à respirer.

Respirer. Respirer. Puis réfléchir. Penser aux morts, penser aux juifs, penser à la guerre. Penser ! Penser ! Penser ! Réfléchir ! Réfléchir ! Admettre ! Admettre ! Admettre !

« Mais quoi, imbécile ? » se disait-il !

Admettre que le Lapon disait vrai. Il disait vrai, vrai, vrai… Oui, Fridolf n'aimait plus les mensonges du régime. Si les juifs étaient les ancêtres des Scandinaves, alors Lindholm et les autres, ainsi que toute la population, naïve, comme lui, pouvaient changer de régime. Démocratie ? Jamais ! Régime Communiste ? Choisir le Gouvernement des Enfers ? Plutôt mourir, être torturé par Staline ! Monarchie ? Non ! Mais solution plus viable que les deux précédentes.

Il resta là, pendant près d'une quarantaine de minutes, dans cette salle, seul, à réfléchir, à culpabiliser, seul, seul…

Il rentra à l'hôtel et s'endormit immédiatement.

Il s'éveilla, enfin il le crut. Il faisait soleil, et Viljo se tenait devant lui. Raide, tel une statue du palais de Fader, le Lapon ne bougeait pas, et observait pensivement Fridolf, dans les yeux.

Ce dernier lui demanda ce qu'il faisait. Il ne répondit pas, mais sortit de sa poche la « Torah pour les Peuples Scandinaves », puis se retourna et montra du doigt une chose. Fridolf dirigea le regard sur cet endroit. Se tenait devant lui les trois stèles runiques, dont les inscriptions brillaient de mille feux. Les rideaux, qui faisaient entrer la douce lumière lapone, se refermèrent soudainement, ce qui plongea la chambre dans l'obscurité.

Les pierres runiques fournissaient une lueur bleue, tandis que Viljo lança contre elles la Torah. Puis il en sortit une autre de sa poche, et fit ce même mouvement. Durant une minute, le lapon jetait des Torah sur les pierres runiques, qui, petit à petit, changeaient de couleur, passant du bleu au violet, puis du violet au rouge. Un rouge doux au début, qui devenait par la suite infernal. Les inscriptions changeaient également.

Les runes faisaient place à des lettres suédoises, qui se dessinaient, avec Viljo jetant toujours ses torahs sur les pierres.

Fridolf, restait sans bouger, comme pour ne pas vouloir intervenir et changer le cours de cette scène extraordinaire.

Les lettres se transformaient en mots, puis en une phrase, phosphorescente dans son image, qui signifiait ceci : « TU NOUS AS TUÉ », en lettres majuscules.

Ces lettres grossissaient, grossissaient, jusqu'à prendre toute la place sur chacune des runes, puis, à prendre, pour la seule phrase, les trois runes, qui brillaient de plus en plus, allant même à rendre la chambre semblable au royaume de Staline[99].

Fridolf lu à haute voix la phrase, et, soudainement, Viljo se retourna, et hurla des versets de la Torah sur le suédois.

Le lapon se transforma, se déforma, devint comme possédé, et en quelques secondes, le temps que Fridolf regarde les runes, et Viljo devint Monika. Les cheveux blonds de sa femme flottaient dans l'air froid de la chambre démoniaque. Elle le regardait, les pierres runiques revenant petit à petit à la normale, les inscriptions vikings baissaient en luminosité, et la phrase disparaissait.

Le visage de Monika, qui le fixait toujours, se vieillissait. Des rides se manifestaient sur son visage aryen. Son bras gauche tomba. Puis son bras droit fit de même. Sa tête, toujours de plus en plus ridée,

---

99 Depuis la fin de la guerre, dans les états les plus extrémistes du monde, tel que l'Allemagne ou la Svea, le mot Satan fût remplacé par celui de Staline, une dénonciation qui renforce le nationalisme anti-communiste dans la propagande des états.

tomba soudainement, et au choc du sol, devint un crâne. Les jambes et le buste de sa femme restaient debout, et brusquement : des esprits.

Des esprits, des esprits, des âmes.

Des âmes, des âmes, des âmes sortaient de son thorax ! Des spectres représentants Oskar, les ouvriers, les quatre gardes, tous revenaient et criaient leur douleur sur Fridolf, qui, terrifié, décida de sortir de son rêve, il n'en pouvait plus.

En quelques secondes, il se réveilla, en sueur – plus que la veille – et, pour vérifier qu'il n'était toujours pas en train de rêver, se frappa violemment l'épaule. Il ne rêvait plus. Il ne rêvait plus...

L'horloge indiquait 6 h 28. Il se dépêcha de s'habiller, pris le petit-déjeuner au restaurant hôtelier du bas, et précipita toutes les actions qu'il entreprenait pour oublier, oublier ces terreurs qu'il venait de vivre.

Il voyait encore le corps de sa femme se décomposer, et les âmes le hanter, les runes, Viljo, la phrase, la Torah, Fridolf souffrait véritablement.

L'angoisse le condamnait dans ses pensées. Il respira, se relaxa, et à 6 h 51, partit pour les quais du port, qui se trouvaient juste à côté.

Il fut exactement 6 h 59 lorsqu'il y arriva. Viljo se tenait seul, sur les plateformes de bois s'avançant dans l'Inlandshavet[100], le brouillard permettait à peine de le voir, mais on pouvait apercevoir qu'il fumait, la vapeur froide sortait de sa bouche, telle de la fumée grisâtre sortant d'une locomotive de l'ère industrielle.

Fridolf s'avança, vérifia qu'il avait tout sur lui : son revolver, des notes, et ses autres affaires personnelles.

Viljo se retourna avant que Fridolf n'arrivât devant lui. Il lui tendit sa main en guise de salut, et les deux hommes se la serrèrent solennellement.

---

100 « La mer intérieure » en suédois, et ce mot désigne la Mer Baltique, qui, après les différentes annexions de la Svea, est devenue en quelque sorte la Mare Nostrum des Suédois.

Dans l'épais brouillard matinal, un vaisseau maritime s'avança vers eux, et un homme cria :

— Hé ! Viljo ! Le bateau est prêt !

Les deux hommes s'engagèrent dans le petit bateau, et, dans la brume lapone de la Baltique, partirent vers le village de Viljo…

— Bonjour monsieur, je suis Björn, et vous ? demanda le cousin de Viljo.

— Je m'appelle Fridolf Olovson, je suis venu ici pour retrouver les traces de vos ancêtres, affirma hautainement le Suédois.

Fridolf prit ses notes, et commença la rédaction d'un journal quotidien, au fond de la cabine de commande, pendant que les deux cousins lapons regardaient les immensités de l'Inlandshavet.

L'eau profonde, d'un bleu abyssal, était calme. Viljo raconta alors que chaque mois, il partait quelques jours dans son village natal, pour y voir sa famille.

Ce voyage dura quatre heures, durant lesquelles Fridolf écrivit ses notes, puis parla avec les deux Lapons, qui décrivaient leur village comme un paradis de liberté, ce qui donna des idées d'évasion à Fridolf, qui tentait de ne pas y prêter attention, son âme de patriote le rappelant à l'ordre.

Enfin, ils arrivèrent.

Les abords sombres d'un port se dessinaient. Des personnes habillées en habits traditionnels lapons attendaient. Fridolf sortit, et quelques personnes s'effrayèrent et partirent quand le suédois s'approcha des deux Lapons.

Björn jeta l'ancre, et les trois hommes descendirent du bateau. Une foule immense s'était regroupée sur le port du petit village. Un vieil homme s'avança, lui aussi vêtu traditionnellement, et serra fort dans ses bras Viljo, puis Björn. Fridolf, mit dans une position délicate, fit en sorte d'éviter les regards de tous ceux qui le scrutaient du coin de l'œil. Après les embrassades des deux Lapons, le vieil homme salua Fridolf et lui serra la main. Il sentit une sorte d'aura le traverser, lorsque la poignée de main s'engagea.

Le vieil homme le regardait dans les yeux. Ses yeux bleus reflétaient le visage de Fridolf. Il se présenta alors :

— Bonjour Monsieur, je suis Fridolf Olovson, et j'accompagne Viljo pour effectuer des recherches sur…

Il n'osa pas finir sa phrase. L'homme la compléta à sa place :

— Les juifs, oui, ne vous inquiétez pas. De nombreux Suédois ont tenté leur chance, le dernier en date était un scientifique lors de la guerre. Bonjour, je m'appelle Aabraham, et je suis doyen et maire de ce village.

« Aabraham », se disait Fridolf, « Aabraham ». Il se rendit vite compte que ce prénom était juif, se souvenant d'un juif condamné à mort pour avoir volé du poisson, et pour avoir tenté de s'échapper deux fois de la prison dans laquelle il était. Cet homme s'était appelé Aabraham, aussi.

Le vieil homme voyait que son interlocuteur réfléchissait, et il le sortit de ses pensées.

— Allez messieurs ! Venez donc boire un verre chez moi !

Viljo et son cousin suivirent immédiatement, puis Fridolf.

Les gens repartaient petit à petit chez eux. Les enfants regardaient d'un air effrayé Fridolf, et leurs mères les rassuraient et leur faisaient détourner le regard. Fridolf se sentit comme une bête de foire, comme, faisait-il cette comparaison, « comme un juif dans une rue de Stockholm » : tout le monde savait qu'il n'avait pas sa place ici.

Un lapon se trouvait de chaque côté du Doyen Aabraham. Une fois arrivé chez l'homme, dans une maison grande, mais rustique, il présenta son village.

— Voyez-vous Fridolf, je suis donc maire de Suvanto, Viljo et Björn sont mes derniers petits-enfants. Leurs parents, mes fils, s'étaient engagés comme volontaires lors de la Grande Guerre, et leurs frères et sœurs sont morts pour la construction de la Svea Rike. Je peux vous aider dans votre quête de savoir.

Viljo et Björn sourirent à Fridolf, et celui-ci se sentit plus à l'aise. Mais une question l'envahit alors, « Qui était cet homme qui était venu chercher les secrets du Judaïsme Lapon ? »

Mais il attendit avant de poser sa question. Après une heure de conversation banale, de présentation, du pourquoi et du comment de ses recherches – sans toutefois dévoiler ses pêchers – puis avoir entendu l'histoire de la Famille Antilla, il posa sa question au vieil Aabraham :

— J'ai une question, qui est cet homme dont vous parliez, qui faisait les mêmes recherches que moi ? demanda Fridolf, d'un ton naturel et amical.

— Ah ah ah ! Je vais volontiers vous détaillez son passage sur cette terre, s'esclaffa le vieil homme.

— Allez-y Monsieur, je vous écoute.

— Très bien. Durant la Seconde Guerre, un scientifique, pro-svenaciste[101], vînt un jour dans nos contrées. Il tomba sur notre village, et nous l'accueillîmes du mieux possible. Nous lui avons offert l'hospitalité tel un foyer grec de l'Antiquité ! Cet homme, très antisémite, et donc un Svenaciste radical, devint le moins antisémite des patriotes suédois. Au bout d'un certain temps, après avoir lui-même découvert la vérité sur notre peuple, et ses ancêtres, il quitta notre village pour se rendre dans l'État d'Islande, mais il fut tué par une tempête lors d'un voyage. Encore aujourd'hui, je suis sûr qu'il fut assassiné par un agent suédois. Mais depuis, nous n'avons eu plus aucune visite étrangère, seul Viljo sort chaque mois pour nous rapporter des informations sur le monde extérieur.

— Et, a-t-il trouvé ce secret ?

— Oui.

---

101 Le Svenacisme est l'idéologie principale et unique de la Svea Rike. Elle se rapproche du point de vue des idées, du Strasserisme, qui fait partie de l'aile gauche du parti nazi. Le Svenska Nationalsocilistika Arbetarpartiet (le parti national-socialiste des travailleurs suédois) reste néanmoins l'un des partis politiques les plus fascistes et racistes de ce monde entièrement totalitaire.

— Qu'est-il ? Les juifs sont bien arrivés avant les Suédois, et les Juifs sont-ils nos ancêtres ?

— Cela, vous le déterminerez demain, vous partirez à 7 heures avec Viljo, il vous conduira à nos ruines, et vous y déterminerez la vérité qui vous semble la plus acceptable à vos yeux.

— Cet homme, a-t-il accepté la vérité qu'il a trouvée ?

— Oui, et je l'en félicite. Nous reprendrons cette conversation plus tard, car il commence à se faire tard, et il faut aller déjeuner !

Les quatre hommes partirent ensuite en direction du seul restaurant du village, tenu par la femme d'Aabraham. Ils mangèrent et discutèrent, Fridolf posant toujours des questions sur cet homme.

— En quelle année est-il mort ? demanda Fridolf.

— Il est décédé en 1947, en mai 1947.

« Mai 47, mai 47 » réfléchit Fridolf.

— Mais oui ! En mai 47, j'étais soldat sur le front est, et j'y ai pris une balle soviétique dans la tête, j'ai failli y passer ! s'exprima le suédois, qui était content de narrer ce détail.

Viljo prit alors la parole, lui dictant les croyances lapones, comme quoi une âme peut entrer dans un corps en souffrance. « C'est peut-être ce qu'il vous est arrivé... » concluait le Lapon.

Fridolf partit s'endormir très tôt, en pensant à cette énorme coïncidence.

Il rêva. Il rêva... de cette même image qui le terrifiait. Il se voyait tomber dans l'eau de la Baltique, se tirant une balle dans la tête, et l'Aigle – oui voilà, l'Aigle, il voyait un Aigle – survoler son cadavre. Il se réveilla. Vite, très vite, puis se rendormit, en priant pour ne pas refaire ce rêve.

Il s'éveilla, lorsqu'on frappa à la porte de sa chambre. Il avait logé pour cette nuit dans la maison de Viljo.

— Levez-vous Fridolf, il est l'heure ! criait le propriétaire.

Fridolf sortit de son lit, s'habilla prestement, se lava les dents, et ouvrit la porte, et tout cela en deux minutes, après la bruyante injonction de Viljo.

Les deux hommes descendirent ensuite, et prirent le petit-déjeuner. Le brouillard était toujours là, et seulement quelques habitants sortaient de leurs maisons, pour marcher dans la rue, espérant trouver les quelques rayons de Soleil qui traversaient la brume. Il était 7 heures quand Viljo et Fridolf partirent, vers le nord de la ville. Ils marchèrent une trentaine de minutes, puis s'arrêtèrent devant une grande caverne.

— Nos ruines sont là, dans cette caverne.

Fridolf s'aventura précautionneusement dans l'ombre de la grande formation. Viljo le suivait. Fridolf sortit alors une lampe à huile, et éclaira le trou d'obscurité. Deux grandes colonnes de pierres apparurent, suivies d'une grande porte, sculptée dans la roche de l'endroit. Il s'approcha de plus en plus, et des inscriptions runiques surgirent sur la première colonne. Il prit ses notes, traduisit puis écrivit la traduction. Un long texte y était inscrit. Et quand Fridolf finit de le traduire, il y trouva des mots, puis des phrases lui rappelant l'épave :

« Le coffre juif contient une Torah, qui témoigne de la redécouverte du judaïsme dans nos contrées, lors de l'avènement des Vikings. Les juifs sont donc arrivés sur nos terres au tout début de notre ère, durant le deuxième siècle après Jésus-Christ. Les premiers hébreux débarquèrent en Laponie, paradoxalement, et cette région témoigne encore aujourd'hui des traces du Judaïsme. Les Vikings ont transporté leur culture juive dans toute la Scandinavie. Mais seulement quelques exemplaires de la Torah pour le Peuple Scandinave, ont été traduits, et recueillis au fil des siècles. Le Judaïsme Scandinave est la première trace de monothéisme chez les peuples germaniques. »

Les runes ne signifiaient rien de plus. Fridolf se pressa de traduire la deuxième colonne, mais elle indiquait exactement la même chose. Fridolf marcha alors pendant une vingtaine de minutes, autour des deux colonnes – seul vestige avec la porte de la synagogue – pendant que Viljo le regardait, pensif.

— Ce n'est pas possible… Ce n'est pas possible… se disait Fridolf. Mais si !

Cela était la vérité. « Il doit bien y avoir une erreur, une fausse information. » Il relut les runes, mais elles disaient bien la même chose.

« Mais comment se fait-il que ces colonnes soient la continuation des pierres runiques de l'épave ? » Il se retourna vers Viljo, qui le regardait. Fridolf cria

« MAIS COMMENT SE FAIT-IL QUE CE SOIT LA MÊME TRADUCTION QUE LES PIERRES DE L'ÉPAVE ? » hurla-t-il de toutes ses forces à son observateur.

Viljo sourit. Fridolf se remit à réfléchir, il était désormais sûr que ces Lapons, surtout lui, se moquaient de lui, se jouaient de lui. Il prit son revolver, s'approcha de Viljo, et pointa l'objet sur la tête enveloppée du Lapon. Il riait. Il riait fort. Fridolf ne comprenait pas. Viljo se mit alors à parler :

— Il vous reste beaucoup de choses à comprendre, votre prédécesseur était bien plus rapide…

Fridolf pressa la détente. Un grand bruit sourd circula alors dans l'air, et Viljo tomba par terre. Fridolf ressentit l'image de son rêve, et lâcha le revolver.

Que venait-il de faire ? « Ce que j'ai toujours fait… »

Il s'agenouilla par terre, et se mit à pleurer. Ses lamentations résonnaient dans le creux de la caverne. Ses larmes tombaient sur le sol tel des débris de fusées retombant sur Terre. Qu'allait-il faire maintenant ? Il n'en était pas encore convaincu, il était désormais sûr qu'on s'était moqué de lui. Il en était certain, certain comme les Juifs avaient disparu avant…

CHAPITRE QUATRE

Il sortit de la caverne, reprenant son revolver, et se remémorant les chemins qu'il avait pris pour arriver jusqu'ici. Mais heureusement, sur le défunt corps de Viljo, Fridolf retrouva la carte qui menait aux ruines juives. Le docteur en archéologie demeurait tout de même assez déçu de ces ruines, car il avait pensé pouvoir y trouver de majestueux débris d'une « sous-race décadente »…

Mais non ! Il y trouva deux colonnes de pierre aux inscriptions runiques, ainsi qu'une porte.

Le soleil brillait, et éclairait de ses rayons les sentiers rocheux qui permettaient de revenir à Suvanto. Il marcha une bonne heure, se trompant parfois de chemin, revenant sur ses pas, puis empruntant enfin le bon chemin.

Fridolf arriva à l'entrée du village, et attendit la seule heure de nuit pour s'engager dans les ruelles vides du petit village. Tout le monde dormait. Il entra dans le port, et prit le même bateau qu'à l'aller. Encore une fois, une carte du chemin emprunté était accrochée dans la salle de pilotage. « Presque trop facile » se disait Fridolf. Il partit du village, avec la mort de Viljo sur la conscience, dans l'épaisse et courte nuit lapone.

Après dix heures de navigations hésitantes, il finit par arriver à Mariehamn. Il appela alors Monika, pour lui signaler qu'il allait rentrer, cela brièvement. Il reprit sa voiture, et fonça jusqu'à Lindholm. Fridolf arriva à l'aube, et eut le temps de saluer ses enfants, avant qu'ils ne partent à l'école. Il parla rapidement avec sa femme, lui mentant sur le travail.

« Non rien de spécial, comme d'habitude, même si on a eu la chance de trouver... » disait-il en continuant avec des termes peu compréhensibles pour sa femme.

Il quitta ensuite son foyer, après avoir réservé un billet de ferry pour les îles Svalbard. Car il l'avait décidé. Oui, Fridolf partait pour l'Institut de l'Histoire Nordique, pour y chercher une traduction de la Torah pour les Peuples Scandinaves. Le voyage allait, certes, être long – dix-huit jours – mais Fridolf voulait la vérité. Il se foutait qu'elle lui déplaise, il la voulait.

Il partit de Lindholm, seulement une heure après y être arrivé, et se dirigea vers la capitale, Stockholm, en utilisant le moyen aérien.

L'aéroport de Lindholm était très grand, troisième de la Svea Rike, après celui de Stockholm et de Helsinborg[102]. Il faisait grand soleil, et l'aéroscaphe décolla à 14 h 35. Fridolf avait pris le déjeuner à l'aéroport.

Il arriva quelques heures plus tard à Stockholm, et attendit alors une journée avant de prendre le Ferry Skandia.

Le lendemain, après une nuit à l'hôtel, Fridolf vit l'immense ferry accoster dans le port de la capitale. Les cinquante mètres de longueur et ses treize mètres de largeur, donnaient à ce ferry une allure de *Titanic* de la Baltique, qui allait emmener l'aventurier suédois à la découverte de la Vérité.

Une vingtaine de personnes attendait sagement à la magnifique entrée qui servait de porte. Fridolf arriva en dernier, lui semblait-il. Il put le vérifier après, quand il s'aperçut que personne n'était passé après lui à la fermeture de la porte. Une femme se retournait méthodiquement, regardant Fridolf avec ses yeux bleus.

Elle souriait légèrement, espérant recevoir le même rictus gentil de Fridolf, mais il n'en fut rien. Après une longue heure d'attente, tous les passagers entrèrent dans le Skandia. On lui donna la clef de

---

102 Anciennement Helsinki, lors de l'annexion de la Finlande par la Svea Rike, elle devint Helsinborg, renouant ainsi avec son passé légitimement suédois.

sa chambre, et il s'installa, puis rangea ses affaires, et commença la rédaction de ses notes sur Suvanto, seul, dans sa pièce froide.

Il devait participer à la présentation du ferry, à 18 heures, qui inaugurait son premier voyage à Svalbard. Lors de la conférence d'explication, Fridolf continua à rédiger ses notes, se fichant des paroles balancées dans le vide par le fier représentant de Silja[103]. Son costume noir bougeait, à gauche, à droite, puis à gauche, puis à droite, indéfiniment, tandis que le même jeune homme vaniteux vantait les mérites de la construction du Skandia.

« C'est un des plus beaux bateaux et les plus efficaces du monde, et notre première et fière construction ! »

Et quand Fridolf levait la tête, l'homme continuait son show, tandis que la jeune femme aux yeux bleus le regardait toujours, parfois hésitante, parfois déterminée à lui sourire. Fridolf n'en prenait pas compte. Il était inexorablement concentré sur ses notes – ses notes !

— La coque est très résistante, même le glacier du *Titanic* ne peut la briser !

— Ahhhhhhhhh !

Il notait les détails des colonnes de pierres, les inscriptions runiques, une copie en suédois, une copie laissée en Vieux-Norrois, des croquis de la caverne, du corps étendu de Viljo, du village…

— Regardez les mâts, comme ils sont grands et bien conçus !

— Ohhhhhhhhhhhhh !

Il releva la tête, le conférencier du bateau le regardait, la jeune femme le contemplait, l'épais homme du coin ouest avec son verre de whisky dans la main, l'observait.

Tout le monde lui prêtait attention, puis, comme un miracle babylonien, tous se concentrèrent ensuite sur le tableau projeté. L'aventurier en quête de connaissance releva la tête : regard, regard, ses notes, ses mains moites au contact des feuilles de papier, regard de la jeune femme, mains, regard de l'étrange homme au whisky.

103 La Silja Line est une compagnie suédoise de transport maritime.

Fridolf posa ses notes, et se força à écouter le one-man-show du conférencier en costume.

— Des hublots dernières générations !

— Ohhhhhhhhhhhh !

— Fait en matériaux nationaux !

— Ahhhhh !

— Du bois de Laponie !

— Ohhhhhhhhhh !

— Du plâtre de…

Fridolf arrêta d'écouter. Les « Ohhhhh ! » et les « Ahhhhhh ! » du public le rendaient fou. Il essayait de se replonger dans ses notes, mais « Ohhhhhhhhh ! Du cuir de chevreuil de Norvège ! »

Fridolf, terriblement agacé par ce public ignorant, partit, ne fit guère attention aux regards du public, et il pensait alors qu'ils allaient crier « Ouhhhhhhhh ! »

Mais rien.

Il se dirigea rapidement jusqu'à sa chambre. Il entendit au loin des pas pressés, et se retourna. La jeune femme, ressentant les mêmes dégoûts, avançait, regardant ses pieds en marchant dans le long couloir. Fridolf la regarda, et pour la première fois, eu envie de lui sourire, et ce fut ce qu'il fit. La femme lui rendit son geste, et ils se regardèrent furtivement. Fridolf sentit dans le regard bleu foncé de la jeune femme, une rare intensité.

Il entra dans sa chambre, continua la rédaction de ses notes. Il finit alors exactement à l'heure où commençait le dîner.

Ses seize pages de notes furent enfouies précautionneusement dans sa mallette noire.

Comme la conférence sur le Skandia était dans la seule salle publique du ferry, la salle à manger, Fridolf eu l'obligation désagréable d'y retourner.

Il marcha seul, dans les couloirs qui menaient à l'endroit. Il entendit les mêmes pas que quelques heures auparavant, les pas légers, et le balancement de sa robe dans l'air : la jeune femme !

Il se retourna, mais personne, personne ne marchait, ni avait de robe.

« Eh bien pour une fois que je souhaitais sa présence ! » s'avoua Fridolf.

Il arriva dans la grande salle à manger. Tout le monde était déjà installé, et dînait depuis déjà semblait-il longtemps.

Il s'installa à la seule table vide qu'il restait, une table pour deux. Les couverts étaient déjà installés, il prit son assiette et alla voir ce qu'il y avait à manger – c'était un self. Il prit du poisson et des pâtes, nostalgique des repas de sa femme, puis s'assit et commença à dîner. Il était seul dans ses pensées. Il entendait encore les « Ohhh » résonner dans son corps en pleine réflexion.

Avait-il bien fait de tuer Viljo ? Il essayait de s'en convaincre, mais cela ne fonctionnait guère. Il releva la tête, la jeune femme le regardait, et lui sourit.

Fridolf lui adressa un sourire également, de plus en plus séduit par cette femme aux yeux bleus Baltique. Puis soudain, le ferry tout entier bougea. On venait de partir. Les passagers du ferry crièrent dans un brouhaha monstrueux. « Ohhhhh ! »

L'homme en costard se leva, et courut dans tous les coins de la pièce :

« Voyez-vous ! Le plus beau ferry du monde s'apprête à s'élancer dans son voyage aux îles reculées du nord de la Norvège ! »

Il bougeait dans tous les sens, avec le public débile qui applaudissait de toutes ses forces, et criait. La jeune femme s'efforçait de faire de même, mais son attitude était hésitante et artificielle.

Le ferry tourna et se dirigea à l'extérieur du port. Les cris et les applaudissements masquaient le bruit ahurissant du moteur. Puis Fridolf remarqua alors que presque la totalité des passagers étaient très jeunes, sans doute proches de leur vingtième année.

« Vingt ans ? Mais c'est le début de la Guerre ! » Fridolf se souvint que lors de cette période, les écoliers étaient principalement éduqués dans les établissements scolaires, et le Gouvernement avait les mains libres afin de les conformer à la propagande.

Avant chaque cours, tous les enfants se réjouissaient, et applaudissaient leurs maîtres d'école, comme des adeptes religieux applaudissant leur Prophète. Avec son ami Magnus, Fridolf faisait partie des rares enfants qui n'applaudissaient pas beaucoup avant chaque cours, et cela lui apporta des heures, et des heures de cours supplémentaires sur l'impérativité d'applaudir.

Il finit par comprendre, et se mit à applaudir dès l'année suivante avant chaque cours tel un demeuré. Il n'entendit cependant plus jamais parler de Magnus, qui, d'un jour à l'autre, ne se rendait plus à l'école.

Sa maison était vide lorsque Fridolf s'y rendait, puis, ce fut la maison qui disparut tout bonnement.

Enfin, le quartier entier sembla ne jamais avoir existé.

Mais Fridolf s'en fichait, il applaudissait son enseignant ! Son enseignant ! Oui, son enseignant !

Après un second one-man-show d'une dizaine de minutes – long monologue du jeune homme fier – durant lequel tout le monde applaudît, et après que le ferry quitta le port de la capitale, enfin, les passagers se rassirent et continuèrent leurs repas.

Fridolf regardait la jeune femme, mais elle ne le vit pas, et continua son repas. Le Suédois était à la fois très intrigué par cette personne, mais aussi séduit, malgré ses airs…

Fridolf cherchait le mot, « Mhhhhhh, ses airs… »

Il ne le trouva pas, mais sentit chez cette femme un lourd secret, qui dans son regard, se reflétait. Il finit son repas sur ces pensées, puis partit rapidement jusqu'à sa chambre. La jeune femme le suivait. Soudain, elle cria « Monsieur ! ».

Fridolf se retourna, et la voyait courir vers lui. Elle se présenta :

— Bonjour, je m'appelle Gretta Artsberg. Je voulais juste vous informer que le ferry fera parfois des arrêts, en Norvège, pour y visiter certains Fjords. Vu que vous êtes parti juste avant que le conférencier l'annonce, je venais vous le dire.

— Merci beaucoup, bredouilla Fridolf.

— Et vous, quel est votre nom ? Questionna curieusement Mme. Artsberg.

— Fridolf… Olovson. Savez-vous quels fjords allons-nous visiter ?

— Oui, si vous l'acceptez, nous pouvons aller boire un verre pour discuter de tout cela ?

— Oui, avec plaisir.

Le visage de Gretta s'illumina lorsque Fridolf lui répondit.

Ses yeux bleus amicaux furent dilatés d'angoisse, avant que le verdict ne tombe.

Mais Fridolf avait également un cœur qui battait dans son étroit thorax. Il éprouvait quelque chose pour cette fille. Malgré son air jeune, Fridolf lui donnait les vingt-cinq ans. Gretta se retourna, puis marcha en avant, et Fridolf la regardait marcher, avec sa belle robe d'anémones.

Elle se retournait parfois, pour vérifier si Fridolf la suivait, puis lui souriait, et Fridolf faisait de même.

La salle à manger était presque vidée de ses clients, seul l'homme en costard noir restait manger – il en était au dessert, ses taches de chocolat autour de sa bouche en témoignaient.

Gretta invita Fridolf à s'installer à sa table. Ils s'assirent, et la jeune femme aux yeux bleus demanda au Suédois quelle boisson il voulait prendre.

Il répondit « eau plate » et Gretta fit signe au serveur d'apporter deux verres d'eau plate. Fridolf lança alors la conversation :

— Donc, quels fjords allons-nous pouvoir admirer ?

— Oh, je crois que nous allons commencer avec le Hardengerfjord, puis le Sognefjord et enfin le Geirangerfjord. Mais c'est véritablement le Sognefjord qui sera le plus magnifique à voir. C'est le plus profond et le plus long des Fjords de Norvège, et même de toute la Svea Rike !

— Ah très bien ! s'esclaffa Fridolf.

— Et quel métier faites-vous ? demanda Gretta.

Fridolf ressentit dans son corps, un long frisson, traversant tous ses membres, la tête, la nuque, le buste, le bassin, puis les deux jambes et les deux bras. Il répondit alors :

— Je suis chercheur en art suédois sous le règne de Gustave Vaasa, et vais à l'Institut pour y chercher des renseignements… Et vous ?

— Oh mais c'est formidable ! Je vais aussi à l'Institut ! Je dois y chercher des livres pour mon oncle. Il est historien à… Göteborg.

— Ah c'est bien, répondit Fridolf. Et combien de jours dure ce voyage ?

— Dix-huit jours, nous arriverons le 6 juillet.

Ils continuèrent et conclurent leur conversation avec d'autres banalités. Les jours passèrent, et chaque soir, Fridolf et Gretta discutaient.

Les journées se ressemblaient, et les nuits se différenciaient. Fridolf se mit à aimer Gretta, et inversement. Ils se disaient des mots doux, et passaient beaucoup de temps ensemble, et tout cela dans une discrétion parfaite – même le conférencier ne se rendit compte de rien sur la relation qu'entretenaient les deux amants.

La sixième journée fut consacrée à la visite du premier fjord, le Hardengerfjord.

Tous les passagers sortirent dehors, tôt dans la matinée, mais ne purent quitter le Skandia. Le ferry avançait doucement dans le fjord, immense. La vallée aquatique creusée par la mer du Nord, avait à ses bords de grandes montagnes. Les nuages très bas la rendaient féerique.

Fridolf et Gretta, sans mot dire, admiraient les étendues vertes, rocheuses et marines de l'endroit. Les poissons, par milliers, surtout des saumons, passaient aux abords du ferry.

Soudain, Fridolf put apercevoir une longue pierre s'avançant dans le vide. Gretta l'aperçut, et s'étonna de la voir aussi petite.

« Dans les cartes postales, cette pierre me paraissait plus grande. »

Puis au bout de quelques minutes, Fridolf, qui admirait toujours cette pierre – Gretta regardait à l'opposé, les hauteurs raides du fjord – vit un homme s'avancer. Il s'avançait, s'avançait, puis s'arrêta net au bout de la pierre. Fridolf croyait que l'homme allait juste s'asseoir et admirer. Mais l'homme leva les bras, de sorte à former une croix.

Un Aigle passa devant lui, Fridolf l'aperçut et en eut des vertiges.

L'Aigle passa près du bras gauche de l'homme, et celui-ci, toujours en position de croix, tomba. Il tomba, tomba. Il tomba dans le vide sourd du fjord, puis, après quelques secondes dans l'apparence d'un oiseau, l'homme s'écrasa.

Fridolf put voir l'homme en divers morceaux.

Ses deux bras s'étaient disloqués au contact du sol, sa tête, couverte de sang, roulait près du corps.

Fridolf regarda autour de lui, mais personne, personne, ne regardait la scène, et semblait avoir vu la descente de l'homme en Enfer.

Puis, tout à coup, l'Aigle réapparut. Dans sa splendeur originelle, il se posa près des bras du cadavre et les dévora. Et, il leva la tête, et semblait regarder Fridolf.

L'Aigle donnait cette impression, Fridolf en était la prochaine victime. Il détourna immédiatement le regard, comme détruit par la considération que lui portait cet Aigle, et observa Gretta.

Elle était joyeuse, elle n'avait pas vu la scène. Non. Il la toucha, et elle se retourna, souriante, puis demanda à Fridolf ce qui n'allait pas.

Il répondit :

— Rien, je suis fatigué, on peut rentrer ?

Et Gretta, la personne adorable qu'elle était lui répondit :

— Oui bien sûr mon chéri, allons-y.

Les deux amants rentrèrent, et Fridolf alla se coucher. Il dormit une heure, et, dans ses rêves, revoyait la terrible scène, un mélange démoniaque entre le bateau qui coulait, et la scène à laquelle il venait d'assister. Il se réveilla en sursauts, Gretta le regardait.

— Tu as fait des cauchemars ? Tu as aussi parlé dans tes rêves, tu disais « Non ! Non ! » Ça va ?

— Oui, oui ça va, je fais souvent ce même cauchemar.

— C'est lequel ?

— D'habitude, je me vois sur un bateau qui coule, et je suis là debout, je me vois à la troisième personne. Je me tire une balle dans la tête, et un Aigle vient vers moi, et se place au-dessus de mon cadavre, et je me réveille.

— Tu l'as fait combien de fois ce rêve ?

— Une vingtaine je pense, oui, une vingtaine…

Puis Fridolf se mit à pleurer. Gretta le prit dans ses bras et le rassura. Gretta avait une sorte d'aura de gentillesse, grâce à cet embrassement, Fridolf se sentit mille fois mieux. Ils ressortirent dehors pour admirer le fjord. Mais Fridolf n'osait plus regarder les grandes hauteurs.

Quelques jours plus tard, le Skandia arriva dans l'immense et majestueux Sognefjord.

Cette fois-ci, les passagers purent descendre, et profiter indépendamment de l'endroit toute la journée. Gretta et Fridolf sortirent et mirent les pieds sur une véritable merveille naturelle. La grande végétation et le fleuve interne d'eau bleue, s'associaient pour former un véritable paradis. Les deux amants partirent donc pour une grande randonnée, dans les magnificences de l'endroit. Après une heure de demie de marche, ils s'arrêtèrent une première fois. Ils suivaient une marche inscrite dans la carte que leur avait donnée l'homme en costume.

Le lieu où ils s'étaient arrêtés surplombait l'immensité du vide qui séparait les cieux des eaux. On pouvait voir à des dizaines de kilomètres le Fjord s'étendant vers l'infini dans sa beauté éternelle.

Après une vingtaine de minutes de contemplation, Gretta et Fridolf repartirent, en direction d'un autre sommet, plus élevé. À leur arrivé, Gretta voulut alors parler à Fridolf :

— Je peux te parler, j'ai quelque chose d'important à te dire.

— Oui, bien sûr, tu sais très bien que je t'écoute tout le temps.

— Tu m'as dit que tu n'aimais guère les étrangers, et que tu étais très fidèle au régime. Voilà, je veux juste commencer par te demander de ne pas mal réagir.

— Tu peux me faire confiance ma chérie, répondit-il en lui caressant la joue, mais en ayant un sérieux doute sur la prochaine phrase qu'allait énoncer sa maîtresse.

— Mon vrai nom est Gretta Rosen, et je suis… je suis… juive…

L'incompréhension la plus totale s'empara de Fridolf. Ses yeux tombèrent dans un vide effrayant. Il n'arrivait désormais plus à bouger une partie de son corps, vidé de tout honneur – pensait-il.

Il ne pensait plus qu'à une chose, il ne se posait plus qu'une question : Pourquoi ?

Il regarda au loin, n'osait plus regarder son amante juive dans les yeux.

Elle continua de parler :

— Mon oncle est un conseiller politique russe, mais je t'aime, je t'aime Fridolf…

Il ne voulut pas entendre la suite.

Avait-il déshonoré son pays, sa famille, son travail ? Lui-même ? La réponse était simple, et il l'avait très vite trouvée : oui !

Mais pourquoi avait-il couché avec une juive, aimé une juive, qui de plus possédait une famille qui collaborait avec l'ennemi, qui était issue de cet ennemi infernal ? Les paroles de Gretta, qui se voulaient rassurantes, résonnaient dans le vide, vide de sens pour le fasciste suédois qu'était Fridolf. Il se toucha les poches, avait-il pris son revolver ?

Gretta le regardait dans les yeux, et ne voyait pas les actions que menaient Fridolf pour chercher à se venger de cette trahison. Il toucha l'objet de métal froid, le sortit, et le pointa sur son amante.

— Ne fais pas ça, tu m'avais promis de ne pas t'énerver, s'il te plaît mon amour, s'il te plaît !

Elle reculait, reculait, et frôla bientôt ce qui la séparait de la vie et de la mort. Il pointa son pistolet, et fit en sorte de viser entre les yeux. Gretta le supplia, pleurait, se décomposait dans des sanglots effroyables.

Fridolf réfléchit alors. Il avait bien couché avec cette juive, collaboratrice d'un régime corrompu, il l'avait aimé, trahit sa femme, ses enfants, son métier, son Fader, son pays, sa vie, son existence même.

Il était désormais dans un déshonneur existentiel qui le fit appuyer sur la gâchette.

— Fridolf ! cria Gretta.

Son corps, mort, marmoréen, glacial, désormais, vide, chuta. Il chuta.

Tomba, s'effaça dans le vide hallucinant du Sognefjord.

Le Soleil frappait le visage de Fridolf, quand le corps frêle de Gretta disparut dans le fjord. Il ne s'avança pas. Se retourna, et jeta son revolver au loin, dans le grand vide majestueux de ce paradis, devenu Enfer.

Qu'avait-il fait ? La chose à faire, se disait-il.

Il aimait Gretta, mais son esprit antisémite et svénaciste ne l'acceptait plus.

Son *moi* extrémiste prit le dessus. Il n'avait jamais aimé cette personne, jamais, ni couché avec, ni rencontré, ni connue même ! Sa propagande intérieure faisait le ménage dans son esprit tourmenté par le meurtre d'innocents.

Mais cette fois, Fridolf avait choisi son camp, enfin il le pensa. Car, malgré la conviction svénaciste qui régnait en lui, Fridolf ne put s'empêcher de ressentir une culpabilité certaine, qui, même si tenace, ne pouvait se conserver longtemps.

Le voilà, lavé de tout reproche, Viljo, Gretta, n'avaient jamais existé, ni pour lui, ni pour personne. Il redescendit le sentier qu'il avait emprunté, seul, et s'en retourna au Skandia.

Il rentra à sa chambre, et jeta les affaires de Gretta par-dessus bord. Il effaça toutes preuves de l'existence de cette juive. Il se reposa, essayant de ne plus penser à ce énième meurtre.

Les jours défilèrent. Il ne pouvait s'empêcher de repenser à ce moment précis, durant lequel il avait mis fin à l'existence d'une femme qu'il aimait, mais que la société de Lindholm n'avait jamais acceptée, ni guidée, ni regrettée.

Arrivé le 6 juillet à Longyearbyen, capitale de Svalbard, et ville où se situe l'Institut de l'Histoire Nordique, Fridolf reprit toutes ses affaires, et quitta le majestueux Skandia, rempli de souvenirs paradoxaux.

Le vent frais, accentué par un air polaire – quatre degrés lors du mois de juillet – rendait cet endroit le bout du monde connu, où seuls les plus expérimentés et les plus fous s'osaient à venir. Le grand bâtiment de l'Institut, mesurant une centaine de mètres de hauteur, dominait le paysage de la capitale. On voyait au loin la neige éternelle de Spitzberg, ne changeant pas de toute l'année, dont la persévérance inconsciente était semblable à la chaleur saharienne d'Afrique de l'Ouest.

Fridolf, ses bagages dans les mains, marcha le long de la longue avenue froide qui menait au bâtiment dans lequel il allait pouvoir trouver la Vérité.

CHAPITRE CINQ

La faible neige du lointain bâtiment pouvait être aperçue depuis le port. Fridolf traversa le long Boulevard Alfred Nobel, ne croisant que quelques rares personnes. Les autres passagers du Skandia se dissipèrent dans la ville, et bientôt on ne pouvait plus distinguer les nouveaux venus des habitants de Longyearbyen.

Au fur et à mesure que Fridolf s'approchait du magnifique gratte-ciel, il pouvait apercevoir un immense Valknut[104] dessiné sur la surface de la falaise de verre qu'était l'Institut. Sa pointe au sommet donnait au bâtiment une dizaine de mètres de plus, et ses vitres de verre couvertes de neige, devenaient de plus en plus visibles en dépassant chacun des différents paliers de dix mètres de hauteurs. L'air très frais du grand nord suédois faisait geler les diverses rues de la petite bourgade. Arrivé à son pied, Fridolf se sentit comme une fourmi face à un Aigle, une grandeur exceptionnelle se dressait devant lui.

Les grandes portes qui servaient d'entrée s'ouvrirent automatiquement à l'approche d'un passant, fruit de la fabuleuse technologie nordique. Des banderoles sortaient de certaines vitres en hauteur, affichant le symbole de la Svea Rike, le Vilknut, qui en Scandinavie était l'égal de la Croix gammée Allemande.

Fridolf se présenta à l'accueil, puis on lui expliqua toutes les fonctions et utilités du complexe. L'Institut de l'Histoire Nordique

---

104 Le Valknut est le symbole de la Svea Rike, telle la croix gammée en Allemagne, c'est la représentation du Svénacisme et du parti national-socialiste des travailleurs suédois.

était donc un immense organisme, composé de plusieurs bâtiments rattachés les uns aux autres, chacun ayant une utilité spécifique.

Le premier et le plus important était évidemment ce Skyskrapa[105], qui faisait office de grand sanctuaire du savoir Nordique, de grande Bibliothèque pour la Race Suédoise, et de centre d'information majeur. Pour tous les svénacistes curieux sur le passé du pays. On l'appelait le Kunskapens Skyskrapa – ou abrégé en KS – et il abritait énormément de chercheurs, de spécialistes, d'experts, qui, chaque jour, apportaient des touches de connaissances à chacune des sous-parties composant la bibliothèque.

Il y avait un registre sur l'art, divisé en plusieurs sections, elles-mêmes divisées en composantes, et tout cela pour le reste des grands thèmes – l'Histoire, la musique, les découvertes scientifiques, la politique et la diplomatie, etc. Le deuxième bâtiment – qui faisait partie en réalité, et en quelque sorte de la Skyskrapa – était un grand hôtel luxueux, composé de plusieurs centaines de chambres, de plusieurs restaurants, de piscines chauffées, de saunas, d'un cinéma et d'autres merveilles culturelles et technologiques, qui témoignaient de la grande avancée des Nordiques sur le loisir, la connaissance et la culture.

On dît à Fridolf que presque toutes les chambres étaient occupées, et que très peu de clients du complexe ne sortaient en ville. L'Institut était une véritable mégapole dans la petite ville, lieu d'échanges qui attirait en vérité presque un million de personnes chaque année.

Les impressions des clients étaient très peu partagées et diffusées, car ces dits clients étaient très souvent de grands intellectuels, de grands artistes ou des politiques discrets, nombreux dans ce bâtiment mais très rares dans les pourcentages de la population nordique.

Il était donc normal, enfin lui sembla-t-il, que les uns et les autres eussent un avis subjectif sur la question, tout comme Fridolf lui-même.

---

105 Le terme « gratte-ciel » en suédois.

Il réserva la chambre 322, située à une quinzaine de mètres sous la surface. Toutes les activités – restaurants, cinéma, piscine, saunas, etc. – se situaient au niveau -1, et toutes les chambres réparties sur les cinq étages inférieurs – respectivement du -2 au -6.

Et enfin le troisième bâtiment, qui était une annexe accrochée au Building, servait de musée d'exposition de certains grands écrits, rares, de certaines œuvres sculpturales, picturales, et photographiques – comme des clichés de la conférence du Traité de Stalingrad.

Après une longue explication du grand complexe scientifique par l'hôtesse de l'accueil, Fridolf se rendit à sa chambre. Il croisa des dizaines, même presque des centaines de personnes dans les longs couloirs souterrains de l'organisme. Des couples de chercheurs, des artistes solitaires, des ingénieurs allemands, turcs, américains, de toutes origines !

Ce lieu de science était la deuxième plus grande administration du savoir d'Europe, après bien sûr celle de Germania – qui couvrait deux quartiers de l'immense cité – et devant le centre d'études fascistes de Rome. Les couloirs paraissaient comme des bunkers nucléaires, fait de métaux résistants, mais leurs apparences martiales étaient masquées par des représentations de l'Histoire Nordique, telles qu'on les trouvait dans l'Elucidarium.

Après une dizaine de minutes de marche, il arriva enfin à sa chambre 322. Il ouvrit la porte avec l'aide de la carte que lui avait donnée l'hôtesse, magnétiquement, et entra dans le sublime lieu de vie.

Il vit dès son entrée, trois valknuts symétriquement disposés pour former un cercle parfait, et ces symboles scandinaves étaient accompagnés de lettres en ébène inscrivant « SVEA RIKE ».

Le lit, moelleux, épousant les formes des valises de Fridolf, était marqué – lui aussi – du sceau ancestral nordique.

Fridolf, et ce fut la première fois, n'avait jamais vu autant de fois la représentation du fascisme suédois dans une même pièce.

Même au siège de l'organisation d'archéologie dont il faisait partie, il n'y avait pas autant de valknuts.

Juste au-dessus du lit était accroché un tableau de Fader, le représentant inaugurant le Complexe. Aussitôt ses affaires installées, et la chambre visitée, Fridolf sortit de celle-ci pour se rendre au registre Histoire, section Ancêtres, et d'ici trouver la Torah du Peuple Scandinave.

En traversant les couloirs, il vit des femmes de ménage travailler dans les diverses chambres, toutes somptueuses, mais toutes parfaitement semblables, le même tableau à la même place, le même lit, la même poignée de porte, tout était pareil ! Il remonta les trois étages, puis arriva à l'accueil, d'où une des nombreuses hôtesses l'interpella :

— M. Olovson !

— Oui ? dit-il en s'approchant de la voix.

— Notre administration avait juste une question à vous poser.

— Je vous écoute.

— Une jeune femme, du nom de Gretta Artsberg, envoyée par son oncle, devait venir dans le complexe, et vous étiez le seul avec elle à vous rendre ensuite ici. L'avez-vous vue ?

Un long moment de silence, sans doute reflétant la culpabilité de Fridolf, s'engagea, puis il le rompu en annonçant :

— Non, durant tout le voyage, je restai seul, et je n'ai parlé avec personne, il fallait que je continue à travailler sur mes recherches archéologiques, et c'est pour cela que je suis ici, je suis désolé de ne pas vous avoir aidé.

— Très bien, merci pour votre aide M. Olovson, conclut l'hôtesse.

Son cœur se mit à battre, follement, et ses sinistres souvenirs se mirent à déferler sur lui telle une bourrasque de neige envahissant les dernières verdures de l'automne à Helsinborg.

Ses yeux, qui s'étaient emplis d'une lueur d'espoir lors de la visite du magnifique endroit, se transformèrent en de sombres précipices, absorbant la haine qui somnolait en lui, mais qui chaque jour, à chaque opportunité, revenait le hanter.

Il prit ensuite l'ascenseur, et se rendit au trente-troisième étage – étage de la section Ancêtre du registre Histoire. L'ascenseur moderne affichait les quarante étages, ainsi que les étages inférieurs, et le numéro d'urgence, en cas de panne.

Une fiche de papier était collée juste au sommet de ce dernier bouton, inscrivant: Aucune panne n'a été signalée depuis la construction de l'ascenseur.

Après une minute d'attente, Fridolf arriva au trente-troisième étage. D'autres personnes montaient au dernier étage, tandis qu'une seule autre se rendait au même niveau que Fridolf. Aussitôt les portes ouvertes, des milliers de rangées de livres, avec des inscriptions témoignant du thème de chaque partie, apparurent au profit des curieux qui s'émerveillaient devant une telle quantité de savoir.

Fridolf courut vers la partie des ancêtres les plus éloignés, chercha, chercha pendant des minutes, des heures, jusqu'à la fin de la journée. Il ne trouva rien. Il fouilla les moindres recoins de la sous-partie, des alentours, mais sans rien demander à la vieille femme qui veillait au bon fonctionnement du processus de la connaissance dans sa section.

Fridolf, après des heures de recherches désespérées, alla se détendre dans un des nombreux saunas du sous-sol. Il redescendit les trente-trois étages, puis alla se relaxer dans les chaleurs des inventions suédoises[106]. Les pierres de charbon réchauffaient le grand sauna public, où Fridolf n'était pas le seul, accompagné d'un homme blond, yeux bleus, lui ressemblant, mais étrangement volumineux, avec un embonpoint très visible.

Le sauna montait, 70 °C, 73 °C, et jusqu'au 85 °C que la loi autorisait. L'homme corpulent sortit rapidement, mais Fridolf resta là, il restait, seul, dans ses pensées, Gretta, Monika, ses enfants, la Torah qu'il ne trouvait pas.

Ses yeux se fermaient doucement, progressivement, ses mains, sa tête, son dos, ses bras, s'affaissaient contre le bois chaud de la

---

106 Car cela est bien connu, toutes les inventions utiles en Scandinavie proviennent de la culture suédoise. L'on pourrait croire par une dévotion impure que cela provenait des Finlandais. Mais non ! Ils n'ont rien inventé, ils n'ont très vulgairement fait que copier cette invention typiquement suédoise.

structure. Il ferma les yeux, et se sentit voguer en enfer, la chaleur du sauna montant, montant, terriblement, infernalement.

Fridolf ne sentait plus ses joues, ni ses bras, lourds de sueur. Il voyait désormais Sven Olov Lindholm en face de lui, lui criant des injures suédoises, fascistes, et antisémites, lui prédisant l'enfer éternel pour toutes ses trahisons, envers sa patrie, sa famille, et son honneur.

Lindholm brandit un revolver, le même que Fridolf avait utilisé pour tuer Viljo et Gretta, et il le tendit sur lui. Il faisait chaud, trop chaud, beaucoup trop chaud, ça y était, il était en Enfer, remplie d'horreur, de terreur, de tristesse et de souffrance.

Mais soudainement, Fridolf sentit s'en échapper, revenir à la vie, oui la vie. Son corps se rafraîchissait, la température du sauna baissa, baissa, progressivement pour atteindre les trente degrés, puis, on ouvrit la porte. Le même homme corpulent se jeta sur Fridolf, puis le sortit du royaume de Staline, pour le sauver.

Mais Fridolf, lui, voulait rester en Enfer, il sentait, oui il sentait qu'il méritait tout cela. Cette fois-ci, et il en était certain, il allait arrêter.

Il entendit une voix, rauque, mais rassurante et fort bienveillante. Cette voix, au début lointaine et incompréhensible, semblait se rapprocher, se rapprocher, jusqu'à ce qu'elle fût complètement compréhensible et claire.

« Monsieur ! Monsieur ! Réveillez-vous ! Tout va bien ! Allez réveillez-vous ! » disait cette voix.

Et comme hypnotisé par ces ordres, Fridolf se réveilla, et posa le regard sur l'homme.

Sa légère barbe et son début de calvitie confirmaient bien que c'était l'homme, corpulent, de tout à l'heure.

Ils étaient seuls, pas un curieux n'était à côté. Puis, après de grands et douloureux efforts – car Fridolf sentait toujours les brûlures infernales sur presque la totalité de son corps – il réussit à se lever. L'homme lui donna plusieurs serviettes, avec lesquels il put sécher toute la sueur qui jaillissait des quatre coins de sa chair. Et l'homme se présenta :

— Bonjour Monsieur, je suis heureux que vous en soyez sorti vivant ! Je m'appelle Ström, et je dirige cet Institut.

— Merci encore mille fois de m'avoir sauvé de cet Enfer. Je m'appelle Fridolf Olovson, et je suis très honoré de faire votre connaissance, cher Directeur de l'Institut.

Ils repartirent en direction du bar où ils prirent un verre. Fridolf, curieux de cet homme qui lui avait sauvé la vie et qui de plus était le responsable de l'Institut, lui posait des questions, énormément de questions sur le fonctionnement et l'organisation du système. Puis, se souvenant tout à coup du pourquoi et du comment était-il arrivé dans ce sauna, il demanda :

— Mais M. Ström, je suis ici pour retrouver un livre très ancien, et sans doute unique et très rare. Pourriez-vous m'aider dans cette quête de connaissance ?

— Bien entendu, mais si vous avez besoin d'aide, demandez aux chefs de sections, je ne peux guère vous aidez.

— Si, c'est un livre inconnu de tous, que j'ai retrouvé dans une langue ancienne, mais il me faut la traduction – et je sais qu'elle existe – de cette Tor… Bible de savoir.

— Mhhh, fit Ingvard en analysant les derniers mots de Fridolf. Peut-être, écoutez, notre Institution est très éloignée et complètement indépendante de l'État. Nous avons des livres sur les Juifs, mais ils ne sont pas destinés au public. Je sais ce que vous cherchez.

— Pourriez-vous m'aidez ?

— Oui. Rejoignez-moi demain à 14 h 15, au sommet de l'Institut, étage 40. Vous m'avez l'air d'un type honnête, je vais vous aider, mais retenez bien une chose : « La source de connaissance est la chose la plus dangereuse et la plus tentatrice de l'Homme ». Bonne soirée M. Olovson.

Puis Ingvard se leva et repartit vers la sortie du bar. Fridolf était désormais seul, seul dans le bar, mais plus seul pour l'aider dans ses recherches.

Il le sentait, Ingvard Ström avait raison, le savoir est un danger, mais Fridolf voulait – et puisqu'il l'avait commencé, et bientôt terminé – savoir la vérité sur ses ancêtres, oui ses ancêtres.

Fridolf repartit alors vers l'accueil, puis vers les chambres, mais lors de la traversée de la grande réception de l'Institut, entourée de vides bleutés, Fridolf entendit une discussion.

Une hôtesse parlait au téléphone, assez bruyamment, et puisque la nuit était déjà tombée, pratiquement personne ne se trouvait dans le hall principal. La voix de la jeune hôtesse semblait déroutée, et gênée :

« Oui, monsieur, les autorités ont bien retrouvé son corps » annonçait-elle, puis après un long silence attentif, elle reprit :

« On l'a retrouvé avec une balle dans la tête, et le corps fracassé contre le sol du fjord, le légiste pense à un suicide ».

Une incompréhension douloureuse, soldée d'une honte immense, et d'une peur abominable s'emparèrent de Fridolf.

L'avait-il retrouvée ? Non ! Ce n'est pas possible ! Il eut envie de prendre le téléphone de l'accueil, d'étrangler et frapper la jeune hôtesse. Pourquoi était-elle obligée de le dire au moment précis où Fridolf passait ? Pourquoi ? Pourquoi le corps de Gretta ne s'était-il pas caché et confondu au splendide paysage ? Pourquoi les autorités furent obligées de trouver ce même corps ? Mais aussi, pourquoi, lui, avait tué Gretta ? Non, non, il ne fallait pas repenser à ça. Il venait de connaître les Enfers, et Fridolf n'eut guère l'envie d'y retourner. Il inspira, bloqua, expira, bloqua, et ce cycle pendant une minute, planté sur le sol, ignorant les paroles bruyantes de l'hôtesse désemparée.

Puis après ce cycle respiratoire qui le fit se détendre, il repartit en direction de sa chambre 322. Il eut juste pris le temps de retenir une adresse, énoncée par l'hôtesse : Cimetière de Joensuu. Il alla se coucher, avec le Fader veillant sur lui, au-dessus de lui, pour qu'il ne commette plus de nouvelles erreurs qui lui coûteraient la vie, et sans doute celle de sa famille.

Le lendemain, Fridolf se réveilla fort tôt, prit son petit-déjeuner et se replongea dans les immensités des archives de l'Institut. Mais rien, toujours rien, encore rien, il demanda au chef de section, mais ce dernier ne put l'aider – évidemment. Après, Fridolf alla prendre son déjeuner dans le restaurant le plus luxueux du Complexe.

Il avait pris le soin de prendre énormément d'argent, et vu ce qu'il gagnait chaque mois, il pouvait se le permettre.

À 14 heures, Fridolf prit le grand ascenseur pour se rendre au quarantième étage de l'immense bâtiment. Les étages passèrent, et leurs boutons s'allumèrent au passage de l'ascenseur. 33, 34, 35, 36, brève pause pour qu'un des passagers – le dernier avec Fridolf – passe la porte de métal pour se rendre à l'étage trente-six, puis le mécanisme recommença : 37, 38, 39, et enfin, 40 !

Les portes métalliques grincèrent dans un léger vacarme à leur ouverture. Des étendues de vitres de verre, masquées par les nombreux visiteurs semblaient avoir annexé le sommet du bâtiment. Toutes les vitres donnaient sur le vide froid et l'horizon de Spitzberg. Fridolf s'avança, recherchant une trace du directeur, et le trouva.

Il était assis, seul, sur une table de deux, entouré de beaucoup de personnes l'ignorant, discutant entre elles telles des femmes américaines parlant cuisine autour d'un thé.

C'était, quand Fridolf sortit de l'ascenseur, 14 h 05. Ingvard Ström était déjà là, attentif au journal qu'il lisait. Fridolf se dirigea vers lui, mais ce ne fut qu'après dix minutes qu'on put le laisser passer. Il était désormais 14 h 15, et tout le monde qui était autour de la table partit, toujours en blablatant de banalités inintéressantes. Ingvard déposa lentement son journal, et regarda dans les yeux Fridolf, avide de savoir, sur lui et ses ancêtres.

« Bonjour Fridolf, nous pouvons commencer… » annonça Ingvard Ström.

CHAPITRE SIX

La froideur du siège dans lequel Fridolf était assis contrastait avec celui de la table, qui était réchauffé par les mains du directeur ainsi que par son café. Les quatre yeux bleus des deux hommes se regardaient froidement. Puis le directeur Ström rompit le silence étrangement solennel.

— Que cherchez-vous exactement Fridolf?

— Je cherche la vérité, la vérité sur nos ancêtres.

— Et pourquoi la cherchez-vous ?

— Je suis archéologue, et dans une des nombreuses épaves que j'ai pu observer, j'y ai trouvé des pierres runiques, et un livre. Les pierres runiques indiquaient que… que…

— Ne vous inquiétez pas, d'une part plus personne ne se trouve ici, et donc ne peut vous entendre, et d'autre part, je ne fais pas partie des ultra-loyalistes au régime. Et l'Institut ne correspond que très peu avec le Gouvernement, nous sommes indépendants, et nous gardons des exemplaires de tous les livres rédigés en Scandinavie depuis le début de son Histoire. Vous pourriez m'abattre pour ces paroles anticonformistes, comme vous avez fait avec ce pauvre Viljo et la petite Gretta, mais je suis sûr que vous ne le ferez pas, car je suis haut placé et utile pour vous, n'ai-je pas raison ?

— Oui… Oui… vous avez raison.

— Pourquoi suivez-vous les traces du régime, pour quelles raisons avez-vous tué une femme que vous aimiez ?

— Je me sentais… coupable…

— Mais enfin ! Coupable d'avoir couché avec une juive ? Oui, et je vais vous le dire en vous regardant dans les yeux, oui, vous avez trahi le régime, cela est sûr et irréversible. Les SG[107] vous recherchent déjà. Rien que pour votre indépendance, et également car vous n'êtes plus un père, ni un mari. Vous faites honte, une honte terrible, à votre pays. Mais, vous voulez connaître la Vérité. Nous allons conclure un marché, comme des capitalistes de l'ancien temps, qu'en dites-vous ?

— Oui.

— Très bien, je vous donne votre Torah du Peuple Scandinave traduite en suédois. Vous irez voir une dernière fois votre famille, vous passerez du temps avec elle, puis vous disparaîtrez, totalement, nous ne voulons plus entendre une information, ou quoique ce soit vous concernant. Mis à part, certes, votre suicide.

— Mais je ne me suiciderai pas !

— Oh, on dit tous cela. Enfin j'avais une dernière question, Fridolf. Votre père, savez-vous qui il était ?

— Je sais de mon père qu'il est mort pour la patrie durant la campagne de Finlande, quand j'étais encore jeune.

— Je vais vous dire une dernière chose, votre père, n'est pas mort pour la Svea, mais est bien mort contre la Svea. Il était comme Gretta, et comme ceux que vous détestez tant, il était juif. Fader ne l'a pas accepté dans la nouvelle société suédoise, et c'est un véritable miracle que vous fassiez partie de la nouvelle Société, et que vous soyez arrivé à devenir un homme nouveau.

— Ce n'est pas vrai, vous mentez, vous mentez ! cria Fridolf qui se mettait à pleurer.

— Eh bien, si ! Vous avez tué, assassiné, votre père ! Un père juif, n'est-ce pas un comble pour un extrémiste tel que vous ? Allez donc, arrêtez de pleurnicher ! Vous pourrez lire l'Histoire de vos ancêtres, et de votre père dans ce livre.

---

107 La SG, ou Skyddsgrupp, l'équivalent de la SS Allemande, mais dans la Svea, est un groupe paramilitaire formé par le parti Svénaciste, qui est très puissant et actif dans toute la nation.

Ingvard sortit alors la Torah du Peuple Scandinave. Puis regarda une dernière fois dans les yeux Fridolf, puis partit, en prononçant ces ultimes paroles :

— Bonne Lecture…

Fridolf le voyait s'éloigner. Il pleurait, pleurait. Ses larmes tombaient sur le sol, et bientôt il se vida de toute son eau. Il resta seul pendant longtemps, mais il ne put savoir l'exactitude de cette durée. Dix minutes ? Trente minutes ? Une heure ? Trois heures ? Il ne le savait pas. Il repartit dans sa chambre, et lors du chemin vers celle-ci, crut voir Viljo, Gretta ou Ingvard, plusieurs fois.

Il se retournait pour vérifier, mais ce n'était pas eux – évidemment ! Il errait dans les longs couloirs labyrinthiques du complexe, arrivant à la chambre 322. Il se laissa tomber dans son lit, puis se reposa.

Très longtemps, il dormit, sans se réveiller, il fit une sieste d'un jour et demi, dans laquelle il vit, dans le même cauchemar angoissant, Gretta, Viljo, Monika, son fils Farkas, Ingvard, et d'autres, plein d'autres.

En se réveillant, il eut la pressante envie de téléphoner à sa femme. Cette vie-là lui manquait terriblement. Il avait envie de rentrer, de s'occuper de sa femme, de ses enfants. Mais la SG le poursuivait, et il ne pouvait pas revenir à Lindholm, sans se faire capturer en chemin. Puis tout à coup, il se rappela la Torah. Oui la Torah ! La Torah du Peuple Scandinave ! Il l'avait ! Enfin ! Avant de commencer sa lecture, il voulait absolument lui parler, avec sa douce voix suédoise. Monika répondit à la deuxième sonnerie. Il entendait ses enfants, jouant derrière, ainsi que le repas en préparation, dont il eut l'impression que son odeur envahissait ses narines.

— Et ton travail se passe bien, tu es toujours sur cette épave des Åland ? demanda Monika.

— Oui, je suis à l'Institut de l'Histoire Nordique, à Svalbard, il faut que je termine une seule chose, mais je peux te promettre que je reviendrai bientôt, je te promets mon amour.

— Tu me manques terriblement, ainsi qu'aux enfants, ils ne demandent que de te revoir. Veux-tu que je te les passe ?

— Oui, bien sûr.

Il entendit un léger silence, puis c'est Farkas l'aîné qui décrocha :

— Bonjour Papa.

— Bonjour Farkas, ça va ? L'école ? Raconte-moi tout !

— Oh, tout ?

— Oui.

— Eh bien j'ai 19,5 de moyenne générale, ça se passe très bien, même si je me prends des heures supplémentaires car je n'applaudis pas assez. Et…

— Il faut que tu applaudisses, vraiment Farkas ! Fais tout ce que l'on te demande en cours, même si tu le fais à contrecœur, c'est impératif pour plus tard.

— D'accord Papa.

Puis Farkas continua à narrer sa vie d'adolescent à son père attentif. Il eut ensuite le droit à la vie de Gudmund, puis Gunmar puis enfin celle de Laura. Il fut très heureux d'entendre ses enfants. Puis il reprit encore une fois Monika, la rassurant lui expliquant brièvement et vaguement ses recherches, puis, raccrocha.

Il se lança ensuite, avec comme source de lumière celle du grand nord de Suède, dans la lecture de la Torah.

Il y passa des heures, des journées, plus d'une semaine de lecture, ne s'arrêtant que pour aller manger, matin et soir, dans le restaurant du dessus. À plusieurs passages il fut Interpellé, et se rendit progressivement à l'évidence – étant désormais convaincu – que les Juifs étaient les ancêtres de tous les Scandinaves. Mais ce fut sur les dernières pages de cette bible de l'histoire nordique, qu'il tomba réellement des nues.

Les dernières pages du livre étaient des commentaires rajoutés par des experts, bien plus tard après la rédaction de cet ouvrage, comme ce commentaire :

« Cette Torah nous montre bien qu'il faut réviser l'Histoire du Judaïsme dans nos contrées. De plus, avec la montée de

l'antisémitisme et surtout en Suède, nous devons absolument convaincre les gens de notre bienveillance. Le fasciste Lindholm, s'il doit arriver au pouvoir, nous exterminera sans doute tous. J'invite donc tout lecteur de ce commentaire à la bienveillance envers les autorités, et ne jamais déraper.

Jacob OLOVSON, 29 juillet 1924 »

Ingvard Ström avait donc raison. Fridolf, même s'il avait que très peu connu son père, savait néanmoins qu'il s'appelait Jalma – celui qui enseigne – et qu'il était mort lors de la campagne de Finlande. Mais ce détestable Ingvard affirma alors le contraire, que le père de Fridolf fut tué pour son judaïsme prononcé.

Jalma et Jacob ne sont-ils pas des prénoms se ressemblant ? Si, légèrement. En 1924, en plus, c'est en cette année que son père rencontra sa mère, et quelques années plus tard mirent au monde le petit Fridolf. Mais quelques lignes plus loin, il s'aperçut alors qu'un registre de toutes les familles juives de Suède, de Norvège et de Finlande était inscrit. Il rechercha dans les O, puis dans les OL, et enfin c'est dans les OLO qu'il trouva son propre nom de famille. Pour chaque famille était inscrit un petit texte en dessous, et ce dernier disait pour la Famille Olovson :

« La famille Olovson fut entièrement exécutée le 7 juillet 1940, dans la ville de Bergen, en Norvège. Roald Larsen, Maire de Bergen, juin 1942. »

Il voulait connaître la vérité, maintenant qu'il était certain que les juifs étaient les ancêtres des Scandinaves, il voulait être certain que sa famille était bien juive, puis, comme l'avait Ingvard, il irait se donner la mort, mais aussi après avoir revu une dernière fois sa famille, sa femme, ses enfants.

Sa mission à Svalbard était achevée, il y avait bien trouvé la Vérité. Cette affreuse et repoussante vérité qu'il acceptait. Néanmoins, celle qu'il n'acceptait pas, était cette vérité affirmant que lui-même et toute sa famille étaient de race juive, chose inacceptable pour le docteur en archéologie, dont la vie même était synonyme d'antisémitisme. Fridolf avait détesté, méprisé, et même tué les juifs qu'il avait croisés sur le chemin de sa vie, mais si lui-même, ses parents, grands-parents l'étaient, il ne pourrait l'accepter.

Il avait tant combattu les Juifs, que toute action réparatrice serait impossible.

Il posa la Torah sur la table de chevet, s'habilla, fit ses affaires – en prenant le soin de prendre la Torah, ses notes, et tous les témoins de ses recherches – et remonta à l'accueil pour annoncer son départ, ainsi que payer son séjour. Fridolf paya alors une des hôtesses, qui le remercia de son séjour, et jeta un dernier coup d'œil en haut, et vit Ingvard Ström, reconnaissable par son embonpoint, le regarder, et le directeur de l'Institut lui fit un signe, que Fridolf s'empressa d'ignorer. Mais s'il sortait, il allait se faire emprisonner ou tuer par les SG ? Peut-être, et Fridolf acceptait cette option, il prendrait tout le temps qu'il lui était donné pour terminer ses recherches, et ne craignait plus la mort, dans n'importe quelles formes qu'elle se présente.

Il sortit alors de l'immense complexe scientifique, et se dirigea vers le port. Il avait déjà commandé ses billets pour Bergen, et le Ferry « Nordia » était déjà prêt dans le port de Longyearbyen.

Immense comme son homonyme le Skandia, le Nordia était toutefois plus beau, et ne s'occupait pour l'instant que des liaisons de la Mer du Nord, avec l'État Britannique ou le Reich par exemple.

Lors de son voyage jusqu'à Bergen, Fridolf se renseigna sur la ville. Bergen était donc devenue la capitale de la province de Norvège, suite aux bombardements et à la destruction d'Oslo. Le Ministre-Gouverneur de la Province de Norvège était Vidkun Quisling[108], fasciste notoire et grand collaborateur des Suédois lors de l'annexion de la Norvège. C'était lui, et grâce à son parti le Nasjonal Samlin[109],

108 Vidkun Quisling fût la Far de Norvège, c'est-à-dire le Gouverneur de la Norvège, et est très connu pour sa collaboration et son rôle dans l'annexion suédoise de la Norvège.

109 Le Nasjonal Samlin est le parti d'inspiration fasciste et national-socialiste en Norvège. C'est ce parti qui soutînt l'annexion suédoise du pays, et dès la signature du traité.

qui entama l'annexion du pays, et qui ordonna la destruction d'Oslo, qu'il jugeait trop « capitaliste », et trop « occidentale », et il fit déplacer la capitale à Bergen. Il signa le Compromis de Malmö[110] pour demeurer au pouvoir dans son pays de manière indirecte, collaborant ainsi sans vergogne avec les envahisseurs suédois. C'était un très proche ami et Sven Olov Lindholm, dès le début de l'ascension du parti Svénaviste en Suède, et les deux hommes collaborèrent pour l'Unification Scandinave. Un fascisme nordique vit le jour grâce à ses deux hommes.

Fridolf avait une certaine fascination pour la relation de confiance et d'amitié qu'entretenaient les deux hommes.

Ainsi, et grâce à Quisling, la Norvège gagna un fort statut d'autonomie dans la Svea Rike, et contrairement aux autres peuples du pays, les Norvégiens étaient relativement bien traités. Après une dizaine de jours de traversée de la Mer du Nord, le Nordia accosta à Bergen.

Dans la ville régnait une ambiance très obscure. Lorsque les passagers allaient descendre, les haut-parleurs du Ferry, portés par une voix et rauque puissante, annoncèrent :

« Messieurs et Mesdames, nous vous obligeons à vous retirer pour quelque temps dans vos chambres, en attendant une condition plus optimale afin de vous laisser descendre. Notre Far de Norvège[111] est mort dans l'honneur, assassiné par un suppôt de Staline, un fanatique communiste d'origine russe. Nous vous appelons donc à rester dans vos chambres, et nous vous adresserons de nouvelles paroles lorsque la situation dans la capitale Bergen sera plus sûre pour vous. Merci à tous, Vive la Svea et Vive Fader. »

---

110 Compromis signé au lendemain de l'annexion de la Norvège par la Svea Rike, prévoyant une autonomie très relative à la Norvège, donnant le titre de gouverneur de Norvège à Quisling.

111 Le Far de Norvège est le titre honorifique du Gouverneur de Norvège, l'équivalent de Fader, mais en beaucoup moins important.

La voix rauque disparut, et Fridolf, obéissant aux règles, se dirigea vers sa chambre.

À travers les fenêtres de verre, il considéra la ville, son ambiance mélancolique, sinistre et signe qu'il allait observer un évènement important. Un jour entier passa, sans qu'il ne pût sortir de sa chambre. Ce temps qu'il sût ne pas perdre en lisant les derniers passages de la Torah, se répétant qu'il était juif, ce qui revenait à s'insulter quotidiennement pour lui.

Les haut-parleurs annoncèrent alors les prérogatives que devaient suivre les passagers, et tous dans une obéissance allemande, les appliquèrent.

Ils sortirent les uns après les autres, seul Fridolf semblait affaissé, se forçait à suivre ces instructions. Lui qui se tenait droit quotidiennement depuis que l'un de ses instructeurs d'enfance lui fit la remarque de cette tenue incorrecte. Il vit au loin, sur les divers bâtiments et habitations du quartier portuaire, de grandes affiches déroulées sur les murs des bâtiments, sur lesquelles un portrait du Far de Norvège se présentait, accompagné aux côtés gauche et droit, de valknuts.

Tous les sortants du Nordia s'approchèrent pour sortir du port, mais des militaires – et certains étant des SG – firent irruption devant eux, afin de leur interdire de s'avancer plus.

On pouvait reconnaître les SG grâce aux insignes svénacistes sur le bras droit, un valknut. Après encore une longue attente dans le froid de la capitale Bergen, enfin, ils purent – et Fridolf le premier – se diriger vers le Centre-Ville.

Le docteur en archéologie arriva aux alentours du palais du ministre-gouverneur de Norvège, qui était entouré de militaires et de fidèles du régime. Un grand portrait de Quisling était affiché sur la façade du palais, et près de celui-ci, on pouvait observer le corps pendu du « suppôt de Staline », perforé d'une balle dans la tête, plusieurs dans le ventre, avec des vêtements en haillons, ainsi qu'un écriteau accroché à son cou où était inscrit : « Je suis un suppôt de Staline, j'irai en Enfer pour ma trahison envers Fader et Far. »

On ne précisait pas s'il était juif, et cela à l'avantage de Fridolf. Un homme sortit des hauteurs du Palais, et fut acclamé par la foule, béate d'admiration devant le corps inférieur du communiste.

L'homme prit alors ses feuilles de discours, et les disposa devant lui. C'était le secrétaire du Nasjonal Samling, qui était proclamé successeur de Quisling après la mort du coupable communiste, Johan Bernhard Hjort, le nouveau Far de Norvège. Il était accompagné derrière de Jonas Lie[112], d'Albert Viljam Hagelin[113], et enfin de Biger Furugård[114]. Les quatre hommes, représentant le Gouvernement ainsi que le Fader – qui étaient les principaux ministres d'influence de la Svea Rike – prononcèrent des discours solennels, clairs dans leurs dénonciations des actes et du communisme, et hostiles aux minorités visées – Finlandais, Caréliens, etc. – qui étaient intervenues dans l'assassinat du Far de Norvège.

La scène, d'une ambiance mélancoliquement grave, s'acheva sur les applaudissements des spectateurs, admirant le charisme et l'intelligence de ces quatre hommes. Fut ensuite chantée à l'unisson l'hymne « Fader och Gud är med oss[115]. » La pluie se mit à s'abattre vers la fin du chant collectif, mais chacun resta à sa place, immobile, priant pour l'avenir du pays, pour Fader, son gouvernement, et Dieu.

Les quatre hommes se dissipèrent dans le palais pour une réunion importante, pour la préparation de l'investiture de Johan Bernhard

---

112 Ministre de la Police du Cabinet Quisling, et un des principaux collaborateurs norvégiens avec la Svea Rike.

113 Ancien chanteur d'opéra, Albert Viljam Hagelin est devenu le ministre de l'Intérieur du Cabinet Quisling, et collabora très activement avec les forces suédoises pendant l'annexion de son pays.

114 Premier Ministre de Lindholm, il est également celui qui s'occupe des relations avec le Gouvernement collaborateur et provincial de Quisling.

115 C'est l'hymne national de la Svea Rike, chanté par toute la fonction publique de la nation avant de commencer sa journée de travail, chanté par les élèves avant de commencer leurs cours, et également chanté avant toute annonce officielle importante.

Hjort[116] en tant que Far de Norvège. Après la longue cérémonie, à laquelle Fridolf avait entièrement assisté – car ce n'était pas tous les jours que l'on voyait quatre des hommes du Cabinet Lindholm – il partit chercher un hôtel.

Après l'avoir trouvé, Fridolf se dirigea vers la mairie, puis demanda si Roald Larsen était toujours en vie. En prononçant ce nom, Fridolf ne put s'empêcher de penser que toute sa famille fut exécutée sur ces mêmes pavés de rues, dans cette même ville, et il marchait dans cette ville en piétinant leur histoire et leur honneur, lui, assassin antisémite.

On lui répondit que l'ancien Maire de Bergen – car il ne l'était plus aujourd'hui – habitait dans sa résidence sur le Mont Fløyen, et qu'il était assez compliqué de le joindre, mais que Fridolf pouvait toujours essayer. La nuit venait de tomber, et Fridolf préféra aller se coucher, et de s'y rendre la journée prochaine.

Le lendemain matin, traversant les rues couvertes d'habitations d'architecture typiquement norvégienne, Fridolf monta sur la montagne grâce au téléphérique de la ville. Très peu de personnes y montaient, la ville ne comptait pas beaucoup d'habitants, et tous les fidèles du régime étaient déjà repartis dans leurs foyers respectifs. Le téléphérique, bancal, couvert de peinture jaune, ainsi que d'un valknut de chaque côté de l'appareil, mit une petite dizaine de minutes afin de transporter Fridolf au sommet.

Dans les hauteurs du Mont Fløyen, on pouvait observer la « Porte d'entrée des Fjords ». La maison de Roald Larsen se trouvait proche de la vue panoramique la plus belle du lieu. Sa maison était isolée, moderne, luxueuse, mais surtout seule dans ce paysage exceptionnel.

Un petit chemin de pierre menait à l'entrée, protégée par deux gardes aux uniformes svénacistes. Fridolf s'approcha de ceux-ci, qui le fouillèrent.

---

116 Il est avec Vidkun Quisling le principal collaborateur norvégien, et le fondateur du Nasjonal Ramlin. C'est ainsi qu'à la mort de son très proche ami, il devient à son tour Far de Norvège.

Le vieil homme, maître de la demeure, regardait Fridolf se faire fouiller, puis sortit dehors, et le questionna désagréablement :

— Que voulez-vous ? demanda-t-il avec un ton acariâtre.

— Je voudrais vous parler M. Larsen, c'est au sujet d'un souvenir d'il y a longtemps.

— Je n'ai pas le temps, allez-vous-en, toujours avec ce ton grincheux.

— Non, s'il vous plaît ! C'est au sujet de ma famille, je dois avoir la vérité !

— Je ne peux pas vous la donner, je ne sais même pas qui vous êtes, partez à présent, et ne revenez plus ! Ordonna le vieil homme.

À force, Fridolf accepta, et repartit en bas, mais il réessaya le lendemain, et Roald Larsen lui fit savoir la même chose. Pendant quatre jours, Fridolf essaya, avec différentes méthodes, de le convaincre de sa bonne foi, et d'aller lui parler, mais cela ne marcha qu'au cinquième jour. Ce jour-ci, il pleuvait abondamment, les hauteurs de la ville étaient comme aquatiques, semblables à un marais d'altitude.

M. Larsen, pris de pitié, et convaincu par l'acharnement et la phrase persuasive qu'avait prononcée Fridolf la vielle, le fit entrer dans sa demeure.

La maison, immense, construire en bois, avec une architecture fasciste Scandinave des années 50, était éclairée par des lumières extérieures, à travers le chemin qui traversait le jardin. Les lumières étaient dans des sortes d'antiques lampes à huile, ce qui donnait un air industriel à la demeure.

L'obscurité des nuages et de la pluie contrastait avec l'immense beauté du Fjord, à l'arrière. Roald Larsen était seul, réellement seul, comme sa maison.

Des cigares étaient présentés à proximité de l'entrée, et l'ancien maire en proposa à Fridolf qui répondit « Non, merci. »

L'homme, toujours en costume – enfin Fridolf le vit avec cette même tenue à chaque fois qu'il tenta de lui adresser la parole – s'assit sur un fauteuil de velours.

Roald Larsen l'invita à faire de même, et Fridolf obéit. L'ancien maire demanda à ses domestiques de se retirer, et Fridolf engagea alors la discussion :

— Je vous remercie de m'avoir accepté en ces lieux, Monsieur Larsen.

— J'ai vu votre persévérance, cela doit être important, mais tout d'abord, comment vous appelez-vous ?

— Je m'appelle Fridolf… Olovson et je suis archéologue, lui répondit l'homme acharné en inscrivant volontairement une légère hésitation à la prononciation de son nom.

Roald Larsen fut surpris, étouffé par le regard échantillonnant de Fridolf. Et bredouilla un faible

« Enchanté… Monsieur Olovson. »

Fridolf sentit dans l'expression de M. Larsen, une peur et une intimidation envers lui, pris de surprise par « Olovson ».

Le Suédois enchaîna directement :

— Je suis venue vous voir pour vous questionner sur ma famille.

— Oui, c'est tout naturel. Je m'en doutais, vous aviez le même… regard… et quand vous vous êtes présenté… écoutez, je me fais vieux, je n'ai plus rien à cacher, je n'enterrerai pas mes secrets dans ma tombe, je vais donc répondre à toutes vos questions, et après cela, je vous demanderai de partir.

— Très bien, merci beaucoup, M. Larsen. Je vais commencer par le début.

— Je vous écoute, et vous répondrai.

— Via un contact, et via une source écrite, je suis presque sûr que ma famille était juive. Je vous ai retrouvé grâce à un commentaire que vous avez rédigé dans ce manuscrit.

— Oui, c'est vrai, vous connaissez donc la vérité. Je l'ai apprise lors de mon investiture il y a une vingtaine d'années…

— Oui, et je l'ai accepté, bien que je sois un grand admirateur du svénacisme et de l'histoire de la Svea. Mais je veux, avant d'avoir terminé ma mission sur cette Terre, savoir cette toute dernière vérité.

Dans les appendices du manuscrit, était inscrit le nom de toutes les familles juives de Scandinavie, et sur mon nom, c'est vous qui avez laissé le commentaire.

— Oui, et je vais l'avouer, je vous connais depuis votre plus tendre enfance, et je me doutais bien que vous alliez me questionner, un jour…

— Vous savez qui j'étais, vous m'avez connu, vous avez connu mes parents ?

— Oui. Vous étiez à la mairie, dans le hall, lorsqu'on ordonna leur exécution. Je vais vous narrer cette histoire. Après le début de la Guerre, et dix ans après la victoire du Svénacisme dans nos contrées, Lindholm commanda l'exécution de tous les juifs trouvés. Il effaça toutes les preuves de leur existence, et surtout toutes preuves de liens entre les Juifs et l'Histoire du pays. Votre père faisait partie des « V[117] », communistes, et échappa de peu à la mort lors de la « nuit des V raccourcis[118] ». Votre famille fuit alors la Suède après cet évènement, et se réfugia dans cette même ville. Mais c'est sans compter l'annexion totale et officielle de la Norvège seulement quelques mois après leur arrivée. Je fus élu – du moins on me donna ce poste – Maire de Bergen. Votre famille, vos frères et votre sœur, vos deux parents, vos grands-parents, furent fusillés, puis pendus sur la place centrale de la ville.

— C'est vous qui avez ordonné leurs exécutions ?

— À quoi cette information vous servirait-elle ?

— Je veux savoir. Je veux vous l'entendre le prononcer.

— Oui, oui… C'est… moi… qui ai ordonné leurs… exécutions…

— Qu'avez-vous fait de moi ensuite ?

---

117 Les « V » sont l'abréviation des communistes, une sorte de lettre distinctive.

118 La nuit des V raccourcis fut une nuit durant laquelle l'entièreté des cadres communistes fut « raccourcie », terme pour désigner leurs décapitations. Ainsi, l'on retrouvait dans les rues, tôt le matin si l'on osait s'y aventurer, des corps sans têtes, et des soldats prenant les têtes pour les mettre dans des sacs, puis brûler ces derniers. Mais les très rares spectateurs de ces horreurs furent à leurs tours tués.

— Nous vous laissâmes à Göteborg, votre ville officielle de naissance, et vous avez été adopté par une famille aimante, vos parents. À votre majorité, nous les firent supprimer, et vous vous êtes débrouillé indépendamment depuis. Je pense vous avoir tout dévoilé. Partez à présent.

— Attendez, j'ai une dernière question. Pourquoi vous avez fait tout cela pour moi ?

— Sans moi, vous ne seriez pas ici, certes, mais je n'ai rien décidé, tout vient d'en haut. Sortez, maintenant, je ne veux plus vous voir, ni entendre parler de vous.

— D'accord, merci pour tout, au revoir.

Et Fridolf partit, avec la peur de subir les conséquences d'un manque de respect envers cet homme trop puissant.

Roald Larsen restait immobile, fumant son cigare, l'air fatigué, épuisé. La nuit déjà tombée, Fridolf dut attendre un peu pour emprunter le téléphérique. Il était seul dans celui-ci, mais même si perturbé par tous ces mensonges, toutes ces fausses vérités, il était heureux de ne plus être dans l'ignorance.

Cette qualité faisait de lui à présent, un être doté d'intelligence, de liberté de raisonner. Sa mission était presque achevée, mais il fallait qu'il termine plusieurs choses…

Maintenant qu'il connaissait la Vérité, sur lui, sur son pays, son passé, son existence, et qu'il savait les horribles conséquences du fascisme et du Totalitarisme, Fridolf n'avait plus qu'une envie, mettre fin à ses jours.

Mais il n'allait pas faire cela rapidement, sans réflexion. Il allait commencer par divulguer l'épave, la Torah, et toutes les découvertes qu'il avait faites, et il allait aussi pouvoir s'excuser. S'excuser pour tout le mal qu'il avait fait, toutes les horreurs pour une cause fausse et inexistante, à Gretta, Viljo, et les autres. Puis, le songea-t-il, il dira adieu à sa famille, passera un dernier moment de bonheur avec elle, puis partira. Mais il ne voulait pas que toutes ses recherches furent réduites à néant. Mais par quel moyen pouvait-il s'y prendre pour laisser une trace de lui, et de sa vie ? L'écriture, oui, oui, l'écriture…

Avec toutes ces pensées dans la tête, il alla se coucher. Le lendemain, il réserva de nouveau un billet pour le Nordia, et partit quelques jours plus tard, pour le lieu où commença toute cette histoire, les îles Åland…

CHAPITRE SEPT

Arrivé à Mariehamn, il se souvint avoir oublié sa voiture à Stockholm, ce quotidien et toutes ses recherches l'ayant fait oublier même un élément important.

« Pas grave » accepta-t-il.

Avec ses économies restantes, il loua une voiture, et se rendit à Hammarland. La même ambiance, froide, brumeuse, s'y rencontrait à son arrivée dans la ville. Il fit en sorte que personne ne puisse le reconnaître, Fridolf s'enveloppa dans un grand et épais manteau noir, avec un chapeau aussi obscur que le costume, et enfin porta des lunettes de soleil – même s'il n'y avait que très peu de Soleil.

Il s'avança vers les quais du port, éclairés par le Phare Märket. La vieille épave n'avait pas bougé depuis que lui et son équipe l'avaient repêchée. Fridolf attendit la nuit, faiblement obscure. Il jeta du pétrole sur les restes du navire, et y mit le feu, grâce à un briquet qu'il avait constamment sur lui. Regardant dans la nuit noire l'épave de tous ses malheurs, Fridolf, pour la première fois de sa vie, s'alluma une cigarette, et fuma.

La fumée grise qui s'évaporait dans la hauteur du ciel nocturne, parfumé d'étoiles scintillantes, s'accompagnait de la faible lueur que donnait sa cigarette, et la petite bouffée d'air toxique que dégageait Fridolf, lui fit en reprendre une autre.

Il resta immobile durant toute la durée de la décomposition de l'épave, et fumait cigarette sur cigarette, toujours, en admirant par la même occasion la grande lumière que produisait l'immense brasier.

Au lever du jour, Fridolf était toujours là.

Puis, lorsque la ville commença à se réveiller, Fridolf prit un des nombreux bateaux qu'il y avait dans le port, et emporta avec lui sa mallette. Il se dirigea vers le plein milieu de la Baltique, et fit en sorte que ce point soit le plus éloigné de toutes terres de la Baltique. Puis, quand il fut là, il sortit le Lion d'Or – qu'il n'avait plus regardé depuis sa découverte – et le perfora de balles.

Quand l'objet d'or massif devint suffisamment délabré, Fridolf, de toutes ses forces, le jeta au plus loin possible à travers l'immensité de la mer. Il le vit couler lentement, en même temps que de fumer une cigarette.

Les cigarettes, qui étaient interdites dans le pays depuis la fin de la guerre, pouvaient quand même s'acheter grâce à son statut, dans des bâtiments spécialisés, et il y en avait qu'un seul à Hammarland.

Son statut de membre de la Sveriges Kulturarvsforskningsmyndighet[119] lui permettait d'en prendre pas plus de deux par semaine, mais tout le stock qu'il avait accumulé depuis le début de son travail lui donnait la chance d'en prendre énormément d'un seul coup.

Les lois scandinaves n'étaient pas assez claires sur ce sujet. Car on savait que le Fader du pays, lui, avait beaucoup fumé pendant la Grande Guerre d'Unification, et il avait donc une certaine empathie envers les grands fumeurs.

Après avoir fait disparaître le Lion d'or, Fridolf dirigea le bateau vers la Laponie.

Après un peu plus d'un jour de navigation, il arriva à Rovaniemi. De là, il retrouva la carte du chemin vers Suvanto – qu'il avait pris le soin de garder – et se dirigea vers le petit village. À son arrivée, il attendit encore une fois la nuit pour se rendre au petit cimetière

119 L'autorité suédoise de recherche sur le patrimoine culturel est une organisation, branche de la SA, qui s'occupe de toutes les recherches culturelles sur les ancêtres des Suédois, partout dans le monde. Cette autorité possède plusieurs branches elle-même, basée chacune sur la recherche du patrimoine dans un domaine.

traditionnel du village. Il n'avait guère le temps pour, mais se dirigea vers celui-ci, et trouva rapidement la tombe de Viljo Antilla.

À la droite de sa tombe, se trouvait celle de son frère, Björn Antilla. Et il se rendit compte que son frère s'était donné la mort après la découverte du corps de Viljo.

Tous ses souvenirs de cet endroit ressurgirent, tels des âmes errantes hantant le vide d'un manoir abandonné.

Il s'excusa.

Fridolf, qui avait tué – en quelque sorte – ces deux frères, s'excusa.

Une larme de tristesse et de regret coula sur sa joue droite, et déambula jusqu'à son menton, puis tomba par terre.

Au moment du fracas de la petite goutte d'eau sur le sol sinistre du cimetière, Fridolf vit Viljo se présenter à sa droite. Fridolf retourna sa tête en sa direction, mais Viljo ne bougeait pas, il restait planté devant la tombe de son frère.

Puis il prononça quelques mots, que Fridolf ne put déchiffrer, car ils étaient articulés en Lapon.

Mais dans l'expression de ceux-ci, Fridolft sentit une sorte de pardon, il sentait, que, même impensable était cette pensée, Viljo l'avait pardonné.

Ce dernier se retourna en direction de son assassin, lui sourit, puis partit, lentement, lentement, vers la maison de son doyen. Il resta immobile, lui aussi, devant la tombe, et s'excusa, et regretta, mais cela était déjà acté, se disait-il.

Fridolf repartit vers son petit navire au moment où les premiers rayons du Soleil lapon frappaient le cimetière traditionnel.

Il revint ensuite aux îles Åland, à Hammerland, avec l'impression d'avoir accompli une partie de sa mission, mais il restait à présent Gretta.

Oui, Gretta. Il ne devait pas s'excuser à Gretta Artsberg, mais à Gretta Rosen, dont il avait enlevé la vie par un acte antisémite et qu'il regrettait infiniment à présent.

Maintenant qu'il se trouvait à Hammerland, la nuit tombée, il marcha. Il tourna en rond, réfléchissant sur les évènements qui avaient eu lieu en ces endroits, en ces quais d'un port hanté par les âmes trop curieuses de ces hommes.

Le fascisme… le fascisme… il regrettait d'avoir adhéré à cette horrible idéologie, qui dominait le monde entier, et il en avait pris part avec toutes ses pensées naïvement conformes, toutes ses paroles terriblement à la fois innocentes – car écoutées et appliquées – mais aussi responsables, car c'est lui, de sa propre conscience, qui avait appuyé sur la détente pour assassiner sans pitié toutes ces personnes.

Lors de sa longue réflexion, de sa marche sphérique autour du point même où étaient décédé les gardes qu'il avait lui-même engagés, et qui avaient eux-mêmes obéi à ses ordres, Fridolf revit toutes ces âmes souffrantes, abandonnées dans le néant d'un passé obscur, d'une simple erreur fatale à leurs vies conformes à la vision des *Autres*, celle du régime.

Il en arriva à la terrible conclusion : il était maintenant devenu un opposant au régime, oui… oui… un opposant…

Cette vérité, qui donnait l'envie de vomir à Fridolf, était pour lui la plus compliquée à accepter.

Il avait toujours servi loyalement et fidèlement le régime de Fader. D'ailleurs, ce titre de Fader pour le dirigeant de la Svea, Fridolf ne l'acceptait plus.

Son seul et unique père était celui qui était mort dans l'honneur de sa confession religieuse, à Bergen.

Il avait envie de crier aux coins des rues qu'il était juif, et fier de l'être, mais il n'y avait aucun endroit sur Terre où une telle chose était possible, mis à part en République de Russie[120].

Après sa longue, très longue réflexion nocturne, il appela sa femme. Il savait qu'elle ne répondrait peut-être pas, mais il essaya

---

120 La République de Russie est un état démocratique, révolutionnaire, en guerre contre tous les pays du monde, et hérite du régime soviétique. Il occupe l'Oural.

tout de même. À son immense et très agréable surprise, elle répondit, d'un ton las et fatigué.

Et Fridolf, heureux d'entendre sa femme, la femme qu'il aimait – malgré la relation avec Gretta – la mère de ses quatre enfants, il lui annonça qu'il était pour cette fois, réellement de retour, et que toute la famille allait pouvoir partir en vacances. Monika lui redemanda son opinion pour une visite de Sankt Petersburg, et Fridolf – peu importait le lieu qu'ils allaient visiter – accepta volontiers.

Après avoir raccroché avec sa douce épouse, Fridolf repensa affreusement que la SG le cherchait peut-être encore. Après de nouvelles et mûres réflexions, il se rendit à l'évidence que compte tenu de la puissance de la SG, il serait déjà noyé de ses remords dans les tréfonds obscurs de la Baltique, à l'heure qu'il était.

La SG était très puissante, et si elle voulait éliminer une personne, ce contrat s'effectuait dans la journée même suivant la découverte de l'hérétique qui menaçait le régime.

Fridolf repartit le lendemain matin, louant encore une fois une autre Volvo, et arriva au début de soirée à Lindholm. La grande cité nouvelle tombait doucement dans l'éclairage artificiel, et Fridolf, arrivé devant sa maison, pensa que c'était la dernière fois qu'il passerait du temps avec sa famille.

CHAPITRE HUIT

Il ouvrit la porte, et fut directement accueilli par les cris et les réjouissances de ses enfants. Lui, ouvrit les bras pour les embrasser, puis revit enfin sa femme.

Après de grandes allégresses, le traditionnel repas eut lieu. Ses enfants lui posaient des questions sur son travail, et il répondait soit vaguement, soit une réponse assez peu compréhensible pour eux, mais il était obligé de mentir.

La famille en vint à parler des prochaines vacances. Elle décida rapidement : ils allaient aller à Sankt Petersburg, comme prévu.

Mais Fridolf ajouta qu'il fallait d'abord se rendre à Joensuu, terminer une chose « pour son travail. »

Ils partirent deux jours plus tard, le temps de préparer les affaires, et de contacter l'Oncle Otto – Parrain de Farkas, et ami de la famille – et ils partirent en voiture en direction du Nord Est.

Traversant les lacs, les forêts, et les divers ponts, ils arrivèrent à Joensuu. Petite ville d'origine finlandaise, elle était un endroit très peu visité, très peu habité, mais très beau. Ils en profitèrent pour visiter la ville, ses monuments – composés principalement d'églises, telle que l'église d'Eno. Les Olovson passèrent aussi devant la maison Metla, un bâtiment de l'Institut Scandinave de Recherche Forestière.

Ce bâtiment rappela à Fridolf l'Institut, à Svalbard, et frissonna en repensant aux évènements qui s'y étaient passés.

Il regarda dans les yeux sa femme, son fils, puis tous ses enfants, et ressentit une terrible honte. Il ne supportait pas de les avoir trahis, et il décida de finir ses dernières vacances. Fridolf allait désormais laisser sa famille, qui faisait partie des *Autres*, et puisqu'il connaissait la Vérité, il n'en pouvait plus de ce conformisme idéologique qui régnait sur tous les foyers de Suède, ou presque.

Sa fille Laura tentait de le rassurer, avec sa douceur légendaire, mais elle ne pouvait pas comprendre, elle ne pouvait pas comprendre…

Juste avant de partir de la ville, Fridolf dit à sa famille de rester à l'hôtel, et qu'il partait pour finir son travail. Il se rendit au cimetière de Joensuu, et ne mit guère de temps pour trouver la tombe de Gretta.

Elle était couverte de fleurs, la semelle portait ces dates : 1936-1960. Gretta Artsberg affiché en lettre d'or, et le soubassement témoignant de la gentillesse de la femme, avec des photos d'elle, jeune, heureuse, mais surtout terriblement vivante.

Fridolf se recueillit, et réfléchit longtemps devant la tombe. Comme pour Viljo, Gretta Rosen s'avança devant sa propre tombe, regarda Fridolf.

L'assassin tourna la tête, et la vit, dans sa splendeur passée, sa magnificence naturelle, ses yeux d'argent, sa bouche et son sourire resplendissant, il sentait sa chaleur inhumaine émanée de son corps.

Il lui sourit, et Gretta, le fixa dans les yeux, avec un sourire gentil, mais souffrant, puis elle disparut.

La pluie commença à s'abattre violemment sur la ville, signe de la tristesse qu'éprouvait l'archéologue. Fridolf resta alors pendant une demi-heure supplémentaire devant sa belle tombe, et lui-même sentait une immense souffrance, toujours frappé par les larmes de Dieu.

Enfin, il rentra à l'hôtel, et prévint sa famille qu'ils partaient le lendemain.

La nuit était fraîche, la lune absente dans le ciel et les étoiles nombreuses se reflétaient sur le grand lac de Pyhäselkä.

Toute sa famille dormait profondément, dans une innocence, une naïveté merveilleuse. Il réveilla Monika, et la prévint qu'ils partiraient finalement après la nuit, et celle-ci se contenta d'acquiescer.

Le Soleil avait effacé la pluie de la veille, seules quelques flaques restaient ici et là.

Ils prirent la route assez tôt, et empruntèrent la grande autoroute du Nord, une voie de construction germano-suédoise.

Les panneaux étaient affichés en Suédois et en Allemand, et certaines voitures témoignaient de leur origine allemande.

Une longue ligne droite jusqu'à la douane de la ville de Sankt Petersburg, leur permit de jouer à divers jeux, pour apprendre les villes suédoises, les pays dans le monde, et bien entendu, Farkas gagnait toujours ses frères et sœur.

Mais le petit génie fut surpris d'observer que des panneaux indiquaient le nom de Petrostadt, et non de Sankt Peterburg. Fridolf lui expliqua alors que le nom de Sankt Petersburg était le nom de la ville pour les Suédois, et Petrostadt pour les Allemands.

Arrivés à Petrostadt, les Olovson se dirigèrent immédiatement vers la grande maison de l'Oncle Otto.

Dans la banlieue nord de la ville, le Quartier Göring. Fridolf s'angoissait à voir l'Oncle Otto, car celui-ci était le plus extrémiste et le plus fanatique du Totalitarisme, notamment et surtout du nazisme allemand.

Le quartier Göring, bien entendu nommé en l'honneur du Reichmarschall Hermann Göring, était un quartier nouveau, construit près du Golfe de Petrostadt[121], et réputé pour y abriter les plus riches demeures de la ville.

L'Oncle Otto faisait partie d'eux, il était un proche conseiller du Maire de Petrostadt, Heinz Guderian[122].

À leur arrivée devant l'immense maison de l'Oncle Otto, une femme nègre arriva et leur ouvrit la porte.

---

121 Le Golfe de Petrostadt, anciennement nommé le golfe de Finlande, fut renommé avec l'accord mutuel de l'Allemagne et de la Suède, en l'honneur de la principale ville de ce golfe.

122 Heinz Guderian est un général allemand du Reich, qui combattit les forces soviétiques lors de l'Opération Barbarossa. Victorieux, il est ensuite nommé Maire de Petrostadt.

L'Oncle Otto était un proche de la famille Olovson, meilleur ami du père de Monika, et qui l'aida beaucoup lors de la mort de ce dernier.

Malgré ses visions extrémistes, l'Oncle Otto était bienveillant, et se montrait très généreux avec les gens qu'il appréciait et qu'il connaissait bien.

Son racisme et sa xénophobie en faisaient un personnage atypique, connu surtout pour ses blagues singulières sur les minorités.

Le grand jardin, éclairé par le soleil, était couvert de tulipes, de violettes, de roses, et d'arbres fruitiers.

Toutes ces plantes arrivaient à pousser malgré le frais légendaire de la région, et elles témoignaient de la passion de l'Oncle Otto : le jardinage.

Chaque jour, il tondait la pelouse, soit en se levant, soit avant de se coucher, « pour se vider la tête » disait-il.

Ses cheveux noirs plaqués sur sa grande tête, ses yeux d'une obscurité effrayante, ses grandes jambes, ainsi que ses longs bras déambulaient dans l'espace du jardin. Son costume – car il était toujours en costume – flottait dans l'air tel les ailes d'un papillon.

Il fit un signe à la nègre, et elle repartit s'occuper des tulipes derrière l'entrée. Il ouvrit les bras, et d'une voix amicale les salua.

— Ah ! Mes chers amis ! Cela me fait grand plaisir de vous voir ! Depuis l'accident avec le slave de Lindholm que nous ne nous étions pas revus !

L'Oncle Otto possédait une grande mémoire, mais il commença alors la conversation avec cette remarque polonophobe.

Il embrassa progressivement Fridolf, Monika, puis les quatre enfants du couple.

— Tu as moins l'air d'un Finlandais maintenant Farkas ! Non, je plaisante !

L'Oncle Otto les invita dans le salon grandiose, couvert de portraits de chacun des généraux ayant mené la campagne de Russie, ainsi que plusieurs portraits d'Hitler et de Goebbels.

D'une pâleur fantomatique, il énonçait chacun des noms des généraux et des Führers d'Allemagne aux enfants de Fridolf, chacun passionné.

L'Oncle Otto réussit même à apprendre certaines choses à Farkas. Il possédait une très grande culture. Son large front manifestait le grand ego et la grande connaissance de l'homme.

— Hey ! Rosa Parks ! C'est pas le bus de James Black ici, donc bouge-toi et amène-nous des remontants ! s'esclaffa-t-il, avec son lourd humour.

Ses grandes dents, certaines blanches, d'autres jaunes, attestaient de l'âge pourtant avancé de l'Oncle Otto. Ses soixante-quatre ans pouvaient facilement descendre à quarante-neuf.

La femme de l'Oncle Otto descendit les épais escaliers de marbre, d'architecture speerienne, et se présenta. Son physique était tout le contraire de celui de son mari, elle était néanmoins également grande, mais blonde, aux yeux bleus, arborant des joues rouges, laissant flotter des cheveux bouclés et assez courts, et portant une grande robe allemande traditionnelle.

Elle possédait une maigreur terrifiante, les os presque collés sur sa peau blanche comme la neige – Bilbo[123] en aurait été ravi !

Fridolf avait le souvenir d'une femme réservée, mais machiavélique, agissant dans l'ombre, et presque pire sur l'intolérance que son mari.

Elle n'était pas drôle, froide, comme hypnotisée à chacune de ses rencontres.

Elle regarda longuement Fridolf dans les yeux, bredouilla un petit « Bonjour » de sa voix douce et inaudible, et s'assit à côté de son mari.

---

123 Le sulfureux Theodore Bilbo fut Vice-Président d'Henry Ford pendant ses deux mandats consécutifs, et il dirigea le camp loyaliste durant la Seconde Guerre Civile américaine, et enfin il fût président des USGA de 1936 à 1940. Sa carrière fasciste hérite du Fordisme, qu'il agrémenta avec ses idées. Il demeure l'un des présidents américanistes les plus influents de l'histoire des USGA.

La Tante Amelia fit un petit sourire aux enfants Olovson, puis posa sa main près de celle de son mari, puis la prit et la serra.

Comme ignorant la présence de sa femme, l'Oncle Otto continuait à jacasser et dévoiler toute sa science.

Non pas qu'il était arrogant, mais il aimait faire découvrir des choses aux gens, et il s'enrichissait d'eux. La discussion continuait, il parlait avec tout le monde en même temps, chacun racontait sa vie, toujours avec le silence brutal de Tante Amalia.

L'Oncle Otto, qui s'était mis en congé pendant que les Olovson étaient à Petrostadt, avait décidé de leur faire visiter la ville.

Il était déjà le milieu de l'après-midi lorsqu'ils finirent de parler, et l'Oncle Otto leur fit donc visiter sa maison, puis le Quartier Göring.

Il y avait vingt-quatre pièces dans la demeure.

Son architecture, toujours semblable et répétitive, comportait des tableaux et des sculptures de tous les hommes importants du régime. Il y avait trois étages, de nombreuses chambres, plusieurs salons, une grande cuisine, un sauna, un jacuzzi, et d'autres splendeurs qui rendaient jalouse Monika – cela se lisait sur son visage.

La maison, habillée de gris à l'extérieur, était néanmoins plus attractive à l'intérieur. Puis ils visitèrent le Quartier, Tante Amalia se reposa, et ne voulut point les accompagner.

« Désolé ! C'est ma femme ! Ha ha ha ! »

Ils sortirent de la grande maison – baptisée le Pavillon Franz Halder[124] – et se dirigèrent vers le sud et le début du quartier.

Tous les bâtiments possédaient exactement la même architecture, nouvelle, nazie, et grise. Les contours froids des maisons qui se succédaient sous leurs yeux donnaient une envie de suicide en les observant longuement et fixement.

Ces demeures n'exprimaient que désespoir, tristesse et mélancolie. Les maisons, portant toutes un des noms des généraux allemands lors

124 En l'honneur de Franz Halder, qui fût chef d'état-major de l'Armée Allemande, et qui dirigea une partie des différentes opérations militaires au Danemark. Il fut destitué en 1942 par Hilter, puis mourut dans un malencontreux accident d'avion, et sa vie devint propagande nazie.

de l'Opération Barbarossa[125], se collaient, séparées seulement par de grands jardins qui leur donnaient un peu de gaieté.

Certains grands immeubles devaient mesurer facilement dans les cinquante mètres, seulement pour des habitations.

L'Oncle Otto propagandait pour son quartier, mais en réalité il était sordide et peu accueillant. Il reflétait cependant totalement ce que l'Est du Reich représentait.

Il glissa quelques blagues sur les Juifs, puis se dirigea vers le centre commercial du quartier.

Ce lieu était endroit de détente, de plaisir, de rencontres et d'occupations diverses. Enfin, c'était ce que nous disait l'Oncle Otto…

En vérité, le centre commercial Göring était long, assez haut – avec au moins quatre étages – mais surtout d'une architecture de style Speer terriblement glaçante à l'extérieur.

De grandes banderoles qui affichaient des croix gammées tombaient dans le vide des façades du bâtiment.

Beaucoup d'entrées étaient disséminées à travers les avenues entourant le centre commercial. À chacune d'entre elles, un soldat vérifiait tous les passants, saufs les femmes et les enfants, et quand ils furent entrés dans l'endroit, de nombreuses, de très nombreuses affiches de pub, entremêlées de propagande gouvernementales, ainsi que des tableaux ou divers types d'arts représentant le Reichmarschall étaient placés à chaque coin dépourvu de magasin.

Un grand magasin de chocolat se tenait à leur gauche, une fontaine évoquant encore Göring au milieu, et un petit magasin de vêtements à leur droite, indiquaient la grande activité du complexe commercial.

Les Olovson furent impressionnés par le nombre et la variété de types de magasins présents dans le lieu. Ils rentrèrent assez tard,

125 L'Opération Barbarossa fut la succession d'opérations militaires contre l'Union Soviétique, qui aboutit à son invasion puis son annexion totale.

tous ébahis par la splendeur du centre commercial, en observant les grandes maisons grises et speeriennes[126]. Les enfants dînèrent rapidement une soupe préparée par Tante Amalia, et les adultes, eux, restèrent jusqu'à tard dans la nuit noire de Petrostadt, en mangeant de succulentes spécialités d'Allemagne orientale.

Le lendemain, se levant assez tôt pour avoir le temps de visiter le grand musée de l'Héritage Aryen en Europe de l'Est[127], les Olovson déjeunèrent les délices concoctés par Tante Amalia.

L'Oncle Otto leur proposa d'aller rencontrer ensuite le Maire de Petrostadt après la visite du Musée. Les Olovson, tous terriblement surpris par cette proposition, l'acceptèrent directement mais avec appréhension. Heinz Guderian était l'une des personnes les plus influentes de l'Allemagne Orientale, et l'un des grands personnages du Reich.

Ils arrivèrent sur la Place Guderian, au centre de laquelle se tenait un immense obélisque, d'une trentaine de mètres de hauteur, ainsi qu'une grande statue à l'effigie du maire de la ville.

Le drapeau allemand flottait sur les quatre côtés de la façade de la place, entourée par le musée, reconstruit, avec son architecture froidement speerienne.

Les pavés de pierre s'encastraient les uns aux autres d'une manière presque parfaite, et formaient vu du ciel, le pavillon nazi. Cette place, ainsi que tous les monuments nouveaux de Petrostadt, évoquaient la gloire du nouvel occupant – qui retrouvait ses « territoires anciens » – et la ville devenait une sorte de nouvelle Berlin, avec son architecture moderne, grise, inexpressive, et surtout nazie.

---

126 L'Architecture Speerienne est le nom donné aux bâtiments de Germania, dont les plans furent élaborés par Albert Speer, un proche d'Hilter. Son nom fut utilisé pour caractériser l'architecture de la Nouvelle Berlin.

127 Les Aryens, selon la Propagande nazie – et Suédoise également – ont toujours occupé l'Est de l'Europe, mais les Slaves les auraient chassés, et ainsi le Reich retrouverait pleinement l'entièreté de son territoire. Ce musée explique l'héritage Aryen en Europe de l'Est, son cheminement jusqu'à ses terres, les tortures qu'auraient subites le peuple aryen par les Slaves.

Ils entrèrent dans le Musée – qui était l'un des plus visités du monde – sans peine, grâce au statut de privilégié de l'Oncle Otto. Tante Amalia, dans son insociabilité propre, ne les accompagna pas.

L'Oncle Otto, qui jacassait toujours de la même façon, leur présenta les grandes œuvres et découvertes du patrimoine allemand en Europe de l'Est.

Les œuvres d'Emil Nolde, comme *Capture de Léningrad sur aquarelle*, 1952 ou encore *Traité de Stalingrad, expressionnisme oriental*, 1951. Toutes les œuvres de Nolde étaient exposées dans une galerie lui étant dédiée.

Des sculptures antiques, héritages aryens dans ces terres, étaient exposées de telle manière à être contemplées sous tous les angles. Des tableaux arborant les grands monuments de la capitale – dont rien qu'une dizaine pour le Grand Dôme de Germania – étaient accrochés aux murs des longues galeries du Musée.

L'Oncle Otto leur fit visiter également le Théâtre Goebbels, qui était en pleine répétition pour l'un de ses spectacles les plus connus, « Putsch de 1923 ».

Le Théâtre Goebbels était une annexe culturelle de l'immense complexe muséal. Ils avaient pu y entrer encore une fois grâce au statut de l'Oncle Otto.

Après avoir visité un bon dixième du musée, ils se rendirent au Kremlin de Petrostadt, la mairie de la ville.

Des SS se trouvaient à chaque coin de rue lorsqu'ils s'approchèrent du Kremlin.

Ils traversèrent la grande Perspective Hitler, remplie de soldats, et couverte de touristes.

Tous les dix mètres environ, se tenait un grand mât d'une quinzaine de mètres de hauteur, arborant le grand drapeau du Reich. L'imposant bâtiment était semblable à un gratte-ciel de Germania. Une grande affiche tombait du vide sidéral de ce même pavillon. Les grandes portes de verre s'ouvrirent à la reconnaissance faciale de l'Oncle Otto. Une voix robotique le questionna ensuite, et il répondit que c'étaient des amis, et qu'il assumait toutes les potentielles erreurs que pourraient commettre ses invités.

La deuxième rangée de porte s'ouvrit ensuite, et ils entrèrent dans le majestueux hall. Une femme vint leur adresser la parole.

L'Oncle Otto ne demanda qu'un court entretien avec Heinz Guderian, et elle appela ce dernier. Sa voix, d'une douceur légendaire, annonçait une réponse positive. Elle revint vers l'Oncle Otto, lui sourit, et dit simplement :

— Vous pouvez y aller Herr Stein – nom de famille de l'Oncle Otto – mais les enfants devront rester avec moi.

Ils regardèrent tous leur père, et Fridolf leur dicta de rester ici.

« Même moi ? » demanda Farkas, et son père lui fit un signe de tête positif.

Il soupira, et suivit ensuite la femme jusqu'à l'accueil. Elle leur présenta les diverses fonctions du grand tableau de direction. Quant à Fridolf et Monika, ils suivirent l'Oncle Otto jusqu'au grand ascenseur de verre.

Le bâtiment faisait penser à Fridolf au Complexe de l'Institut de Recherche de l'Histoire Nordique.

Ils arrivèrent à l'étage trente-troisième, et se dirigèrent vers la grande porte d'acier.

Une nouvelle reconnaissance faciale, acceptée par le maire en personne, fit ouvrir les portes.

Le grand bureau du personnage, assez vide – les seules décorations étant des tableaux sur la campagne de Russie, ainsi que quelques-unes des récompenses de guerre du général qu'il était avant tout.

Il leva la tête, et Fridolf découvrit son visage. Heinz Guderian se faisait vieux, il possédait une moustache et des cheveux toujours en train de reculer, de couleur gris clair. Ses yeux bleus, toujours aussi perçants qu'auparavant, se dirigèrent sur l'habit sobre de Fridolf. Guderian était vêtu d'un costume noir, tel un politique actuel dans le monde entier.

Il posa son stylo, et serra la main de l'Oncle Otto, qui jubilait de nous faire découvrir l'homme le plus puissant de l'une des plus grandes cités du Reich.

Puis le maire de Petrostadt s'approcha de Fridolf, et lui serra la main. Une poignée de main forte et expressive, qui témoignait encore de la vitalité du vieillard.

Ils se regardèrent dans les yeux, et Fridolf qui exprimait une gêne paniquée, sentit dans le regard de son interlocuteur, la même expression, la même… sensation… la même découverte, la même opinion sur le régime.

Puis il invita ses invités guère désirés, à s'asseoir. L'Oncle Otto était heureux, et possédait dès lors une supériorité dans toute la pièce, enfin il essayait. Mais l'aura involontaire de Heinz Guderian gardait l'espace dans sa propre sphère d'influence. C'était peut-être pour cela qu'il est depuis si longtemps au pouvoir…

Après un court entretien avec Herr Guderian, dans lequel le couple Olovson se présenta, ils durent partir, laissant Guderian travailler.

Fridolf retint ces mots, qui seraient gravés dans sa mort à jamais :

« Enchanté M. Olovson, je pense que ce serait intéressant de se revoir… » éclipsant ainsi l'Oncle Otto, qui devint jaloux après cela.

Ce dernier resta une dizaine de minutes dans le bureau du gouverneur, pour ainsi le conseiller – comme il avait l'habitude de le faire – pendant que le couple descendit afin de récupérer les enfants.

« C'était bien ? » demandèrent en chœur les quatre enfants, avec leurs voix régressant du plus aigu au plus grave.

Et Monika s'occupa d'eux, pendant que Fridolf regardait le vide qui s'affichait dans l'immense hall. Le plancher, d'une matière que Fridolf n'aurait pu décrire, était à la fois lisse et accrochant, impressionnant et sobre.

Il réfléchissait, il réfléchissait à l'entrevue avec Guderian, qui lui redonnait un peu d'espoir, mais repensa finalement à tous ces massacres, qu'il ne pouvait plus encore garder longtemps dans sa conscience, d'opposant désormais.

Mais cela le rassurait d'avoir rencontré – il le pensait du fond de son cœur – un haut fonctionnaire nazi désapprouvant le régime, mais il n'en était pas sûr, il n'en était pas sûr, même pas sûr du tout.

Il fut interrompu dans ses pensées par l'arrivée fulgurante de l'Oncle Otto dans le hall, qui marchait lourdement sur le beau plancher, merveilleux en sa conception incomprise.

Enfin, après la grande journée qu'ils venaient d'avoir, ils rentrèrent au Pavillon Franz Halder, mangèrent en se remémorant les évènements de ce jour, puis se couchèrent. Telle une habitude sordide et folle, Fridolf rêva encore une fois de l'Aigle.

Fridolf était dans un parc d'attractions avec toute sa famille, avec l'Oncle Otto aussi, et pour une fois Tante Amalia. L'Oncle Otto, qui énonçait des blagues racistes tel un élève récitant sa poésie devant sa classe, était fou de joie, et racontait toutes les stupidités juives à ses enfants.

L'Aigle volait au-dessus des tourelles du parc, qui s'embrasaient dans le ciel soudainement. L'Oncle Otto et sa famille ne bougeaient pas, énumérant et réagissant toujours aux mêmes blagues horribles, et Fridolf se jeta sur eux et les poussa tous quand une tour allait s'effondrer sur eux. Finalement, la structure chuta sur lui, et sa famille échappant ainsi à la mort, continuait à rire, à se moquer, sans mourir, elle était éternellement là, pendant que Fridolf agonisait sous le poids de sa propre conscience…

Puis, enfin, il se réveilla, en sueur, comme à son habitude pour ce type de rêve. Il respira, pensa au rêve, se détendit, et se rendormit. Il était sûr que ce rêve était une terrible métaphore, et il n'avait plus qu'une envie : partir. Quelques heures plus tard, toute la maison se réveilla.

Dès le déjeuner, il demanda à ses enfants s'ils souhaitaient aller dans un parc d'attractions, et ceux-ci s'éprirent d'une joie intense et soudaine. Cela lui permettrait de partir, prétexter un rendez-vous urgent, ou une opération urgente pour le repêchage d'une épave, et comme ça ses enfants ne pourraient s'infliger la peine de voir leur père partir, car ils seraient occupés à rire, s'amuser, profiter de leur innocente vie.

L'Oncle Otto apparut de manière fantomatique dans la pièce, et annonça « Wunderinsel » et les enfants répliquèrent un « quoi ? » collectif. Enfin l'Oncle Otto leur répondit « C'est le parc d'attractions ici, il est connu dans toute l'Allemagne, et est le plus réputé dans la région orientale du Reich ».

« Parfait » se disait Fridolf, et pendant que l'Oncle Otto annonçait : « Nous irons demain, pour vous récompensez de votre patience, aujourd'hui nous avons beaucoup de visite à faire ». Fridolf se frottait les mains, et se réjouissait d'avance.

L'emploi du temps qu'avait proposé l'Oncle Otto ravissait Fridolf : aujourd'hui, ils allaient visiter le Palais Hilter[128], à Nietzsche, et enfin le lendemain s'amuser au Wunderinsel. Ils prirent tous la voiture de l'Oncle Otto, une Volkswagen flambant neuve et magnifique.

Encore une fois, Tante Amalia ne vint pas, et garda les enfants, sauf Farkas qui était réellement intéressé par la visite et qui suivit les adultes.

Ils durent traverser toute la ville, pendant deux heures, en écoutant la Lebensraumradio, pour arriver devant le somptueux palais Hitler. Il était très richement décoré. Ses sculptures d'or, représentant le Führer dans sa splendeur sordide, ses grandes colonnes de marbre blanc, et ses vitres de style Versaillais, donnaient au grand palais une allure grandiose, seulement égalable par le palais de Peterhof, qui se trouvait proche du Quartier Göring.

Les grands jardins taillés parfaitement, les statues grecques de marbre affichant des soldats allemands, ainsi que les toitures dorées, témoignaient de la très grande intelligence de l'architecture allemande. Grâce encore une fois au statut de l'Oncle Otto, ils purent entrer rapidement et visiter les grandes salles impériales, désormais

---

128 Comme la plupart des monuments de ces quartiers de Petrostadt le Palais Catherine fut renommé le Palais Hitler, en l'honneur infini du Premier Führer du Grand Reich Allemand.

demeure d'été du Führer actuel, Joseph Goebbels. La salle de bal, avec son plancher de bois éclatant de lumière, et ses lustres de verre, faisait office de second soleil, tant la lumière pénétrait dans l'immense salle, et tant les objets et la disposition intérieure démystifiaient les pièces exposées à l'ombre.

Ils purent également entrer dans le salon bleu, avec ses tapisseries magiques, et toujours ses dorures et sa lumière éclatante. À la fin de la longue visite, toujours admiratifs du sublime Palais, ils visitèrent le mémorial Hitler[129] construit juste à proximité.

C'était un bâtiment rectangulaire, imposant, construit en marbre, avec de grandes colonnes de pierres blanches, ainsi que des étendards nazis tombant près des mêmes colonnes.

Ce monument était inspiré du Rockefeller Memorial de Washington DC[130]. Une grande statue d'Hitler, débout, froid, les yeux regardant l'horizon, était forgée dans un métal inconnu même de l'Oncle Otto.

Tout ce que l'on savait de cette matière, c'était qu'elle résistait plus que tout à l'épreuve du temps. Puis, ils s'en retournèrent au Pavillon Franz Halder, et mangèrent tous ensemble, dans une belle convivialité traditionnellement allemande. Les femmes faisaient à manger – en l'occurrence Tante Amalia, Monika et Laura – et se couchèrent assez tôt, pour que les enfants puissent être en forme le lendemain.

Le lendemain, Fridolf était aussi heureux que ses enfants, enfin, il allait pouvoir partir, et ne plus voir ces fascistes ! Ne plus revoir l'Oncle Otto, et sa supériorité naturelle qui l'agaçait terriblement, enfin ! Ne plus revoir les architectures Speeriennes, les mêmes bâtiments suédois glorifiant les atrocités du Fader !

---

129 Le Mémorial Hitler est un mémorial construit en l'honneur des soldats allemands et étrangers tombés pour vaincre le Judéo-Bolchévisme, il y a des mémoriaux de ce type dans toutes les villes du Lebensraum.

130 Ce mémorial est en l'honneur de John Rockefeller, Président conservateur américaniste de 1920 à 1924, qui freina par exemple toutes les mesures diplomatiques mises en place par son prédécesseur Woodrow Wilson.

Arborant un grand sourire qu'il dissimulait assez mal, Fridolf se leva. Il déjeuna, discuta avec ses enfants, dans une tentative d'obtenir un souvenir agréable de lui. Cette fois-ci, et d'une manière inédite, Tante Amalia vint les accompagner.

Toute la famille Olovson, ainsi que le couple Stein, se dirigèrent vers le sud, et arrivèrent au parc maritime de la Victoire allemande, connu sous le nom de Wunderinsel.

L'eau reflétant les grandes Montagnes américaines[131], les enfants Olovson couraient dans tous les sens, heureux de pouvoir, après ces longues visites ennuyeuses, profiter des choses qui les intéressaient. Farkas, au départ inexpressif devant les diverses attractions, rejoignit ses frères et sa sœur, et s'amusa bêtement, contrairement à son habitude. Fridolf les regardait, une dernière fois, et lorsqu'il pouvait croiser leurs regards, il leur faisait un sourire de la plus grande gentillesse.

Sa femme Monika rigolait aux blagues antisémites de l'Oncle Otto, et Tante Amalia veillait sur les enfants.

Ainsi, il put, enfin, partir. Il marchait, et regardait méthodiquement si l'on s'était aperçu de sa disparation.

Rien. Monika riait, les enfants jouaient, et l'Oncle Otto souriait, en arborant un triple menton peu séduisant. Puis, Fridolf courut.

Pourquoi ? Car il n'avait plus l'envie de voir ces personnages, qui essayaient de le faire de nouveau rentrer dans la conformité des *Autres*. Fridolf était désormais dans un état second, très perturbé par l'ignorance que lui montrait sa propre famille. Il prit les clés tombées de la poche d'un homme qui essayait d'ouvrir sa voiture. Cet homme s'en rendit compte, et Fridolf, toujours dans son état second, le frappa d'un coup à la tête, puis se mit à le tabasser.

Heureusement, personne n'était aux alentours.

Il prit la voiture, et se dirigea vers la route.

---

131 Ce sont des manèges très populaires en Allemagne et en Amérique, à sensation forte, et dont la production est très rapide, ce qui contente énormément les différents ministères de la Culture.

Pendant des jours et des nuits, ne s'arrêtant que pour se nourrir, il roula sur les longues autoroutes de la Svea Rike, après avoir quitté le plus rapidement possible le Reich. Il se mit à repenser à son rêve, deux jours avant le Wunderinsel, et se rendit compte que cela était un rêve prémonitoire. Il ne s'attarda guère sur cette remarque intérieure, car il ne regrettait aucunement d'avoir quitté sa famille fasciste, et ses proches nazis.

Il traversait les plus petites bourgades, s'approchait très peu des grandes villes, mis à part Lindholm, où il s'arrêta devant l'école de ses enfants. Il les vit une dernière fois, courant dans la cour de récréation. Il vit néanmoins une scène étonnante. Un petit garçon se mit sur une chaise, debout, prenant une hauteur volontaire sur ses camarades. Ceux-ci, tel un orchestre, se mirent tous à applaudir, de toutes leurs forces.

Il était interdit d'applaudir quiconque d'autres que les enseignants. La scène ne dura qu'une dizaine de secondes, puis un grand homme en costume noir, aux lunettes de soleil, sortit un revolver de sa poche. Il le pointa en direction de la petite tête du pauvre enfant, et tira immédiatement.

Le corps du petit tomba par terre, et tous les autres élèves reculèrent. Cependant, aucun sang ne coula, et les enfants, se mirent tous à genoux, devant le meurtrier du pauvre petit opposant, et avaient tous la tête baissée. D'un air fier, un premier se mit à applaudir l'assassin, suivi par tous ses camarades.

Quelques jours plus tard, Fridolf était sur la route de l'État de Groenland[132]. Il obtint une nouvelle identité grâce à l'aide contradictoire d'Ingvard Ström, qui devint ensuite son seul et dernier ami. Celui-ci lui avait menti concernant sa recherche par les SG, pour lui faire comprendre indirectement le fond de pensée des fascistes.

Le ferry accosta plusieurs jours plus tard à Nuuk, et Fridolf, au moment de poser le pied sous le nom de Wesley Burlington sur la terre froide du Groenland, commença sa courte nouvelle vie.

---

132 L'un des nombreux états des USGA.

CHAPITRE NEUF

Quelques mois plus tard, à Nuuk...

Fridolf achevait enfin son ouvrage : des centaines de pages, qu'il avait directement commencé à rédiger en arrivant dans l'État de Groenland.

Il y racontait toutes ses découvertes et péripéties depuis qu'il avait découvert l'épave des Åland. Il n'avait néanmoins pas raconté – et pour rien au monde il ne le ferait – tous les meurtres qu'il avait commis.

C'était aussi une dénonciation du svénacisme et du fascisme en général. Allait-il le faire publier ? Bien sûr que non !

Depuis qu'il était arrivé, Fridolf s'était fait une amie.

Une jeune fille, qui habitait à côté, et qui chaque jour venait le voir. Cette fille s'appelait Olivia Peterson, et était la fille d'un chef du Parti Américaniste[133] dans la région. Oliva racontait aussi toujours que son père violait sa mère lorsque sa fille n'était pas là.

Sa situation familiale était très compliquée. Olivia s'était aperçue que son voisin – Wesley Burlington – ne sortait jamais, ne recevait jamais, et que ses lumières n'étaient jamais allumées.

Au début réticent, Fridolf accepta alors qu'Olivia puisse rester aux limites du jardin.

133 Le Partie Américaniste fut fondé par Andrew Jackson, premier président américaniste (de 1829 à 1845). Ce parti concurrença pendant le XIXe siècle les partis républicains et démocrates, et à partir de la présidence d'Henry Ford, c'est le seul parti politique autorisé aux USGA.

Cette fille était jeune, quinze ans, les cheveux bruns assez longs, un sourire d'ange, et des yeux cernés lui donnant un air endormi et rêveur.

Fridolf, en sa présence, ne parlait que très peu – et il ne parlait presque à plus personne, mis à part à Olivia – mais elle, discutait, discutait, dans une naïveté enfantine et originale.

Elle parlait tout le temps de sa mère. Olivia venait au début trois jours par semaine, puis elle vint tous les jours. Elle parlait de sa mère, s'ouvrait – et c'était exceptionnel pour un enfant de cette époque – aux choses extérieures.

Elle connaissait toutes les capitales de tous les pays du monde, tous leurs dirigeants, tous les noms des différents partis fascistes de chaque pays.

Elle semblait avoir voyagé partout, mais sans n'avoir jamais quitté le Groenland. Ses yeux s'illuminaient les rares fois où Wesley Burlington prenait la parole.

Parfois, et même très souvent, toujours dans son innocence magnifique, elle critiquait le Régime MacArthurien, et même les régimes fascistes du monde en général.

« Ma mère dit qu'en Suède les élèves doivent toujours applaudir leurs enseignants, sinon ils peuvent se faire tuer avec leurs familles. »

Elle était naïvement belle, son innocence était vraiment sublime. Et elle parlait aussi beaucoup d'elle, mais sans vantardise, sans aucune gêne, et se confiait en quelques sortes à Wesley.

Une véritable amitié, réciproque, se tissa entre les deux. Une simple grande amitié, de confiance, sans jamais la moindre trahison, et Fridolf lui avait plus tard révélé sa vraie identité, et le fait qu'il avait quitté sa famille. Olivia, non surprise, chercha à le consoler en parlant de ce que disait sa mère.

« Ma mère dit que la vie est dépourvue de sens, et que la mort ne sert qu'à recommencer sa vie. Un Brésilien a fait des recherches sur tout cela, j'ai un livre chez moi, je vais vous le donner. Ma mère me l'a déjà lu des centaines de fois. »

Fridolf le remercia, et elle repartit. Le lendemain, Fridolf avait décidé, il avait fini son testament scientifique, et il le donnerait demain à Olivia. Il sortit précautionneusement la Torah pour le Peuple Scandinave. Le restant de la journée, et du lendemain, Fridolft lut quelques passages de la Torah. Enfin, vers le début de l'après-midi, la jeune fille arriva.

Elle sonna, et Fridolf l'invita à entrer. Elle avait l'exemplaire du livre en question, et le passa dès son arrivée à Fridolf. Il la remercia, et présenta le livre qu'il avait dans ses mains. Il lui donna et lui dicta l'ordre de ne lire que quand lui-même sera dans les journaux.

Aux USGA, chaque mort – sauf les opposants, bizarrement – était dans le journal, et un petit hommage rendu par ses proches appuyait la mort de la personne.

— Tu ne l'ouvriras que quand tu m'auras vu dans les journaux, soit très attentive ces prochains jours…

— D'accord M. Fridolf. Tenez, j'ai aussi une bonne nouvelle. Vous m'avez parlé de l'Oncle Otto, Otto Stein ?

— Oui, déjà plusieurs fois.

— Et je sais que vous ne l'aimez pas, tant mieux, il est mort ! Enfin, c'est ce que m'a dit maman, en lisant le journal. Elle m'a dit que ce nom lui était familier. Du coup, elle m'a dit son nom, mais elle ne sait absolument pas que vous le connaissiez.

Fridolf soupira dans un immense soulagement.

Elle ne resta que guère longtemps. Elle regarda sa montre et annonça :

— Bon je suis désolée M. Fridolf, je dois y aller. Je dois apporter du poisson pour ma mère. Ma mère me dit toujours qu'il ne faut pas partir comme çà de chez les gens, mais je suis vraiment désolée, mais lisez ça, vous aimerez. Et merci beaucoup pour votre livre, je suivrai vos prérogatives à la lettre ! Au revoir M. Fridolf.

Elle quitta la maison en souriant à Fridolf. Il se rendit compte que c'était la dernière fois qu'il pouvait la voir. Fridolf alla ensuite se coucher, respira, et il était prêt pour mourir, mais il allait déjà lire le livre d'Olivia, *La Mort pour Notre Corps, La Vie pour Notre Âme*, de Matheus Vargas, qui avait comme principal patient, Monteiro Lobato[134].

Après l'avoir lu d'une seule traite, mais posément et patiemment, Fridolf le déposa et réfléchit à sa lecture.

Désormais, il était rassuré, il était convaincu de l'existence d'une vie après la mort, malgré les réticences personnelles de l'auteur à la fin de l'œuvre.

Il pouvait désormais se lancer dans la mort comme dans la vie, et commença par prendre un bateau.

Il prit un revolver, la Torah, et partit le plus loin possible du rivage groenlandais.

L'eau froide de l'automne nordique était d'un bleu très sombre. Le vent frais soufflait sur la coque du petit bateau, et derrière battait les flots de l'Atlantique. Il revoyait encore le doux visage de Gretta, ses joues roses, ses yeux magnifiquement bleus, ses cheveux de soie, sa robe, tout chez cette fille rappelait la perfection même pour Fridolf.

Puis il se souvint de son meurtre, de la balle fatale dans sa pauvre tête bienveillante, tirée par lui-même.

« Je suis prêt. »

Il se rappela de Viljo, du bel accueil que celui-ci lui avait réservé à Suvanto, avec sa famille, ses conversations avec le Doyen, sa marche jusqu'à la caverne, berceau d'un judaïsme florissant en Laponie, que Fridolf n'avait pas su accepter.

« Je suis prêt. »

Il se représenta les traits de sa femme Monika, ceux de ses enfants, puis ceux de l'épouvantable et arrogant Oncle Otto, ainsi que la bouche et les joues fines de Tante Amalia. Il se remémora la dernière scène, oui, la dernière… Il se voyait encore se retourner, pour voir si on l'observait. Pas même sa famille n'avait prêté attention à sa disparition.

---

134 Monteiro Lobato était un éminent écrivain brésilien, qui devint Maire de São Paulo, et qui mourût en 1956 après avoir été limogé de son poste de maire de São Paulo.

« Je suis prêt. »

Il se remémora Olivia Peterson, et repensa aux nombreuses fois où elle avait dit « Ma mère dit que… » Il la voyait encore repartir, sourire aux lèvres, son testament scientifique dans les mains. Sa naïveté et sa gentillesse en faisant une des personnes qu'il regrettait le plus de quitter, voire celle qu'il regrettait le plus.

« Je suis prêt », et cette fois-ci, il l'était, il était prêt à affronter la mort.

Il prit une hache, et, au beau milieu de l'Atlantique nord, frappa avec ses formes tranchantes le centre du bateau. L'eau froide jaillit, et, doucement, très doucement, fit couler le navire. L'eau montait, tandis que Fridolf gagna le dessus de la cabine de commande. Le bateau coulait. Bientôt, l'eau froide allait atteindre ses pieds. Bientôt, bientôt, puis, maintenant.

La main tenant la Torah pour le Peuple Scandinave, son revolver pointé entre les deux yeux, Fridolf, qui gardait sa volonté d'en finir, appuya.

Désormais, il savait ce que cela faisait. En un millième de seconde, il revit, pour une réelle dernière fois, le visage de tous ceux, de par ses convictions fascistes et svénacistes, qu'il avait tués, ou connus, côtoyés…

Dans une ironie mystérieuse, l'Aigle volait au-dessus de son cadavre, gisant avant qu'il ne coule dans les tréfonds atlantiques, puis s'approcha de ce dernier. Il se reput alors du corps du traître.

PARTIE III

FUGAKU WIREMU

CHAPITRE PREMIER

Il pleuvait. Désespérément, les gouttes froides tombaient sur les costumes des différentes personnes présentes. Le moine Shinto lisait lentement les sutras, puis, on enterrait les cendres. La pluie s'abattait toujours. Fugaku Wiremu ne pleurait pas, il avait déjà fait le deuil de son père. Son frère non plus, il était même encore moins affecté, et semblait méditer sur l'évènement. En vérité, il ne se sentait guère concerné par la cérémonie. Il était ailleurs. Comme lui. Fugaku se mit à compter les personnes présentes, et il n'obtint que seize. En effet, les quelques membres de la famille, les quelques amis, le représentant de l'Empereur, et l'équipe funèbre, composaient seulement le paysage froid et sordide, accentué par la pluie, de l'enterrement.

La tombe était envahie sur ses côtés par les autres cénotaphes, ne laissant guère de place pour se recueillir.

Enfin, quand la pluie finit de tomber, et que la cérémonie touchait à sa fin, le frère de Fugaku Wiremu, Asuko, lui tapa l'épaule, et lui dit à l'oreille :

— J'ai quelque chose à te dire après la cérémonie, petit frère…

Progressivement, les personnes s'étant recueillies partaient, tout en adressant des paroles de soutien auprès des deux frères, désormais de grands orphelins.

Le représentant de l'Empereur leur adressa « toutes les condoléances impériales, et le bonheur éternel pour votre défunt père. »

Puis quand le cortège mélancolique s'acheva, et lorsque Fugaku et Asuko devinrent seuls, le grand frère, le second, lui dit de le suivre à un endroit plus propice pour discuter.

Fugaku le suivit jusque dans la rue la plus proche, sous les dessous d'un bâtiment imposant.

— Bon, au moins maintenant il repose en paix, aborda Asuko.

— Oui, mais la cérémonie était quand même triste, franchement.

— Bien sûr, je me suis retenu de pleurer, mais ce n'est que le second enterrement que tu fais, quand j'ai fait celui de Haha[135], quand j'avais dix ans, et toi six, là, là oui c'était réellement triste.

— Je ne pouvais pas le faire à six ans !

— Arrêtons, ce n'est pas le sujet. Voilà, je voulais te dire, que je te laisse l'entreprise de Chichi[136], je dois finir ma thèse à Taipei, et je n'ai pas envie de lui succéder. De plus, je sais que tu avais vraiment envie de tenter la gestion d'une entreprise impériale.

— Tu en es certain ? Oui bien sûr que j'ai envie, mais normalement, de droit, elle t'appartient désormais.

— Normalement oui. Néanmoins, Chichi t'a choisi comme successeur. Il savait bien que tu serais plus intéressé que moi. Il a fait le bon choix. De plus, c'est sa parole, et il faut la respecter.

— Pourquoi ne me l'as-tu pas dit plus tôt ?

— Pour pas que tu ne te réjouisses de la mort de Chichi.

— Mais enfin je n'aurais jamais pu faire une telle chose !

— Bon quoi qu'il en soit, rends-toi à Shoritoshi[137], au siège de l'entreprise, et commence sa gestion et son développement. Et surtout, un conseil, ne pense qu'à cela, sinon tu te mèneras à ta propre perte, et je n'ai pas envie que ça arrive. Moi, je rentre à Taipei, Ting m'attend, et je dois finir ma thèse. Bon courage Fugaku, et si tu as besoin de moi, n'hésite pas. On se retrouve à l'hôtel.

— Merci, à toi aussi bon courage… À toute.

Asuko partit en lui adressant un dernier petit sourire d'encouragement, et Fugaku n'avait désormais plus qu'à commencer

135 Mère en Japonais.

136 Père en Japonais.

137 Shoritoshi, ou ville de la Victoire, en Japonais, est l'ancienne ville de Sydney, mais changea de nom en l'honneur de la Victoire Nippone sur les Australiens.

sa nouvelle vie, sur les ruines de celle de son père. Mais il pensa à une dernière chose, et s'empressa de retrouver Asuko.

— Asuko ! s'écria-t-il.

Son frère se retourna, et Fugaku lui demanda :

— Tu vas placer l'argent de l'héritage ?

— Je ne sais pas, ça fait un moment que j'y pense, mais il ne faut pas se précipiter.

— Moi j'avais vraiment envie de le placer, dans une entreprise impériale, Idemitsu Kosan par exemple…

— Non ! Ne fais pas ça, je refuse que tu t'enrichisses sur la mort de Chichi, et l'argent qu'on a hérité est tellement important ! Non, ne fais pas ça. Attends un peu, une année, et après tu pourras envisager de le placer, d'accord ?

— Oui… répondit-il avec un doute incertain se faufilant dans ses pensées, qui laissa son frère dubitatif.

Enfin, ils s'embrassèrent et se quittèrent, Fugaku réfléchissant toujours au fait de placer l'argent ou non.

Fugaku marchait tranquillement dans les rues de la capitale. Malgré le fait que l'entreprise soit principalement – et même exclusivement – basée au Pacifique Sud Japonais, son père qui était originaire de Tokyo, n'avait pas choisi de reposer éternellement à Shoritoshi. La famille Wiremu avait commencé à devenir l'un des clans les plus importants lors de l'ère Meiji, lorsque l'arrière-grand-père de Fugaku, Fumihiko Wiremu, qui fonda l'entreprise de chemins de fer de l'Empire du Japon.

Il fit très rapidement fortune, argent qu'il légua ensuite à son fils, unique, puis lui-même à son fils, Masahiro, le père de Fugaku.

Cet arbre généalogique très original était rompu à cette génération, avec la naissance de Fugaku, deuxième fils.

Repensant indistinctement aux divers membres de sa famille, Fugaku, ses yeux noirs rivés dans le vide, traversant les rues encore humides de la grande ville, marcha. Il marcha longuement, erra dans les étroites rues comme dans les immenses avenues de Tokyo, et revint même à la tombe de son père, malgré la pluie battante qui caractérisait cette sinistre journée.

Puis Fugaku se dirigea vers son hôtel, rejoignant ainsi son frère. À son arrivée, il commença à préparer ses bagages, et alla dans la chambre d'Asuko. Ce fut sa femme, Ting, qui lui ouvrit. Arborant ainsi un sourire divinement amical, elle l'invita à rejoindre son frère. Asuko était au téléphone avec son remisier[138], et parlait de sa voix forte, des directions à prendre afin d'investir correctement. Fugaku, terriblement et outrageusement surpris par cette action, venant de son frère, lui fit signe d'un express raccrochage. Asuko, en finissant urgemment son coup de fil, regarda de ses yeux profonds et intenses, ceux de son frère. Le regard mortellement compréhensif de son frère fit comprendre à Fugaku la direction qu'il avait choisie. Même pas besoin d'expliquer oralement, depuis leurs plus tendres enfances, Fugaku et Asuko se comprenaient, et le petit frère se soumettait souvent à son aîné. Asuko avait simplement téléphoné – comme il le faisait très souvent, avec sa manière très prudente et réfléchie – à son remisier pour lui demander laquelle des marchandises était la plus apte à rapporter beaucoup d'argents. Généralement, son remisier lui répondait : « Mhhhhh, le pétrole », ou bien parfois « Mhhhhhh, le sucre ! ».

Et Asuko se contentait de cette réponse, et spéculait sur la manière avec laquelle il devait opérer pour obtenir le plus grand bénéfice possible. Il jouait avec les rouages sordides de la bourse dans sa tête, et imaginait la stratégie la plus rentable à adopter.

« Il est taré » se disait Fugaku, mais son frère prenait un immense plaisir à s'amuser à gagner ou perdre un argent imaginaire dans les méandres de la Bourse.

Enfin, Fugaku accompagna son frère et Ting à l'aéroport, prenant ensuite l'avion pour Taipei. Asuko parlait de sa thèse, très souvent, voire même tout le temps. Se sous-estimant quotidiennement, le « taré

138 Fonction boursière, opérateur qui joue un rôle très important dans la Bourse de Tokyo, puis de Shoritoshi et de Singapour, en recrutant une clientèle pour les agents de change.

de la bourse » adoptait des techniques de relaxation, de méditation, qui marchaient et qu'il enseignait à son petit frère. Fugaku les appliquait très souvent, mais ne se posait guère de questions.

Après un énième long monologue sur sa thèse, Asuko et Ting partirent vers la porte d'embarquement, laissant seul l'héritier de la société familiale.

À son arrivée à l'hôtel, il fut interpellé par une des ravissantes hôtesses, lui indiquant qu'un homme de la Minamitaiheiyō Rūto Kaisha[139], la société de la famille Wiremu, souhaitait lui parler. Il demanda alors directement à la jeune femme de le rappeler.

Une voix rauque et stridente, froide et sèche, répondit.

— Bonjour M. Wiremu.

— Bonjour…

— Je suis le chef de la sécurité de la MRK, je fus nommé par feu votre père, et je me charge – si vous souhaitez que cela continue – de votre sécurité, et celle de votre famille.

— Très bien, d'accord, euh, et bien je vous garde ! répondit-il d'une manière hésitante qui se voulait naturelle, mais que Fugaku exprimait afin de voir la réaction de son interlocuteur.

— À la bonne heure M. Wiremu ! Maintenant, dès votre arrivée à Shoritoshi, je veillerai avec mes hommes à votre entière sécurité. Je serais présent pour vous accueillir là-bas, et sachez que vous êtes fort attendu !

— D'accord, merci pour ces indications, et merci pour le service auquel vous vous apprêtez à réitérer. Mon avion décolle demain matin, j'arriverais à Shoritoshi en fin d'après-midi, d'ici là, bon courage.

Il raccrocha soudainement, affirmant ainsi son nouveau statut de patron de la MRK. Mais maintenant, il ne se sentait guère disposé à assumer ses nouvelles fonctions.

---

139 Littéralement, le nom de cette entreprise est traduit par « Compagnie de construction de Routes pour le compte de l'Empereur dans le Pacifique Sud ».

Ses débuts allaient bien être difficiles, pensait-il. Et il trouva un prétexte afin de jouer en bourse : pour faire gagner de l'argent à la société, il fallait investir dans d'autres sociétés, et de plus il se ferait des amis.

En essayant de se laisser convaincre par cette séduisante idée, il alla se coucher. Le lendemain, ayant songé à la perte de tout l'argent dont il avait hérité, il se leva avec difficulté, avec néanmoins une angoisse illogique qu'il balaya d'un revers de main en s'adonnant aux techniques de respirations enseignées par son frère.

Il avait tout placé dans le... Dans le quoi déjà ? Il essaya de s'en souvenir, en vain. Il se mit à s'angoisser, de nouveau, repensant aux responsabilités qui lui étaient transmises. Il avait envie d'appeler son frère, mais s'efforça de ne pas le faire. Il était seul, désormais, face aux nouvelles difficultés.

Il se dirigea ensuite à l'aéroport Hideki Tojo[140], et prit tout à fait normalement son avion, en observant les pendules des horloges du hall d'embarquement numéro 3 tourner mécaniquement et lentement. Il était là, à ne rien faire, attendant son destin, pendant que celui de la Bourse commençait sa journée via ses longues et fatales transactions.

---

140 Construit en l'honneur du Premier Ministre Hideki Tojo, et aéroport est le plus grand de l'Empire du Japon. Hideki Tojo mena les opérations militaires pour la vassalisation de la Chine, en gagnant la Guerre Civile Chinoise, battant pleinement les forces de Tchang Kaï-check et de Mao Zedong.

CHAPITRE DEUX

Dès son arrivée à l'aéroport Yamashita[141] de Shoritoshi, une foule d'une dizaine de journalistes, l'attendait, à sa très grande surprise.

Un homme en costume s'approcha de lui, et se présenta en s'inclinant.

— Bonjour Monsieur Wiremu, je suis Izaya Tanaka, le chef de votre sécurité. Votre vol s'est-il bien passé ?

Fugaku lui fit un signe affirmatif, et lui demanda pourquoi y avait-il tant de personnes.

— Les gens veulent savoir ce que vous allez faire en tant que PDG de l'entreprise, voulez-vous leur répondre ?

— Oui, bien sûr, mais seulement à quelques-uns, je n'ai pas que ça à faire pour l'instant, répondit Fugaku d'un air imperturbable.

— Très bien Monsieur Wiremu, allez-y.

Fugaku s'avança, lentement, en regardant les journalistes et en attendant leurs questions. Mais aucune ne vint. Il se retourna vers son chef de la sécurité, et lui demanda :

— Pourquoi ne posent-ils pas de questions ?

— Car ils attendent votre autorisation, répondit Tanaka.

Ainsi, Fugaku leur dicta son accord, et répondit le plus aisément et le plus détendu possible aux diverses questions.

Dans son for intérieur, il était terriblement angoissé, mais à l'extérieur, il paraissait même complètement insensible et comme

---

141 L'aéroport Yamashita est le principal aéroport de Shoritoshi, mais aussi le plus important du Pacifique Sud japonais. Il doit son nom au Gouverneur Yamashita.

habitué à ce genre de procédure, ce qui n'était aucunement le cas néanmoins.

Après quatre ou cinq questions, il s'avança, suivit de Izaya Tanaka, fixant autour de lui les moindres recoins, les moindres regards offensants, en faisant très attention à la sécurité du Patron de la MRK.

Ils prirent une voiture, une limousine noire, dont l'avant avait deux drapeaux représentant l'économie japonaise. Le Soleil rouge était centré au milieu du drapeau, et ses rayons partaient parfaitement sur les côtés. À l'intérieur du Soleil rouge était marqué « 金 » qui signifiait l'élément chimique de l'or, afin de montrer par la même occasion la supériorité scientifique de la Sphère de Co-Prospérité[142].

À son arrivée devant le grand gratte-ciel du siège de la MRK, ayant traversé les rues et les routes, bondées de monde, mais que son nouveau statut lui permettait d'éviter, il descendit de la limousine noire. Un homme de l'accueil l'avertit immédiatement :

— Bonjour Monsieur Wiremu, je vous informe que vous aurez un rendez-vous avec le Gouverneur Yamashita, il sera dans trois jours au Kantei de Shoritoshi.

En effet, certes Fugaku était maintenant devenu un homme important au Grand Japon – et encore ! – mais il restait encore les très hauts fonctionnaires, comme par exemple, le troisième homme le plus puissant de la Sphère, – après l'Empereur, et le Premier Ministre – le gouverneur du Pacifique Sud Japonais, le Grand Tomoyuki Yamashita. C'était l'équivalent de Rommel mais au Japon, il avait envahi tout le Pacifique, et avait réussi l'exploit d'envahir en moins de six mois l'intégralité de l'Australie.

142 La Sphère de Co-Prospérité de la Grande Asie Orientale est le bloc japonais depuis le commencement de la Guerre Froide. C'est une coopération économique, industrielle, diplomatique et culturelle composée du Japon et ses états fantoches, c'est-à-dire le Gouvernement Réorganisé de Chine, et le Protectorat Impérial de Shiberia.

Juste derrière l'accueil était suspendu des portraits de chacun des chefs de l'entreprise étant morts. Un artisan était en train d'installer celui de Masahiro Wiremu, son père.

Ensuite, M. Tanaka l'invita à lui faire visiter le complexe. Il n'avait presque jamais mis les pieds ici, interdit par son père, une fois peut-être étant encore un petit garçon…

Mais Fugaku sentait des souvenirs émaner de cet endroit, qu'il percevait comme hanté par ses père, grands-pères, arrière-grands-pères. De grandes statues de verre représentant l'Empereur[143] étaient disposées çà et là dans le grand bâtiment. Le bureau de Fugaku se trouvait au dernier étage, et l'ascenseur qui les y emmena montait à plus de deux cents mètres de hauteur.

Grâce aux vitres faites de verres, on pouvait voir une grande partie de la ville, même le Hābāburijji[144], et derrière celui-ci, un grand opéra à l'architecture parfaitement nippone, en construction sur Bennelong Point.

Fugaku s'assit sur le siège de cuir de son bureau, et à ce moment donné, se sentit prêt à assumer ses fonctions. Il s'endormit profondément dans ce même fauteuil, et se réveilla en sursaut le lendemain, à cause d'un mauvais rêve. Il remarqua alors que cela faisait très longtemps qu'il n'avait pas cauchemardé.

Tenté par la finance et le jeu de la bourse, il demanda à une des nombreuses personnes lui obéissant à présent, de lui apporter un tableau des comparatifs des valeurs des sociétés internationales. Cette rapidité surprenante l'ébahit, car en seulement une dizaine de minutes, son serviteur lui apporta le dit tableau. Lors de ce court laps de temps, il eut celui de réfléchir, et hésita un long moment:

---

143 L'Empereur Hirohito est la principale figure de l'Empire Japonais et de la Sphère, il gouverne et représente l'entièreté du peuple japonais et des peuples vassaux. Il est vénéré comme un Dieu, et l'on lui doit un respect absolu et quasi-divin.

144 L'Hābāburijji est un grand et très important opéra de Shoritoshi, le plus connu, qui fait office de symbole de la Ville de la Victoire. Son architecture nouvelle et très caractéristique lui vaut d'être le monument le plus visité de l'Océanie.

devait-il investir, et prendre des risques ? Ou bien attendre, évaluer, patienter, comme le faisait son frère ? Il était impatient, et agissant avec son anticonformisme typique, décida d'investir. De toute façon, se disait-il en se rassurant : « Chichi m'a toujours dit qu'il fallait faire ce dont j'avais envie… »

Sur cette pensée rassurante, il commença à lire le tableau. Un graphique montrant les actions des diverses entreprises, avait pour prédominance les sociétés nippones, comme Idemitsu Kosan, en tête. Il se vexa cependant de ne pas voir son entreprise, et se donna l'objectif de la mettre dans le classement des entreprises les plus importantes, riches, et productives de l'Empire. C'était décidé, il allait investir dans Idemitsu Kosan, entreprise phare de pétrole japonais, et connue pour être la plus indépendante de l'Empereur.

La Bourse de Shoritoshi était la deuxième plus importante de l'Empire, après bien entendu celle de Tokyo. Il décida de s'y rendre immédiatement. Le bâtiment dans lequel se déroulait toutes les procédures boursières du Pacifique Sud Japonais était un grand centre, contenant trois étages, mais s'étalant sur une grande partie de la Shori no Michi[145]. Le complexe possédait plusieurs grandes entrées, devant lesquelles s'attardaient des nouveaux aristocrates, espérant gagner une fortune dans cet établissement qui vendait du rêve partout. Même en plein jour, de très nombreuses affiches de publicité – et de propagande, évidemment – indiquaient le « The Place to be » qu'était l'endroit. C'était le lieu à la mode par excellence, tous les nouveaux riches et les jeunes fils de hauts fonctionnaires japonais s'y attelaient, entrant et sortant du complexe, et prenant leurs pauses dans les cafés australiens qui servaient le thé – que raffolaient les colons japonais. On pouvait croiser aussi dans la rue quelques blancs, Anglais dans leurs langages, et Australiens dans leurs manières. On pouvait voir distinctement qui était l'occupant et l'occupé.

145 Principale avenue de Shoritoshi.

Lors de sa traversée de la ville, Fugaku aperçut, de loin, le très imposant Kantei de Shoritoshi, qui faisait l'unanimité dans sa beauté et son originalité architecturale. Il pensa alors au très important rendez-vous qu'il avait dans trois jours. Puis enfin il entra dans le complexe de la Bourse de Shoritoshi. Les journalistes se bousculaient, en notant les paroles dictées au loin par les actionnaires criant de toutes leurs forces afin d'être entendus, et de pouvoir prendre « un lot » ou bien « un baril ». Impressionné par l'ambiance du mythique lieu, Fugaku essaya de se faire tout petit. Puis soudainement, un des nombreux journalistes, remarquable par ses lunettes rondes et son air à l'aise, cria :

— Oh ! Mais c'est M. Wiremu, de la MRK ! Monsieur ! S'il vous plaît, accorderiez-vous une interview à notre journal boursier ?

Monsieur Tanaka, qui avait accompagné Fugaku, lui conseilla :

— Promettez-lui une interview, aussitôt que vous lui aurez dit oui, il passera à autre chose, à chercher un plus gros. C'est comme ça que ça marche ici, M. Wiremu, lui expliqua le bourreau de travail silencieux.

Traversant les encombrants journalistes financiers, Fugaku Wiremu arriva enfin au cœur de la Bourse, l'endroit le plus animé, le temps y semblait figé, tout le monde criait :

— Je prends ! Je prends ! Je prends dix mille barils !

Une autre voix :

— Non, moi je prends ! Je prends douze mille ! Douze mille messieurs ! Entendez-vous bien !

Puis enfin une voix bien plus imposante, grinçante, s'écria :

— Messieurs, écoutez-moi ! Je prends vingt mille barils, qui dit mieux ! ?

Tout le monde s'arrêta de crier, et soudainement applaudit le fier pigeon qui venait de prendre les vingt mille barils de pétrole. Son allure hautaine, ses cheveux flottant dans le vent des cris, faisait de lui un homme charismatique. Sourire aux lèvres, il s'écriait, toujours applaudi :

— Vingt mille messieurs ! Oui, vingt mille et Hato – son nom de famille, il parlait de lui à la troisième personne – et Hato vous dit que le baril n'a pas fini de grimper ! Messieurs, le pétrole est un pari sur l'avenir !

M. Tanaka s'approcha de l'oreille de Fugaku, et lui dit :

— Cet homme s'appelle Hato, c'est le plus connu de la place de Shoritoshi, mais ne vous inquiétez pas, il coulera un jour aussi profondément qu'il sera en dessous de la fosse des Mariannes[146] !

Et les deux hommes se mirent à rire.

Enfin, les activités reprirent leur cours, après que l'arrogant Hato s'en fut allé. Fugaku pu enfin commencer sa vie dans la Bourse, Hato lui avait donné du rêve, et l'ambiance de la Bourse de Shoritoshi ne faisait qu'augmenter la détermination de Fugaku. Le baril de pétrole se négociait 12 800 yens sur la Place de Shoritoshi, soit l'équivalent de 122,15 dollars américains.

Il réfléchit tout de même avant de se lancer, et s'aperçut qu'il n'avait que – selon sa propre restriction (0,1 % de l'héritage) – soit commander une cinquantaine de barils. Il se convainquit que c'était déjà bien assez. Il cria de toutes ses forces : – Je prends 50 Barils ! J'en prends 50 !

Il cria aussi fort que toute l'activité se stoppa. Tous les hommes se retournèrent vers cette voix faible criant les 50 Barils, et soudainement, tous, se mirent à rire, et cela créa autant de bruit que les cris. Des voix hurlaient avec un ton moqueur :

— Hey ! Petit ! C'est pas ici la crèche, rentre chez toi, et place ton pauvre argent dans Bandai[147] ! Tu gagneras plus dans les jouets que dans le pétrole petit !

Et d'autres commentaires de ce style firent surface, renforçant la fureur du nouveau PDG de la MRK. Fugaku, qui préférait sauver son honneur, décida de hurler, avec une voix bien plus forte et portée :

---

146 La Fosse des Mariannes est la fosse la plus profonde du monde, avec onze kilomètres de profondeur, située près de l'île de Guam.

147 Bandai est une entreprise nippone de jeux pour enfants.

— Messieurs ! Écoutez ! Je prends 50 000 Barils, et de plus, c'est la dernière fois que vous me verrez ici, j'ai autre chose à faire que d'être insulté par des fainéants !

Tout le monde se tut. Une autre voix, plus faible et facilement reconnaissable, s'écria :

— Ouais ! Félicitations ! 50 000 Barils ! Vous avez bien du courage !

Fugaku sut la reconnaître, c'était celle du journaliste aux lunettes rondes. Et puis, suivant cette parole élogieuse, tout le monde se mit à applaudir comme des bêtas, hypnotisé par les « 50 000 Barils ».

M. Tanaka lui lança un regard noir, lui faisant comprendre que jouer à qui a la plus grosse n'était pas la bonne solution pour un premier jour en tant que patron d'une société.

La rumeur selon laquelle quelqu'un avait pris 50 000 barils fit le tour de tout le complexe en seulement quelques minutes, avec l'aide de nombreux concierges indiscrets. Lors de sa sortie du lieu de négociation du pétrole, Fugaku fut accueilli par des dizaines et des dizaines de journalistes souhaitant savoir : « Mais qui avait pris les 50 000 Barils ? »

Suivi de très près par le journaliste aux lunettes rondes, personne ne le remarqua. Fugaku se sentait fier de cette démonstration de force qui faisait de lui « un gros » maintenant. Le même journaliste, se rendant compte que ses confrères ignoraient M. Wiremu, cria :

— Oh, mais messieurs ! C'est lui qui a acheté les 50 000 Barils, c'est le PDG de la MRK !

Encore une fois, tout le monde se retourna vers lui, Fugaku, et lui demanda :

— Qu'allez-vous faire de tout cela ?

Ou encore :

— Pourquoi le pétrole ? Vous êtes à peine arrivé à la tête de la MRK que vous vous lancez déjà dans cette aventure ?

Fugaku se contenta de répondre :

— Eh bien Messieurs ! Il s'agit de mon argent ! Je le place ou bon me semble, ne croyez-vous pas ?

M. Tanaka se glissa à proximité de l'oreille de Fugaku, et lui glissa :

— Non, Monsieur Wiremu, il s'agit de l'argent de votre père, et de l'argent de la société.

Fugaku s'en alla dehors, et fut ramené chez lui avec son chef de sa sécurité, réticent à l'idée qu'un gamin prenne autant de risques.

Fugaku avait accordé au journaliste à lunettes rondes, une interview dans une semaine. Il n'avait qu'à se présenter à l'accueil du siège de la MRK.

Il se retrouva dans sa maison d'enfance, qui lui rappelait tellement de souvenirs, qu'ils soient bons comme mauvais.

L'espace et le temps ne semblaient pas exister dans cette pièce. Absolument tous les éléments étaient disposés simplement, logiquement, mais cachant de quelconques choses. Fugaku ne savait quoi.

Quand M. Tanaka partit, Fugaku se sentait, seul, seul, terriblement seul, dans l'espace familial qu'il héritait, seul dans cet espace où son père avait demeuré, et était mort.

S'arrêtant un long moment sur chaque détail de la grande maison, il se souvint de moments merveilleux, comme de moments terribles. Il repensa au jour où son frère avait pleuré car Fugaku l'avait dépassé dans ses notes, et dans son affection parentale.

Il se souvenait des paroles de son frère, avec sa voix d'enfant, larmoyant de toutes ses forces : « De toute façon, t'as toujours été le préféré, le plus fort, je suis nul, je n'y arriverai pas ! Je n'y arriverai pas ! ».

Asuko n'avait jamais voulu reparler de cet évènement. Fugaku, encore aujourd'hui, se sentait coupable, et avait la sensation contraire aux lamentations de son frère, de ne pas être chéri de tous, mais plutôt détesté, méprisé, par même les membres de sa famille. Il avait déjà, par son impatience puérile et sa précipitation non mesurée, dépensé 10 % de son précieux héritage. Il se souvint d'avoir vu un jour, étant jeune, une fiche démontrant le patrimoine de la famille Wiremu. Des nombres exorbitants, avec plein de zéros partout, des chiffres alignés dans tous les sens. Son père Masahiro n'avait jamais voulu donner l'impression à ses enfants qu'ils étaient terriblement et extrêmement riches. Malgré tout, Asuko et Fugaku s'en doutaient, mais faisaient semblant de faire partie de la classe moyenne, en s'adressant à leurs amis, et en n'évoquant jamais la fortune familiale.

En s'attardant sur tous ces souvenirs, Fugaku finit par s'évanouir de fatigue sur le lit de son père. Mais aussitôt qu'il posa son dos sur le matelas et la couverture de soie, il ne put s'empêcher d'imaginer son père, mourant, reposant ici pour l'éternité. Il se leva, et alla se coucher dans sa propre chambre.

Le lendemain matin, il fut réveillé par son nouveau conseiller économique, se présentant, et lui annonçant que ses actions sur le pétrole lui avaient rapporté un petit billet. L'indice d'Idemitsu Kosan avait gagné 8 % grâce aux rumeurs des divers gros concierges de la Place de Shoritoshi. Son conseiller l'informa également qu'Idemitsu Kosan lui avait envoyé un télégramme, remerciant M. Wiremu d'avoir acheté ces innombrables barils. Mais son conseiller, qui se nommait Shiruvu Torēdo, le mit en garde :

— Attention M. Wiremu, le capitalisme japonais n'est pas là pour vous faire plaisir, ni là pour vous faire gagner, il est uniquement là pour gagner, toujours gagner, plus d'argent, des yens, des yens, des yens ! Partout et le plus possible ! Tout cela géré discrètement par l'Empereur. Je vous préviens, Monsieur Wiremu, et c'est le conseil le plus important que je puis vous donner, faites attention à la Bourse, ce n'est pas vous qui la dominez, c'est elle qui vous domine…

Sur ces paroles sinistrement vraies, les deux hommes raccrochèrent. Fugaku ne voulait pas l'accepter, mais c'était vrai, de toute manière. Il allait inévitablement perdre tout cet argent, tout cet héritage, toute sa science. Enfin, les deux jours suivants, attendant son rendez-vous avec le Gouverneur, il commença à réfléchir à ce qu'il allait lui dire. Il écrivit plusieurs pages de notes, imaginant toutes les possibilités

– il avait appris cela d'Asuko, qui se servait très souvent de ces techniques, et il gagnait très souvent.

Il se dirigea vers la bibliothèque de la maison, et y retrouva plusieurs ouvrages, principalement scientifiques, et fut surpris de reconnaître un livre qu'il ne connaissait pas, mais dont il avait un souvenir vague et incertain.

Ce livre était écrit en lettres argentées, et vraisemblablement illégal dans la Sphère, et ses illustrations fantastiquement utopiques et religieuses reflétaient son titre pourtant clair :

« La Mort pour Notre Corps, La Vie pour Notre Âme ».

Il s'endormit la veille du rendez-vous sur ces réflexions novatrices sur une vie après la mort.

CHAPITRE TROIS

Cette nuit-là, l'entrepreneur japonais fit un rêve fort intriguant, et assez dérangeant. Fugaku se trouvait aux côtés de son frère, sur une autre planète, et il recevait une récompense de la part de l'Empereur – lui-même ! – la planète sur laquelle ils pouvaient se trouver lui semblait Vénus. Fugaku, depuis qu'il était jeune, était passionné d'astronomie, et connaissait énormément de choses, il suivait de très près la course à l'espace[148]. L'atmosphère ainsi que la température qui était très élevée dans son rêve fit alors une jonction, et il était désormais sûr qu'il avait été sur Vénus, sans aucun doute. Il chercha un sens à ce rêve, mais n'en trouva aucun. Ensuite, il s'habilla, se prépara, relut ses notes, et devint fin prêt à affronter le charisme et l'aura du Gouverneur Yamashita. Tous les foyers du Pacifique Sud Japonais possédaient un portrait du Gouverneur, et cela était une règle de vie, une obligation pour les gens se voulant « fréquentables ». La maison de Fugaku possédait elle aussi son portrait, une photographie en noir et blanc, car très rares étaient les photographies en couleurs, et les tableaux peints étaient destinés aux hauts fonctionnaires du Gouvernorat.

Mais une seule chose ne changeait jamais parmi toutes ces représentations, lui. Il avait à chaque fois la même posture, portant ses nombreuses récompenses de guerre, son sabre près du bras gauche, et

148 La Course à l'espace a commencé dès le début de la guerre froide et les quatre blocs s'affrontent dans cette épreuve en construisant des bases sur la Lune – pour les Allemands et les Américains – ou bien en envoyant divers robots d'exploration sur les lointaines planètes inexplorées du Système Solaire.

ses gants blancs tenus par la main gauche. La main droite qui se tenait sur la jambe droite, reflétait la hauteur et la puissance du Gouverneur. Ses yeux, vous fixant, étaient remplis d'une sorte de haine obscure et terrifiante, vous paralysant de terreur en les observant quelques dizaines de secondes.

Puis, sa moustache et ses cheveux lui donnaient un air de vieillesse et de sagesse certaine, et il était toujours là, toujours là, vous observant, les yeux dans les yeux, dans une bataille du regard que vous finirez toujours par perdre.

Enfin, le fond, était un étendard japonais dressé sur un sous-marin australien, s'effondrant dans la mer Pacifique. Fugaku s'essaya à vaincre le Gouverneur, mais échoua, et se dit qu'il allait le vaincre dans quelques heures. Mais que voulait dire « vaincre le gouverneur » ?

Pour Fugaku, c'était lui faire comprendre qu'il entendait diriger son entreprise comme bon lui semblerait, et de rompre un peu plus avec l'Empereur, tout en le servant – car ne pas servir l'Empereur équivaut à ne rien faire, donc on est inutile, et exterminé, telle était la loi au Japon – et s'il voulait investir, il le ferait.

Croyant naïvement que cela allait fonctionner, de s'interposer et d'exister face à l'un des hommes les plus puissants de l'Empire et du Monde, il se mit à réfléchir de nouveau. Il en arriva à la juste conclusion qu'il devait se soumettre, comme ses ancêtres, devant l'autorité impériale, d'accepter et de réaliser toutes les prérogatives qu'allait lui donner le Gouverneur Yamashita. Ayant appris sa biographie lorsqu'il avait étudié à l'université Impériale-de-Shoritoshi, Fugaku était impressionné par la grandeur de son destin, mais désapprouvait – silencieusement, il n'en avait jamais parlé à personne – toutes les mesures et réformes prises et dictées par sa personne dans le Pacifique Sud. Il dénonçait les méthodes de ségrégation faîtes aux Australiens, et à tous les Non-Japonais en général. L'État Britannique avait d'ailleurs de grandes tensions avec l'Empire pour cette raison. La Sphère de Co-Prospérité de la Grande Asie orientale n'était alliée à personne, mis à part la grande amitié avec le Reich, qui servait de médiateur dans les tensions mondiales, sachant pertinemment que la Guerre Froide qui s'était engagée allait être gagnée.

À l'horaire indiqué par le Gouverneur, 12 h 50, Fugaku était prêt, en face du grand et magnifique bâtiment du Kantei de Shoritoshi. Ses grandes briques s'élevaient dans les hauteurs de la ville, le sous-sol – par lequel on pouvait accéder via un tunnel – faisait office de réception, et toutes les décorations militaires faisant office de propagandes pour le Tōhōkaïsme[149] témoignaient de l'extrême importance du lieu. Des soldats japonais étaient dressés, prêts à tirer sur le moindre intrus, et imperturbables aux bruits ou remarques extérieurs. Ils étaient semblables, même presque pareils aux Welsh Guards[150] anglais, protégeant Édouard VIII[151], sans doute même au-delà de la mort. Enfin, il fut accueilli par de très nombreux serviteurs de Yamashita.

Fugaku, guidé par le domestique australien – le Gouverneur aimait bien se servir de personnes appartenant aux peuples annexés comme domestiques – et traversant les longs couloirs, était émerveillé par la solennité du lieu, mythique, représenté par de très nombreux peintres, artistes, et même films.

Enfin, on lui adressa l'ordre de se rendre dans le bureau du Gouverneur Yamashita. Il y fut conduit par le même domestique, et arriva devant la porte. Celle-ci, construite en bois luisant, possédait des poignées représentant le Soleil Levant Nippon, et indiquaient très clairement que cette porte menait à un lieu fort important.

Il la poussa, et, devant lui, se tenait l'une des personnes les plus importantes du Divin Empire du Japon. Au début réticent et ne se

---

149 Le Tōhōkaïsme est le nom de l'idéologie de l'Empire du Japon. Il provient du nom du parti fasciste Tōhōkai, le seul parti autorisé qui soutient l'effort gouvernemental impérial.

150 Les Welsh Guards sont les soldats impériaux britanniques qui gardent les différentes propriétés de la Couronne Fasciste Britannique.

151 Édouard VIII est le Roi des Britanniques et de tous ses sujets, et colonies, depuis l'année 1936. Très proche des nazis, il resta au pouvoir grâce au soutien du gouvernement qu'avait formé Sir Oswald Mosley.

faisant guère à l'idée que le Gouverneur Yamashita se tenait devant lui, au bout de quelques secondes, il s'en rendit compte.

Fugaku prit le soin d'observer chaque détail de l'immense pièce. Le Gouverneur était en pleine rédaction d'un document – sûrement très officiel et important – et entre le moment de l'entrée de Fugaku dans son bureau et le moment où il leva les yeux pour l'observer, le PDG de la MRK put retenir les différentes couleurs du tableau qui se trouvait derrière le gouverneur. Il représentait la Bataille de Sidney, une fabuleuse et écrasante victoire face à l'ennemi australien.

Divers autres tableaux étaient disséminés dans la grande pièce, tous représentants des batailles de la Campagne du Pacifique, certaines du Traité de Stalingrad. Aux côtés du tableau central, se dressaient des dizaines de rangées de livres, symétriquement et diamétralement disposés, parfaitement alignés. L'on voyait des tomes de la biographie personnelle de l'Empereur. Enfin, le regard divin du Gouverneur se posa sur celui de Fugaku. Inconsciemment, le PDG de la MRK sentit qu'on lui infligeait un poids d'une centaine de kilos sur ses petites épaules, lourdeur d'une responsabilité impériale. Les yeux noirs du Gouverneur Yamashita, fatigués par des dizaines d'années de service, étaient néanmoins très vifs, prêts à bondir sur le moindre détail qui pourrait trahir son invité. Le Tigre d'Australie – car tel était son surnom – fit un signe du regard à Fugaku, lui faisant comprendre de s'installer. C'est lui qui engagea la conversation :

— Bonjour, M. Wiremu.

— Bonjour, ô grand Gouverneur Yamashita.

— C'est bien, votre défunt père vous a appris les bonnes manières, nous sommes là pour discuter de l'avenir de la MRK, avez-vous des suggestions à me faire connaître ?

Fugaku, pris par la même terreur sinistre, n'eut aucunement le courage de prononcer les paroles qui défilaient dans son cerveau, et se résolu à dire, de manière obéissante et conforme :

— Gouverneur Yamashita, je ne suis là que pour servir l'Empereur, et je n'ai donc aucune suggestion à vous transmettre, mais c'est vous qui devez me dire quelles prérogatives parsèmeront le visage de mon mandat en tant que PDG de la MRK.

— Oui, eh bien à la bonne heure cher Fugaku !

— Oui, Gouverneur, alors, quelles choses doivent être faites en l'honneur éternel de l'Empereur pour asservir son intérêt ?

— Et bien ! Je vais commencer par vous prodiguer un simple conseil, et tâchez impérativement de bien m'écouter.

— Je vous écoute, ô Gouverneur.

— Ne jouez plus, et je ne devrais pas avoir à faire cette importune remarque, ne jouez plus avec l'argent de l'Empire, ni avec l'argent de votre père. Vous ne faites qu'insulter l'honneur de la patrie, de Masahiro, mais aussi qu'insulter votre honneur et votre pudeur en tant que nouveau chef de file de la MRK.

— Très bien ô Gouverneur Yamashita, je tâcherai d'arrêter ces mesquineries immatures, et je vais dès maintenant appliquer cette réforme personnelle. Je vous adresse à vous, et à l'Empereur, mes plus sincères excuses face à ce comportement inapproprié.

— Mais mon cher Fugaku, il ne s'agit pas là de s'excuser, mais simplement d'agir en qualité de privilégié de l'Empire, afin de porter le Divin Japon à son zénith. Comprenez-vous ?

— Oui, bien entendu ô gouverneur.

— À la bonne heure M. Wiremu, vous pouvez vous retirer maintenant, j'ai à faire…

Obéissant aveuglément aux instructions de Yamashita, Fugaku se dirigea vers la porte aux poignées solaires, mais fut interrompu dans sa démarche par le Gouverneur, qui le rappela de sa voix stridente :

— M. Wiremu, sachez également bien qu'Idemitsu Kosan perdra dans les prochains mois beaucoup de clientèle, alors le moment venu – et c'est à vous qu'il en appartient – vendez vos parts et vos barils, une fois cela fait, retirez-vous définitivement du monde de la Bourse.

— Je tâcherai de ne pas vous décevoir, ô Gouverneur.

Puis il sortit, enfin, tremblant de terreur devant le charisme divin du gouverneur, qui pourrait même faire autorité à l'Empereur. Il revoyait encore les yeux sinistrement noirs, le fixant, le conseillant. Il en eut des frissons. Mais sa tentation continuait, il voulait investir, encore, encore, encore plus !

Des barils ! Des barils ! Des barils !

Mais comme le disait indirectement Yamashita, Fugaku allait en crever, des barils. Il essayait de se convaincre du contraire, mais fut rattrapé par sa conscience, son père, le Gouverneur et M. Tanaka hantant son esprit dérangé d'actionnaire compulsif.

Il rentra alors au siège de la MRK, raccompagné par le même domestique, docile, ses yeux noirs soumis par l'autorité naturellement charismatique du Tigre d'Australie. Il fut accueilli par M. Tanaka, lui demandant si son rendez-vous s'était bien passé. Fugaku se contenta de répondre d'un simple « Oui » à son chef de la sécurité. M. Tanaka chercha à en savoir plus, mais Fugaku avait besoin de réfléchir.

Il était dans une sorte de détresse, et avait besoin d'en parler à son frère. Il essaya de l'appeler, demandant à l'opérateur sa disponibilité. La jeune femme lui répondant qu'Asuko n'était pas disponible, Fugaku s'en alla réfléchir seul, dans son bureau, au sommet du grand gratte-ciel moderne.

Que fallait-il faire ? Normalement, la question ne se posait même pas, il fallait tout arrêter. Mais Fugaku, intrigué par les dernières paroles du Gouverneur Yamashita, songeait à l'éventualité qui lui fut transmise.

C'est vrai, pensait-il, c'est vrai, il faut attendre le bon moment. Mais comment trouver ce bon moment ? Comment trouver le court laps de temps nécessaire afin de revendre toutes ses actions, juste avant de perdre. Et si çà se trouve, le Gouverneur Yamashita mentait ? Cette éventualité devint une certitude quand il se remémora les paroles du Gouverneur. Cela était maintenant sûr, enfin, le pensait-il. Le Gouverneur Yamashita le menaçait, et ses yeux d'un noir sinistre le trahissaient. Mais, s'il disait la vérité, il fallait se concentrer, s'entraîner, afin de trouver le bon moment. Il n'attendait plus que ça.

Les jours passèrent, il appelait régulièrement son frère, et profitant de ses enseignements, il essayait de prédire cette crise. Fugaku avait lu le très célèbre et réputé *Art de la Guerre* de Sun Tzu, qui était devenu une véritable bible en Chine, afin de gagner stratégiquement chaque bataille du quotidien. Les enseignements du chinois millénaire avaient également été adoptés par l'Empire du Soleil levant lors de la Grande Guerre d'Unification. Cette bible stratégique pouvait également s'appliquer à l'économie, et même un économiste japonais s'était essayé à la rédaction d'un *Art de la Guerre Économique* qui fut un succès retentissant, par sa manière d'écrire – qui était presque semblable à celle du stratège – par sa richesse linguistique et ses conseils pertinents.

Son frère Asuko l'avait déjà lu étant jeune, et il disait de ce livre que c'était grâce à cela « qu'il savait prévoir les krachs boursiers, et les montées fulgurantes d'actions ».

Fugaku le lut, le relut, prit des notes, apprit par cœur certains passages, et devint en quelques semaines un expert de l'Art de la Guerre Économique.

Il savait que la crise allait avoir lieu bientôt, mais il avait besoin d'un ultime conseil, d'une délibération rassurante. Grâce à ses nouveaux amis, il put obtenir une rencontre avec l'auteur de cet Art de la Guerre, Kaname Akamatsu[152]. Il l'obtint difficilement, mais il l'obtint, et enfin il pouvait être sûr de ses propres théories. Puis une terrible éventualité refit surface : « Et si Yamashita avait menti ? »

Le matin de sa rencontre avec Kaname Akamatsu, il vomit en se réveillant, à cause d'un rêve terriblement probable. Mais, se disait-il, « Trop tard, j'ai commencé, je vais prendre ce risque ».

Asuko lui conseilla de revendre maintenant toutes ses actions, mais il fallait encore attendre pensait l'entrepreneur nippon.

Attendre, être patient, patient.

---

152 Grand économiste Japonais, qui servit en tant que conseiller économique auprès de l'Empereur. Son art de la Guerre économique pose les bases d'un monde capitaliste, dominé par les industries et la finance japonaise.

Difficile dans un monde de plus en plus impatient, où les échanges, et les informations affluaient dans tous les sens. Mais le Japon était désormais le seul pays comme cela. Les autres pays du monde, fascistes, étaient très hostiles à l'économie mondialisée, dégoûtés par le Krach de 1929.

Il pensait, réfléchissait, réfléchissait, mais devait bien se lancer ! Très bien, il irait voir Kaname Akamatsu, pour apprendre de ses conseils, qui se faisaient très chers ! – et ensuite songerait à l'avenir boursier.

Mais Fugaku sentait par un flair transparent et surnaturel que la Crise allait bientôt commencer.

Fugaku s'était rendu à Osaka, lieu de résidence du général financier. Comme pour l'enterrement de son père, il pleuvait. À chaque fois que Fugaku avait accosté sur les ancestrales terres nippones il avait plu. Peut-être le signe que la terre du Soleil levant le méprisait ?

Quoiqu'il en fût, Fugaku arriva en face du grand bâtiment, fait d'acier et de verre, et d'une architecture formidablement novatrice. Il n'avait jamais vu d'architecture aussi… aussi moderne.

Le bâtiment possédait néanmoins des pavillons économiques impériaux japonais sur ses côtés, et un grand portrait de l'Empereur sur la façade qui donnait sur l'avenue.

Kaname Akamatsu avait été le ministre de l'Économie impériale lors de la Grande Guerre d'Unification, connaissait parfaitement les bourses japonaises, et était un véritable spécialiste des entreprises exploitant des ressources stratégiques, typiquement d'Idemitsu Kosan et son pétrole.

Il entra dans le grand bâtiment moderne, et fut là aussi accueilli par des domestiques. Il y en avait bien sûr moins qu'au Kantei de Shoritoshi, tous étaient relativement plus libres, et par conséquent aussi plus heureux.

L'économiste Kaname Akmatsu était très tolérant, et ce fut pour cela qu'on l'évinça de son poste de ministre.

Depuis, il était comme un exilé, à Osaka, mais possédant encore sa sphère d'influence très importante. Le bâtiment, même si officiel, était semblable à tous les autres quand on était à l'intérieur. Un simple accueil, des portes, des couloirs, et des escaliers parcouraient son plan architectural.

Fugaku avait pris du cash, assez pour contenter l'économiste. Le patron de la MRK arriva dans le bureau du ministre déchu, et celui-ci l'accueillit très humblement, mais prenant quelques distances qui témoignaient de son tempérament prudent.

— Bonjour, vous êtes M. Wiremu ? demanda M. Akamatsu.

— Oui, bonjour Monsieur, je suis honoré de pouvoir vous rencontrer.

— Mais moi également, ce n'est pas souvent que je reçois des patrons de grandes entreprises. Et, je suppose que vous êtes là afin de demander conseils sur votre situation boursière, j'ai entendu parler de vous…

— Oui, vous avez tout à fait raison. La MRK n'est qu'une petite entreprise servant l'Empereur, et…

— Oh ! Mais ne jouez pas les modestes, j'ai connu personnellement votre défunt père, et je sais fort bien que la MRK deviendra très grande et influente.

— C'est gentil, M. Akamatsu mais je crains que la MRK ne soit destinée à rester une entreprise de second plan dans l'histoire du Japon.

— Non, croyez-en mon expérience, M. Wiremu, dans un premier temps, votre entreprise fut l'une des principales sociétés à investir dans le Jūyōna umi[153], et lorsque votre père la dirigea, elle a grandement grandi. Votre père ne vous l'a peut-être pas dit, mais il a déjà obtenu des réunions et des conférences avec le Premier Ministre, et beaucoup avec moi-même.

— Mais quels types de relations aviez-vous avec lui ?

153 C'est le nom donné à l'Océan Pacifique par les Japonais, qui considèrent cet océan un peu comme leur propre mer. On peut traduire cela par « Mer Principale ».

— Eh bien, Masahiro obtint un premier rendez-vous avec moi lorsque j'étais encore ministre…

Un sourire crispé, qui signifiait qu'il regrettait encore cette période, était inscrit sur son visage. Ses yeux noirs, qui étaient traditionnellement inexpressifs, las par une sorte de vigueur vieillissante, s'illuminèrent d'une lueur exprimant un fort sentiment d'amitié et de sincérité, lorsqu'il prononça ces paroles.

— … et nous continuâmes ensuite à nous fréquenter, jusqu'à ce que la distance nous sépare. Même un mois avant sa tragique fin, je correspondais encore avec Masahiro. Mais je suppose que nous ne sommes pas là pour parler de cela, mais pour que je vous conseille, allez-y ! Je vous écoute.

— Merci, merci, j'avais besoin de ce type de condoléances, merci M. Akamatsu. Maintenant, j'ai besoin de vous !

— Je vous écoute, cher Fugaku…

— J'ai beaucoup investi dans le pétrole, dans Idemitsu Kosan plus spécifiquement. J'eus un entretien avec le Gouverneur Yamashita, et à la fin de celui-ci, il me mit en garde face aux dangers de la Bourse, et me prévint notamment qu'une crise allait avoir lieu prochainement, et qu'il fallait que je retire toutes mes actions. Il me conseilla en fait d'arrêter expressément d'investir. Que pensez que je dois faire ?

— La question ne se pose pas, répondit-il en reprenant son allure sérieuse et professionnelle, témoignant ainsi de sa réputation de parfait économiste, il faut bien sûr, suivre les prérogatives de M. le Gouverneur Yamashita, et vous devez retirer toutes vos parts avant qu'il ne soit trop tard.

— Mais comment alors vais-je pouvoir deviner ce moment ?

— Je n'ai qu'un conseil à vous donner, vous devez suivre la météo et tous les paramètres internes aux raffineries et aux chantiers d'exploitations pétroliers d'Idemitsu Kosan, ainsi, vous pourrez déterminer quand, mais aussi pourquoi et comment, cette crise arrivera.

— D'accord, j'essayerais de suivre ces instructions à la lettre.

— Vous n'avez aucune inquiétude à vous faire, suivez simplement ce schéma de pensée, et vous triompherez !

— Je vous remercie beaucoup, M. Akamatsu, merci, combien vous dois-je pour ces précieux conseils ?

— Oh non rien, pour l'instant… je vous demanderai seulement… 10 % de tout ce que vous toucherez grâce à mes précieux conseils.

Fugaku, ébahi par ce retournement soudain de situation, reconnu chez l'homme sa véritable réputation de politicien hors pair : celle d'un homme sans scrupule, machiavélique et d'un opportunisme cynique. Fugaku n'avait guère le choix de faire autrement que d'accepter, et quand il annonça son « oui, aucun problème » d'une timidité absurdement volontaire, M. Akamatsu ne put s'empêcher d'arborer un sourire terriblement satisfait, qui montait jusqu'aux lèvres.

Ses yeux, reprenant leurs vides sidéraux dans leurs expressions, ne se réjouirent que quelques instants, l'ex-ministre prenant de la hauteur sur la belle situation qu'il venait de renverser. Mais au moins, se disait Fugaku en signe de consolation, « au moins j'ai les moyens de faire gagner à la MRK et à moi des centaines de milliers de yens, voire même plusieurs millions… »

Enfin, pour conclure leur entretien, M. Akamatsu lui cita quelques lignes de l'Art de la Guerre :

— La Guerre est une affaire d'une importance vitale pour l'État, la province de la vie et de la mort, la voie qui mène à la survie ou à l'anéantissement. Il est indispensable de l'étudier à fond et juste pour vous, Fugaku, concernant cette situation : « Par conditions météorologiques j'entends le jeu réciproque des forces naturelles, les effets du froid de l'hiver, et de la chaleur de l'été, ainsi que la conduite des opérations militaires suivant les saisons. » Ces deux versets peuvent bien sûr s'appliquer à la Bourse et l'économie, retenez bien cela.

Écoutant et récitant plusieurs fois ces deux conseils militaires, Fugaku s'en retourna à l'aéroport, et repartit à Shoritoshi. Lors de son vol, il analysa tous les paramètres, et en arriva à la conclusion, pour l'instant incertaine et provisoire, que la crise allait commencer dans quelques jours, dans à peu près une semaine. Des tempêtes se profilaient dans le Pacifique Sud, et vers l'archipel nippon. Les très violentes catastrophes météorologiques qui en découleraient allaient sans doute pulvériser les plateformes d'exploitations d'Idemitsu Kosan. Enfin, quand il arriva chez lui, il fit connaître ses théories à son conseiller, Shiruvu Torēdo. Impressionné par toutes les connaissances qu'avait acquises son PDG, M. Torēdo lui conseilla d'essayer, et de toutes manières, il avait déjà gagné énormément d'argent via ses transactions pétrolières et ses paris sur Idemitsu Kosan. Pour enfin se rassurer une dernière fois, il appela son frère Asuko.

Ce dernier était très heureux et bien plus détendu, il avait presque terminé sa thèse, qui allait lui permettre de devenir Docteur en Économie, afin d'exercer des hautes fonctions dans la Bourse et dans l'Administration de l'Empereur.

Asuko était véritablement enthousiasmé, et se mit à réfléchir à voix haute, cherchant peut-être une solution meilleure. Il n'en trouva pas, et invita son frère à un nouveau moment de réflexion, dans lequel Fugaku lui expliqua toutes ses méthodes, ses analyses, ses hypothèses, qui finalement lui semblaient très crédibles et probables.

Après une longue conversation avec lui, Asuko autorisa son frère à agir en optant pour cette stratégie.

Immédiatement après, Fugaku se dirigea vers l'ascenseur, descendit à l'étage inférieur pour emmener son conseiller M. Torēdo, et fit de même avec le chef de la sécurité, M. Tanaka. Ce triumvirat se dirigea ensuite avec la longue limousine noire à la Bourse de Shoritoshi. Tout le monde se surprit de revoir « l'acheteur des 50 000 barils », et des rumeurs commençaient à circuler – fomentées par le conseiller économique M. Torēdo – comme quoi M. Wiremu, le grand PDG de la MRK, allait acheter encore plus de barils. Certains gros actionnaires, se pressèrent alors dans une naïveté amusante, à acheter des barils. Des barils de pétroles ! Du pétrole ! Du pétrole !

Toujours et encore plus de pétrole ! Du pétrole, pour pas que le gamin de la MRK – surnom donné à Fugaku par les plus anciens et les plus gros – n'en prît encore plus.

Les actionnaires achetèrent encore et encore du pétrole, et, quand Fugaku Wiremu les approcha pour… pour… Personne n'en était sûr.

Le Patron de la MRK, prenant sa voix forte, s'écria :

— Écoutez-moi messieurs, je revends tous mes barils, qui prend ! ?

Un brouhaha s'ensuivit, tous impressionnés et surpris par cette annonce, et, progressivement, les plus gros, avec Hato en tête de file, rachetèrent tous les barils. Fugaku s'était enrichi finalement de quelques millions. Il avait fallu jusqu'à la fermeture de la Bourse de Shoritoshi pour vendre tous ses barils. Mais maintenant cela était fait, il ne pouvait pas reculer, ni remonter le temps. Non, il ne le pouvait pas. Il pria ensuite de toutes ses forces, aux côtés de son frère présent psychologiquement, et aux côtés de M. Tanaka et de Shiruvu Torēdo.

Tous espérèrent que ce magnifique coup allait réussir, et il ne pouvait maintenant faire autrement qu'espérer.

Enfin, quelques jours plus tard, et tandis que les prix du baril de pétrole avaient à peine augmenté, les vrais signes d'une crise future commençaient à apparaître.

Nous étions en septembre 1963, et dans le Pacifique Sud et aux abords de l'archipel nippon, de violentes tempêtes se mirent à ravager des exploitations pétrolières d'Idemitsu Kosan. En à peine une semaine, un quart de ces plateformes pétrolières s'échouèrent, ainsi abandonnant leurs fonctions principales, coulant dans l'eau claire des îles du Sud.

Ces catastrophes météorologiques étaient suivies par de mystérieuses explosions, celle des entrepôts où étaient conservés les barils de pétrole. Les bâtiments explosaient la nuit, offrant un feu d'artifice lugubre aux actionnaires de l'entreprise. Les conséquences de ces deux évènements n'allaient pas être sans conséquences, et la première de ces conséquences, était économique. Directement après l'annonce des infortunes, Idemitsu Kosan perdit plus de deux mille actionnaires, comme cela, en seulement une demi-journée.

Le Krach Pétrolier de 1963 commençait alors. Le Japon était le seul pays réellement touché, mais toutes les autres nations qui dépendaient du pétrole japonais directement ou indirectement, telle que la Chine, subirent d'immenses catastrophes financières également. Ce miracle pour Fugaku, cette apocalypse pour les autres actionnaires, fit du patron de la MRK le premier à être interviewé face à cette crise. Tout le monde, en même temps que pleurer, applaudissait son flair économique, vital dans ce Krach, qui lui permit de gagner de l'argent, quand tout le monde en avait perdu. Il fut rappelé par le journaliste économique aux lunettes rondes, qui, grâce à l'interview que lui avait offerte Fugaku, avait augmenté dans la hiérarchie de l'entreprise de journalisme économique dans laquelle il travaillait. Il passait progressivement dans les petits journaux, qui avec sa photographie en première page, augmentait leurs ventes, au grand journal télévisé – le seul – Japonais. Il ne donnait jamais ses « secrets », et se disait tout le temps, quotidiennement, que ce ne fut pas grâce à lui qu'il y était arrivé, mais grâce au Gouverneur Yamashita, et à M. Akamatsu. Enfin, lorsque la crise passa, après une trentaine de jours de grande souffrance pour les actionnaires, Fugaku s'était enrichi de plusieurs dizaines de millions, grâce à ses ventes. M. Hato, et les autres « gros » avaient coulé, et on n'entendait plus parler d'eux.

Fugaku était devenu le seul gros, mais, forcé d'arrêter par le Gouverneur Yamashita, il ne pouvait pas gagner plus, encore plus. Toujours plus d'argent ! Encore ! Encore ! Du pétrole ! Du pétrole ! Du pétrole dans les Barils ! Je prends ! Je prends ! Mais toute cette animation s'était stoppée, et avait un terrible mal à recommencer.

La place de Shoritoshi, traumatisée par la crise du Pétrole de 1963, n'accueillait que des avides, des sangsues du pétrole, de l'argent. Très rares étaient ceux qui osaient pénétrer dans les enceintes sordides du grand bâtiment, hanté par des cris, des réclamations, puis des chutes, des pleurs, des suicides. En effet, les plus gros actionnaires s'étaient donné la mort, en montant au sommet des grands gratte-ciel qui étaient en construction, en fumant une dernière Kanshi[154], puis sautant dans la nuit obscure de la ville, partaient, ayant tout perdu, la fortune, la renommée, le pouvoir…

Mais maintenant, Fugaku s'était véritablement enrichi, et il investissait dans sa propre entreprise pour la faire grandir, grandir, et faire fructifier son patrimoine, fructifier jusqu'à ce qu'elle entre enfin dans les Grandes Sociétés Impériales[155]. Quand cet évènement eut lieu, Fugaku sauta de joie, appelant son frère, et l'invitant à séjourner quelques jours à Shoritoshi. Asuko, et sa femme, Ting, admirèrent le long chemin qu'avait emprunté Fugaku, afin de devenir l'un des hommes les plus riches du Pacifique Sud.

Asuko, qui avait désormais terminé sa thèse, et qui était Docteur en Économie, fut nommé par le Gouverneur Yamashita, comme conseiller économique. Il n'allait dès lors plus habiter à Taipei, et allait vivre à Shoritoshi tout le temps qu'il faudra. Alors, un long entretien entre les deux hommes eut lieu le jour même de l'arrivée d'Asuko. Il se passa extrêmement bien, et Fugaku et Asuko établirent un plan, qui leur semblait parfait, adéquat à la situation. Asuko, en sa qualité de conseiller, influencera les décisions du Gouverneur, afin qu'elles soient en faveur de la MRK, et ainsi de la Famille Wiremu. Aussi, Fugaku serait tenu au courant de toutes les décisions de Yamashita, par son frère. Ainsi, ayant élaboré un plan qui leur semblait parfait et inattaquable, Fugaku et Asuko se préparèrent à ce qu'une belle tombée d'argent arrive.

Mais si ce plan allait échouer…

Il ne valait mieux pas l'envisager. Cette escroquerie allait pouvoir faire grandir la MRK, et permettra à Fugaku de ne plus penser à

---

154 Les cigarettes japonaises proviennent toutes de la marque Kanshi, qui fût créée durant la Grande Guerre d'Unification afin d'accompagner les soldats dans leurs efforts de guerre.

155 Les Grandes Sociétés Impériales sont les trente entreprises japonaises les plus riches et les plus importantes de l'Empire. En faire partie relève d'un privilège énorme, et d'un talent qui est reconnu par l'ensemble de la population et par l'Empereur lui-même.

placer son argent. Cette décision fut prise après de très longues et mûres réflexions, et c'était un véritable coup de poker si elle venait à réussir. Ils étaient les deux seuls à être au courant, même si à laquelle allaient s'adonner les deux frères n'était pas la première à Shoritoshi.

Cette ville était le synonyme de Las Vegas au Japon, et les nombreux casinos, sièges de sociétés, et autres places de commerces, ne faisaient qu'accentuer cette vérité. Enfin, Fugaku songea à l'avenir de la MRK, et à son propre avenir.

CHAPITRE QUATRE

Les jours, puis les semaines passèrent. Le Japon s'était très vite remis de la Crise pétrolière, et les suicidés des gratte-ciel avaient vite disparu, noyés par la propagande impériale niant leur existence. Asuko conseillait toujours le Gouverneur, mais on voyait que M. Yamashita n'en faisait qu'à sa tête, et ne faisait confiance qu'à sa propre personne. Ce n'était plus le Gouverneur qui demandait des conseils à Asuko Wiremu, et ainsi le faisait venir, c'était Asuko Wiremu qui demandait à voir Yamashita afin de le conseiller. Le monde à l'envers. Le Docteur en économie, qui se spécialisait petit à petit sur la psychologie de la richesse et les liens entre le bonheur et l'argent, restait bien souvent avec Fugaku, au sommet du siège de la MRK. L'entreprise peinait à remonter dans la Bourse de Shoritoshi, et sa productivité stagnait, malgré les centaines de milliers de Yens investis dans la MRK.

Petit à petit, l'heureuse exaltation qu'avait suivie la Crise de 1963 disparaissait, et faisait place à une dépression, une sorte de stagnation froide des sentiments, et un manque de résultat pour tout cet argent gagné puis dépensé. Fugaku n'allait plus sur le plateau de la chaîne d'économie, il ne se faisait plus interviewer. Pire, on l'ignorait presque quand il passait devant la Place Boursière de Shoritoshi. Hato était ressorti des eaux et des tréfonds noirâtres et obscurs de la Bourse, et il dépensait maintenant des milliers dans l'électroménager japonais. Avec son expérience, il avait même pu atteindre le stade de Vice-Président de la Bourse de Shoritoshi. Fugaku détestait Hato, et cela était également réciproque.

Ses manières hautaines, sa grande gueule, l'exagération de ses expressions fatales, et enfin ses cris afin de se faire entendre quand il veut « prendre », lui donnaient un air désagréable, putride, et pervers. Perverti par l'argent qu'il tentait de gagner, tel un Américain lassé par la vie de travail tentant sa chance à Las Vegas, mais qui finalement, ne gagnait rien et perdait tout, y compris son honneur. Mais M. Hato n'avait pas d'honneur, c'était peut-être pour cela qu'il fut présent à la Bourse de Shoritoshi aussi longtemps…

Puis un jour, Fugaku fit un rêve, un rêve qui lui fit changer d'avis. Il avait rêvé qu'il avait bravé les menaces et les conseils du Gouverneur, et avait investi de nouveau.

Investi dans quoi ? Lui-même ne le savait pas. Mais ce dont il était sûr dans son rêve, c'est qu'il avait gagné, et gagné, beaucoup, énormément d'argent.

Il raconta ce rêve à son frère Asuko, et il se mit à marcher. Il marcha autour du bureau de Fugaku pendant plus d'une heure, ne s'arrêtant que méthodiquement pour regarder droit dans ses yeux son frère, qui réfléchissait aussi. Une domestique monta même pour demander si tout se passait bien, cela témoignant donc de la longue réflexion dans laquelle s'était engagée Fugaku et Asuko.

Puis enfin, un éclair de génie. Une lumière dans les ténèbres. La grande question était s'il fallait réinvestir, et ainsi mesurer les bénéfices et les malus de ce choix, Asuko débattit avec Fugaku. Asuko était prudent, optant pour une solution mitigée, tandis que Fugaku voyait en ce rêve un signe, une prédilection, et souhaitait investir immédiatement.

Le petit frère réussit à convaincre le grand, et ils allaient tenter d'investir, encore une fois. Mais la seconde grande question était la suivante : Investir, oui, mais dans quoi ? Fugaku se pressa de chercher dans les journaux disposés sur son bureau par ses domestiques, et trouva. L'Indonésie, qui avait jusque-là le statut de simple région, et qui faisait pleinement partie de l'État Britannique, avait obtenu à présent celui très admirable d'« Autonomie de la Couronne ».

Asuko chercha la date, et l'évènement s'était passé juste la veille. Le PDG de la MRK fit demander un tableau des sociétés les plus côtées en Indonésie, et en Asie en général. Idemitsu Kosan était en récession, et avait grande peine à remonter, tandis que la Dunlop Imperial Company[156] avait pris 1 % en un jour, depuis l'autonomie indonésienne. Immédiatement, Fugaku et Asuko passèrent un coup de fil afin d'acheter 2 % des parts de la Société. Mais c'était plus difficile d'investir dans des sociétés de la Couronne Fasciste Britannique, et ils durent attendre une journée entière pour qu'on leur confirme.

Fugaku et Asuko furent pris par le temps, et les deux frères durent demander à un remisier de les tenir informés de tout changement et évolution relatif aux investissements. Il s'appelait Tomio Uragirimono. Un matin de février 1964, il apparut, dans le grand hall d'accueil du siège de la MRK. Fugaku le fit monter. Il portait dans sa main droite une valise, noire, remplie, débordant de documents, et dont les rebords échappaient des billets de yens. Ses grands yeux noirs, ses longs cheveux et son imberbité faciale lui donnaient un grand air enfantin. Mais son sourire, lui, grand, arborant ses belles dents, faisait de lui un véritable requin, chassant dans les eaux profondes de la bourse pour y repêcher de l'argent enfoui et perdu depuis longtemps. Il donna sa main au PDG de la MRK, et ils se la serrèrent mutuellement, quoique celle mole de Tomio Uragirimono ne faisait qu'effleurer celle de Fugaku. Ce dernier invita le remisier à s'asseoir, ce qu'il fit, puis M. Uragirimono se présenta :

— Je suis très enchanté d'être reçue par vous, Monsieur Wiremu. J'ai là quelques documents vous exprimant mes intentions, et le véritable rôle d'un remisier.

— Très bien, fort bien…

156 La Dunlop Imperial Company est la principale société de la Couronne Fasciste Britannique en Indonésie, qui vise au développement et à l'exploitation du Caoutchouc.

Ainsi ils continuèrent à discuter, M. Uragirimono expliquant à son client les mécanismes boursiers. Sa manière hautaine, sa forte accentuation des voyelles, sa belle tête avec ses cheveux flottant dans l'air sordide de la Finance, sur lesquels on pouvait presque observer déjà des dizaines d'autres pauvres clients pigeonnés, faisait de lui un être ressemblant à M. Hato.

Mais il y avait une grande différence entre ces deux hommes : l'Intelligence. M. Hato était une brute financière, un homme de la basse-cour tentant en vain de monter dans celle des seigneurs, alors que M. Uragirimono, lui, faisait déjà partie de la cour des seigneurs. C'était le fils d'un quelconque Shishaku[157], et justement dans sa fiche identitaire était inscrit :

« Monsieur le Shishaku Impérial Tomio Uragirimono. »

Le tonitruant remisier possédait aussi un regard très sinistre, un regard qui voulait vous tuer, vous attraper, et tout vous prendre. Mais son beau sourire, grand, et ses belles dents blanches toutes parfaitement alignées, effaçaient ce doute incertain quant à la confiance que l'on pouvait lui accorder. Avant d'être un requin, M. Uragirimono semblait particulièrement être une vipère, mortelle, séductrice. À la fin de l'entretien, après un serrage de la main mole du remisier, ce dernier repartit, le dos droit et l'air confiant, une certaine satisfaction affichée sur son visage.

Fugaku narra toutes ses impressions à son frère, qui tentait en vain de le rassurer, mais qui était expert en l'analyse des expressions d'une personne, et ne sentait pas du tout le Shishaku M. Uragirimono. Il n'y avait qu'une seule solution afin de savoir et de connaître l'honnêteté de l'homme, en faire appel aux Yakuzas.

En effet, Masahiro Wiremu avait possédé de grandes affinités avec les réseaux mafieux et illégaux de la basse et haute société japonaise. Il y avait juste à les recontacter, avec l'annuaire des personnes importantes pour la MRK, que leur père avait laissé, précisément

157 Les Shishaku sont au Japon l'équivalent du titre de Vicomte.

dans le tiroir au milieu à gauche de son bureau, dans la maison de Fugaku. Alors immédiatement, le *Shachō*[158] de la MRK se dépêcha de se rendre chez lui, et y trouva l'annuaire. Tous les membres Yakuzas étaient dispersés, et seul le mot Bakuto[159] pouvait servir de repère afin de les retrouver. Fugaku prit le premier qu'il trouva, et c'était Akimoto Yohachi. L'on pouvait le trouver 33 avenue des Martyrs, à Yamashita[160].

Fugaku se pressa alors de le faire savoir à Asuko, et les deux frères partirent pour Yamashita, capitale de la province maorie, et pendant ce temps-là, ce serait M. Uragirimono qui allait gérer leur argent. Une angoisse importante s'emparait de Fugaku quand il repensait au fait que c'était cet homme… qui allait s'occuper de leur fortune placée dans le Caoutchouc.

Arrivant dans l'ancienne Wellington, Asuko et Fugaku se mirent à visiter très rapidement, toujours en limousine, la grande ville. Ils purent voir le Grand Monument Shinto de Yamashita, une merveille architecturale japonaise. C'était un grand obélisque, saluant avec ses inscriptions, les actions des soldats nippons, morts dans la bataille de Wellington. Enfin, en traversant l'Avenue des Martyrs, la principale avenue de la ville, et la plus riche de Nouvelle Kyūshū[161], ils s'arrêtèrent au 33. C'était une grande maison, sinistre, vide, et éclairée que par les derniers rayons de soleil qui traversaient ses vitres cassées.

Elle était tout en hauteur, sur plusieurs étages – trois ou quatre – et possédait une porte, délabrée par le temps passé.

Néanmoins, une petite cloche servant de sonnette était disposée en haut à gauche de la porte. Fugaku, dans sa brutalité impatiente,

---

158 Le Shashō est le titre de PDG d'une entreprise impériale nippone.

159 Bakuto est le premier bandit riche, un des premiers grands Yakuzas, qui sert encore aujourd'hui de référence dans ce syndicat du crime.

160 Yamashita est la ville de Wellington, dans la colonie de Nouvelle-Kyūshū.

161 La Nouvelle-Kyūshū est le nom donné à la colonie qui regroupe l'ancien dominion de Nouvelle-Zélande, ainsi que ses îles alentour, telles que les Samoa ou les Fidji.

la fit raisonner, à tel point qu'un des voisins de la lugubre demeure sortit de chez lui. Personne. Il réessaya. Personne, encore. Le voisin, observant avec ses grands yeux bleus néo-zélandais les deux touristes japonais, leur adressa alors la parole :

— Eh ! Ô Messieurs, je crains que cette demeure soit abandonnée depuis la fin de la Guerre. Je suis navré que vous n'y trouvez pas ce que vous voulez.

— Merci beaucoup cher monsieur ! s'écria à son tour Fugaku.

Lui adressant un sourire bienfaiteur, le Shachō de la MRK, observa ensuite le voisin rentrer chez lui. Sa politesse obligée, et sa souffrance dissimulée, montraient que l'homme avait véritablement souffert de la guerre, et que maintenant, il était l'occupé, et devait se montrer le plus clément possible avec l'Occupant. Enfin, tout cela n'était qu'une impression, que partageaient Fugaku et son frère. Après une dizaine de minutes, en restant scotché devant la porte de cette maison abandonnée, une tête apparut sur la fenêtre gauche. Dirigeant ses yeux sur les contours des deux frères, l'homme se décida ensuite à leur ouvrir. Il possédait des grands yeux, bridés, noirs, et terriblement expressifs. L'homme était très maigre, et des tatouages dépassaient et débordaient de son cou. Il possédait des cheveux en brosse, et avait un visage triangulaire, renforçant la maigreur squelettique du Yakuza. Il devait être âgé de trente-cinq ans, faisait juste légèrement plus vieux qu'Asuko. Enfin, il demanda, après un long silence d'analyse :

— Qu'est-ce que vous voulez ? demanda-t-il d'un ton provocateur, et ignorant.

— Nous avons une mission pour Akimoto Yohachi, annonça Fugaku, d'un ton se voulant plus provocateur.

— Ah, mm, bien, entrez, céda-t-il en utilisant un air bien plus amical, mais très intrigué.

Encore une fois, quelques rayons de soleil se chargeaient d'éclairer la pièce dans laquelle ils étaient entrés. Le Yakuza retroussa ses manches, et d'autres tatouages apparurent. Akimoto Yohachi possédait quelques dents cassées, qui aggravaient la situation esthétique de son fin visage. Rapidement, Fugaku se présenta, et présenta son frère, qui restait analytique devant le Yakuza. Akimoto narra quelques anecdotes sur Masahiro Wiremu, puis versa une larme lorsqu'il apprit qu'il était mort, en disant d'un ton mélancolique :

— Ce ne sont plus mes affaires, mais je l'appréciais, et si j'peux aider ses fils, je le ferai…

Alors, expliquant la situation à Akimoto, Fugaku le mit en garde :

— Si vous nous dénoncez, nous vous dénoncerons, et des commerciaux auront toujours plus de poids qu'un pauvre servant le banditisme comme vous…

Cette menace finit de convaincre le Yakuza, qui s'empressa de dire :

— Voyons ! Nous ne sommes pas là pour régler nos comptes, ni pour nous menacer, mais nous sommes là pour échanger, afin que nos deux partis soient gagnants. Donnant, donnant.

— À la bonne heure, Akimoto ! conclut Fugaku.

Alors, d'une manière détendue, le Yakuza enleva sa chemise en haillons, affichant alors ses nombreux tatouages, composés de têtes de morts, de menaces, et de citations Yakuzas, et s'empressa de réfléchir. La main sur son menton, et il marchait, puis, parfois, s'assit sur le banc du piano disposé dans l'arrière du salon. Les deux frères attendaient en visitant la grande demeure. Elle était finalement comme son occupant, très grande, mais peu large et très fine. Enfin, le Yakuza se décida, et annonça :

— Je vais le faire, j'ai quelques hommes, on se chargera d'espionner ce Uragirimono, mais je souhaite deux cent mille yens, avec tout l'argent que vous avez, ça ne devrait pas vous posez problème.

Fugaku et Ausko se regardèrent, et, d'un air complice, hochèrent la tête à Akimoto. Ils allaient pouvoir connaître les vraies intentions du tonitruant remisier.

Après être rentré à Shoritoshi, Fugaku et Asuko continuèrent à se concentrer sur le développement de la MRK, qui était en pleine construction d'une immense autoroute à travers le désert d'Australie.

L'entreprise des Wiremu participait également à la construction de villes nouvelles dans le désert, lieux de repos pour la traversée de ce dernier. La MRK grandissait tranquillement, et progressivement, mais lentement, des actionnaires venaient investir dans l'entreprise, et avec la fortune colossale amassée par Fugaku, la société des routes japonaises devenait une des plus importantes entreprises du Japon.

Après quelques jours, les premières informations arrivèrent. C'était toujours un des hommes du Yakuza qui venait de lui-même au siège de la MRK, afin d'annoncer les découvertes. Très souvent, Tomio Uragirimono venait déjeuner au restaurant « La crevette Australienne », l'un des plus chics lieux de restauration de tout Shoritoshi, réputé pour être le plus cher, mais aussi pour ses serveuses…

En effet, le Shishaku Uragirimono, malgré son statut de noble japonais, n'était pas marié. On aperçut chez lui plusieurs femmes, lui servant de domestiques, et avec lesquelles ils couchaient chaque soir, dans l'entièreté du service de domestiques.

Parfois même, il aimait aller à la plage de Botany Bay[162], et y revenait même parfois avec une nouvelle domestique… Avec ces diverses informations, le Shishaku était maintenant, aux yeux des deux frères, un grand pervers. Mais le reste du temps, il semblerait que le remisier traînait près de la Place de Shoritoshi, avec quelques-unes de ses femmes, toujours dans sa tenue divinement classieuse, mais qui à force de ses longues utilisations répétées, devait empester terriblement.

Rares étaient les fois où il passait devant le siège de la MRK, et quand il le faisait, il s'inclinait mécaniquement, plusieurs fois. M. Uragirimono allait également parfois au cinéma, se plaire à observer des films américains, les seuls légaux en général au Japon, avec les films de propagande impériale. Mais petit à petit, il réduisait ses habitudes perverses et controversées, il se sentait observé, et le

162 C'est la baie de Sydney, là où fut fondée la ville.

remisier venait plus souvent au siège de la MRK, afin de discuter et d'échanger avec Fugaku. Le caoutchouc avait grimpé, mais lentement, et Fugaku s'était bien enrichi avec ses parts dans la Dunlop Imperial Company.

Le remisier, alors, dans sa finesse qui faisait de lui la vipère qu'il était, proposa à collaborer avec M. Wiremu :

— Cher *Shachō* de la MRK, ô cher Monsieur Wiremu, j'ai une proposition à vous faire.

— Allez-y, je vous écoute.

— Votre grâce souhaiterait visiter la Bourse de Singapour, lieu des transactions britanniques en Asie, afin d'observer en temps voulu, et en direct, l'évolution du Caoutchouc, et de goûter à tous les délices que peuvent offrir cette magnifique cité ?

— C'est à voir… annonça sèchement Fugaku.

— Oh, mais votre grâce ! Je vous assure en ma qualité de noble de la Cour de l'Empereur, et fidèle ami du pays sur lequel le Soleil ne se couche jamais que vous vous y plairez. Je vous assure avec ma plus sincère franchise, également, que Singapour est une très riche cité portuaire, une véritable Tokyo indonésienne, une pure merveille architecturale. La Place Boursière de la ville est tout bonnement magnifique, un joyau de la Couronne Fasciste Britannique. En mon humble personne, je vous conseille très fortement de vous y rendre. De plus, vous verrez votre argent monter progressivement, d'autant plus que je soupçonne une explosion du Caoutchouc Anglo-Indonésien dans les prochains mois…

Après avoir fait partir le remisier, Fugaku appela son frère, qui vint, et qui réfléchit avec lui. Fugaku s'était laissé convaincre par la finesse de la persuasion de M. Uragirimono, tandis qu'Asuko tentait en vain de raisonner son frère. Fugaku l'avait décidé, il allait partir pour Singapour. Asuko le prévint alors qu'il prenait un grand risque de faire confiance à cet aristocrate pervers.

Quoiqu'il en fût, il fallait prendre des risques, et telle était la philosophie de vie du PDG de la MRK. Alors, Fugaku se rendit à l'aéroport, laissant pour quelques jours les affaires de l'entreprise familiale aux mains de son frère et de Shiruvu Torēdo, son conseiller économique.

Lors de son arrivée à l'aéroport international Yamashita, un des bras droits d'Akimoto le Yakuza était posté devant l'une des entrées principales de ce dernier.

Une dernière anecdote sur le remisier ? Peut-être, et cela allait plus faire rire Fugaku que l'inquiéter. Le très jeune Yakuza – il devait sans doute avoir moins de dix-huit ans – regardait froidement, et l'air inquiet, Fugaku.

Ce dernier s'avança vers lui, et immédiatement, le jeune Yakuza se mit dans un endroit isolé. Fugaku le suivit, jusque derrière un grand camion, près des centaines de places de parkings.

— Monsieur Wiremu, on a des nouvelles inquiétantes sur le remisier.

— Lesquelles ? Je vous écoute.

— Eh bien, je ne sais pas trop comment vous l'expliquez M. Wiremu, mais…

— Mais ? Questionna de manière impatiente Fugaku, conscient que son avion allait bientôt décoller.

— Mais, d'une certaine manière, nous avons vu le remisier Uragirimono parler avec le Gouverneur Yamashita, dans les jardins du Kantei de Shoritoshi, et nous sommes inquiet, car ils ont évoqué à plusieurs reprises votre nom, et celui de la MRK.

— Que disaient-ils sur tout cela ? demanda Fugaku en essayant de garder son calme.

— Nous n'avons pas pu entendre, mais j'ai pu reconnaître les mots « Bourse », « Singapour », et surtout plusieurs fois « Fugaku Wiremu » et une fois « le gamin de la MRK ». M. Wiremu, et maintenant ? Que faut-il faire ? Le Tuer ?

— Non, bien sûr que non. Il n'a rien fait de mal… pour l'instant. Merci pour toutes ces informations, continuez à en récolter le plus possible. Tenez-moi informé.

— Bien Monsieur Wiremu.

Après avoir découvert cette sorte de conspiration – enfin cette hypothèse d'un complot contre lui et la MRK – Fugaku, l'air inquiet, se dirigea vers le hall d'embarquement, et prit son avion. Ce fut dans le début de la soirée qu'il arriva, accompagné par son chef de la Sécurité, le très fidèle M. Tanaka, et ensuite s'endormit dans l'hôtel le plus luxueux de la ville, le Oswald Mosley Deluxe Hotel. La ville était illuminée partout et tout le temps. Les grandes tours de verres éclairaient l'entièreté de l'immense ville. La Mairie et le Palais du Gouverneur Général de la Grande Malaisie Britannique étaient côte à côte, les deux splendeurs architecturales néo-coloniales construites sous les ordres de Sir Oswald Mosley. Les grandes allées herbeuses et naturelles aux bords du grand port de Singapour offraient un contraste conséquent avec la technologie rampante du centre-ville. En arrivant au Oswald Mosley Deluxe Hotel, Fugaku et M. Tanaka passèrent devant l'immense gratte-ciel abritant la Bourse de Singapour, la première Britannique en Asie, devant même la très réputée Bourse de Calcutta. Fugaku fit encore une fois un rêve, très perturbant. Il se voyait dans un sous-marin japonais, durant une guerre, coulant un autre navire britannique, tandis que levant la tête vers le ciel tempétueux, Fugaku voyait l'Aigle, planer mélodieusement au-dessus du pavillon britannique coulant dans les eaux profondes du Pacifique. Soudainement, il vit un immense tir ennemi traverser le sous-marin dans lequel il était. Il le voyait traversant les eaux, puis observait ensuite sa rafale terrifiante perforant la cuirasse du navire. Il sentait les officiers, qui, apeurés par ce tir mortel, ne faisaient que crier, crier, crier dans une surdité malveillante et naïve. Enfin, il observait ce rayon de la mort, s'approchant lentement vers lui, immobilisé par une peur sanglante, paralysé par cette situation tristement évocatrice pour lui. Au toucher de ce tir, un éclair de lumière représentant l'Aigle apparut devant lui. Puis, d'un horrible sursaut il se réveilla. Ce rêve lui fit prendre conscience qu'il était toujours surveillé, et même à son chef de la sécurité, même à son propre frère, il ne pouvait jamais accorder une confiance absolue. Alors à un remisier opportuniste, pervers et corrompu, encore moins. Néanmoins, Fugaku décida de tout de même visiter la Bourse de Singapour, et y voir l'évolution de son précieux caoutchouc, de ses précieuses parts dans la Dunlop Imperial Company. Ne prévenant pas même son chef de la sécurité, Fugaku s'en alla seul, très tôt le matin, à la Bourse de Singapour. Il s'était habillé en civil, de la manière la plus modeste et pareille aux touristes japonais dans la ville. Il prit un taxi, qui l'emmena rapidement devant le grand et imposant bâtiment qu'était la Bourse de Singapour. Le soleil commençait à peine de se lever, les portes du jeu du hasard financier à peine à s'ouvrir.

Quelques accros étaient présents avec lui, et Fugaku, avec ces drogués de la finance, entra dans le hall principal. On y voyait des dizaines de grands tableaux, avec à leurs sommets un titre : le nom de la marchandise. Chaque tableau était un grand graphique représenté en un vert explicite, peint derrière un fond noir. Seules quelques lumières artificielles éclairaient le bâtiment, le reste de la luminosité étant produit par ces graphiques mortellement effrayants, car signifiant le futur de la vie de chacune des personnes se hasardant ici. Les ordonnées représentaient le nom d'une des entreprises spécialisées dans la marchandise, et les abscisses montraient la valeur en milliards de l'entreprise, ainsi que ce que représentait en yens la valeur 1 % de l'entreprise.

Les premières heures furent inexpressives, monotones, et stables. Les yeux de Fugaku restaient, tout le temps, fixés sur le tableau du caoutchouc, et plus précisément sur les ordonnées de la Dunlop Imperial Company. Vers midi, l'entreprise impériale britannique de Caoutchouc prit 2 %, ce qui suffit à Fugaku pour sortir de ce coma artificiel qu'il s'était affligé, envoûté par les traits verts qui descendaient et qui montaient. Il se trouvait dans un état second, immobile devant ces représentations financières, et ne bougeant que la bouche pour sourire quand ses actions prenaient de la valeur. Pas la peine de regarder autour de lui pour voir que tout le monde était pareil. Tout le monde semblable à lui.

Les portes du bâtiment étaient fermées. Une cinquantaine de personnes, pareilles à Fugaku, restaient obnubilées devant les graphiques. Parfois, toutes les cinq minutes peut-être, une douce voix féminine annonçait avec dédain les actions les plus faibles, et les parts s'abaissant le plus de tous les graphiques, et de toutes les entreprises exposées dans le grand hall. On pouvait voir au plafond, qui était à une quarantaine de mètres de hauteur, un portrait de Sir Oswald Mosley. Soudainement, le seul autre homme qui était à côté de Fugaku, un anglo-saxon châtain clair aux yeux bleus, qui restaient également fixés devant ce graphique sur le caoutchouc, abaissa sa main, pour y ramasser un revolver. Pour la première fois depuis des heures, Fugaku détourna le regard. Le visage de l'homme semblait terrifié, angoissé, transporté dans un autre monde.

Ses yeux bleus, vide d'expression, continuèrent à fixer le graphique. On pouvait même voir dans le reflet de son regard, ses actions chuter, chuter, chuter même jusqu'à toucher le sol du grand hall. Fugaku regarda par terre, et il y avait des centaines, presque même des milliers d'armes diverses, qui avaient envahi la salle. Et réellement, il n'y avait qu'à se baisser pour en ramasser. Le regard de Fugaku se redirigea alors sur l'anglo-saxon, qui avait pointé le revolver capturé sur sa tête. Les yeux du suicidaire regardaient encore et toujours le graphique, et les actions de l'entreprise française Michelin[163] qui descendaient toujours plus bas. Fugaku voulait empêcher l'homme de tirer, mais il n'en avait pas la force, aucunement.

Puis, au bout de cinq secondes, l'homme tira. Du sang gicla sur les bras de Fugaku, tandis que le corps sans vie de l'actionnaire de Michelin tombait par terre, encore une fois transpercé par les armes

---

163 Michelin est une entreprise française de pneumatique, une des principales sociétés dans lesquelles on investit quand on est un jeune nippon. En quête d'argent facile.

tranchantes qui étaient sur le sol. Puis, ainsi hypnotisé par la voix douce réapparaissant, Fugaku se remit à regarder le graphique du Caoutchouc. Durant toute l'après-midi, rien ne bougea. Une vingtaine de personnes s'était donné la mort, et bientôt ils ne furent que vingt-cinq dans le grand hall. Le sang coulait par terre, la voix anglaise annonçait toutes les chutes ou les montées – même si ces dernières étaient très rares – et le grand hall empestait la mort, étant donné qu'aucune porte, ni fenêtre, ni tout autre chose ne fut ouverte depuis le début de la journée. Fugaku, les lèvres terriblement sèches, et ses membres gelés par l'inaction, regardait toujours ses actions, la Dunlop Imperial Company n'avait guère monté depuis le début de la journée. Enfin arriva la terrible soirée. Les migraines envahissaient Fugaku, et son cerveau était en proie à une folie meurtrière. Parfois, il regardait le corps sans vie de l'anglo-saxon, et fixait ses yeux mortellement vides, semblables à des trous noirs. Des crampes apparaissaient un peu partout, ses yeux pleuraient, cause d'une immobilisation totale depuis des heures. Seul le graphique comptait, le reste n'était que semblable à la poussière, inutile à considérer. Fugaku ne pensait pas à son frère, ni à M. Tanaka, encore moins à la MRK et à son conseiller économique M. Torēdo. Voir ses actions stagner, monter, descendre, n'était que la seule préoccupation de Fugaku, la seule…

Soudainement, tel un éclair de terreur, telle une catastrophe, telle la fraction de seconde séparant la vie de la mort, les ordonnées et les abscisses de la Dunlop Imperial Company chutèrent. Elles chutèrent comme un astéroïde frappant l'esprit vide et tourmenté de Fugaku. En quelques secondes, tout tomba, terriblement. Il vit comme sa vie, sa vie en tant que PDG de la MRK, en tant qu'actionnaire, défiler. Il songea, un instant, à ramasser ces armes sur le sol, comme ceux qui l'avaient fait auparavant. Toujours fixant videment le graphique dégringolant, il ramassa une arme. Laquelle ? Peu importe. Le rebord tranchant caressa la joue de Fugaku. Il amena tranquillement l'arme près de sa gorge, lui caressant toujours sa peau. Puis, tout à coup, les grandes portes s'ouvrirent. Le nouvel air qui envahit la pièce fit tousser et éternuer tous les actionnaires, y compris Fugaku, qui y lâcha immédiatement l'arme blanche. Chacun, lentement, retrouvant le sens de ses membres, se retourna. Une dizaine de personnes était présente, illuminée par les néons de la ville moderne, et entra dans le grand hall où régnait une ambiance indescriptible. L'odeur âcre du sang était couplée avec celle de l'air irrespirable qui maintenait chacun dans un état plus que second. Puis chacun se remit à observer son graphique, pendant que les personnes étant entrées emmenaient les cadavres des fous actionnaires.

Après seulement quelques minutes, d'autres personnes revinrent, et emmenèrent méthodiquement les derniers actionnaires qui regardaient, qui fixaient encore le graphique, dont faisait partit Fugaku. Il regardait encore le graphique sur le caoutchouc, pendant qu'il se faisait emmener en dehors de la Bourse de Singapour. Lors de sa traversée de la porte, immense dans ses contours, dans sa symbolique mortuaire, car renfermant les âmes des défunts financiers, Fugaku entendit une voix. Non, pas celle de la jeune femme, mais plutôt une voix pleine de perfidie, pleine de tendresse malveillante, et enfin, il put la reconnaître. C'était la voix de… de… oh ! Mais il l'avait sur le bout de langue, cette voix opportuniste, perverse, la voix de… de Tomio Uragirimono. Oui ! Voilà ! Ah ! Quelle horreur cela était d'entendre cette voix ! Après avoir reconnu de qui la voix provenait, Fugaku s'attarda sur les mots prononcés. Il entendait au loin quelques phrases résonner, mais c'est tout. Quoique, les mots devenaient de plus en plus clairs. Il entendait au fur et à mesure plus clairement.

« M. Wiremu… ne jouez… plus… avec… avec… l'argent de… L'Empereur ! »

Ces mots se répétaient tout le temps, tout le temps :

« M. Wiremu… ne jouez… plus… avec… avec… l'argent de… L'Empereur ! »

Ils se répétaient encore :

« M. Wiremu… ne jouez… plus… avec… avec… l'argent de… L'Empereur ! » et encore ! « M. Wiremu… ne jouez… plus… avec… avec… l'argent de… L'Empereur ! »

Mais que fallait-il faire ! Que fallait-il faire pour que cela cesse ? En franchissant la porte, le visage d'Uragirimono, hantant son esprit, apparut. Ses contours, jeunes, grands, gras, maigres, âgés, opportunistes. On pouvait incorporer dans son visage toutes les expressions possibles ! Tant… tant… Tant il était hideux et repoussant ! Les mots se répétaient, se répétaient, presque indéfiniment : « M. Wiremu… ne jouez… plus… avec… avec… l'argent de… L'Empereur ! »

Puis, même enfin sorti du bâtiment, le cauchemar continuait. D'autres mots arrivaient, mais sortant toujours de la même bouche horripilante.

« Ô Monsieur Wiremu ! Retirez, retirez ! Retirez tout ! Absolument tout ! Arrêtez de jouer ! Ah ah ! Nous vous hanterons sinon ! Retirez ! Retirez ! »

Il allait le faire. Oui, il allait retirer. Il le cria même, hurla, fit tout ce dont il était en son pouvoir dans cette situation pour stopper les ordres fanatiques du remisier. Alors, précipitamment, on lui affligea un violent coup à la tête. Ce coup fut si violent que toutes les représentations, les voix d'Uragirimono s'estompèrent soudainement. Si violent que Fugaku perdit connaissance, repensant à son père, oui, son père… et aussi à tout l'argent, l'héritage, ses paris… toutes ces bénédictions qui devinrent des malédictions, car non utilisées de la bonne manière. Il se souvint alors d'une citation du stratège chinois Sun Tzu :

« Connais ton adversaire, connais-toi, et tu ne mettras pas ta victoire en danger ».

Alors, Fugaku s'en rendit compte, il ne connaissait ni son adversaire, ni lui-même, et par conséquent, il avait perdu. Il regarda le haut ciel nocturne, et vit l'Aigle, l'Aigle qui lui faisait comprendre que tout ceci était un redoutable, terrifiant et convainquant avertissement…

CHAPITRE CINQ

Fugaku se réveilla. Il regarda autour de lui, il se trouvait dans une sorte de grande clinique, avec d'autres personnes, toutes habillées en costume. Il faisait très sombre, seules les grandes fenêtres laissant entrer la lumière permettaient de distinguer les formes et les contours des différents meubles de la grande salle.

Fugaku avait encore mal à sa tête, et régulièrement la caressait et la frottait en croyant que cela allait diminuer la douleur. Il était le premier à s'être réveillé, mais progressivement, le reste des personnes admises dans l'obscure salle se réveilla également. Chacun regardait autour de lui, en se frottant la même région cérébrale. Ensuite, tout doucement, la lumière s'accentuait, et bientôt on put distinguer entièrement la salle. Des portraits de Sir Oswald Mosley, observant – grâce à un savoir moderne – les yeux de tous, étaient dissimulés au-dessus de chaque lit. Les cheveux grisâtres plaqués, la légère moustache vieillissante, le regard d'une vivacité et d'une jeunesse toujours présentes, et le col roulé qui était sa marque de fabrique, tous ces détails sur les tableaux tous semblables, faisaient que la salle était comme hantée par le Fasciste Britannique.

En essayant de sortir du lit, en premier, Fugaku fit déclencher une alarme, rouge, plaquée au plafond. Les yeux du dictateur anglais devinrent rouges. Soudainement, on entendit des pas lourds courir, et enfin, avec une force titanesque, des hommes en uniforme noir, l'Uniforme fasciste britannique[164], débarquèrent. Ils avaient dans les

164 L'Uniforme fasciste Britannique est l'uniforme porté par les fonctionnaires et

mains des armes frappées par l'emblème de la Couronne Fasciste Britannique. Leurs yeux, tous d'un noir perçant, regardaient partout, puis se mirent à tuer le premier qui bougeait. Fugaku demeurait immobile, les mains en l'air, l'air inquiet. Soudainement, deux autres personnes furent abattues, pour avoir osé cracher sur le Portrait de Sir Oswald Mosley. Ils n'étaient plus que douze dans la salle. Les POBFC[165] laissèrent les cadavres, puis regardèrent droit dans les yeux, absolument tous, Fugaku. Immobile, Fugaku sentit son cœur battre mortellement dans sa poitrine. Enfin, le plus grand d'entre eux, portant l'insigne POBFC, ordonna à Fugaku :

— *You ! Follow us !*

Le PDG de la MRK, qui avait fait un peu d'anglais étant jeune, comprit évidemment, et s'ordonna. Les derniers survivants l'observèrent, bouche bée, yeux vides, et semblaient ne rien comprendre à la situation. L'un des POBFC prit Fugaku par le bras, et l'emmena violemment vers l'extérieur de la clinique infernale. Il fit alors le constat que, le Japon et la Sphère étaient bien alors l'un des très rares pays à avoir la chance de donner un peu de liberté à ses habitants. Fugaku fut traumatisé par les évènements de la Bourse de Singapour. Pendant qu'il se faisait traîner dans un des interminables couloirs du mystérieux bâtiment, il se dit alors qu'il allait tout arrêter, s'il sortait vivant de ce sinistre lieu.

Il en avait très envi, mais tout arrêter quoi ? La bourse, ces paris horribles, et toutes les horreurs extérieures. Il voulait dès à présent se concentrer uniquement sur la MRK, la faire fructifier, et ne plus repenser, ni à être tenté de placer son bel argent, son bel héritage. Mais avant aussi, il fallait se sortir d'ici. Comment ? Une dizaine d'hommes surarmés l'emmenait on ne sait où, peut-être en Enfer ? Peut-être était-il mort ? Peut-être…

---

paramilitaires de l'État Britannique et de ses dominions.

165 La Paramilitary Organ of the British Fascist Crown, souvent abrégé en POBFC, est l'organisation paramilitaire de l'État Britannique et de ses dominions, de la British Union of Fascist, parti unique de l'État Britannique.

Il ne pouvait pas le prouver, ni prouver le contraire, alors, il se laissa faire. Après dix minutes de traversée épuisante dans l'immense endroit, on le jeta dans une salle froide, vide, obscure, occupée que par un grand et imposant bureau de bois. Comme dans toutes les autres salles – il ne pouvait que l'imaginer – une simple lumière jaunâtre éclairait l'endroit. Devant lui, une figure notoire, une aura perceptible tellement elle était impressionnante, et cette figure, toujours dans l'obscurité, apparut.

Fugaku ne sentait pas la douleur qu'il aurait dû ressentir, et se tenait juste là, affaissé. Il leva la tête, la sueur coulant sur son front autrefois lisse, maintenant cabossé par la torture psychologique qu'il subissait. Il put reconnaître les distinctions militaires en si grands nombres, il put aussi reconnaître les yeux terrifiants, haineux, mais si puissants. Juste en devinant tous ces infimes détails, Fugaku put reconnaître… Tomoyuki Yamashita.

Ce dernier regardait avec attention le PDG de la MRK, qui ne savait que faire. Après une très longue minute de silence, le Gouverneur Yamashita, s'approcha, et désormais l'on put voir ses yeux, sa bouche, et tout son visage. Ses médailles scintillaient, et en vérité il avait exactement la même allure que dans tous ses portraits à travers le Pacifique Sud Japonais. Mais que faisait-il ici, à Singapour ? En territoire britannique ? Fugaku tourna la tête, et vit en nombre important des officiers japonais, tous tenant des armes à feu, et ayant sans exception l'air grave et très sérieux. Il était seul… terriblement seul… et sentait qu'il le serait maintenant éternellement…

Le Gouverneur Yamashita s'approcha encore, et commença à questionner l'actionnaire japonais.

— Vous savez ce que vous faites ici, monsieur Wiremu ? demanda gravement Yamashita.

— Non, non, je ne sais pas.

— Eh bien, je vais vous le dire. Premièrement, vous avez énormément de chance d'être ici, de plus devant ma personne. Je ne suis pas là pour contredire les mesures qui ont été prises à votre encontre. Mais soit, je vais vous faire une bien heureuse proposition. Reconnaissez-vous d'avoir trahi votre patrie ?

Fugaku ne voulait pas l'accepter, mais c'était la vérité. Pourquoi alors avait-il trahi sa patrie ? La réponse était bien simple, même trop simple : Il avait joué avec l'argent de l'Empire, de l'Empereur… et… et de son père… Une violente claque l'extirpa de ses pensées.

La voix stridente le rappela à l'ordre.

— Que dîtes-vous Fugaku ? demandait le Gouverneur.

Mais que fallait-il répondre ? Il fallait l'avouer, et c'était ça qu'il voulait. Mais en l'avouant à Yamashita, il fallait aussi qu'il se l'avouât à lui-même. Fugaku respira un grand coup, et dit :

— Oui… Ô Gouverneur, oui… j'ai trahi ma patrie, accepta-t-il, les larmes coulant sur ses joues.

— Bien, vous l'avouez.

Puis, d'un simple regard, le cruel Yamashita ordonna à l'un des officiers impériaux présents, de… de…

Fugaku sentit une lame glisser près de son corps. Elle monta son dos courbé, sortit par la manche gauche, et continua son chemin jusqu'au pouce gauche de ce dernier. Alors, Yamashita posa cette simple question :

— Êtes-vous bien gaucher, Fugaku ?

— Oui…

Tout à coup, Fugaku, en observant le regard malicieux et sadique de son Gouverneur, prédit la torture qu'il allait subir. L'obscurité fut rompue, tout était plus clair, et maintenant il pouvait voir la lame prête à couper son doigt…

La douleur fut indescriptible, quelle horreur était-ce ! Toutes les insultes, toutes les onomatopées du monde ne pouvaient servir à décrire la lente et terrible souffrance qu'endurait Fugaku. Le sang jaillissait, tandis que la lame continuait son chemin dans la chair du pouce de celui-ci. Après une dizaine de secondes de tortures inouïe, son pouce, avec toutes les souffrances endurées, tomba.

Il roula, près des pieds du Gouverneur, le regardant toujours agoniser. Les officiers, tous sans exception, se mirent à rire, énormément, terriblement. Leurs gloussements démoniaques accentuaient la douleur immorale et innommable qu'endurait Fugaku.

Le Gouverneur se baissa, et ramassa le pouce sanglant de ce dernier. Il le montra aux officiers, et tous continuèrent leurs horribles moqueries, en pleurant maintenant presque de rire. Yamashita se mit aussi à rire, et présenta devant les yeux inexpressifs et souffrants le pauvre pouce couvert de sangs. Fugaku le voyait, cette horreur, cette douleur.

Il ferma les yeux, n'acceptant plus d'observer ce qui lui appartenait auparavant, seulement quelques minutes, quelques secondes plus tôt. Lorsque le long fou rire monotone s'amenuisa, pour enfin se stopper, les lumières s'éteignirent. L'ambiance pesante et solennelle reprit place dans la salle. Yamashita reprit la parole :

— Bien, maintenant, répondez à cette question. Je vous rassure, cela n'était qu'une introduction. Avez-vous trahi votre Divin Empereur ?

— Oui… je… je l'ai trahi.

Le même mécanisme s'enclencha, mais cette fois-ci, une terrible douleur l'électrisant, le stoppant complètement. Il sentit la foudre s'abattre sur lui, sur sa peau, traversant tous ses organes, et se frayant un chemin jusqu'à son cœur et… Et… Plus rien. Plus rien ne se passait. Fugaku ne vit plus rien. Soudainement, il se voyait, il… il… c'était comme s'il sortait de son corps. Il lévitait, il se sentait terriblement léger, mais que se passait-il exactement ?

Il ne pouvait le décrire, mais de toute manière, il savait qu'une seule chose. Une chose qui arrivait à tout le monde, oui, absolument à tout le monde : il mourait. Il mourait ou bien était-il mort ?

Peu importe, la finalité était la même. Ou bien peut-être que non. Fugaku lévitait au-dessus de la pièce, il voyait partout, il voyait à 360°. Il voyait son propre corps, avec sa main gauche à quatre doigts. Il observait aussi le Gouverneur Yamashita, ayant déposé le pouce sanglant de Fugaku sur son bureau, et qui maintenant observait le corps sans vie de son patient. La vision du pauvre doigt ne lui fit absolument rien. Il se souvint que lorsqu'étant très jeune, il avait vu aussi un pouce, mais ce jour-ci, il eut terriblement peur. Pas en ce moment. Il se rendit ensuite compte qu'aucune sensation négative le traversait, il était juste… libre, et même heureux. Tout à coup, il se retrouva emporté, vers l'avant, et put sentir ses sens, sa torture, ses sentiments, son malheur revenir. Il redevint Homme, dans un espace étroit, froid, sordide, souffrant : son corps.

Il se remit à avoir mal, horriblement mal. De l'air impur, pas comme celui dont ses poumons s'étaient emplis quelques secondes auparavant, l'envahit. Il put rouvrir les yeux, et vit le grand corps du Gouverneur, en face de lui.

Maintenant, il en était sûr, il avait compris, réellement compris, et savait comment la plus terrible des douleurs agissait. Il savait aussi dès à présent, qu'il fallait tout faire pour ô Le Divin Empereur. Mais il suppliait intérieurement qu'aucunes nouvelles douleurs ne lui furent infligées. Le Gouverneur lui reposa de nouvelles questions :

— Bien, maintenant que vous avez compris, nous allons continuer.

— Tel est votre souhait, ô Gouverneur Yamashita.

— Avez-vous trahi votre père, et toute votre famille ?

— Oui.

— Avez-vous trahi votre propre honneur ?

— Oui, je l'ai trahi.

— Êtes-vous fier de vous, ne regrettez-vous pas vos actions ?

— Non, je ne suis aucunement ô Gouverneur, fier de moi. Je regrette toutes les actions que j'ai entreprises depuis que je suis Shachō de la MRK.

— Êtes-vous prêt à assumer correctement toutes les tâches qui vous seront demandées de faire, au nom de l'Empereur, et au nom de l'intérêt commun du Divin Empire du Japon ?

— Oui, je le suis.

— Bien, bien. Alors je vous vais pouvoir vous annoncer vos prérogatives.

— Je suis tout ouï, ô Gouverneur.

— Dès à présent, vous ne servirez que l'Empereur, et uniquement ce dernier. Vous délaisserez tous vos loisirs, pour servir fidèlement l'Empereur. Vous n'approcherez plus aucune place boursière, et resterez constamment au service de la MRK et de l'Empereur.

— Bien, ô Gouverneur Yamashita, je ferai tout pour vous satisfaire, et pour satisfaire l'Empereur.

— Maintenant, vous pouvez disposer.

D'un signe de main, le Gouverneur ordonna aux officiers de sortir le pauvre Fugaku, qui désormais ne servait que L'Empereur.

Sa conscience et son libre arbitre s'étaient volatilisés, et maintenant, seule la volonté de servir l'Empereur régnait en lui.

En sortant de l'obscure salle, il vit un autre de ces hommes en costumes, interné avec lui. Fugaku essaya de lui adresser un sourire, mais il n'y parvint pas, ses sentiments étant trop inexistants. On le lâcha dehors, et ce dernier, en se retournant, vit l'immense façade de la bourse de Singapour. Mais alors, n'avait-il pas quitté l'endroit tout à l'heure? Peu importe, se dit Fugaku, peu importe, maintenant, ce qui importait seul, c'était l'Empereur. Mais il se posait tout de même des questions: Pourquoi seul L'Empereur comptait désormais? En essayant même de *réfléchir,* le Shachō ne put trouver la réponse. Il fallait juste le faire.

Il rentra ensuite à l'hôtel, où son chef de la sécurité l'accueillit, d'un air banal, sans lui demander tout ce qui s'était passé cette journée. Fugaku n'y trouva rien d'inquiétant, et alla se coucher. Mais alors, pourquoi M. Tanaka ne posait aucune question, du fait de l'absence pendant toute la journée de Fugaku? Ce dernier ne savait pas, et en fait ne cherchait pas à savoir.

Seul L'EMPEREUR COMPTAIT.

Le lendemain, le Japonais vérifia ses parts et ses actions. Tout était intact. Mais il fallait tout vendre, tout supprimer, et cela était incontrôlable pour lui. Il souhaitait ne pas le faire – tout de même

– mais n’y arrivait pas, il fallait tout vendre. Alors, notamment avec l’aide de M. Tanaka, Fugaku appela son remisier, le tonitruant pervers Uragirimono, et en quelques minutes, tout ce qu’il avait bâti, toutes ses actions, tous ses paris, s’évaporèrent. Cela ne fit rien à Fugaku, qui ne pensait désormais qu’à

SERVIR L’EMPEREUR.

Et faire fructifier la MRK, afin de rendre service à la Nation. Il n’avait plus de libre arbitre, plus aucune volonté apparente, il était involontairement contrôlé par… par… on se sait quoi.

L’Aigle, peut-être…

Enfin, il rentra à Singapour, où il fut accueilli par son conseiller économique.

— Où est mon frère ? demanda Fugaku.

— Il est reparti à Taipei, avec Ting… affirma Shirivu Torēdo.

— Mais n’a-t-il pas dit qu’il n’y retournerait pas, étant donné qu’il a fini sa thèse ?

— Non, M. Wiremu, votre frère n’a jamais dit ça, et il n’a pas encore fini sa thèse.

— Ah… c’est bizarre, j’avais le souvenir du contraire… déclara Fugaku.

— Oh, mais sans doute à cause du décalage horaire ! renchérit le chef de la sécurité.

— Oui… peut-être, accepta le Shachō de la MRK.

Fugaku arriva devant le siège de son entreprise, et une dizaine de personnes l’attendaient, dont le Gouverneur Yamashita. Il put reconnaître aussi quelques officiers qui étaient dans la salle de la Bourse de Singapour, étant également présents, proches du Gouverneur. Il n’en voulait à personne, pas même à ses tortionnaires, et semblait même vouloir les apprécier.

Pour la première fois de sa vie, il voyait son Gouverneur sourire, et l’applaudir. Fugaku était heureux, il faisait maintenant partie *d’eux*. Il était fidèle, et allait accepter et faire toutes les choses qu’on allait lui dire de faire.

Il monta au sommet de la tour, dans son bureau, entouré par ses deux éminences grises qui allaient faire de lui un pantin, une dépendance de l'Empereur.

Fugaku était euphorique, mais ne savait pas pourquoi. Ah ! Qu'est-ce qu'il était heureux ! Il ne chercha pas la cause de son bonheur, et se contenta d'essayer a le faire durer le plus longtemps possible. Avant de s'asseoir sur son fauteuil, il se retourna, regarda la grande vitre de verre.

L'Aigle l'observait, immobile, flottant dans l'air chaud d'Australie, il le regardait. Fugaku avait COMPRIS.

CHAPITRE SIX

Les jours, les semaines, les mois, et enfin une année passèrent. Fugaku vivait dans un quotidien troublant, absent de sentiments, dont le « scénario » monotone faisait de lui un esclave de l'Empereur. Lui, pendant toute cette période, ne savait rien, ne sentait rien, il était comme possédé, et ne faisait qu'obéir aux ordres inconnus, pour SERVIR L'EMPEREUR. Son conseiller économique et son chef de la sécurité lui disaient quoi faire, comment, mais pas pourquoi. Et quand par malheureuse maladresse il demandait « Pourquoi ? », ses deux éminences grises lui rétorquaient : « Parce que. Pour servir l'Empereur. » Il ne voyait plus personne, et n'avait plus eu l'occasion de revoir son frère depuis maintenant une année.

Son frère qui… qui… oui, voilà, on ne savait pas ce qu'il était devenu. Dès le retour de Fugaku à Shoritoshi après son séjour à Singapour, Asuko Wiremu avait disparu. Mais le Shachō de la MRK n'y songeait pas, et n'avait pas la force, ni le même le droit d'y songer. Le haut gratte-ciel du siège de l'entreprise était semblable à tous les autres de la ville, désormais tous conformes au souhait de l'Empereur. De plus, la vie au Japon, et en général dans le monde entier, devenait encore plus totalitaire, surveillée, et stricte. Les tensions montantes entre les Quatre Blocs[166] menaient à une remilitarisation générale, une

166 Le monde s'est séparé, depuis le début de la Guerre Froide, en quatre blocs très distincts, dominés chacun par les plus grandes puissances du monde, en voici la liste :
- La Grande Alliance Fasciste, dirigée en partie par l'État Britannique,
- L'Organisation du Traité d'Amerigo, dirigé par les USGA,

intolérance grandissante envers les petits incidents diplomatiques qui devenaient des crises où la guerre était évitée de très peu. Prenez par exemple la Crise d'Alger[167], laquelle commença par un massacre. Des étudiants français incendièrent et massacrèrent les foyers italiens du quartier Giraud, au sud-est de la ville.

Ces étudiants furent condamnés à une médiocre peine de prison : deux ans. Il Duce réclama des excuses diplomatiques de la part de Marcel Déat[168], ainsi que la mort aux tueurs. Le Président du Conseil de la Nation Française refusa de le faire, mais néanmoins augmenta la peine de prison d'une année aux meurtriers. Alors, dans sa générosité et sa tolérance légendaire, Il Duce Mussolini fit exécuter les assassins, par une espionne britannique à son service, célèbre pour succéder à Jane Alexander.

Alors Marcel Bucard, arrivant au pouvoir, à son tour, exige des excuses. En regardant la nouvelle merveille nucléaire française, la fusée Napoléon, s'abattre dans le désert algérien, Il Duce, dans son infime compréhension des évènements, accepta de faire des excuses, puis les deux pays s'allièrent, le Mouvement Franciste de Bucard étant pro-Grand Alliance Fasciste. Voici l'une des principales crises de cette époque, qui pour un incident une escalade a failli plonger le monde dans la Guerre Mondiale. Ce fut également le cas du Putsch, du coup d'état raté en 1961[169] en France, qui avait pour ambition de renverser le Gouvernement Déat.

– La Sphère de Coprospérité de la Grande Asie orientale dirigé par le Japon et enfin,
– Allgemeiner Pakt des Neuen Europa, dirigé par le Reich Allemand.

167 La Crise d'Alger eut lieu en novembre 1963, et opposa les Italiens aux Français. C'est une crise non-négligeable et la France rompt toutes ses relations avec l'Imperium.

168 Marcel Déat était le Président du Conseil des Ministres de 1956 à 1964, et la Crise d'Alger eut lieu sous son mandat.

169 Le Putsch d'Alger survint en fin d'année 1961, et fut organisé par les deux Généraux Français qu'étaient – ils furent ensuite tués pour haute trahison – De Gaulle et Massu. Le Parti du Peuple Algérien participa également à cette tentative de Coup d'État. Le procès Alexander jugea également l'espionne britannique au cœur de ce projet de coup d'État.

Toute l'Histoire autour de ce complot restait encore aujourd'hui inconnue, et même si le procès Alexander eut lieu, cela n'eut guère de répercussion sur cette sombre affaire. Cet évènement était aussi l'une des plus graves crises que connût la France, et malgré l'alliance qui allait sembler être signée avec l'Allemagne, le Président Déat réclama aucune intervention étrangère.

Maintenant, la vie, en tout cas dans le Divin Empire, était beaucoup plus rude. Les foyers nippons rationnaient leur nourriture, et les hommes passaient trois mois durant l'année à faire le service militaire.

Ce service, financé par le gouvernement pourtant pacifiste du Prince Nahuriko Higashikuni[170], servait à habituer et à préparer les Japonais aux différents terrains de combat. Il était divisé en trois parties :

– Un mois en mer,
– Un mois dans le Protectorat Impérial de Shiberia[171],
– Et enfin un mois en Australie, dont deux semaines en son désert.

Fugaku se demandait parfois si son frère n'était pas allé se joindre aux forces militaires nippones, raison pour laquelle il ne donnerait pas de nouvelles. « Peut-être » mais surtout « Peu importe » se disait-il. Ce dernier avait fait exception au service militaire, étant à la tête d'une entreprise impériale. Mais quoiqu'il en fût, celui-ci ne voyait plus personne.

Autrefois, régulièrement, il visitait les bureaux et les coulisses de la MRK, sortait avec des filles, lisait, jouait avec son argent… Holà ! Non ! C'était l'argent de l'Empereur, comment aurait-il pu oublier ?

Enfin, et cela faisait quelques jours, Fugaku obtenait le droit progressivement de retrouver la raison. Il ne savait pas pourquoi, ni ne savait comment, mais ses facultés intellectuelles et son libre arbitre de réfléchir revenaient petit à petit. Il n'eut au départ que la vague sensation d'observer et de constater, mais petit à petit, il

170 Premier ministre du Japon depuis 1960, succédant à Hachiro Arita.

171 Le Protectorat Impérial de Shiberia est un territoire fantoche de l'Empire du Japon, situé en Sibérie, dans l'ancienne Russie.

pouvait reprendre des décisions indépendamment. De toute manière, ses deux éminences grises le laissaient tranquille un peu plus chaque jour, et il gagnait en autonomie. Soudain, ayant l'immense luxe de *réfléchir*, Fugaku fit un lien évident entre sa dépendance intellectuelle et un facteur quotidien qu'il était amené sans cesse à subir.

Chaque matinée, à son arrivée au siège, on lui servait une boisson qu'il appréciait beaucoup, à l'apparence grisâtre peu persuasive, et ce depuis plus d'un an. Cette boisson, il n'en avait le droit qu'un verre par jour. Après l'avoir engloutie, Fugaku revenait et continuait dans son état second, redevenant la dépendance de ses conseillers. Il chercha ensuite le nom de cette boisson, mais… mais… ne peut le retrouver. Ah ! Mais qu'était-ce ? La Taizaido, oui voilà ! La Taizaido ! Cette boisson ne le contrôlait plus depuis quelques jours, et ses effets « fantômes » se dissipaient. Fugaku était enfin libre de penser, et cela faisait un an qu'il ne le pouvait plus ! Il repensa ensuite à son frère, son malheureux frère. Mais avant de pouvoir commencer à le chercher, il fallait régler tous les problèmes que subissaient la MRK. Durant tous ces mois, des incapables – Fugaku les considérait comme cela – avaient dirigé dans l'ombre l'entreprise, qui était devenue certes la première société impériale du Pacifique Sud Japonais, et la cinquième de tout le Divin Empire, mais ses cadres et le moral de ce dernier étaient peu propices à la continuation d'une politique intérieure forte et durable.

Tout le monde était triste, froid, invivable. Les plans de construction des routes dans le désert étaient peu logiques, et Fugaku avait maintenant la ferme intention de redresser l'entreprise, pour le bien de tout le monde, et pour le bien – bien sûr ! – de l'Empereur.

Son libre arbitre revenu, et ce de manière volontaire de la part des autorités nippones – s'ils avaient voulu continuer de contrôler Fugaku, ils l'auraient pu – le Shachō de la MRK partit en plein milieu du désert australien, pour y accélérer la construction des routes. Cette fois-ci, il était seul, personne ne l'accompagnait, pas même ses deux éminences grises, qui se contentaient seulement de le *conseiller*.

La chaleur étouffante de l'Outback rendait plus difficile le bon déroulement de la construction. Fugaku visita la route traversant la ville nouvelle de Ōsutoraria Shinjuku, la toute première des cités en construction dans l'Outback. Très rares étaient les Japonais, deux ou trois étaient seulement présents en tant qu'architectes, mais le reste de l'équipe de construction était constituée d'ouvriers, australiens – tous sans exception.

Leurs peaux blanches étaient frappées par le soleil accablant, et leurs yeux bleus laissaient paraître la seule goutte d'eau à des kilomètres : leur larme.

Ici, et maintenant, ils n'étaient plus maîtres de l'île-continent, et étaient les esclaves des occupants. Et les Australiens souffraient de cela, cela se voyait aisément. Les Australiens les mieux placés ne se comptaient que sur les doigts d'une main, et étaient exclusivement des conseillers impériaux, car connaissant leur terre de naissance mieux que leurs occupants.

La deuxième population de libre, vivant sous l'occupation Japonaise, était les aborigènes – sans distinction de tribus ou de cultures. Mais cela ne se disait pas, c'étaient des informations échangées à des Japonais en soif de savoir, contre un plus gros salaire que pouvaient recevoir les vieux australiens qui savaient, et narraient l'histoire de ceux qui jadis, ils avaient asservi.

Fugaku, à son arrivée, et même à Shoritoshi, avait entendu cette histoire. Des aborigènes, mais qu'était-ce ? Le seul architecte australien du chantier ouest de la construction de routes – là où s'était rendu Fugaku – était très méfiant. Son Shachō tentait de le mettre à l'aise, en vain. Alors ils discutèrent de l'avancement du chantier :

— Il sera fini dans une vingtaine de jours, et après nous attaquerons sa liaison avec Adélaïde… non excusez-moi avec Pasū, disait-il.

Enfin, dans sa grande finesse, Fugaku réussit à placer qu'il avait connu un aborigène étant petit, mais qu'il ne l'avait plus jamais revu. Cette réflexion allait bien sûr dans la continuité d'une discussion déjà bien avancée, et non sans mentir car il en avait réellement connu un.

Quand il avait eu ses six ans, Fugaku avait eu la chance de se rendre dans l'Outback, pour y faire un safari. C'était à l'époque où « ils » – les mystérieux Aborigènes – étaient enfermés dans des réserves. De nombreux touristes nippons, provenant des quatre coins de l'Empire, venaient observer ces sous-êtres – comme le disait la Propagande impériale. S'étant égaré, Fugaku eut la chance de discuter aux frontières de la réserve avec l'un d'eux. L'architecte ne put résister plus longtemps à révéler la vérité, et emmena ensuite Fugaku loin de tout le monde, isolé :

— Très bien, je vais vous dire ce qu'il s'est passé, mais jurez-moi devant Jés… L'Empereur que vous ne le direz jamais, et je veux en échange de l'argent supplémentaire. Et de toute manière, je n'ai plus rien à perdre, je peux vous le dire.

— Très bien, je vous donnerai 30 % de votre salaire en plus ce mois-ci, et je jure devant l'Empereur que je ne révèlerai jamais ce que vous me direz.

— Bien, merci, enfin un Japonais qui a l'air digne de confiance… bredouilla-t-il intérieurement. L'Australie était autrefois une grande nation avec un grand peuple, descendance des colons britanniques. Les Aborigènes étaient les autochtones de l'île, et étaient présents bien avant même l'arrivée des Britanniques dans le territoire. Ils avaient leurs cultures, leurs rites, leurs dieux… Les Australiens les persécutaient souvent, à cause de leurs différences culturelles, et j'ai combattu cela durant ma jeunesse, mais cela n'eut que de faibles effets. Lorsqu'il y a une vingtaine d'années, vous avez envahi notre île, immédiatement, vous avez parqué les aborigènes dans de petites réserves dans le désert, et vous nous avez rendu à l'esclavage. Le Premier Ministre Japonais, Tojo, alors très proche du régime allemand, s'inspirant parfois de ses idées, ordonna le massacre de tous les aborigènes. Alors, en seulement quelques semaines, l'antique population de l'île disparut définitivement, et je pense que c'est cela qu'il nous arrivera aussi. Voilà, je vous ai tout raconté, je ne veux pas en dire plus, retournons au chantier…

Fugaku resta muet tout le long du monologue historique de l'homme. Il n'allait pas le dénoncer, mais il fallait effacer les preuves d'une quelconque discussion avec l'architecte australien. Si les autorités l'apprenaient, cela en était fini de toute sa vie. Dans une solitaire vision, Fugaku, après être rentré à Shoritsohi, chercha à recontacter le Yakuza Akimoto.

Malheureusement, cela lui faisait tout de même du mal, mais il fallait le tuer. Le tuer ! Et comme cela, plus de problèmes ! Plus de soupçons ! Plus aucun risque ! Fugaku était devenu paranoïaque ! L'était-il vraiment ? Ou était-ce simplement une impression ? Ou bien l'avait-il toujours été ? Ah, que cela était bien de réfléchir ! Cela faisait si longtemps qu'il n'avait pas autant *pensé*. Oui, mais tout cela pour conclure, qu'il y avait nécessité à tuer cet Australien, se persuada Fugaku :

— Au moins, disait-il qu'il n'avait rien à perdre, donc il se doutait qu'il allait mourir un jour…

Il retourna à Yamashita, et attendit encore une fois longtemps devant la porte de 33 Avenue des Martyrs. Le même vieux voisin sortit de sa maison, et l'interpella en disant mot pour mot ce qu'il lui avait dit, ainsi changeant seulement le mot Messieurs par Monsieur :

— Eh ! Ô Monsieur, je crains que cette demeure soit abandonnée depuis la fin de la Guerre. Je suis navré que vous n'y trouvez pas ce que vous voulez.

— Merci beaucoup cher monsieur ! s'écria à son tour Fugaku, choisissant à son tour les mêmes mots, dont il ne souvenait.

Enfin, après une longue attente, on ouvrit. Fugaku avait une terrible sensation de déjà-vu, et cela s'accentua quand il vit la tête d'Akimoto s'afficher à la fenêtre, comme il y a une année… Le Yakuza n'avait presque pas changé, mis à part une légère barbe grimpante, et un tatouage supplémentaire sur la tempe gauche, représentant un dragon. Akimoto ouvrit :

— Oh, mais quelle surprise ! Monsieur Wiremu ! Qu'est-ce que je suis content d'vous r'voir !

— Oui, moi aussi Akimoto, je suis navré de ne pas vous avoir contacté durant cette interminable période, j'étais… occupé.

— Ne vous inquiétez pas ! J'ai toujours eu des contrats à exécuter, même en votre absence.

— Je souhaiterais vous demander un nouveau contrat, ainsi que la garantie de votre fidélité envers moi, en cas de besoin.

— Je vous écoute. C'est encore un meurtre ?

— Et bien… oui. J'ai déjà l'idée en tête pour que vous l'approchiez, je vous demande juste d'être présent à une heure précise, dans un endroit précis, et je vous l'amènerai.

— Bien. Je m'en chargerais moi-même.

Alors, Fugaku lui indiqua l'heure, l'endroit, et s'empressa de revoir l'architecte australien. Il se nommait Tim Campbell. Akimoto demanda à Fugaku si ce Tim Campbell avait un lien avec Eric Campbell, ce chef de l'extrême droite australienne. L'entretien des deux hommes se finit sur ce doute, et Fugaku se dépêcha de retrouver l'architecte. Ce fut très simple, demandant seulement le nom de Tim Campbell à son conseiller économique. D'ailleurs, M. Torēdo se contentait d'avoir le même rôle auprès de Fugaku qu'avant l'avertissement du Gouverneur. Ce dernier et le chef de la sécurité se comportaient comme si rien ne s'était jamais produit depuis cette dernière année.

Le Shachō était néanmoins déterminé à se venger de leur comportement. Il fit donc venir Tim Campbell pour une promotion – Ah ah ! Quel beau prétexte ! – le 30 juillet 1965, à 11 heures, dans la salle 7, afin de signer une décharge pour l'accord de sa promotion. Ce même jour, seulement une semaine après son entrevue avec le Yakuza, Fugaku resta dans son bureau, se renseignant alors sur le Fascisme Australien, mené dans les années 30 par – bel et bien – Eric Campbell, qui était donc le père de cet architecte. En y réfléchissant, ce dernier, si ce qu'il avait dit était vrai, était le contraire de son père, luttant pour l'égalité et l'intégration des aborigènes.

À 11 heures, Tim Campbell se présenta bien à l'accueil, et on le fit monter dans la salle 7. Il fut attendu par Akimoto Yohachi lui-même.

Quelques minutes plus tard, vers 11 h 10, le Yakuza monta et déclara à son client que l'architecte australien n'existait plus. Fugaku s'en réjouissait, cruellement, et donna au Yakuza l'argent qu'il méritait. Après de longues réflexions, sur le bien-fondé de sa démarche, il tentait de se convaincre que c'était *la bonne chose à faire,* car il culpabilisait de cette action.

Lorsqu'il finit sa réflexion, il s'était lavé de tout regret. Maintenant, après avoir résolu tous ses « problèmes », il pouvait se mettre à la recherche de son frère. Mais cette fois-ci, Fugaku n'allait pas commettre l'erreur d'abandonner l'entreprise, et ainsi attiserait le moins possible les soupçons.

Il fallait un prétexte, mais lequel ? Il était sûr que son frère était reparti à Taipei, ou en tout cas en Chine. Puis tout à coup, n'y ayant pas pensé avant, il se dit qu'il fallait juste le demander à Akimoto Yohachi, lui le savait sans doute. Fugaku le recontacta, et le fit venir – bien sûr non reconnaissable et protégé par d'autres Yakuzas – au siège de la MRK.

Ce dernier le félicita encore une fois pour son intervention auprès de cet architecte. Le jeune Yakuza en fut encore plus touché, et se mit à la disposition du Shachō très rapidement :

— Que dois-je faire, Monsieur Wiremu ?

— Avez-vous eu des contacts avec mon frère, Asuko Wiremu ?

Soudain, un blanc, une longue pause silencieuse, dans laquelle Akimoto réfléchit longuement, les yeux dans le vide regardant en direction du sol. Enfin, il reprit la parole.

— Oui, je ne peux pas vous mentir, c'est grâce à vous que j'ai pu devenir plus puissant et influent. Votre frère… non, je ne peux pas vous le dire, je n'ai pas à le faire. Mais je peux vous donner l'endroit où il réside désormais.

— Bien, merci, je comprends Akimoto, par conséquent donnez-moi son adresse.

— Oui… il habite à Shanghaï, dans l'Empire Chinois. Je ne peux vous dire plus.

— Mais je peux avoir tout de même une adresse !

— Désolé… Monsieur Wiremu, désolé…

— Non ! Attendez !

Le Yakuza sortit du bureau, et monta le plus vite dans l'ascenseur, et descendit, pour enfin quitter le siège de la MRK seulement quelques minutes après. Ce dernier leva la tête, regardant en direction du bureau du Shachō, et ce dernier le regardait aussi. Fugaku était encore plus seul, si même ses amis yakuzas le quittaient, il ne pouvait plus compter sur quiconque.

Mais que voulait cacher Akimoto ? Impossible de le savoir, ou même d'imaginer une cause. Comment pouvait-il prétexter de se rendre à Shanghaï, même pas dans l'Empire ! Si, mais indirectement, dans la Sphère, au moins. Il se mit à tourner en rond, signe de réflexion – comme faisaient son frère et son père et tous les Wiremu depuis Fumuhiko – et trouva la solution en une petite dizaine de minutes.

Il allait prétexter un voyage d'affaires, afin de s'inspirer des plans des routes et des villes nouvelles dans le Gouvernement Réorganisé de la Chine Impériale. Mais il ne fallait pas que ses deux anciennes éminences grises ne l'accompagnassent.

Oh que non ! Jamais ! Il fallait aussi trouver une personne adéquate, une personne de confiance, absolue. Mais qui ? Personne ! Il était seul ! Seul ! Il ne pouvait faire confiance à personne ! Des gardes allaient obligatoirement s'y rendre avec lui, pour le *protéger*, mais Fugaku savait très bien que cela était particulièrement pour le *surveiller*.

Soit, il allait prendre le risque, l'immense risque. Mais avant de le déclarer à quiconque, il se renseigna sur les politiques d'acceptation des Japonais en Chine. Il y trouva que « *la protection des étrangers dont la nationalité est membre de la Sphère de Co-Prospérité de la Grande Asie Orientale, est assurée par les gardes et la police même du Gouvernement Réorganisé de Grande Chine.* »

Voici ! Il avait sa preuve, pas besoin de gardes japonais pour se rendre là-bas. Ensuite, fallait-il convaincre le chef de sa sécurité que

Fugaku pouvait se rendre seul en territoire étranger. Ce dernier fit monter M. Tanaka dans son bureau, et lui annonça :

— Bonjour, M. Tanaka.

— Bonjour, ô Shachō de la MRK, Monsieur Wiremu.

— Je vais partir en voyage d'affaires à Shanghaï, afin d'y trouver et d'y découvrir des plans architecturaux qui pourront nous permettre d'améliorer nos villes nouvelles dans l'Outback.

— Bien, je perçois que vous avez pris une très bonne initiative. Mais, savez-vous bien qu'un de mes hommes a le devoir de vous accompagner, afin d'assurer votre sécurité.

— C'est vrai… bien sûr, et j'y consens, mais j'ai là le règlement d'accueil des étrangers de la Chine, et elle prétend que « *la protection des étrangers dont la nationalité est membre de la Sphère de Co-Prospérité de la Grande Asie Orientale, est assurée par les gardes et la police même du Gouvernement Réorganisé de Grande Chine* », cela veut donc dire que je peux m'y rendre seul, et être protégé là-bas. Et étant donné que ce sera la Chine qui me protégera, s'il m'arrive malheur, vous n'en serez aucunement touché.

— C'est vrai, faîtes comme vous le voulez, ô Shachō Wiremu, répondit-il en adoptant un ton peu fier.

— Bien, vous n'y voyez aucune objection ? dit Fugaku en arborant un petit sourire victorieux et revanchard.

— Non… bien sûr que non…

— Bien, vous pouvez vous retirer, je partirai sans doute demain.

Victoire ! Parfait ! Pour l'instant – et Fugaku songeait bien au « pour l'instant » – tout marchait comme prévu. Aussitôt, il appela une de ses secrétaires, et cette dernière lui acheta un billet pour le vol Shoritoshi-Shanghaï, le lendemain à 11 h 59.

Fugaku repartit ensuite chez lui après sa journée de travail et ses interminables problèmes à résoudre. De fait, la majorité des employés de la MRK étaient de bonne volonté, certes, mais incompétents, et le Shachō devait toujours tout vérifier, et toujours répondre aux questions de ses sous-fifres.

Le lendemain, il prit bien l'avion à 11 h 59, seul, juste accompagné par l'un de ses « gardes » jusqu'à la porte d'embarquement. Alors, Fugaku réfléchit. Maintenant, comment allait-il pouvoir retrouver son frère ? Il espéra juste un instant que ce dernier l'y attendrait, et de lui-même viendrait à sa rencontre. Mais très rapidement, il écarta cette hypothèse, bien trop optimiste. Si Akimoto savait où se cachait Asuko, alors même que son propre frère ne le savait, c'était qu'il y avait forcément un lien. Oui, peut-être, mais lequel alors ?

Yakuza. Asuko serait devenu Yakuza ? Lui qui a toujours été réticent envers le banditisme japonais ? Il ne pouvait que supposer. En enlevant cette hypothèse controversée, quel lien pouvait unir un Yakuza Akimoto Yohachi et un conseiller économique impérial Asuko Wiremu ?

L'argent ! Mais oui, bien sûr ! L'éternel argent ! Le fauteur de troubles millénaires ! Oui, mais alors par quel intermédiaire ?... Les Yakuzas, et cela était très fort probable.

Ou bien sinon, hypothèse un peu fantaisiste, Asuko n'aurait que l'intermédiaire d'Akimoto pour veiller sur Fugaku ? Non, trop peu envisageable, son frère sans doute s'était inquiété, mais pas au point de le surveiller. Quoique… peut-être…

L'atterrissage de l'avion le sortit de ses pensées. La ville était magnifique, très réellement. Il était proche de 23 heures. La lune éclairait la nuit très noire de Chine. Les gratte-ciel, les plus hauts du pays, et rivalisant avec ceux du Divin Empire, étaient tellement immenses en hauteur qu'ils dépassaient les nuages. Leurs lumières étincelaient à des kilomètres, donnant à Shanghaï une apparence new-yorkaise.

Même l'aéroport était illuminé, des dizaines d'avions décollant et atterrissant toujours à cette heure. Fugaku sortit de l'avion, récupéra ses bagages, et s'engagea à l'extérieur de l'aéroport. Des gardes l'attendaient. Ils n'étaient pas en tenue discrète, comme l'étaient ses gardes à Shoritoshi, mais étaient en tenue traditionnelle, du moins : casque noir brodé d'un épais contour couleur or, épaulette d'officiers, longue tunique noire et boutons dorés, et enfin en arme une longue lance chapeautée d'un foulard noir. Ils étaient trois, et se présentèrent immédiatement à Fugaku, comme le reconnaissant :

— Ô Shachō de la MRK, nous vous présentons tous les hommages qui vous sont dus. Nous allons vous accompagner jusqu'à votre hôtel. Vous pouvez nous demander tout ce qu'il vous plaira, nous ferons en sorte que vous en soyez satisfait.

Le garde qui parlait semblait être le meneur des deux autres. Ses yeux très noirs, d'un noir abyssal, étaient autoritaires et stricts. On semblait ne pas pouvoir lui désobéir. Alors Fugaku acquiesça et se rendit accompagné des trois gardes à l'un des hôtels les plus luxueux de la ville impériale sino-nipponne.

Il était somptueux, magnifique, impressionnant, majestueux. Les arbustes, illuminés par des lampes cachées dans les buissons alentour, et les fontaines avoisinantes dont l'eau claire jaillissait continuellement, offraient un luxe et une modernité impressionnante à l'hôtel. La nuit fut calme. Les gardes dormaient tous dans une même chambre, voisine à celle de Fugaku. Cet hôtel accueillait tous les Shachō des entreprises nippones à Shanghaï. Le domaine était très surveillé, des caméras postées partout. Très nombreux étaient ses résidents, et encore plus les gardes les protégeant. Les deux-tiers des chambres étaient occupés par les gardes impériaux. Le tiers restant était réservé au personnel de l'hôtel, et seulement une poignée de chambres réservées aux clients nippons. Mais le complexe était véritablement immense, et la poignée de chambres représentait en réalité plus d'une centaine de suites impériales. Une grande tour accueillait les chambres des membres du personnel, et le reste des suites et des pièces s'ajoutaient les unes sur les autres pour former un rectangle immense et harmonieux en son architecture néo-Qing.

Le lendemain, après avoir très bien dormi, Fugaku était prêt et déterminé à retrouver son frère. Mais soudainement, alors pensant qu'il était le seul à se réveiller, les trois gardes surgirent dans la chambre. Sans mot dire, ils l'emmenèrent en dehors de cette dernière. Il faisait encore nuit, du moins le soleil commençait à se lever. Étaient-ils bêtes de l'emmener alors même que l'endroit était très surveillé ? Fugaku se dit qu'il ne servait à rien de crier, ne faisant qu'accentuer la peur qu'il éprouvait en ce moment même.

À la sortie de l'hôtel, ils l'embarquèrent dans une voiture. C'était une limousine, noire, semblable à la sienne à Shoritoshi. Les gardes n'entrèrent pas dedans. Encore en tenue de nuit, Fugaku avait froid dans l'immense espace de la voiture, et il regardait à travers la vitre le visage imperturbable et extrêmement neutre des gardes impériaux, qui le regardaient aussi. Quelques secondes plus tard, la limousine démarra. Fugaku regarda alors devant lui. Une longue vitre noire s'étendait afin qu'on ne pût observer le conducteur. Il essaya d'ouvrir les portières. Impossible. Fermées. Il cria pour que l'on pût l'entendre. Cela ne servait à rien. On ne pouvait voir le conducteur. Fugaku décida ensuite d'économiser le plus ses forces, car il était certain qu'on allait lui refaire les tortures qu'il avait subies il y a un an. Et encore une fois, le Gouverneur Yamashita se moquerait de lui, avec les officiers aux visages et aux rictus extravagants. La terreur l'envahissait en repensant à ceci. Enfin, il s'assoupit lentement, très lentement, dans une voiture conduite par un inconnu, vers un lieu inconnu, et pour une raison inconnue.

Il ne pouvait et il n'avait parlé à personne depuis la nuit passée. Quand il se réveilla, la voiture roulait encore. Il regarda par la vitre, et vit une immense et longue route, vide, déserte, avec quelques maisons abandonnées. Il était fatigué, et se sentait lourd, lourd… et il avait toujours froid.

Il put attendre encore une bonne heure, dans laquelle il somnola un peu, avant que la voiture ne s'arrête. Peu avant son entrée dans une ville, la voiture se stoppa net devant une maison. Elle était en bois. Le conducteur sortit. Il marcha lentement vers la portière la plus proche de Fugaku. Ses pas lourds résonnaient près de la voiture. Il n'avait pas l'envie de sortir, il ne voulait pas revivre, ni revoir le visage génocidaire du Gouverneur Yamashita.

Non, il ne voulait pas. Les pas s'avançaient, s'avançaient, de plus en plus proche, trop proche. Le grand costume noir du conducteur s'afficha ensuite devant la vitre. Fugaku sentit la main de ce dernier glisser lentement vers la poignée, tel qu'une année plus tôt, la lame glissait lentement sur sa peau afin de lui couper son doigt. La main s'agrippa à la poignée, et... et... ouvrit... elle ouvrit la porte.

Lentement, très lentement, cette dernière s'ouvrait. Le même costume réapparut. Puis soudainement, il s'abaissa, comme pour aller chercher Fugaku. Il allait bientôt voir le visage de l'homme, cruel dans sa démarche, et sans doute, certainement mal attentionné. La tête apparut.

Ses traits lui étaient familiers, même trop familiers. Ses yeux noirs se reconnaissaient, facilement, trop facilement. Le visage se mit à arborer un somptueux sourire. C'était... c'était... c'était Asuko !

Oui ! Ah ! Quelle peur ! Quelle peur avait-il eue ! Mais maintenant, quel soulagement ! Enfin ! Non pas de mauvaise surprise ! Une bonne surprise ! Mais, si cela se trouve, c'était simplement un sosie, afin de déstabiliser Fugaku... Une joie pour cacher la peur arrivante, la terreur s'annonçant.

Non ! Non ! Pas cela ! Faîtes que ce soit Asuko ! Réellement ! Non ! Non ! Pas cette terrible vérité ! Et ce sourire, il semblait cruel. Tout cela était un piège, une fausse espérance... Allait-il mourir ? Non ! Il ne voulait pas. La main du faux Asuko s'engagea vers Fugaku, et l'attrapa par sa main. Il ne fallait pas la frapper. Et c'était vraiment Asuko ? Il ne fallait pas prendre le risque non plus de la frapper. Il se fit donc sortir de la voiture, et l'homme se mit à rire. Il rit abondamment. Après un court fou rire intense, il s'arrêta. Fugaku regardait son faux frère, et ce dernier commença à parler, enfin :

— Tu ne me reconnais pas ? dit-il, Fugaku en reconnaissant sa voix.

— Je ne suis sûr de rien...

— Ah ! Ah ! D'accord, bien viens, j'ai appris que tu me cherchais. Enfin ! Tu étais un véritable mort-vivant !

— Je veux comprendre...

— Ne t'inquiète pas. Suis-moi et je t'expliquerai tout.

Alors Fugaku suivit son frère. Désormais, il en était sûr, oui, bien sûr, c'était Asuko, et comment avait-il pu douter de cela ?

Ils revinrent dans la voiture, le Shachō de la MRK se mettant juste à côté de son frère le conducteur. Puis, ils se mirent à rouler, toujours en direction de la ville. Fugaku n'eut pas besoin de poser de questions, c'est Asuko qui le devança et y répondit.

— Bon d'accord, désolé de t'avoir fait le coup tout à l'heure, mais c'était tellement…

— Pas grave, mais explique-moi.

— Que je t'explique quoi ?

— Que tu m'expliques ce que tu as fait depuis la dernière fois que nous nous sommes vus, et pourquoi as-tu fait tout ce manège.

— Bien, alors écoute-moi bien.

— Oui.

— Dès que l'on t'a arrêté à Singapour, immédiatement, ton chef de la sécurité est venu me chercher. J'ai subi de terribles tortures, principalement mentale, en présence et sous ordre du Gouverneur. Il me torturait l'esprit en me faisant croire que je t'avais trahi. Ensuite ils m'ont relâché en Chine. Ils ont effacé tout mon passé jusqu'à la fin de ma thèse. Donc à leurs yeux – c'est désormais la seule vérité – je n'ai jamais conseillé le Gouverneur, ni jamais été avec toi au siège de la MRK, et durant ces années, j'étais simplement avec Ting à Taipei, vivant une vie normale.

— Et où est Ting maintenant ?

— C'est toujours ma femme, nous habitons à Beijing, c'est là que nous nous dirigeons.

— Ah, bien d'accord.

— Durant cette année, j'ai beaucoup réfléchi, et donc je me suis lancé dans… l'Opium.

— L'opium ! ? La drogue ?

— Oui… je suis en résumé un actionnaire de la plus grosse entreprise illégale d'opium de Chine. L'Histoire recommence, car les Britanniques se mettent à chercher à revendre l'opium qu'ils produisent. Nous, nous faisons office d'intermédiaire.

— Mais c'est toi qui fais cela maintenant? Toi! qui as toujours été hostile aux Yakuzas, et aux choses illégales!

— Oui, certes, mais nous sommes pareil tous les deux, nous cherchons le profit, après mûres réflexions, je pense que c'est la meilleure solution qui m'était proposée afin d'assurer notre survie. Et de toute manière je sais que je vais mourir bientôt, notre entreprise ne peut pas rester secrète éternellement. Ting et moi sommes déjà prêts à la mort, nous vivons au jour le jour. Nous profitons. Il y a un Indien qui disait cela: « Vis comme si tu devais mourir demain. Apprends comme si tu devais vivre toujours ».

— Ne dis pas ça, tu ne vas pas mourir prochainement… Ne dis pas ça…

Fugaku ne le pensait pas intérieurement, il savait que son frère habituellement calme, raisonné et prudent, n'allait pas survivre à cette trahison envers l'Empereur. Il n'avait guère l'envie de se lancer avec lui dans cette entreprise trop risquée. Pour la première fois de leur vie, les rôles étaient inversés.

CHAPITRE SEPT

— Je me fous de mourir, je fais ce que j'ai à faire, et je suis prêt, j'ai même hâte.

— Pourquoi as-tu hâte ?

— J'ai lu des livres, illégaux certes, qui décrivaient les sociétés européennes d'avant la grande révolution fasciste. Et même le Japon ! L'Empire sous Meiji était libre, pas comme maintenant où toute la Terre et toutes ses nations sont des dictatures. Même le pays de la liberté, les USGA, est fasciste, et même le pays de l'égalité, la France, est une dictature parlementaire. Je veux partir de ce monde insupportable. N'es-tu pas d'accord avec ces idéaux.

— Si, bien sûr que oui. Mais on ne peut pas changer le monde. Nous l'avons un peu essayé, il suffit de se remémorer nos tortures pour en être convaincus.

— Certes.

— Bien, mais comment as-tu gardé des liens avec Akimoto Yohachi ?

— Il m'aide pour la recherche de clients. Je m'occupe de les trouver, et je négocie un tarif avec eux.

— Tu fais en sorte que les gens prennent de l'opium ? Mais c'est horrible !

— P'tit frère, Fugaku, il n'y a plus rien d'horrible dans ce monde.

Alors, Fugaku, réfléchissant à cette morale destructrice et terrible, se mit à regarder à l'horizon les bords et les contours de la ville apparaissant. Asuko resta silencieux un moment, puis se remit à parler :

— Tu voudrais juste un moment, si tu veux bien, si tu es d'accord… tu voudrais bien m'aider un peu.

— Oui, mais t'aider pour quoi ?

— Pour… pour trouver de nouveaux clients pour l'opium.

— Oses-tu me le demander ? Je ne suis guère pour, mais j'ai déjà envisagé cette possibilité, et j'étais sûr que tu allais me le demander.

— Alors ? Veux-tu ? On n'a rien à perdre…

— Si, la vie. Écoutes, je veux bien t'aider, mais présente-moi tout le monde, je veux tout connaître, la fondation, l'apogée, les objectifs, les différentes fonctions, ses relations… Tout !

— D'accord, bien sûr. Je vais tout t'expliquer.

S'ensuivit un très long monologue d'Asuko, qui se termina à leur arrivée dans la Capitale du Nord. Les principaux clients de l'entreprise illégale étaient des paysans chinois, de toutes sortes, dépensant une fortune pour se droguer avec de l'Opium. Comme au bon vieux temps… L'État Britannique fournissait l'Opium à cette entreprise, et celle-ci se chargeait de la revendre. L'État Britannique percevait 45 % des recettes. Toutes ces opérations se faisaient dans l'illégalité, et les membres de la Sphère n'avaient que très peu d'informations au sujet du commerce d'opium. Le représentant britannique auprès de l'entreprise avait assuré que « Bientôt, la Couronne Fasciste Britannique lancera un Ultimatum à la Chine afin de rendre légal le commerce d'Opium ».

La HSBC[172] finançait en grande partie la production de l'opium et encourageait sa distribution. Tout le commerce d'opium restait tout de même très illégal, mais se faisait dans une telle discrétion qu'il n'était que très peu probable que la Chine le découvrît bientôt. Enfin c'est ce que disait Asuko… Toute personne arrêtant de prendre de l'opium se faisait assassiner par un espion britannique. Cette méthode évitait

172 La HSBC est la Banque d'État du Commonwealth Fasciste Britannique, et est présente dans tous ses dominions. C'est une des banques les plus puissantes du monde, car elle finance en grande partie toutes les opérations militaires et de propagande des états de la Grande Alliance Fasciste.

les trahisons, et était assez sûre, car les victimes étaient éloignées des paysans chinois des terres intérieures.

Enfin, ils entrèrent dans la ville. Beijing, la capitale du Nord, était la ville où siégeaient la cour impériale et l'Empereur Xuantong[173]. Le gouvernement, lui, siégeait dans la capitale du Sud, Nanjing, et était dirigé par Chen Gongbo[174]. Ils traversèrent l'Avenue Chang'an, pour ensuite atteindre le quartier défavorisé de Dong Xiao Kou.

Ce quartier était la capitale des trafiquants d'opium. Il n'y avait pourtant aucune trace de cette drogue ici, car tout se faisait à l'intérieur des terres. C'était simplement un quartier général, une base avancée, un lieu de rassemblement afin de discuter de l'avenir de la marchandise. C'était aussi là que vivait la plupart des « employés » de l'entreprise. Les deux frères s'arrêtèrent devant une maison fort délabrée – on ne pouvait presque pas appeler cela une maison – gardée par deux Japonais aux tatouages visibles, et aux armes à feux pointées sur eux. Immédiatement, en voyant arriver Asuko, les deux Yakuzas baissèrent les armes. Ils ouvrirent la porte sinistrement décorée – par un dragon japonais en partie effacé – et Fugaku et son frère entrèrent dans la maison. L'intérieur sentait le vieux… il sentait le bureau de leur père Masahiro avant sa mort.

Ils n'évoquèrent néanmoins pas ce souvenir, puis s'engagèrent dans les couloirs étroits et vieillissants, pour atteindre la salle du fond. La porte était entrouverte. L'odeur du défunt père était toujours présente. Asuko s'avança, et ouvrit la porte. L'obscurité. Non, simplement une petite lueur produite par une lampe à huile de l'ère industrielle. Une table en bois, et des chaises en bois occupaient la majorité de l'espace de la petite pièce. Trois vieillards jouant aux cartes Hanafuda étaient assis, puis chacun leur tour, se mirent à

173 Xuantong est l'Empereur de Chine, de la dynastie des Qing, et ancien Empereur du Mandchukuo.

174 Il est le Premier Ministre de l'Empereur Xuantong et du Gouvernement Réorganisé de Chine. C'est un des hommes les plus puissants de la Sphère de Co-Prospérité, et il milite énormément pour apporter à son pays plus de ressources premières.

regarder Fugaku. Asuko les embrassa, les vieillards répétant « Ah Asuko, ça me fait plaisir de te voir, petit ! ».

Puis l'un demanda :

— Et qui est cet homme qui t'accompagne ? lui adressa le plus vieux d'entre eux, ses cheveux gris plaqués, ses rides annexant son maigre visage.

— Mais c'est mon frère, Fugaku ! Je vous en ai déjà parlé !

— Ah oui, c'est vrai !

Puis les trois en chœur exprimèrent « Enchanté ! », et Fugaku leur répondit par un sourire et un simple « Moi également ».

Le Shachō de la MRK était assez mal à l'aise, que fallait-il faire ? Que fallait-il dire ? Puis soudain il remarqua que le plus vieux prit une longue pipe – sans doute à opium – et en avala un peu. Les deux autres s'avachirent et firent de même. Après quelques minutes de contemplations morbides des vieillards inhalant la drogue, Fugaku décida de demander :

— Messieurs, je voudrais vous aider pour vendre plus d'opium.

— Mais c'est avec plaisir que nous acceptons votre aide… kof kof… rentrez chez vous… kof kof kof… et nous vous signalerons quand vous débuterez vos missions. Kof kof… bonne journée, veuillez bien vous retirez s'il vous plaît… répondit le plus vieux, en toussant.

— Bien, se contenta de dire Fugaku.

Et ils se retirèrent, puis partirent de la maison. En montant dans la voiture, Fugaku demanda à son frère s'il avait déjà pris de l'opium, et ce dernier répondit :

— Non jamais, on m'a déjà proposé, mais je n'ai pas accepté. Je me contente de seulement trouver ses consommateurs.

Le ton à demi-hésitant fit comprendre à Fugaku le contraire. Soit, pas grave, c'était son problème, se disait-il. Alors, immédiatement, pour n'attirer l'attention de personne, Asuko le ramena à Shanghaï, d'où il reprit l'avion – accompagné par d'autres gardes impériaux – pour rentrer à Shoritoshi.

Progressivement, lorsque le temps passa, Fugaku prit plus d'indépendance, et dirigea presque seul la MRK. La route traversant entièrement le désert de l'Outback s'achevait, les villes nouvelles fleurissaient. Puis un jour, il reçut la visite d'Akimoto. Personne ne l'eut reconnu, s'étant une nouvelle fois déguisé. Il apportait des nouvelles des Parrains de l'Opium.

Enfin ! Il allait pouvoir commencer à travailler pour eux ! Même si cette hâte semblait l'angoisser, par peur des représailles gouvernementales, Fugaku avait prévu d'arrêter rapidement la collaboration avec eux.

Quand le représentant britannique enverra l'Ultimatum à la Chine, se disait-il.

Après, beaucoup trop risqué allait être l'appartenance à ce commerce d'opium. Donc Akimoto – qui avait entretemps ajouté un nouveau tatouage sur son visage – lui remit une simple lettre, et lui donna comme simple et évident ordre de la lire. Puis il partit. Fugaku, alors impatient de découvrir ses prérogatives, lut la lettre. Elle était cachetée par un petit tampon rouge, représentant un dragon, symbole des Yakuzas. Les Parrains lui demandaient de trouver des clients en Australie. Simplement cela ! Asuko allait revenir à Shoritoshi, afin de l'aider dans ses nouvelles fonctions. Cela était parfait ! Il allait pouvoir influencer son frère afin de faire le plus grand profit possible, le plus rapidement possible, avant que le représentant britannique n'envenimât les choses.

Et enfin, avec l'argent amassé, il allait pouvoir continuer à agrandir et faire prospérer la MRK. Les trois jours suivants, Fugaku développa sa stratégie afin de trouver le plus de clients possibles. Les fonctionnaires ne seraient pas du tout enclins à consommer, et les dénonceraient sans doute, donc rejeter.

Les ouvriers pourraient, mais Fugaku n'avait pas envie de briser en deux les économies d'une pauvre famille nippone ou australienne.

Mais il trouva la catégorie de personnes parfaite : les hommes d'affaires. En effet, ils n'étaient que très peu souvent de très fervents croyants de la cause impériale, et préféraient le profit plutôt que la reconnaissance. La Bourse de Shoritoshi allait être parfaite pour trouver ces consommateurs. Et de plus, s'ils se faisaient prendre, Fugaku aurait moins de concurrence…

Maintenant, il faut trouver un moyen d'approcher ces clients. L'endroit le plus pudique et le plus personnel d'une Place de Commerce et d'échanges, était bien souvent les Toilettes. De plus, c'était ici que très régulièrement, des marchés étaient conclus dans la discrétion. Cependant, c'était Asuko qui effectuerait le travail, qui s'approcherait des futurs clients.

Autrement, il prenait le risque de la dénonciation. Tandis que le visage d'Asuko leur était inconnu, celui de Fugaku ne l'était pas, et le mari de Ting prendrait aussi un surnom ou un faux nom, afin de minimiser les risques.

Le docteur en économie eut sa première « victime » le lendemain.

C'était un haut cadre d'une entreprise impériale de construction de cités balnéaires. Il fut immédiatement séduit, et devint ensuite un très gros client. Le deuxième homme d'affaires à qui la consommation d'opium plut fut… M. Hato !

Oui ! Le grand bonhomme, avec ses cheveux et son regard mortel, oui, il prenait maintenant de l'opium. C'était réellement un pigeon partout. Il fut encore une fois – et comme toutes les marchandises qu'on lui présentât – séduit par l'Opium. Puis les clients se multiplièrent, Asuko en trouvait en moyenne huit par jour – ce qui est assez gigantesque – et bientôt la moitié de la Bourse de Shoritoshi allait être droguée à l'Opium.

Cette période dura un mois, après celle-ci, les tensions montèrent. Fugaku était certain que le représentant allait bientôt lancer l'ultimatum.

Mais Asuko était persuadé du contraire, et voulait absolument continuer à engranger d'immense quantité d'argent.

Pour sa sécurité, le docteur en économie changea d'identité. Asuko Wiremu était mort, de dépression, et maintenant il s'appelait

Asuko Ito. Les tensions sur l'opium montaient, mais l'argent affluait aussi énormément.

Fugaku réfléchit avec son frère sur le projet. Il en fallait un à la fois ambitieux, mais pas trop, qui soit accepté par les hautes fonctions impériales, et qui contenterait ses utilisateurs. Mhm… faisait Asuko, réfléchissant toujours en marchant.

Puis ils trouvèrent, en même temps, comme d'une gémellité ancestrale et toujours existante, ils trouvèrent ! Un pont !

Oui, un immense pont, entre deux points éloignés, ce qui éviterait de prendre le ferry pour se rendre au point A ou au point B. Mais maintenant, quels lieux pouvaient être reliés ? L'Australie et la Tasmanie ? Non, trop court, pas assez ambitieux. Mieux ! Mais trop ambitieux, beaucoup trop, ou en tout cas, les deux frères seraient morts avant la finition de ce chef-d'œuvre : un pont reliant Shoritoshi à Yamashita ! Oui, possible ? Non, mais les actions de la MRK allaient exploser à la hausse, et la démesure du projet allait sans doute contenter l'Empereur et ses sujets. Très bien, ils allaient proposer ce projet gargantuesque. « La démesure ! » répétait continuellement Asuko, qui trouvait cela beaucoup trop ambitieux, et même irréalisable.

Mais Fugaku, lui, pensait que c'était une chose à voir à long terme, même très long terme ! Mais si ce projet aboutissait, alors la MRK pourrait devenir l'une des entreprises les plus côtés du monde. Mais il fallait bien réfléchir.

L'élaboration des plans architecturaux allait sans doute durer plusieurs années, même plus d'une décennie ! La construction du pont en lui-même relèverait d'un exploit technologique plus que conséquent !

Enfin, la durée de sa construction allait sans doute être immense, mais que faire alors ? Que dire ? Si ce projet était accepté, Fugaku jura qu'il aboutirait. Ils réfléchirent plusieurs jours sur la manière d'aborder la présentation du projet architectural, tout en pensant en même temps au terrible compte à rebours qui commençait à se terminer, concernant l'opium.

Puis, avec de mûres réflexions, et de très longues conversations qui convainquirent Asuko, ils décidèrent de se retirer de l'immense affaire florissante de l'opium dans le Pacifique Sud. Le docteur en économie regrettait, mais pas le PDG de la MRK, qui sentait le vent tourner, et il avait tellement amassé d'argent avec cette folle aventure dans l'opium, qu'il se faisait des amis partout.

Désormais, Fugaku était devenu l'un des hommes les plus influents du Pacifique Sud Japonais : il avait des amis chez les ouvriers, chez les fonctionnaires, chez les amis du Gouverneur Yamashita, chez les hommes d'affaires – même le très gros Hato était venu déjeuner chez lui – ou encore d'influents Yakuzas.

Fugaku réussit alors à obtenir un entretien avec le Premier Ministre Japonais, à Tokyo, le vieux militaire Isoroku Yamamoto[175]. Il était semblable au Gouverneur Yamashita, mais il y avait chez le Premier Ministre plus de clémence, et une plus grande dose de modestie – même si on ne pouvait pas parler de modestie, avec son air quasi-divin, mais il était déjà moins arrogant et moins grandiose que Yamashita.

Il accepta !

Fugaku avait bien préparé son entretien avec lui, et le Premier ministre fut très rapidement séduit par le projet de la MRK, ne voyant en plus qu'en ce dernier ses conséquences politiques, non matérielles – bien entendu !

Fugaku Wiremu revint à Shoritoshi avec une influence considérable, un projet que même ô Le Divin Premier Ministre de l'Empire du Japon approuvait.

Les actions de la MRK, comme l'avaient prédit les deux frères, explosèrent. La valeur de la société de construction de routes dans le Pacifique Sud pour le compte de l'Empereur devint si grande, si volumineuse et importante, que la MRK devint en quelques jours la première entreprise japonaise. Cette tendance montante se mit à

175 Le stratège militaire est Premier ministre du Japon depuis 1965.

stagner, mais uniquement à stagner et à monter légèrement parfois, mais jamais elle ne descendait.

Ils étaient certains maintenant, il fallait se retirer, et ils le firent savoir aux dirigeants. Les Parrains de l'opium n'avaient guère supporté la trahison de Fugaku, et avaient donc obligé Asuko de continuer à travailler pour eux.

Il ne résista pas. Après tout, il fallait bien se sacrifier. Et il était toujours dans la même vision des choses : il se foutait de mourir. Peu importait, avec toutes les choses que la famille Wiremu – maintenant qu'eux deux, ainsi que Ting, la femme d'Asuko – la mort n'était que l'aboutissement.

Les Parrains menaçaient de plus en plus la MRK et son Shachō, en indiquant que tous les Yakuzas d'Australie les soutenaient. Mais c'était faux ! Le chef des Yakuzas de cette région était Akimoto Yohachi, et en plus des immenses pots-de-vin que lui versait Fugaku, une très proche amitié s'était liée entre eux.

Tous ces évènements se conclurent en un éclair. Un beau jour de printemps, lorsque les cerisiers fleurissaient même à Shoritoshi, le représentant Britannique lança l'ultimatum. La réaction impériale ne se fit attendre : tous les hommes liés au commerce d'opium furent arrêtés. Tous, sans exception, sauf bien sûr Fugaku, devenu maintenant presque le Père de Shoritoshi. Même Asuko se fit attraper. Il fallait opter pour la pire des solutions : le déshonneur. Et cela, il le comprit, même sans en parler à son frère. Il fallait à tout prix que la MRK perdure, le plus longtemps possible et dans le meilleur état possible. Les autorités impériales lui donnèrent deux choix : la mort ou le déshonneur. Il était le seul à avoir choisi ce dernier, et dénonça tout le monde. Les Parrains se donnèrent la mort, les petits dealers furent torturés puis exécutés. Les hauts cadres virent toutes leurs familles mourir, puis ils furent exilés sur une des nombreuses îles solitaires du grand Pacifique Nippon. Pour cette trahison envers ses anciens frères, Asuko perdit l'usage de sa main droite, coupée par des tortionnaires. C'était le prix pour la vie. Puis il rentra pour un temps avec sa femme à Taipei, laissant son frère seul, seul dans son apogée, seul dans tous ces défis qui s'annonçaient.

La guerre, pour la première fois depuis des années, recommençait. La troisième guerre de l'opium commença lorsque l'Empereur Xuantong refusa l'ultimatum qui lui était adressé. Le représentant Britannique prévint alors Sir Oswald Mosley, et ce dernier prit la décision de… déclarer la guerre.

Cette guerre opposait l'État Britannique d'un côté, et toute la Sphère de Co-Prospérité d'un autre côté. Les marches martiales reprirent, la mobilisation générale était déclarée. Tous les soldats japonais étaient prêts à combattre, et le 13 août, tous partirent. Fugaku n'avait guère envie de connaître la guerre, même s'il ne connaissait pas les champs de bataille. La première chose à faire également, en cas de guerre, c'était de se retirer. Se retirer de quoi ? Du marché ! Car ce dernier, quand les relations mondiales et internationales chutaient, il chutait aussi, et de manière exponentielle. La guerre commençait. Tous les Japonais ne se faisaient pas à cette idée.

Ils allaient repartir, peut-être à jamais. Mais au moins, ils allaient mourir pour le Japon, pour l'Empereur, et cette consolation suffisait à en rassurer beaucoup, comme Asuko, qui lui devait partir au front avec sa main unique et, laissant sa femme.

Ting demanda ensuite si elle pouvait s'installer à Shoritoshi, et Fugaku accepta, car c'était la dernière famille qu'il avait. Ting était la sœur de la très célèbre musicienne Linh Ouyang.

Fugaku se doutait que toutes les tensions accumulées depuis la fin de la Grande Guerre d'Unification allaient forcément déboucher sur un immense conflit mondialisé, traumatisant la Terre entière pour même plusieurs générations…

CHAPITRE HUIT

Les premières troupes japonaises apparurent dans le sud de la Chine, prêtes à attaquer les Malaisies Orientales Britanniques[176]. L'immense flotte britannique avait combattu la flotte nippone près de Singapour, dans la bataille mémorable du Détroit de Malacca, gagnée par les Japonais.

Alors, Sir Oswald Mosley fit appel à ses alliés, nombreux : le Novus Imperum Romanum, le Directoire Espagnol, la Nouvelle Turquie, ainsi que ses dominions asiatiques. Les deux autres superpuissances, respectivement les USGA et le Reich, n'avaient pas encore déclaré lequel des camps ils allaient soutenir, mais ils en eurent à peine le temps, car la vraie guerre allait commencer ensuite. Une flotte britannique débarqua à Shanghaï, où elle fit des ravages – détruisit des usines, même certains très hauts gratte-ciel – mais fut défaite par la redoutable défense Impériale.

Néanmoins, la Couronne Fasciste Britannique gagna la bataille de Guangzhou, et commença son siège. L'effort de guerre nippon était immense, et tous les projets en cours furent mis à l'arrêt. Le pont en construction entre Shoritoshi et Yamashita ne fit pas exception.

Les deux extrémités avaient déjà commencé à être construites. L'on aperçut un phénomène hors du commun : ce projet, très peu médiatisé depuis le début de sa construction, devint le symbole de la fantastique ingéniosité technologique nippone.

---

176 État fantoche britannique situé dans les provinces indonésiennes et malaisiennes, dont la capitale est Singapour.

Bientôt, même très vite, des photos de l'immense pont en construction furent à la une de tous les journaux, même étrangers. Le précurseur de ce projet, le Shachō de la MRK M. Fugaku Wiremu, était un véritable génie !

Quelle magnifique et originale idée. À l'étranger, certains saluaient son courage, d'autres critiquaient la propagande nippone, et se moquaient de lui en le désignant comme « un pantin du Gouverneur Yamashita ».

Il fut interviewé de nombreuses fois en une semaine. Il était désormais présent chaque soir au journal télévisé japonais. Il devenait la figure du rêve japonais, une utopie de propagande, inexistante dans la réalité bien sûr.

Puis les désastres s'enchaînèrent, la guerre devint vraiment mondiale. Les quatre camps usèrent d'un prétexte pour déclarer la guerre à l'autre. La troisième guerre mondiale commençait dès lors.

L'horreur ne recommençait pas seulement à envahir le Japon, mais maintenant l'Horreur possédait le territoire le plus étendu. La propagande, la censure, l'ignorance, la privation de libertés, revenaient, et cette fois-ci, Fugaku le sentait, pour très longtemps.

Il songeait de plus en plus à la mort. Oui, mourir, quoi de plus délivrant que la mort, quand on est malheureux. C'était une solution immature, sans aucun doute, mais la situation dans laquelle il se trouvait alors le rongeait au plus profond de lui-même.

Il pouvait néanmoins essayer de retrouver le Bonheur, mais comment ? La Guerre, les tensions, le nationalisme, la peur constante de la mort, oui, voilà pourquoi il l'avait perdu.

Plus personne n'était heureux… sans doute…

Fugaku réfléchit plusieurs heures au moyen d'être heureux, et même en essayant de se convaincre qu'il l'était, non, il ne l'était pas.

La guerre était finalement une bonne chose, un défouloir abstrait pour des causes politiques. Elle était aussi la solution au mal-être des gens : en choisissant de participer à la guerre – même s'ils n'avaient pas le choix – ils pouvaient prendre le risque de devenir plus vivant que jamais, en donnant la mort. Le Japonais moyen, s'engageant sans guère avoir le choix, dans la guerre, découvrirait un nouveau monde, un nouveau Japon, en revenant de la guerre, tant celle-ci partait pour durer.

Ces consolations ne suffirent pas à convaincre Fugaku, de plus en plus persuadé que la mort était la meilleure solution.

Mais, tout de même, allait-il laisser la MRK seule ? Sans Shachō ? Sans homme assez expérimenté à sa tête ?

Oui, et peu importait, l'Empire lui avait fait tellement de mal depuis qu'il était à la tête de l'entreprise familiale, que ce serait comme une certaine revanche… peut-être.

Mais un évènement entérina son choix, définitivement. Akimoto Yohachi vint au siège de la MRK, mais cette fois-ci totalement découvert, reconnaissable par quiconque travaillant dans la police secrète impériale.

Il avait l'air désolé, triste, sa mélancolie s'observait dans son visage, marqué par une cicatrice. Fugaku ne l'avait pas revu depuis le commencement des affaires de l'opium. Il passa la porte, et s'arrêta net à trois mètres du Shachō. Ils se regardèrent dans les yeux, pendant une dizaine de secondes, puis sur les joues de ce dernier coulèrent des larmes, dont la véritable tristesse se reflétait, et voulait dire quelque chose. Fugaku ferma les yeux, il ne prit que deux secondes pour comprendre. Mais Akimoto le prononça quand même. De sa voix triste et sanglotant, il dit :

— Asuko est mort.

D'un simple regard, il lui fit comprendre qu'il voulait savoir pourquoi, et comment, tout en larmoyant d'un chagrin immense, ne voulant pas comprendre pourquoi, mais posant tout de même la terrible question.

— Le Gouverneur… bredouilla le Yakuza au bout de ses forces.

Pas besoin de compléter. Il continua ensuite :

— Il n'y aura rien… pas une tombe… aux yeux de l'Empereur, vous n'avez jamais eu… vous n'avez jamais eu de frère.

Fugaku pleura, toutes ses larmes de tristesse tombèrent sur le sol, tel un immense fracas, il put presque les entendre s'écraser sur le sol où jadis, un mensonge – officiellement – posa le pied.

Akimoto regarda longuement le désormais unique fils de Masahiro, puis s'inclina, de la manière la plus respectueuse qui existât, et partit. C'était la dernière fois que Fugaku le voyait…

Car dès qu'il sortit du siège de la MRK, il fut arrêté, à une dizaine de mètres seulement de la grande porte servant d'entrée. On l'attrapa, et on le mit dans une voiture, inconnue, puis cette dernière se dissipa dans les boulevards de Shoritoshi.

Fugaku savait, il savait… oui il savait qu'il était le prochain sur la liste morbide des Traîtres.

Mais à son immense surprise, d'une incompréhensible manière, il reçut une lettre venant du Premier Ministre, qui semblait être à ses dernières heures de pouvoir.

Bien entendu, ce n'était pas lui qui l'avait rédigée – travail trop fastidieux pour un génie pareil. Sa secrétaire l'avait apportée quelques heures après la disparition soudaine d'Akimoto. Il s'attendait au pire. Une lettre piégée ? Une invitation à la mort ? Une menace ? Un dernier avertissement ? Et non, rien de tout cela. Il lut attentivement la lettre, et on le demandait à Tokyo dans une semaine… pour qu'on lui remette une récompense, l'Ordre du Trésor Sacré[177].

Le voilà maintenant récompensé ! Comment ? Pourquoi ? Avait-il fait le bien, croyant faire le mal ? Était-ce une farce ?

Non, il y avait en bas de la feuille la signature d'Isoroku Yamamoto. Il ne comprenait définitivement plus rien. Plus rien n'était prévisible.

Peut-être le tuerait-on sur le chemin ? Peu importait.

Quoique non ! Fugaku reprit soudainement goût à la vie. Oui ! Il allait être récompensé ! Il était la Hoshi[178] des médias ! Il faisait

---

177 C'est une très haute distinction japonaise, décernée aux hommes éminents qui ont rendu l'Empire du Japon meilleur grâce à leurs actions.

178 Une Hoshi veut dire en japonais une vedette, une star, la personne ou l'entité qui sort du lot.

construire un pont, reliant deux villes à 2 225 kilomètres de distance ! Ah ! Il possédait plein d'amis, partout, à toutes les sphères de la société. Réfléchissant sur tout cela, et cette fois-ci, voulant être heureux, il le devint.

Non, plus de suicide, ne plus penser à cela, s'obligeait-il dans une bipolarité intrigante.

Car le suicide devait être réfléchi, si vous preniez goût à la vie, il ne fallait pas faire en sorte qu'elle se termine maintenant.

Fugaku avait eu une dépression, certes courte, mais qui fit d'énormes ravages.

Quand il était angoissé, il pleurait… mais non pas des larmes d'eau, mais des larmes… de sang. D'immenses cicatrices s'étaient formées sur ses pieds, qui ressemblaient à des canyons naturels particulièrement étranges.

Lors de la semaine qui passa avant qu'il ne partît à Tokyo, ces « canyons » sur ses pieds s'étaient refermés, et disparurent.

Et la nouvelle de sa récompense fit très rapidement le tour de Shoritoshi. Les gens l'acclamaient, le réclamaient. Tous les hauts fonctionnaires servant le Gouverneur vinrent progressivement le saluer, et le féliciter. Même ses plus grands concurrents sur la Bourse de Shoritoshi vinrent lui demander des conseils :

— Comment avait-il réussi à faire cela, et à devenir tout cela ? questionnaient-ils.

Quand il sortit pour rentrer chez lui, plusieurs dizaines de personnes l'attendaient en bas du Siège de la MRK, principalement des journalistes, cherchant à obtenir une simple réponse de ô Monsieur Fugaku Wiremu. Celui-ci peu habitué, tenta en vain de répondre à tout le monde. Il serra des mains, on aurait dit un véritable politique proche du peuple.

Puis soudain, quand il fut proche de sa voiture personnelle, il serra celle du journaliste aux lunettes rondes, celui qui avait aidé Fugaku du temps de ses paris sur le pétrole. Celui-ci le salua en lui en lui disant :

— Monsieur le Gouverneur de Shoritoshi !

Puis, ayant entendu ces mots, les gens alentour l'acclamèrent tous :

« Monsieur le Gouverneur de Shoritoshi ! Vive Monsieur Wiremu ! »

Et lorsqu'il rentra dans sa voiture, il pouvait encore entendre, malgré les fenêtres très bien isolées :

« Vive Monsieur Wiremu ! Monsieur le Gouverneur de Shoritoshi ! »

Alors qu'il allait rentrer dans l'avion pour Tokyo, un officiel du Gouverneur Yamashita vint le voir. Il était très solennel dans sa démarche, très sérieux dans ses pas, et son regard d'une légendaire angoisse et impatience. Il vint trouver Fugaku, un léger sourire aux lèvres.

— Bonjour, ô Shachō de la MRK, Monsieur Wiremu.

— Bonjour…

— J'ai une lettre et une bonne nouvelle à vous transmettre.

— Allez-y…

— Monsieur Wiremiu, j'ai l'extrême honneur de vous annoncer, si vous le voulez bien, mais je suis sûr que ô Shachō de la MRK l'acceptera, que vous êtes nommé Gouverneur de Shoritoshi. Cela n'est pas encore public, Le Gouverneur Yamashita vous demande de ne point le révéler.

— Ah ! Merci de me l'avoir dit ! Je vous en suis très reconnaissant. Dites au Gouverneur Yamashita, que je lui rends des milliers d'hommages et de remerciements pour la nomination qu'il m'a faite. Merci.

— Je tâcherai, ô Shachō, de lui transmettre.

L'Officiel s'inclina, puis repartit, toujours avec la même démarche.

Ah ! Mais quel destin ! Non, ce n'était pas de la chance, car Fugaku n'y croyait pas, à la chance.

Il demeurait encore sous le choc lorsqu'il arriva à Tokyo. Tous ces hommages, incroyable ! Bien sûr, il allait accepter. Ne pas saisir cette opportunité serait un manque d'intelligence. Ah ! Qu'était-il heureux à présent ! Oui ! Le bonheur ! Il le ressentait !

Il se rendit compte qu'il ne fut jamais autant heureux de toute sa vie. Oh, jamais le suicide ! Jamais ! Les gardes du corps qui s'étaient postés à côté de lui pendant le voyage, le suivirent jusqu'au Palais Cérémonial de Tokyo.

Les cerisiers fleurissaient abondamment aux abords des longues avenues de la capitale. L'on revenait où tout cela avait commencé, à Tokyo, dans la capitale.

Fugaku sentait que c'était comme la fin. La fin de quoi ?

Mais il ne voulait pas l'accepter, trop occupé à tenter de garder son état de bonheur.

La voiture qui le conduisait jusqu'aux hautes grilles du Palais Cérémonial, était protégée à l'avant et à l'arrière par deux motos, dont les moteurs grondants faisaient frémir les nombreux habitants venus admirer la venue de M. Wiremu. La cérémonie fut grandiose, le Premier Ministre en personne lui remit la médaille de l'Ordre du trésor sacré, puis s'ensuivit un long banquet dans lequel Fugaku se régala. Tout le monde l'applaudissait, tout le temps, pour le moindre geste que faisait Fugaku. Il levait la main pour adresser un toast : Applaudissez !

Il serrait la main – pourtant en petit comité, peu visible – au Premier Ministre, et même les plus éloignés : Applaudissez !

Et ce pour de nombreuses autres situations. Après les magnifiques festivités, il dormit dans l'un des plus luxueux hôtels de Tokyo, dont la suite était payée par le Premier Ministre lui-même. Ô capitalisme nationaliste…

Puis il eut l'idée, sous suggestion du Premier Ministre vieillissant, de se rendre le lendemain à Shoritoshi, devant le Pont qui sera baptisé en son honneur. Le Premier Ministre lui adressa également des félicitations pour sa nomination en tant que Gouverneur de Shoritoshi, et déclara notamment :

— Le Gouverneur Yamashita a opté pour cette idée, et connaissant votre passé, j'ai accepté, c'est pour cela que vous l'êtes, cher Fugaku !

Ah ! Première blague, dernière sans doute, mais surtout, la plus drôle !

Ah ! Si le Premier Ministre connaissait réellement son « passé », ah ! Il ne serait même plus présent des annuaires des naissances du Grand Japon ! Cela fit rire intérieurement Fugaku.

Il médita, et se rendit compte qu'il ne pouvait pas être plus « au sommet ». Il était à son apogée, malgré la guerre, malgré la mort de son frère, et la disparition de tout son passé clandestin. Également, pour la première fois de sa vie, Fugaku était fier de lui.

Oui, et il le fallait ! Il recevait la médaille de l'ordre du Trésor Sacré, il était nommé Gouverneur d'une des plus grandes villes nippones, et il faisait la une de la plupart des journaux. Il était l'homme du Peuple, celui qui avait réussi sans aucune aide – c'est ce que montrait la propagande médiatique, mais ce n'était pas la réalité, la vérité – à devenir un homme puissant. Il incarnait le Rêve Japonais.

Il ne dormit que très peu, d'une part car il réfléchissait abondamment à son fabuleux destin, et d'autre part car son avion pour Shoritoshi s'envolait à 2 h 23.

Un des nombreux gardes vint le réveiller, puis avec une escorte d'une moto et de six hommes armés, Fugaku se rendit à l'Aéroport de Tokyo. Il faisait nuit, il traversait les immenses avenues vides, et pouvait observer les éclairages des grandes tours de la capitale. Quelle magnificence ! Il voulait donner à Shoritoshi cette inspiration moderne, sublime, grandiose. Il voulait faire bâtir d'immenses buildings, des merveilles architecturales, des palais spectaculaires.

Mais seulement, allait-il avoir le temps ? D'ordonner, puis de voir toutes ces merveilles pousser, sortir de la terre, et enfin de les admirer ? Cela devint très vite une angoisse, et il ne put fermer l'œil dans l'avion en y pensant.

Allait-il mourir avant qu'il ne pût construire quoi que ce soit ? On ne pouvait qu'espérer, espérer… espérer.

CHAPITRE NEUF

Lorsque Fugaku sortit de l'aéroport Yamashita de Shoritoshi, des dizaines de personnes l'acclamèrent :

« Vive Fugaku Wiremu ! Vive la MRK ! Vive Shoritoshi ! Vive le Gouverneur Yamashita ! »

Et ce, venant de toutes les bouches, il y avait des enfants, des vieillards, même des Australiens l'acclamaient.

Ensuite il traversa la ville, passa devant le siège de la MRK, et lors de cette traversée, des personnes applaudirent encore Fugaku. Cela lui faisait chaud au cœur, mais ensuite il devint de plus en plus indifférent à ces considérations populaires, mais il ne fallait pas !

Il était un homme du peuple, il fallait toujours se réjouir de tout cela. Il arriva ensuite devant le chantier du pont reliant l'Australie à la Nouvelle-Zélande.

Il n'y avait là presque plus personne.

Une épaisse brume avait envahi l'endroit. On ne pouvait voir devant soi qu'à deux mètres.

Deux gardes du corps le suivirent jusqu'au bout du pont. Le chantier était arrêté. Personne d'autre n'était autorisé à marcher sur le pont. Après avoir fait quelques pas, il croisa le Gouverneur Yamashita.

Cette fois-ci il n'était pas en habit militaire, mais portait un long costume noir, ainsi qu'un chapeau sombre.

Il sourit à Fugaku, mais ce dernier, sur le moment, ne put pas lui adresser la parole, pour une raison inconnue. Seul un bref échange froid eut lieu :

— Bravo, Fugaku, pour votre médaille de l'Ordre.

— Merci, ô Gouverneur Yamashita.

Et seulement ceci.

Il ne se sentait pas bien, comme une sorte de nausée l'envahissait.

Le brouillard trop épais pour observer quoique soit, estompait le Gouverneur Yamashita, et Fugaku sentait que c'était la fin.

Il était heureux, et était fier d'avoir accompli tout cela.

Arrivés au bout du pont, ses gardes du corps l'abandonnèrent, et il ne chercha pas pourquoi. C'était la fin, il le ressentait jusqu'au plus profond de son âme.

Le brouillard disparut ensuite, et il ne sut pas en combien de temps ce phénomène se produisit. Il n'arrivait désormais plus à rien, il n'avait même plus aucune notion temporelle.

Mais pourquoi était-il devenu comme cela, pourquoi acceptait-il la mort ?

Il ferma les yeux, respira amplement, et trouva. Inconsciemment, il n'avait plus envie de vivre. Il s'était forcé à être heureux trop longtemps, et il était venu à bout de ses forces psychiques.

Il n'était pas heureux.

Plus aucune consolation ne pouvait le rassurer. Partait-il comme un héros ? Peu importait, il était fier de sa vie, et fier de ce qu'il avait accompli. Après l'épais brouillard disparut totalement, il regarda le ciel. Il était d'un bleu admirable, magnifique.

Un bruit sourd s'approcha. Il s'approcha, s'approcha, et l'Aigle d'Acier apparut.

Fugaku le voyait, mais il ne pouvait discerner si c'était un avion japonais ou ennemi – tous deux lui étaient sans aucun doute défavorables.

Le fantastique avion tourna autour de lui, Fugaku essayant toujours de trouver son origine. Il plissa les yeux, pendant plusieurs minutes, l'avion rôdait sans cesse autour de lui.

Ce dernier s'approcha, descendit, et l'on put voir le Soleil levant. Il était japonais.

Maintenant, la grande question était : allait-il prendre la peine d'être un Kamikaze, ou bien juste se contenter de larguer une bombe ?

Dix secondes passèrent ensuite, l'avion largua trois bombes sur le début du pont. Sans la brume, Fugaku pouvait voir au loin.

Il voyait sa voiture, et celle du Gouverneur Yamashita s'éloigner, s'éloigner, s'éloigner, puis disparaître, à jamais.

Il vit les trois bombes tomber, au plus bas, pour enfin s'écraser vulgairement sur le chantier. Toute cette mise en scène simplement pour sa propre mort.

Le tumulte qui suivit l'explosion fut immense. Et après Fugaku préféra se laisser tomber dans l'Océan, plutôt que d'être tué par la Patrie du soleil levant, qui dès lors semblait se coucher.

Il revit son frère, Akimoto, les ténébreuses éminences grises, et enfin le visage sacré de l'Empereur couplé à celui de Yamashita.

IL N'EN VOULAIT PAS AU RÉGIME.

Fugaku tomba, et entendit lors de sa chute les débris se volatiliser…

Il était mort… ou peut-être pas. Au loin, il voyait un petit rocher, peut-être allait-il réussir à l'atteindre ? Tout cela ne lui importait que trop peu.

L'Aigle avait fait en sorte de l'éliminer, mais avait échoué.

Il ne pouvait que se contenter d'observer la dépouille de l'Homme du Peuple errer dans l'océan. Mais l'Aigle devait s'en retourner à sa guerre.

PARTIE IV

GUSTAV HORST

CHAPITRE PREMIER

La nuit tombait. Les chasseurs de la Luftwaffe[179] rentraient de leurs missions de reconnaissance en République de Russie.

Gustav Horst les menait, et ils traversèrent les étendues gelées et enneigées de l'Enfer. Oui, l'Enfer, car la République de Russie était une nation asservie par les Judéo-Bolchéviques.

Enfin, c'était ce que disait la Propagande.

Les chasseurs, tous marqués de la croix gammée, perforaient le ciel, larguaient des bombes harcelantes sur les positions russes.

Dès la fin de la Grande Guerre d'Unification, cet état était telle une verrue sur les cartes du monde, et n'était même reconnu par aucun pays ayant gagné la Guerre. Il fallait que ce régime stalinien tombât, à jamais, pour libérer le monde des horreurs perpétrées par les…

Soit, la mission première de Gustav Horst était de mener cet escadron aérien dans diverses villes russes, soit pour y larguer des obus, ou sinon, plus rare – comme en cette fin de soirée – pour surveiller les armées, les opérations ennemies. Les chasseurs qui caractérisaient cet escadron, étaient dotés d'un système ultra-moderne de camouflage.

La neige abondante ne faisant qu'aider les Östliche Arische Patrioten[180]. Enfin rentrés à Barbarossa[181], ils prirent – comme après

179 Composante Aérienne de la Wehrmacht, armée allemande.

180 Les Patriotes Aryens de l'Est, sont tous les colons allemands servants dans la Wehrmacht dans l'est du Reich, et qui combattent la résistance russe.

181 L'Ancienne Novossibirsk conquit en décembre 1942 par les troupes nazies, elle est renommée Barborossa, en l'honneur du nom de l'Opération militaire qui servit à la

chaque mission – un verre d'eau en discutant de l'opération de ce jour. Car oui, désormais, aucun soldat de la Wehrmacht ne pouvait toucher à l'alcool, car considéré tout comme les cigarettes, impropres, et trop dangereux pour la santé des soldats.

Gustav Horst était Feldwebel[182], et commandant une partie – environ un quart des forces aériennes – de l'escadron martial et de reconnaissance de Barbarossa.

Il demeurait pensif devant ses subalternes qui rigolaient, profitaient. Il se fit la remarque qu'il était bien le seul à ne pas rigoler, oui, bien le seul…

Il était sans doute aussi le seul à avoir la boule au ventre en partant en mission, peur de ne pas revenir, ou peur d'être accusé à tort comme il avait pu le voir chez d'autres de ses confrères.

On portait toujours son uniforme, ou presque, et l'on masquait son angoisse par les rires. Le mal-être régnait. Ils étaient les Allemands les plus éloignés de Germania, ils n'étaient d'ailleurs même pas en Allemagne, mais en Russland[183].

Néanmoins, et heureusement, quand il n'y avait pas de missions, Gustav pouvait se concentrer sur son autre métier : chimiste.

Il était chimiste au laboratoire de Barbarossa, et étudiait l'élaboration de bombes nucléaires encore plus puissantes. Il ne pouvait néanmoins s'empêcher de penser que tous ses travaux étaient destinés à être exécutés contre des civils innocents dans une guerre future. L'usage de la bombe atomique avait déjà été de mise contre les démocraties[184] durant la Grande Guerre d'Unification.

---

capitulation soviétique. C'est grande ville allemande la plus proche de la République de Russie.

182 L'équivalent d'Adjudant dans la Luftwaffe, un rang qui devient important.

183 Le Reichsprotektorat von Russland est un état fantoche de l'Allemagne Nazie, aux confins de l'Oural, dirigé par Martin Bormann, et le Fasciste russe Konstantin Rodzaevsky.

184 Le camp des démocraties était composé du Canada, de l'Afrique du Sud Libérale (durant la période de la Guerre Civile), de l'Australie, de la Nouvelle-Zélande, ainsi que « neutres » de l'Europe.

Parmi la grande équipe de la Luftwaffe à Barbarossa, il était l'un des seuls à avoir fait de longues études, grâce auxquelles le régime lui donnait le statut de privilégié. Mais ce titre très honorifique ne lui conférait en réalité rien, depuis qu'il l'eut possédé.

Sa femme était à Germania, ses parents morts durant la guerre, et ses deux frères habitaient désormais en Nation Afrikaner[185], il ne pouvait plus voir aucun membre de sa famille.

Il était seul face aux horreurs de la guerre stratégique, contre des ennemis idéologiques.

Il ne voulait pas comprendre le but de cette guerre éternelle, mais se contentait de larguer ces bombes destructrices. D'ailleurs, Gustav Horst se demandait encore pourquoi les Russes ne capitulaient-ils pas ? Peut-être l'héritage du patriotisme soviétique. Mais soit ! Il fallait les détester, les tuer… mais surtout se concentrer sur la chimie. Depuis qu'il était à Barbarossa, il était à la fois très heureux de ce qu'il faisait, mais trop triste et regrettant sa condition de bourreau, lorsqu'il songeait aux conséquences de chacun de ses actes.

Après avoir passé la soirée au bar à boire de l'eau plate, Gustav rentra chez lui – enfin dans la chambre qu'il possédait, dans le grand dortoir collectif de la Luftwaffe – et s'endormit. Le lendemain, il fut réveillé par un de ses collègues, qui lui agitait la tête, et criait.

— Réveille-toi !

— Oui, attends ! Laisse-moi me réveiller justement !

— Vite alors, car le chef veut te voir.

— Le chef ? demanda-t-il d'un ton très surpris.

— Oui, le chef ! Herr Stein ! Vite ! Vite !

— Il veut me voir maintenant ?

185 La Nation Afrikaner est un état fasciste situé en Afrique Australe, qui gagna la guerre civile contre les Libéraux, et qui est allié à la fois avec l'Allemagne et l'État Britannique. Il profite de sa neutralité pour se développer le plus possible.

— Aller ! Ne traîne pas ! *Du bist wirklich glücklich*[186] *! Schneller ! Schneller !*

— *Jawohl !*

Son collègue lui criant dans les oreilles : « Plus vite ! Plus vite ! » Gustav se dépêcha donc d'enfiler son uniforme.

Il courut les deux cents mètres qui séparaient le dortoir général du Kriegszentrum für Strategische Flugbetriebsforschung[187], surnommé le KSF. C'était dans ce bâtiment que toutes les opérations militaires aériennes contre la République de Russie, étaient décidées.

Le directeur de ce centre était Nikolaus Stein, surnommé – ah ! lui aussi – par les aviateurs le « Derjenige der Entscheidet[188] ». Gustav put croiser la jeune secrétaire, afin de lui demander si l'on pouvait entrer dans le bureau de M. Stein. Elle hocha la tête, signe d'une affirmation. Il toqua, puis le Derjenige der Entscheidet lui dit d'ouvrir.

— Bonjour Gustav !

— Bonjour Herr Stein, fit-il d'un ton martial.

— J'ai là une lettre à vous remettre, elle est de grande importance.

— Merci beaucoup Herr Stein.

— Je ne remplis que mes obligations, Gustav.

Alors, les mains froides, rayées par des cicatrices héritées de la Guerre, Herr Stein lui donna la lettre. Le vieil uniforme de l'homme, qui allait extrêmement bien avec son visage ample et ridé, se retourna afin de s'asseoir. Le Derjenige der Entscheidet lui adressa un sourire, et ces quelques mots :

— Je vous en prie Gustav, ouvrez donc ! C'est une excellente nouvelle !

— Très bien, Herr Stein !

---

186 « Tu es vraiment chanceux ».

187 « Centre de guerre pour la recherche sur les opérations aériennes stratégiques », en français.

188 Littéralement « celui qui décide ».

Qu'est-ce que cette lettre pouvait bien contenir ? Une augmentation ? Une redirection ? Tout était mieux que Barbarossa, Russland, Sibérie.

Il ne put contenir son impatience, et s'ordonna à ouvrir la lettre. Elle était cachetée par l'Aigle tenant avec ses pattes griffues la croix gammée entourée d'une auréole.

Il l'ouvrit sous les yeux analytiques de Nikolaus Stein. Le papier jauni, l'écriture fluide et agréable. Il la lut très attentivement. Qu'était-ce ? Ah ! Le visage de Gustav, habituellement triste, inexpressif, s'illumina.

Ses yeux lurent des paroles tant prophétiquement fantastiques, qu'il ne put y croire. Il était invité à un test psychologique et physique à Germania, dans le cadre de recherches de candidats au poste de… Weltraunaute[189] !

Quelle merveille ! Aller dans l'espace ? Quoi de mieux ! Enfin, tenter de réussir plusieurs tests, puis d'autres, et peut-être avoir l'immense honneur de partir dans l'espace. Bref, tout de même un grand concours de circonstances. Mais il allait essayer ! Et réussir, pourquoi pas ? Ses yeux se posèrent ensuite sur son supérieur hiérarchique, qui souriait. Les grands yeux bleus de l'homme étaient illuminés aussi, et enfin, il dit :

— Alors, qu'en dites-vous cher Gustav ? N'est-ce pas une grande opportunité qui s'offre à vous ?

— Oui ! Je vous remercie infiniment Herr Stein de me laisser la chance d'y participer.

— Ne me remerciez pas, remerciez plutôt le Führer[190], qui dans sa grande sagesse vous a offert cette chance.

— Merci, ô Führer.

— Bien. J'ai des choses importantes à conclure, je vous demande donc de sortir. Néanmoins, j'ai également le devoir de vous annoncer

189 Les astronautes allemands se nomment les Weltraunautes.

190 Joseph Goebbels est actuellement Führer du Grand Reich Allemand, et il succède à Adolf Hitler.

que vous partez dès demain matin, à 8 h 00, de la Gare de Barbarossa, pour vous rendre dans la capitale. Et, aussi, j'oubliais, mais bon courage Gustav !

— Merci Herr Stein, je tâcherais de ne pas décevoir le Führer.

— À la bonne heure !

Et sur ces mots, Gustav repartit, pour se rendre immédiatement au Laboratoire de Barbarossa. « Plus qu'un jour ! » se disait-il, et il sera à Germania, pour passer ces tests, et également voir sa douce femme. Qu'avait-il hâte ! Il relut encore une fois, très attentivement, la lettre. L'enveloppe cachait également le billet qui allait lui permettre de prendre l'Ultra Stahlwurm[191].

La journée se passa très normalement, même si Gustav était un peu distrait par cette nouvelle. Le lendemain, il se réveilla, prêt à s'offrir à cette opportunité tellement rare ! Le brouillard recouvrait la ville, et Gustav se rendit à pied à la gare. Ils n'étaient que très peu, comme tous les autres jours, à se rendre là-bas. C'était un endroit peu fréquenté, et même peu fréquentable, car les rumeurs locales racontent que des juifs hanteraient l'endroit. On ne savait néanmoins pas pourquoi l'on faisait un rapport entre les trains et les juifs ?

Toujours en uniforme, Gustav rentra dans l'Ultra Stahlwurm, présenta son billet, s'assit. Après quelques minutes de patience, ils purent partir, oui, partir.

Les paysages défilèrent, ainsi que les villes. Ils s'arrêtèrent dans les différentes grandes villes : Yekaterinburg, Kazan, Moskva, puis enfin Kiev et Meyerstadt[192], pour enfin arriver à… Germania.

La pluie tombant, ils s'arrêtèrent dans la très grande gare de la capitale, les lumières des gratte-ciel éclairant la grande cité nouvelle.

---

191 L'Ultra Stahlwurm est le successeur du train, il est très rapide, et n'est présent qu'en Allemagne, ainsi quelques lignes installées en France et dans les pays germanophiles du bloc du Reich, afin de relier très rapidement toutes les grandes villes.

192 Ancienne capitale polonaise, sous le nom de Varsovie.

CHAPITRE DEUX

L'Ultra Stahlwurm s'était rempli progressivement durant les nombreux arrêts dans les grandes villes, et lorsqu'il arriva à Germania, il était bondé.

Les passagers descendirent tous.

Tous se précipitèrent dehors, pour ensuite prendre un taxi. Ils étaient arrivés à la Gare de l'Est, qui recevait tous les passagers provenant de l'est du monde, par rapport à Germania. Gustav, lui, prit son temps. Cela faisait trois mois qu'il ne s'était pas rendu à Germania. Sa femme l'attendait devant le lieu, la gare étant bien trop bondée.

Son beau sourire, ses yeux verts, cela faisait trop longtemps qu'il n'avait pas pu les voir.

Flora Horst était aussi très heureuse de retrouver son mari, et cela se voyait directement sur son visage. Ils se prirent dans les bras, et empruntèrent les trottoirs roulants – dispositif ne touchant que le centre-ville –, pour visiter un peu la ville. C'était vrai que malgré la terrible froideur de l'architecture de Germania, Gustav adorait cette ville.

Ses monuments, tous spectaculaires, étaient visités par des millions de touristes – allemands et étrangers – chaque année. La ville entière était même une merveille. De plus, il aimait quand il pleuvait et faisait nuit ici, ce qui donnait un air mélancolique à Germania.

Puis ils atteignirent l'immense avenue de Welthauptstadt Germania[193], pour ensuite la traverser et arriver à leur domicile.

Ils possédaient une maison, nouvelle – comme toutes les autres de la ville, de toute manière – et directement en y arrivant, ils s'endormirent. Le lendemain ils se réveillèrent. Gustav avait fait d'étranges rêves, dont un – celui dont il se souvenait le plus – tout à fait perturbant.

Il volait au-dessus de la ville, grâce à une fusée. Il pleuvait toujours, et grâce aux lumières des grands bâtiments, ils pouvaient distinguer que les habitants de Germania se trouvaient être ses collègues de la Luftwaffe, à Barbarossa.

Mais Gustav levait la tête au ciel, pour apercevoir un immense Aigle qui volait au-dessus de lui. Parfois, l'Aigle ouvrait le bec pour prononcer des cris assourdissants, terrifiants. Puis l'Aigle piqua vers le bas dans son vol, et prit dans son bec la fusée de Gustav. C'est à ce moment-là qu'il se réveilla.

Il en parla à Flora, et cette dernière lui dit qu'elle avait fait exactement le même rêve. Étrange, non? Comment pouvait-on faire un rêve aussi étrange, aussi originalement terrifiant, à deux? Sa femme avait étudié les rêves étant encore à l'Université, et elle pouvait retrouver dans sa mémoire… les informations suivantes:

Parfois, quand deux personnes sont connectées, ils font le même rêve. Cependant ces études furent interdites par le régime, jugées pas assez utiles pour exister. Mais Flora s'en souvenait, et suggéra alors une solution qui pourrait permettre de comprendre si ce n'était qu'une coïncidence, ou bien si les deux époux avaient bien rêvé de la même chose. Pendant une trentaine de minutes, chacun demanda à l'autre divers détails sur le rêve, et effectivement, oui: ils avaient fait le même rêve.

193 Cette avenue est la plus grande du monde, et est au plein cœur de Germania. Elle relie les trois principaux monuments de la capitale, à savoir le Grand Dôme, l'Arc du Triomphe Allemand, et enfin la Gare du Sud.

L'Aigle les surveillait peut-être par la pensée ? Mais soit, les tests allaient commencer le lendemain. Il fallait durant cette journée, prévoir ce qu'ils allaient faire. Ils décidèrent de visiter un peu la ville, plus en profondeur, ce que Gustav et Flora n'avaient jamais pu faire ensemble.

Bien souvent, quand Gustav se déplaçait jusqu'à Germania, sa femme travaillait énormément, comme architecte auprès des divers hauts fonctionnaires de la ville, afin d'élaborer les plans de villes nouvelles près de Germania, qui serviraient de banlieues pour la capitale mondiale. De plus, Flora s'intéressant grandement à la chimie, elle demandait beaucoup d'explications à son mari.

Ah ! Qu'est-ce que Germania était une belle capitale, et les architectes nazis l'avaient réussie : Germania se voulait être la plus belle ville du monde, mais surtout la plus mondiale des capitales du monde, et nous en avions pour preuve *Welthauptstadt*.

Quoiqu'il en fût, après leurs théorisations sur leur rêve commun, les deux époux s'habillèrent, et sortirent prendre un café dans le centre-ville. Les cafés de Germania étaient devenus des incontournables de la ville, et l'on y voyait de nombreux officiers, soldats, en service, y prendre leur petit-déjeuner, ou bien s'arrêter pour boire un coup.

Après, Gustav et sa femme se baladèrent devant les très grands monuments nazis de l'immense avenue de Welthauptstadt Germania. Ils s'arrêtèrent devant le Grand Dôme, et ses gardes tous les deux mètres.

Aujourd'hui, on ne pouvait pas entrer dedans, il y avait commémoration d'Adolf Hitler, et le Führer Joseph Goebbels s'y trouvait en ce moment même.

Flora convainquit Gustav de rester ici jusqu'à ce que le Führer sortît, et celui-ci accepta.

Alors ils attendirent presque une heure, durant laquelle Gustav livra ses inquiétudes et ses angoisses vis-à-vis des tests qu'il subirait le lendemain.

Soudainement, le grand soleil laissa place aux nuages, puis à une abondante pluie. Heureusement, Flora avait prévu un parapluie. Au moment de la sortie du Führer, tous les soldats postés sur les escaliers et près des immenses portes du Dôme, se mirent au garde-à-vous. Ils se tenaient très droitement, même trop – on aurait presque pu s'en servir comme règle.

Tous, le visage impassible, terriblement sérieux, inexpressif, n'attendaient qu'un éventuel bruit imaginaire fasse son apparition, pour se river sur lui et l'éliminer. Puis, après cinq secondes, ils crièrent tous en chœur, tendant le bras afin de faire le Salut nazi :

« Heil Goebbels ! »

Toutes les personnes postées également près du Grand Dôme tendirent le bras et crièrent l'acclamation qui menait Joseph Goebbels à une apothéose certaine. Flora et Gustav étaient également obligés de le faire, dissimulant le plus possible leur avis – certes très peu – contraire.

Et toute cette mise en œuvre, c'était lui, l'ancien ministre de la Propagande du Reich, l'actuel guide du grand Peuple Germanique, qui l'avait mise en place.

Un homme accourut derrière Herr Goebbels, et le recouvrit d'un parapluie, afin qu'aucune goutte ne pusse le toucher. Il descendit lentement les escaliers de marbre, tout en levant la main aux divers soldats le saluant tous patriotiquement.

Puis tout à coup, Herr Goebbels jeta un regard sur Gustav. Pendant plusieurs secondes. Ce dernier tentait de masquer son inquiétude, tandis qu'en descendant les marches, le Führer l'observait. Ses yeux étaient tellement sombres que l'on pouvait s'y perdre, ses cheveux noirs plaqués virant au gris foncé de vieillesse, mais aussi sa bouche d'une froideur indescriptible, tous ces détails faisaient que Gustav avait peur.

Mais Herr Goebbels ne se contenta d'observer que quelques secondes cet homme, qui pour lui ne signifiait rien, tel un grain de sable dans une plage entière de population conduite par la Propagande qu'il représentait.

Plusieurs fois, presque une dizaine – jusqu'à ce que le Führer atteigne le bas – les soldats répétèrent : « Heil Goebbels ! Heil Goebbels ! »

L'angoisse qu'avait éprouvé Gustav vis-à-vis du Führer représentait en fait l'angoisse invisible qu'éprouvait le monde entier. Tout le pouvoir, toute la représentation de l'état chez un seul homme, qui selon les pays était l'équivalent d'un Dieu.

Après le spectacle qu'était de pouvoir observer Herr Goebbels descendre les marches de marbre du Grand Dôme, les soldats se dispersèrent, ou restèrent sur l'esplanade, et les touristes ou bien juste les passants, retournèrent à leurs activités. Gustav Horst et sa femme traversèrent ensuite la moitié de l'avenue, et observèrent avec grande attention l'Arc du Triomphe allemand, pour ensuite se poser dans un restaurant, et y manger. Ils finirent la journée en traversant une petite partie de l'immense ville, et se couchèrent très tôt, épuisés. Le lendemain allait être trop important pour risquer un épuisement dès le réveil…

Il était 6 h 30, lorsque les premiers rayons du Soleil – malgré la pluie de la veille – entrèrent dans la maison. Le rendez-vous pour les tests était à 9 h 00. Après s'être préparé minutieusement, et avoir réfléchi aux questions qu'on allait lui poser, et les réponses qu'il devra donner, Gustav était prêt, et partit.

Cette fois-ci, le Soleil envahissait toute la ville, et les grandes vitres de verre des monuments les plus majestueux reflétaient cette lumière. Il fallait se rendre au centre lunaire de Germania.

C'était un immense complexe, construit avec de grandes briques solides, et dont la forme des annexes représentait des croix gammées, vu du ciel.

Le bâtiment général faisait aussi – volontairement – penser à une immense croix gammée, et l'endroit couvrait tout un quartier de la ville. C'était un des bâtiments administratifs les plus grands du Reich, et sans doute dans le top trois concernant Germania. Là, ici, partout, des étendards du Grand Reich Allemand flottaient par le vent frais qui sévissait.

Deux soldats surarmés gardaient l'entrée, et demandèrent à Gustav, son nom, sa carte de pureté[194], et en regardant le pourcentage, le laissèrent entrer. Il entra dans un magnifique bâtiment, où les nombreuses portes étaient frappées de croix gammées sur un fond lunaire. Car l'objectif premier de ce centre était de prévoir et d'analyser la colonisation de la Lune.

Des hommes avaient déjà marché à sa surface – dont la première fois était les Allemands – et la colonisation de cette dernière avait déjà commencé : des weltraunautes construisaient en permanence une base, et la prochaine mission consistait à aider ces weltraunautes. Il était 8 h 56 quand Gustav apparut dans l'immense hall, dont la hauteur impressionnait, rien qu'en l'imaginant : quatre-vingt-dix-huit mètres. On lui fit savoir que le Directeur l'attendait. Il n'avait pu être informé quant à la personne qui dirigeait tout cela. Mais lorsqu'il vit sur la porte les lettres écrites en or : « Herr Obergruppenführer Josias de Waldeck-Pyrmont. »

En lisant ces mots, un effroyable frisson d'horreur parcourut l'entièreté du corps de Gustav. Oui, cet homme, le deuxième homme le plus important de la Schutzstaffel[195], était surtout celui qui représentait les horreurs nazies.

Il ne pouvait pas entrer, et voir ce visage horrifiant, dans lequel même les plus horribles souffrances des Enfers ne pouvaient même se refléter. Mais il le fallait. Il toqua, et la voix rauque du SS lui demanda d'entrer. Allez, il fallait le faire.

---

194 La carte de pureté, est, dans le Grand Reich Allemand, une carte consistant à témoigner de la pureté d'une personne, selon des critères physiques, mentaux établis durant l'enfance. Ainsi, chaque personne vivant au sein du Reich possède une carte comme cela. Cette carte permet d'entrer ou non dans un bâtiment, de chercher à être embauché dans un métier, et doit être portée continuellement. Mais l'on vous marque aussi le pourcentage de votre pureté sur la tempe gauche, au cas où vous perdiez la carte.

195 La Schutzstaffel est l'organisation paramilitaire du Reich, fondée sur la disparition des SA. On l'abrège en SS.

Il ouvrit la porte, et vit le visage de Herr Waldeck-Pyrmont. Une douce lumière éclairait la salle, froide. Des soldats, et un médecin se postaient également dans la salle. L'Obergruppenführer se tenait assis derrière une fenêtre. Ses cicatrices, l'une perforant son visage du côté gauche à travers l'œil, désormais œil de verre. Une autre cicatrice en forme d'étoile, plus en bas, ne faisait qu'accentuer la terreur de son visage.

Le coin gauche de sa bouche se prolongeait par une autre cicatrice, donnant un sourire figé éternel au haut gradé SS. Ses cheveux grisâtres, et son désormais seul vrai œil bleu, et enfin la moitié de l'oreille droite inexistante, son visage était la vision des gens qui parcouraient les étendues morbides des Enfers.

Il se tenait droitement, et observait Gustav froidement, les mains dans le dos, et son uniforme nazi fièrement porté. Il y avait ensuite le médecin, en blouse blanche, qui ne se faisait guère plus accueillant que l'Obergruppenführer. Gustav se souvint, c'était le célèbre médecin du Reich des Weltraunautes, le lugubre Fritz Fischer. Lui, oui, lui, lui aussi représentait l'horreur du régime nazi : ses yeux bleus vous fixant comme si vous étiez une proie, son sérieux implacablement terrifiant, son grand costume gris, sa caractéristique écharpe blanche, sa bouche et ses deux boutons alentour, mais encore une fois, ses yeux.

Oui, ses yeux étaient abominables. Trop froids, polaires même. Il vous observait, vous auscultant tout votre corps.

Gustav Horst faisait attention à tous ces détails, qui avec les deux hommes semblables à la folie humaine dans une même pièce, le faisait suer abondamment. Il était angoissé. Après un long silence, Herr Fischer prit la parole :

— Êtes-vous bien M. Gustav Horst ?

— Oui, je le suis, répondit le concerné.

— Êtes-vous prêt aux expérimentations ?

— Oui. Que va-t-on me faire ?

— Ne vous inquiétez pas. Les tests seront divisés en deux parties.

La voix rauque et charismatique du médecin résonnait dans la froide pièce.

— La première consistera à des expertises physiques, c'est-à-dire qu'il faudra vous peser, mesurer, mais aussi prélever votre sang, et analyser sa pureté. Pour devenir Weltraunaute, savez-vous, il faut avoir un taux de pureté très élevé. Le vôtre est actuellement élevé, mais je pense que les nouvelles recherches feront de vous un être supérieur, un vrai Aryen !

— Merci, je vous en prie, je suis prêt. Commençons.

— Bien, si vous le souhaitez, commencez par vous déshabiller.

Les yeux troublants de Herr Fischer se dirigèrent ensuite sur le torse de Gustav. Il fallait obéir. Alors, sans mot dire, et avec une certaine pudicité, il se déshabilla.

Il voyait toujours l'Obergruppenführer l'observer attentivement. Gustav se sentait observé, et il l'était. Soudainement, toujours avec ses yeux terrifiants, Herr Fischer lui dit :

« Eh bien ! N'avez-vous pas appris la camaraderie lors de vos séjours dans les camps d'étés[196] ? Allons ! N'ayez pas peur ! Et de plus, nous n'avons pas le temps que vous le preniez. »

Il était désormais nu, sous les regards malveillants de ce médecin réputé pour ses passions sinistres.

Une porte cachée s'ouvrit, et de là, une table enveloppée d'un drap blanc apparut. Une grande lampe jaillit également du plafond, et la salle était devenue semblable à un centre opératoire. Herr Fischer le regardait toujours très attentivement, et lui fit signe de s'installer sur les draps blancs. Trois autres médecins sortirent de la porte cachée, armés de mesureurs très sophistiqués. Alors, ils mesurèrent la longueur des bras de Gustav, la superficie de ses mains, la distance entre ses sourcils, auscultèrent ses yeux, et tout cela toujours sous le regard effrayant de Herr Fischer. Il semblait que

196 Les camps d'étés sont destinés aux enfants, garçons essentiellement, et ces derniers doivent s'y rendre chaque été, pendant un mois. Ils y apprennent le patriotisme, le nationalisme, l'histoire du Grand Reich, la race aryenne, et la culture nazie.

l'Obergruppenführer Josias de Waldeck-Pyrmont s'était évaporé et n'observait plus Gustav.

Sa non-présence se ressentait énormément, mais surtout auprès du médecin des Weltraunautes, qui n'était plus observé, et pouvait pratiquer toutes choses sur Gustav.

Alors, Herr Fischer fit sortir les autres médecins, et indiqua à Gustav de s'installer pleinement sur la table enveloppée. La lumière du plafond se mit petit à petit à changer de couleurs, passant du blanc luminescent, au bleu, puis au rouge, au vert, au jaune, toutes les couleurs, pour enfin se dissiper dans une obscurité quasi-totale.

Gustav se sentait flotter, était-il hypnotisé ? Peut-être, mais qu'il se sentait bien ! Yeux fermés, il entendait la voix stridente du médecin, au loin, annonçant des directives inconnues aux soldats. Ces derniers s'exécutèrent rapidement, et posèrent sur la tête de Gustav une sorte de casque, scintillant de lumières dans la pénombre. Les mains, les bras, les pieds, les jambes, et le torse de l'aviateur furent ensuite enchaînés par des cordes. Mais il ne sentait rien. Qu'était-il bien !

Il ne ressentait aucune douleur qu'il pouvait percevoir avec ces liens. Il se sentait comme flotter dans l'espace vide de la salle obscure, et s'imaginait observer les soldats SS portant leurs uniformes distinctifs, et Herr Fischer, sourire aux lèvres, matant dans sa folie le corps de sa victime impuissante.

Tout à coup, éclair ! Torrent d'énergie et de lumière ! La salle, en un infime instant, devint entièrement éclairée, illuminée par une force divine. Ensuite, les deux soldats sortirent de la salle. Seuls restaient Herr Fischer et Gustav, dans une obscurité angoissante. Le sourire machiavélique mal caché par un rictus affamé d'horreurs, le médecin prit quelques instruments, et avec une extrême précision, enfonça une tige infime près de la tempe de Gustav.

Quelle douleur était-ce ! Mais comment la décrire ? Il était à la fois dans un paradis innocent dont les sensations ne pouvaient être retranscrites, mais aussi dans un enfer indescriptible. Tous ses souvenirs semblaient s'évaporer au fur et à mesure de l'avancée de la terrible tige métallique dans le cortex crânien de Gustav. Il ne pouvait plus rien ressentir, ni rien comprendre. Il était là, simplement là. Pourquoi avait-il accepté de venir ici ? Pourquoi ? Pourquoi était-il dans cette situation d'horreur indescriptible ? Pourquoi ? Pourquoi ? Pourquoi ? Un second éclat vint le frapper.

Il sentait des choses qu'il n'avait jamais senties. Indescriptibles. La tige métallique se retira. Gustav ouvrit les yeux, et il voyait des corps ? Partout. Soit flottants dans l'air froid de la pièce noire, soit accrochés au plafond, ou bien encore étendus sur le sol. Certains, même beaucoup semblaient s'accrocher à la jambe du médecin. Gustav pouvait tout voir – oui, voilà, une sensation nouvelle, la seule, qu'il pouvait décrire – il voyait en trois cent soixante degrés. Ces corps infâmes, torturés et terrifiants, pullulaient, et s'amplifiaient.

Il y en avait de plus en plus, et ils se mirent tous ensuite à observer Gustav. Leurs yeux vides d'expression l'observaient. Puis soudainement, le temps cessa, enfin sembla cesser d'être.

Désormais, il était libre de ses mouvements. Le médecin nazi restait figé, ses instruments psychopathiques dans les mains. Une arme apparut, une longue lame terriblement tranchante. Elle flottait. Oh ! Elle flottait dans l'espace infernale de la pièce pourtant vide d'humanité et d'espoir. Gustav avait le choix. Le courage, ou la soumission ? La résistance et l'acharnement dans la vie, ou… la mort, le désespoir, l'abandon. Intérieurement, un décompte s'enclencha. Des voix dans sa tête énuméraient des chiffres, et des tics, tacs, tics, tacs s'enveloppèrent dans cette horloge interne angoissante. Plus que vingt secondes. Tic, tac, tic, tac, que fallait-il faire ?

Plus que quinze secondes. Survivre, oui, mais dans un monde d'enfers ? Tic, tac, tic, tac. La mort ? Mais l'accession au bonheur de ne plus être ici ? Dix secondes. D'accord, la survie. Oui ! Oui ! La survie ! Huit secondes.

Mais comment faire pour la choisir ? Sept secondes.

Il regarda autour de lui. Six secondes.

La lame, la prendre ? Cinq secondes.

Les yeux de Herr Fischer s'illuminèrent. Quatre.

Une cible près du cœur apparut sur sa longue blouse blanche. Trois.

Gustav prit la lame, s'avança. Deux.

Il s'approcha du corps et tendit la pointe tranchante du couteau près de la cible cardiaque. Un.

Il transperça le corps du médecin. Zéro. Un nouvel éclair. Tout s'arrêta. Plus rien.

Il se retrouvait étendu sur la table aux draps blancs. Les médecins, les soldats SS et Herr Fischer le regardaient. Mais cette fois-ci, ce dernier arborait un sourire vraisemblablement bienveillant. Il annonça :

— Alors, cher Gustav, comment vous sentez-vous ?

— Oui, oui… je me sens… bien.

— Parfait, l'entretien est terminé. Nous avons récolté toutes les informations que nous voulions. Nous enverrons une lettre si vous êtes retenu. Au plaisir.

— Au… revoir…

Fini, tout ce qu'il avait vécu, ces sensations étranges : rien. Rien ne s'était passé ? Si, mais comment le prouver ? Il ne fallait pas penser à cela, pour l'instant. Il sortit du Centre Lunaire, et vit un Aigle, planant au-dessus de sa tête. Gustav mit son chapeau – une grande partie des Allemands en portaient très régulièrement – et l'Aigle s'approcha. Il vola, plana, s'approcha, et prit avec ses griffes le chapeau de Gustav.

Il repartit aussi vite qu'il était venu. L'aviateur rentra ensuite, lentement, le pas lourd et pensif, chez sa femme Flora. Il réfléchissait. Cette expérience était incompréhensible, mais il en arriva à la conclusion que la science nazie était d'une telle puissance qu'elle pouvait simuler des situations horrifiantes. Ou bien sinon, était-il mort, et voguait dans le néant de ce monde totalitaire. Mais il opta pour la première théorie, refusant l'idée d'être mort. En arrivant chez sa femme, cette dernière lui demanda :

— Alors, comment ça s'est passé ?

— Euh… bien… très bien.

— Qui était présent ?

— L'Obergruppenführer Herr Josias de Waldeck-Pyrmont, et le médecin Herr Fischer.

— Bien, d'accord. On attendra la suite, mais il y a plus urgent.

— Qu'y a-t-il ?

— Il faut que tu te rendes maintenant, à Bjarmastadt[197], Herr Stein dit qu'une offensive des Russes se prépare, et que tous les aviateurs de la Luftwaffe sont appelés à se rendre à Bjarmastadt.

— Qui t'a dit ça ?

— Herr Stein m'a appelée. Il m'a aussi dit qu'il fallait que tu te rendes avec tout ton équipement au T.S.

— Mais où est-ce ?

— C'est vers le Grand Dôme, dans l'avenue Göring qui jouxte l'immense avenue de Welthauptstadt Germania.

— Bien, j'y vais. Je prends mes affaires... et... j'y vais.

Alors, Gustav prit l'entièreté de son équipement comme demandé, et un bus militaire vint le chercher, avec à son bord des dizaines de soldats comme lui. Ensuite, ils arrivèrent devant le grand bâtiment de la T.S.

Personne ne savait ce que ces deux lettres signifiaient. C'était simplement une immense tour, verticale, très fine, et dont le sommet laissait échapper une lumière bleuâtre. Les soldats sortirent, et un à un, entrèrent dans le complexe vertical. L'on ne les voyait pas sortir, et il semblait qu'ils étaient... transportés. Mais où ? Pourquoi ? Et surtout, comment ? C'était désormais à son tour. En face de lui, une sorte de cage dont les murs de verre pouvaient laisser apercevoir les détails de la pièce extérieure. Il entra, son équipement sur lui, prêt. Il faisait sombre, puis tout à coup, il ressentit la même sensation qu'il

---

197 Anciennement Arkhangelsk, Bjarmastadt est renommé d'après la région qui l'entoure, la Bjarmaland. Cette ville du Reichsprotektorat von Russland est continuellement harcelée par les forces navales de la République de Russie, qui résiste toujours face aux troupes des différents pays fascistes.

avait eu quelques heures auparavant : une immense ivresse d'esprit, relâchement, mais douleurs.

Contrairement à son expérience précédente, cela ne dura que quelques secondes, même moins. Il arriva dans un autre complexe, très similaire, mais il faisait bien plus froid. Les portes de verre s'ouvrirent, il s'échappa de cette cage vitrée, et quelques secondes plus tard, un autre soldat apparut comme par magie dans cette dernière. Gustav s'avança, s'avança, pour enfin sortir du complexe vertical. Il n'était plus à Germania, non, mais maintenant il était à… Bjarmastadt.

CHAPITRE TROIS

Gustav n'avait pas beaucoup d'amis au sein de la Lutftwaffe. Il n'y avait que Leo et Albert, mais en réalité ce n'étaient même pas des amis. Ils étaient simplement des connaissances amicales.

Ces deux aviateurs avaient aussi été appelés, et Gustav put les reconnaître à travers leurs uniformes militaires. Il faisait nuit à Bjarmastadt, et les lumières des chasseurs étaient la seule source de luminosité. Tout le monde semblait prêt à affronter les forces russes ennemies. Gustav alla voir Leo, et lui demanda s'il connaissait le moyen utilisé pour arriver ici aussi vite. Ce dernier répondit : « Seul le Führer le sait. »

Une réponse trop naïve, et pourtant, avec Leo, Gustav était un des aviateurs de la section qui posait le plus de questions. Il alla ensuite voir Albert, qui lui répondit d'un vague : « Peu importe. »

Il était bien le seul à se poser des questions sur la T.S. Une alarme sourde le sortit de ses pensées. Puis soudainement, une voix grave annonça les ordres. On ne savait pas d'où cette voix provenait, et de toute manière, Gustav était sans doute le seul à s'en poser la question. Désormais, il fallait que chacun aille dans un chasseur. Un décompte – qui ressemblait au même que Gustav avait pu connaître – commença. La voix grave énonçait : Zehn… Neun… Acht…

Gustav monta dans un des avions.

Sieben… Sechs… Fünf…

Les lumières alentour s'éteignirent, plongeant dans l'obscurité la piste de décollage, éclairée par les faibles lumières en bord de piste.

Vier… Drei… Zwei…

Tout le monde était en place, les hélices grondèrent, l'on était prêt.

Ein… Null…

Tout le monde roula le long de la piste, et décolla harmonieusement. Des voix indiquaient les prérogatives de chacun dans les chasseurs. La section que menait Gustav, et composée de Leo, d'Albert, et bien d'autres, devait patrouiller près du port. Alors, ils y allèrent.

Gustav menait l'escadron, et progressivement, ils s'approchèrent du sol, pour mieux observer. Ils dépassèrent le port, et maintenant, frôlaient l'eau froide de la mer blanche. Tout à coup : DANGER !

Gustav aperçut les navires russes en marche pour l'invasion de la ville. À peine eut-il le temps de prévenir ses hommes que… que… qu'Albert s'écrasa sur l'un d'entre eux. Tous, par un instinct de survie assez développé pour faire ce geste, tous remontèrent vers le ciel, le plus haut possible. Enfin, ils larguèrent quelques bombes qui ne manquèrent pas leurs cibles. La bataille semblait finie, déjà gagnée.

Mais ! Mais non ! Jamais ! Des vaisseaux navals russes arrivaient en grand nombre, encouragés par l'aviation de soutien qui fit son chemin jusqu'à l'escadron de Gustav. Quatre autres chasseurs tombèrent. Désastre. Quelle catastrophe à l'abondance ! Massacre, même !

Les vingt chasseurs qu'il dirigeait furent tous entièrement décimés. Gustav en était l'unique survivant. Il rentra vers le centre-ville de Bjarmastadt.

Il n'était pas le seul à avoir subi des pertes : regardant le ciel de haut en bas, il n'aperçut qu'au total cinq autres avions, alors qu'ils étaient une cinquantaine au départ.

Les premières troupes russes sortirent des bateaux de débarquement et occupèrent le port en y chassant les faibles soldats de la garnison locale. Toute l'armée nazie était en déroute face à une armée qu'elle estimait « semblable à un rejeton jouant à la cuisine » comme le disait si bien Herr Goebbels.

Néanmoins, des chasseurs allemands décollèrent de la piste au sud de la ville, pour rejoindre ses alliés aériens dans leurs batailles contre « le rejeton ».

Gustav, prenant pleinement courage, s'approcha du port, et largua une grande partie des bombes qui lui restait. Une vingtaine de soldats mourut sur le coup. Mais bientôt, des tirs ennemis frôlèrent le chasseur de Gustav. Un seul le toucha, et par malheur, dans le réservoir. Gustav allait devoir se poser, et ce fut ce qu'il fît en revenant à la base sud.

Étaient présents des officiers qui dirigeaient et improvisaient divers plans, ainsi que des aviateurs se préparant. Progressivement, l'armée nazie se régénéra, et les chasseurs décollaient toujours en nombre. Après avoir repris de l'essence, Gustav redécolla. Il monta haut dans le ciel, et put apercevoir l'avancée de la bataille. Les troupes russes ne cessaient de débarquer, toujours en nombre conséquent, en provenance du port, tandis que les troupes allemandes apparaissaient de nulle part, sortant méthodiquement du complexe de la T.S. Des avions russes apparurent, et une bataille aérienne s'engagea alors. Ils étaient quatre, quatre chasseurs russes, contre un chasseur allemand – certes beaucoup plus évolué scientifiquement, mais cela s'annonça difficile.

Gustav tira sur le premier chasseur, en premier dans l'escadron, et celui-ci explosa en plein vol. Les trois autres montèrent et puis piquèrent vers Gustav en tirant des rafales de balles. Mais ce dernier sut les éviter, et en faire écraser un dans le mur d'un entrepôt du port, tout en prenant le soin de larguer quelques bombes dans ce dernier. Le crépuscule commençait.

Et enfin les deux autres chasseurs russes abandonnèrent, pour se diriger vers vraisemblablement une base qui se trouvait plus en arrière. Un village ? Une base construite dans la mer, exprès ? Non, rien de tout cela, à la grande surprise de Gustav, c'était un… Porte-avions. Les Russes possédaient un porte-avions ? Oui, et celui-ci n'était pas modeste : il regorgeait de canons, de chasseurs attendant pour partir pour « détruire du nazi », d'officiers russes commandant tout ce monde-là, et enfin trois navires le protégeant des tirs ennemis avec des torpilles. Gustav le savait car une de ces roquettes manqua de le toucher lors de son observation.

Il ne pouvait pas attaquer cette base seul, ce serait du suicide. Gustav rentra alors à la base, et annonça sa découverte aux officiers SS, qui s'empressèrent de le féliciter, et d'ordonner à neuf chasseurs de partir au porte-avions pour tous les massacrer. Gustav n'était pas sûr de ce qu'il faisait, pour la première fois il allait tuer des innocents, en tout cas, c'était tout comme.

Ces derniers n'attendaient que la fin de la bataille, pour partir ou rentrer. Il se livra à un de ses camarades, semblable à Leo ou à Albert, et ce dernier lui répondit : « Ils ont essayé de te tirer dessus ? Oui, donc je pense que c'est suffisant pour intervenir. »

Et il avait raison. Ainsi, dix chasseurs partirent remplis de bombes, menés par Gustav, jusqu'au porte-avions russe. Une grande mission de largage s'en suivit, détruisant entièrement le porte-avions et ses trois navires protecteurs. Ils n'eurent même pas le temps d'envoyer des torpilles, ils étaient déjà détruits. Ayant rempli sa mission, l'escadron rentra à Bjarmastadt. Gustav vit le premier l'avancée de la bataille.

Les Allemands, en déroute au début, écrasaient et massacraient les derniers russes qui osaient rester là. La ville brûlait. Des nuages de cendres s'évaporaient dans le crépuscule du nord, et les soldats allemands décapitaient, démembraient leurs ennemis. Les chasseurs que menait Gustav se séparèrent pour se joindre au spectaculaire massacre. Gustav ne pouvait intervenir, il ne pouvait juste voir ces horreurs.

Les soldats russes osaient piller, sachant que leurs morts étaient inévitables, juste par orgueil devant l'Allemand. Gustav se trouvait devant l'Aigle qui planait au-dessus de ces horreurs, dans le haut ciel du nord, n'observant que les massacres du monde du dessous.

Et cela continua jusqu'au lever du Soleil. Dans le port étaient installés des pics de bois, dont le sommet était arboré par une tête d'un des pauvres soldats ennemis.

Les officiers SS étaient fiers de faire tout cela, et les quelques derniers survivants, qui s'étaient rendus suffisamment tôt pour échapper à la mort, se retrouvaient esclaves de la ville qu'ils avaient essayé de conquérir, en vain.

Herr Stein le rappela ensuite très rapidement à Barbarossa, afin de faire quelques raids décisifs contre les Russes, cet ordre provenant du Führer lui-même.

Herr Stein le convoqua dans son bureau, et lui confia une mission de très haute importance, peut-être même de trop haute importance…

Il était cinq heures de l'après-midi. Le Soleil se couchait dans le Nord. Les derniers rayons traversaient la fenêtre, et le portrait du Führer se reflétait à travers les vitres. Herr Stein semblait enthousiaste, mais essayait de le cacher, en vain. Gustav comprit très rapidement que la mission était sans doute inédite, et très importante.

— Je vous félicite d'abord pour votre réussite et votre rôle dans la bataille de Bjarmastadt, le Reich vous en est reconnaissant, engagea Herr Stein.

— Merci beaucoup, mais je ne fais que servir Herr Führer et la Patrie, répondit-il, de manière à montrer sa dévotion pour le Reich, ainsi enlevant tout soupçon anticonformiste.

— Maintenant, le Reich et la Patrie Allemande ont encore une fois besoin de vous.

— Je suis tout ouï.

— Bien. La République – Ah ah ! Quelle parodie – est un ennemi de la Nation, de l'Humanité unie sous la glorieuse bannière de la Vraie Idéologie[198], et nous nous devons de la combattre jusqu'à la mort. C'est pour cela que le Führer Herr Goebbels, dans sa sagesse

---

198 La Vraie Idéologie, est, malgré la Guerre Froide entre les quatre blocs fascistes, l'idée de l'unification idéologique qui suivit la Grande Guerre d'Unification, et les différents pays se doivent – depuis les accords de Germania – de garantir l'idéologie fasciste – ou ses variantes locales – dans leurs territoires, et de combattre jusqu'à la mort les autres clans idéologiques. Des volontaires de tous les pays du monde arrivent chaque année aux frontières de la République Russe pour combattre la démocratie, la dernière démocratie du monde – dans le sens idéologique du terme, car les USGA ou la Nation Française sont des États partiellement démocratiques, mais nous ne pouvons pas les définir tels quels.

infinie, a décidé d'atomiser une grande ville russe. Il fait appel à quelqu'un de compétent, fiable, et assez pur pour mener à bien cette mission. Nous faisons appel à vous.

— Vous me faites honneur, et je tâcherais d'accomplir ma mission du mieux que je puisse, afin de contenter Herr Führer Goebbels, et le Reich. Que dois-je faire ?

— Très bien, rendez-vous maintenant à Yekaterinburg, utilisez la T.S. Une fois là-bas, vous vous préparerez via divers entraînements, à larguer le feu nucléaire, avec l'escadron dont vous ferez partie. Vous serez trois à larguer chacun une bombe sur la race inférieure. Toutes les autres informations vous seront indiquées une fois à Yekaterinburg. Avez-vous des questions ?

— Oui, quelle est la cible ?

— La ville russe d'Omsk, je ne peux vous en dire plus, car je n'en sais pas plus. Allez, maintenant, allez à Yekaterinburg, j'ai là l'autorisation d'utilisation de la T.S. On vous attend demain matin, tâchez d'être à l'heure !

— Je ferais de mon mieux pour la Patrie.

— Bien, bonne journée.

— Bonne journée, Herr Stein.

Ainsi, sortant du bureau froid de son supérieur, Gustav se rendit au T.S. de Barbarossa. Il ne savait quoi faire. Faire mourir, ou mourir ? Jeter le Feu Nucléaire sur la « sous-race russe », qu'il considérait – de manière anticonformiste – comme son égale ? Ou bien se donner la mort, et empêcher cette chose ? Mais cette dernière solution ne servirait à rien, juste un gain de temps superflu, et sa mort à lui. Allait-il risquer de rater sa chance dans la Weltraunautique ? Non, aller sur la Lune, il en avait envie. Alors, continuant ce chemin de réflexion jusqu'à son arrivée devant le camp de formation de Yekaterinburg, Gustav en arriva à la conclusion que, le pouvoir de l'Aigle était trop immense, et s'y confronter ne viendrait qu'à l'assurer dans son pouvoir divinement puissant et influent. Il allait exécuter cet ordre, et exécuter des centaines de milliers de personnes avec, malheureusement. Cette pensée l'envahit durant toute la visite qu'il lui était faite du complexe de formation.

L'homme qui lui faisait visiter était habillé d'un haut uniforme SS. Les yeux bleus, le sourire flamboyant, mais la noirceur de ses cheveux ne pouvait l'assurer dans un taux de pureté suffisant. De plus, il ne semblait pas très malin, et se trompait souvent de salle ou d'explication, restant planté là, devant ceux-ci, sans mot dire, pensif.

Après la visite du complexe, qui était assez grand, et dont les couloirs et les dortoirs assuraient une fraternité proche entre les résidents, Gustav apprit que l'homme aux cheveux noirs allait également transporter et lâcher le feu Nucléaire. Celui-ci ne se le cachait pas, et voyait cela comme un immense honneur.

Et ensuite, les membres de l'escadron nucléaire vinrent tous s'entraîner dans les cieux de la ville. L'architecture nazie avait envahi les rues, et tous les monuments héritant de l'empire russe ou de l'Union, avaient été sauvagement détruits.

À la fin de la rude journée d'entraînement, le chef du camp de préparation leur donna un dernier cours, annonça alors la suite des évènements qu'ils allaient mettre en place :

« Messieurs, vous avez assez bien travaillé aujourd'hui, mais ce n'est que le début. Il faudra être fort et préparé face à la mission qui vous attend. Je vais vous donner maintenant les détails de cette mission. Dans quatre jours, vous partirez à 7 heures du matin pour Omsk, deuxième ville de cette république infâme, mais surtout, la plus peuplée. Vous l'exterminerez, de telle manière à éliminer toutes les personnes ne méritant pas la vie dans notre beau monde. Cette dernière étape risquera d'être compromise si nos aviateurs ne sont pas accompagnés d'un escadron qui les protégera. C'est pour cela qu'une fois au-dessus d'Omsk, il faudra opérer en deux étapes. La première sera donc d'éliminer toute menace aérienne, et dès que cela sera fait, trois de nos bombardier-chasseurs pourront livrer aux Russes le formidable feu nucléaire qu'ils méritent. Avez-vous des questions ? »

Il n’y en avait pas. La moustache noire de l’entraîneur aérien luisait dans le crépuscule du Soleil.

« Très bien, maintenant, allez tous manger, puis vous coucher, soyez prêts pour demain. »

Et enfin tous crièrent après ces derniers mots :

« Heil Goebbels ! Heil Goebbels ! Heil Goebbels ! »

Les aviateurs rentrèrent ensuite tous au dortoir pour y faire leurs occupations, avant de manger. Gustav était dans un dortoir avec trois autres aviateurs. Les trois étaient assez particuliers :

L’un ne faisait que lire et relire *Mein Kampf* d’Hitler, un autre jetait méthodiquement une balle sur le mur, rebondissant, l’attrapant et recommençant. Et le dernier, un fier aryen d’une vingtaine d’années, quotidiennement en uniforme SS, ne faisait que marcher, marcher, et marcher autour de son lit, réfléchissant. Gustav lui, ne savait que faire, et parfois interpellait le marcheur :

— Eh ! Heinrich ! Que fais-tu ?

— Je me prépare à marcher sur la surface de la Lune.

— Pourquoi, songes-tu à y aller un jour ?

— Je n’y songe pas Gustav, j’ai passé les premiers tests, je suis certain d’être pris. Je réussirai les tests suivants, et je réussirai les exercices. Enfin, j’irai sur la Lune pour y servir mon pays.

— Tu es ambitieux.

— Non, réaliste. Je ne comprends même pas pourquoi je ne suis pas encore accepté. Et toi ? Que veux-tu faire, p’tit Gustav ?

— J’ai aussi passé les tests, avec Herr Fischer. Je souhaite aussi aller sur la Lune.

— Ah ! Toi, oui ! Toi, t’es ambitieux ! Tu ne peux pas, y’a que des Aryens comme moi qui peuvent y prétendre, mais certainement pas toi ! Ah ! La bonne blague, ce sera déjà bien de réussir à ne pas rater la cible demain matin.

— On verra bien. En attendant, toi, jeune Heinrich, contente-toi de réussir ta mission.

— Je la réussirai, ne t'inquiète pas pour moi, mais toi, doute un peu de toi, p'tit Gustav.

— Je ne fais que ça ! Retourne marcher, et cesse de parler avec moi, espèce de…

— Arrêtez ! Arrêtez, vous deux ! À quoi ça sert tout ça ? Allons, nous allons partir manger, et gardez votre énergie pour plus tard, répondit le lecteur de *Mein Kampf*, le doyen de ce dortoir, Karl.

— D'accord, d'accord ! Allons dîner, finit par conclure Gustav, calmé.

Traversant la grande cour qui séparait le dortoir du centre de restauration, Gustav observait la nuit noire, et les nombreuses étoiles qui parsemaient le ciel ce soir-là. Ses tensions avec Heinrich ne servaient à rien, et menaient à rien, se disait-il. Mais qu'était-il vaniteux, insupportablement vaniteux. Et cela, les deux autres locataires de la chambre en étaient aussi persuadés. Karl, sa moustache noire, l'air robuste et puissant, disait la même chose. Une fois dans la salle de restauration, ils mangèrent ensemble, ne pouvant se séparer, car ils se devaient de respecter les règles. En effet, on ne pouvait pas manger, ou discuter durant le temps de repos, avec des personnes extérieures à celles avec qui l'on cohabitait. Dans la salle, des soldats armés d'une sorte de matraque au bout électrique, rôdaient entre les tables, et piquaient méthodiquement à manger aux personnes les plus « faibles et impures ». Et ils en avaient le plein droit. Après leur repas, ils allèrent tous se coucher.

Les lendemains et surlendemains furent semblables : réveil, déjeuner, entraînement, repos (avec disputes très fréquentes entre Karl et Heinrich, Gustav n'intervenant que très peu), enfin dîner et coucher. Ce schéma de fonctionnement de la journée se répéta durant huit jours. Ils avaient tous accumulé énormément de savoir sur la gestion d'un avion comportant une bombe atomique, et sur la gestion d'une bataille. Pour la première fois depuis la fin de la Grande Guerre d'Unification, l'arme atomique allait être utilisée. La propagande nazie misait énormément sur cet événement, et comme le disait le directeur du camp d'entraînement : « Il ne fallait pas se louper ! »

Vint le grand jour, tout l'escadron, fin prêt à éliminer cette « vulgaire ville remplie d'animaux », partit à sept heures précisément. Il faisait nuageux, sombre, l'épais brouillard envahissant les routes aériennes. Ils arrivèrent en un peu plus de deux heures en haut de la ville. Ils furent repérés parfois par des avions éclaireurs russes, mais à peine avaient-ils eu le temps de prévenir leur chef qu'ils avaient explosé par une torpille envoyée par les avions gardiens de l'escadron.

Soudainement, trois escadrons de vingt chasseurs russes sortirent de la brume, surprenant alors pleinement l'escadron de chasse. Alors, l'ordre fut donné d'immédiatement lâcher les trois bombes nucléaires sur Omsk. Gustav appuya sur le bouton d'ouverture, et la bombe tomba. À la vue de la catastrophe du dessous, les chasseurs russes s'empressèrent de battre en retraite, surtout qu'un quart des effectifs avaient été réduits en fumée par la Luftwaffe. Mission terminée.

Regardant en direction de la ville – qu'on ne pouvait plus décrire désormais comme une ville – Gustav contempla son horreur. Les yeux humides, et revoyant dans sa tête l'image de son doigt appuyant sur Le bouton, Gustav imagina les milliers, les dizaines et les centaines de milliers de personnes, pauvres innocents, qu'il venait d'abattre. Puis, on ordonna à l'escadron de revenir à Yekaterinburg. Ils firent trois heures de voyage durant lesquelles ils avaient pleinement le temps de réfléchir à l'atrocité qu'ils avaient commis, pour enfin rentrer à Yekaterinburg. À leur arrivée, ils furent applaudis par la population allemande qui était venue près de la piste. Tout le monde tapait des mains, et criait : « Heil Goebbels ! Vive le Reich et la Race Aryenne ! »

Gustav se forçait à sourire, mais au fond de lui, il pleurait pour les meurtres qu'il avait commis. Était-il le seul ? Non, pas la peine de parier sur cela. Personne, non, personne n'oserait dire, n'oserait avouer – et de plus s'il y avait de ces personnes – regretter cet acte vu comme civilisé par la population et le monde, mais barbare pour l'Humanité.

CHAPITRE QUATRE

Lorsqu'il rentra à Barbarossa, Gustav fut immédiatement convoqué par Herr Stein. Ce dernier le félicita, énormément, comme s'il venait d'envahir à lui tout seul l'immensité de la République de Russie. Restant humble et modeste, Gustav faisait très attention aux choses qu'il disait. Il ne fallait pas que quelqu'un connût son opinion sur le régime allemand. Toutes ces horreurs perpétrées au nom d'une race inexistante. Quoiqu'il en fût, Herr Stein après ces félicitations en son honneur annonça à Gustav une très bonne nouvelle :

— Cher Gustav, j'ai aussi une très bonne nouvelle, voire deux !

— Pas de mauvaises ? répondit Gustav, songeant alors que la bonne nouvelle pour les hauts gradés SS était plutôt pour lui une mauvaise nouvelle.

— Non. Non, mais rassurez-vous ! Deux très bonnes nouvelles !

— Je vous écoute, Herr Stein.

— La première est que vous êtes convié à Germania, à un banquet avec l'entièreté de l'escadron dont vous avez fait partie lors de l'atomisation d'Omsk. Herr Führer Goebbels sera présent, ainsi que Herr l'Obergruppenführer Josias de Waldeck-Pyrmont. La seconde bonne nouvelle est que vous êtes invité à continuer une série de tests pour songer à travailler sur la Lune pour l'honneur du Reich.

— Cela fait beaucoup de choses en très peu de temps.

— Oui, mais songez, maintenant, aux opportunités gigantesques qui s'offrent à vous. Votre taux de pureté est très élevé, même plus que moi ! Ah ah ! Mais aussi, vous appartiendrez à la classe spéciale, celle qui se trouve au-dessus de la classe dirigeante, en quelque sorte.

— Quand commencent ces deux événements ? demanda Gustav avec une froideur très mal cachée.

— Calmez-vous, et profitez de ce moment. Je crois que vous ne comprenez pas bien, vous faites partie des hommes les plus importants pour l'Humanité, et vous, vous jetez toutes ces bonnes nouvelles comme si cela était un simple insecte.

— Je songe à tout cela, mais je suis aussi conscient de tout cela. Même si tous ces bonheurs arriveront sans doute, je préfère me rendre à eux plutôt qu'ils arrivent à moi.

— Soit.

— Donc, quand commencent ces deux événements ?

— Les tests auront lieu dans deux semaines, le 3 mai, à Von Braun[199]. Le banquet aura lieu dans trois jours, et j'ai là le billet nécessaire afin de vous rendre à Germania.

— Ne venez-vous pas avec moi ?

— Non, je ne peux pas, je serais honoré de revoir le Führer, mais j'ai encore énormément de travail, et ne dois pas manquer à ma charge ici.

— Quel dommage ! disait-il avec une pensée ironique et sarcastique.

— Bien, maintenant, partez ! Il vous reste encore une journée après celle-ci où il vous faudra continuer l'aviation d'éclairage contre ces horripilants de Russes. De plus, je vous conseille de faire très attention aux raids qui suivront l'atomisation.

— Bien, Herr Stein, je ferai attention.

— Soit, bonne journée alors.

— Bonne journée à vous aussi, Herr Stein, conclut Gustav en se retirant.

---

199 Von Braun, ancienne Sotchi, est une ville du Caucase Allemand, dont l'activité ultra-majoritaire et première est la Weltraunautique. Toutes les fusées, missions, et autres vols habités allemands qui partent dans l'immense espace, décollent de cette ville. Von Braun est aussi le centre de formation de Weltraunautique, et son nom rend hommage à l'ingénieur Werner Von Braun, toujours en vie, qui commande toutes les opérations spatiales depuis sa ville éponyme.

Le lendemain, il prépara ses affaires, qu'il venait presque de défaire, et repartit en direction de l'Ultra-Stahlwurm. Traversant toutes les grandes villes de l'Est du Reich, il arriva ensuite à Germania. Il avait prévenu Flora, et cette dernière l'accueillit à la Gare de l'Est.

Enfin, ils rentrèrent se coucher. Plus que deux jours avant le banquet, désormais. Durant ces deux jours, ils eurent l'occasion de visiter le Grand Dôme de Germania, l'édifice principal de la capitale du Reich.

Contrairement au séjour précédent, il ne pleuvait pas, et faisait incroyablement beau. Le soleil brillait sur les étendues de marbre du grand monument. Les innombrables banderoles nationales-socialistes parcouraient les colonnes soutenant l'impressionnant édifice.

L'immense cour intérieure faisait de lui un palace moderne, nazi, et dont tous les recoins faisaient penser aux mégalomanies du Führer Hitler. Tout comme toute la nouvelle ville de Germania, le Grand Dôme avait été pensé par Hitler et son ministre-architecte Albert Speer.

L'intérieur était tout bonnement immense. L'on avait le droit d'entrer dans la Grande Salle d'Assemblée du Reich, seulement trois jours par an, et par une heureuse chance, ils le purent ce jour-là.

Cette salle, faisant presque la taille d'un petit quartier, était juste en dessous du Dôme, et il y avait trois cents mètres de marbre au-dessus de cette salle. Le sol était parcouru d'une immense croix gammée, tandis que des banderoles nazies étaient accrochées entre chaque colonne. L'on pouvait presque mettre dans cette salle plus d'une centaine de milliers de personnes, tant cette dernière était immense.

Une fois par an, le jour d'anniversaire du Führer Goebbels était « fêté » par tous les plus hauts gradés du Reich.

La salle ressemblait un petit peu à l'intérieur du Colisée. Enfin, aux deux extrémités de la salle se trouvaient d'une part l'immense porte de marbre, s'ouvrant via une salle des commandes situées au-dessus de cette dernière, et qui était presque fermée en permanence, et d'autre part la grandiose estrade, surplombant l'ensemble de la salle, et à laquelle on ne pouvait accéder que par des escaliers gardés en permanence par des soldats hautement, très hautement qualifiés : la Garde Hitlérienne[200].

En haut de cette incommensurable estrade, il y avait un Aigle. Grandiose. Magnifique. Dans toute sa splendeur. En or, et ses griffes portaient une croix gammée. Et enfin, aux deux côtés de cette estrade, il y avait deux immenses statues. L'une représentant le Führer Hitler, et l'autre représentant *Der Neue Mann*[201]. Aussi, pendant une minute chaque journée, précisément à 12h00, minute de la Mort du Führer Hitler[202], une carte du Reich Allemand apparaissait au beau milieu de la salle, projetée par on ne savait quoi, au-dessus de l'immense croix gammée du sol.

Ce jour-là, Gustav et Flora, ainsi que les centaines d'autres touristes, eurent le droit, durant la quotidienne minute de silence, à la majesté territoriale de leur Patrie.

De Mayence à Kazan, le Reich du Peuple Allemand n'avait jamais été aussi grand. Après la minute de silence, malgré le froid anonymat, et l'obscurité de la gigantesque salle, ils durent sortir de la Salle d'Assemblée du Reich, pour conclure leur visite du Grand Dôme.

Ils regardèrent la maquette du monument dans lequel ils se trouvaient, puis la maquette de l'entièreté de l'extraordinaire ville Germania, puis enfin sortirent du monument.

---

200 La Garde Hitlérienne est la garde personnelle du Führer du Reich, composée d'une centaine de soldats seulement, qui ont subit d'interminables et douloureux entraînements. C'est un peu l'équivalent de la Garde Prétorienne romaine, mais elle est bien plus qualifiée. La Garde Hitlérienne doit son nom au Führer Adolf Hitler, et ce fut ce dernier qui ordonna sa mise en place. Ses anciens membres possèdent une immunité à vie, et peuvent jouir de tous les luxes existant dans le Reich.

201 L'Homme Nouveau, en allemand, est l'homme le plus parfait du Reich, l'exemple à suivre. Ses cheveux blonds, ses yeux bleus, et son aryennité parfaite, sa vaillance, son courage. On ne sait guère si un homme comme cela a existé, mais la Propagande Nazie le certifie.

202 Adolf Hitler mourut le 7 mars 1954, à 12h00. Sa mort intervint à l'heure où le Soleil était à son paroxysme, et c'est pour cela que chaque jour, à 12h00, l'on fait une minute de silence : toute l'immensité de la Production nazie s'arrête, se stoppe durant une petite minute, chaque jour, à midi précise.

Après l'heureuse visite du Grand Dôme, ils passèrent rapidement devant la Neue Reichskanzlei[203]. L'immense avenue faisait en sorte de monopoliser l'attention sur la résidence du Führer. Ses hautes façades de marbres et ses larges fenêtres s'inspiraient partiellement du style versaillais.

La Garde Hitlérienne rôdait près de ses murs, et il était interdit de s'approcher à moins de cinquante mètres de la résidence, sous peine de mourir sous les balles violentes de la Garde. L'on voyait un quelconque très haut fonctionnaire s'approcher, et entrer dans la Neue Reichskanzlei, mais ils n'étaient qu'infiniment peu : deux par jour, et en général c'était Arthur Seyss-Inquart[204], comme aujourd'hui.

Toujours tête baissée, le regard vide d'expression, regardant le sol marbré de la résidence du Führer, il marchait et entrait dans le bâtiment.

Après cela, les deux époux rentrèrent, et Gustav raconta à sa femme ce qu'il avait vécu en larguant le feu nucléaire. En se remémorant ces souvenirs, Gustav ne pouvait que culpabiliser, et hésitait de plus en plus à se donner la mort pour cela.

Tout devenait insupportable, il était remercié et félicité pour des actions qu'il jugeait immoralement barbare. La veille du banquet, Gustav resta chez sa femme, pendant qu'elle travaillait, tandis qu'il ne sortit qu'une seule et simple fois. Il se souvenait, mélancolique, aux expériences chimiques, aux découvertes sur le nucléaire, et le voilà qu'il avait vu de ses propres yeux les effets de ses recherches.

Gustav n'y avait pas pensé avant, mais cette chose horrible qu'était la chimie à des fins militaires, était trop injustement « donnée » à des personnes innocentes, à tout un peuple innocent.

---

203 La Neue Reichskanzlei est la résidence officielle du Führer du Reich Allemand, depuis sa construction en 1938. De nombreuses salles, annexes, et bâtiments ont été rajoutés depuis, faisant de cette résidence la plus grande et la plus sophistiquée du monde. C'est notamment l'un des seuls bâtiments à ne pas avoir été entièrement détruit lors de la reconstruction de Germania.

204 Actuel ministre des Affaires étrangères du Reich, c'est un proche du Führer Joseph Goebbels, et joua notamment un grand rôle dans l'Anschluss de 1937.

Son instinct patriote, l'avait-il perdu? Avant, il faisait tout son possible pour servir la patrie allemande, pour servir « sa race », mais au fur et à mesure qu'il prenait de l'âge, ce type de régime politique le dégoûtait de plus en plus.

Il dormit très mal, revoyant le Grand Dôme et l'Aigle planer au-dessus de ce dernier, et tout cela dans une apocalypse permanente, cernée par la psychopathie du régime.

Ce rêve, qu'il faisait, représentait parfaitement sa vision des choses. Dans la rue, les gens criaient, criaient, criaient dans une abomination sonore devenant légitime face aux horreurs des Enfers. Les plus hauts bâtiments, les plus majestueux monuments de Germania dansaient dans un spectacle d'une horripilante fantaisie partiellement vraie.

Un immense Aigle planait, planait, et surveillait l'ensemble de la ville. Et régulièrement, très régulièrement, attrapait des personnes avec ses longues griffes, pendant que ces dernières criaient de souffrances, et le spectacle terrifiant continuait toujours, dans la frénésie la plus totale. Gustav était là, comme le restant de la population, il était là, à marcher, méthodiquement sur les trottoirs, et n'espérait qu'une chose : que tout cela s'arrêtât.

Et les gens criaient leur souffrance encore et encore. Enfin, Gustav vit dans le ciel un grand avion marqué par les armoiries de la République de Russie.

Ce dernier tentait d'échapper à l'Aigle, qui le poursuivait toujours, jusqu'à ce qu'il l'avalât.

Le Soleil était rouge, et virait petit à petit au noir, et certaines personnes, dans les rues, mendiant – les mendiants n'existaient plus dans le monde, et dès qu'il en apparaissait, les autorités nationales les tuaient froidement, et les jetaient on ne savait où – les mendiants pleuraient, mais ne criaient pas.

C'étaient leurs visages qui criaient sans faire de bruit, et ils disparurent aussitôt que d'être apparus. Soudainement, un immense éclair frappa la terre, et cette dernière trembla. Les cris s'amplifièrent, et désormais ils n'étaient plus que très peu à rester en vie. L'Aigle avait dévoré l'avion russe et gagné sa dernière bataille contre la démocratie. La terre tremblait, et des fissures apparurent, pour devenir ensuite immenses. Les bâtiments dansaient toujours, et tombaient dans le néant sordide des Enfers, et ces derniers se mirent à sourire comme dans une sorte de schizophrénie frénétique. Leurs sourires – oui, des bâtiments souriaient, et de plus en plus – arrivaient maintenant jusqu'à leurs sortes d'oreilles.

Puis tout tomba, Gustav qui était spectateur de ces horreurs indescriptibles, tomba à son tour. L'Aigle, lui, voguait toujours dans le vide du ciel noir, et même le soleil rouge tomba dans les fissures incompréhensibles des Enfers sur terre. La chute était abominable. Il voyait toujours l'Aigle, qui se rétrécissait petit à petit, pour enfin disparaître, tellement Gustav était loin dans les profondeurs du monde. Il entendit ensuite la voix douce de sa femme, qui le fit sortir de cet horrible rêve.

Gustav, yeux ouverts, ne savait que dire, comment décrire toutes ces horreurs ? Il ne le pouvait pas. Aujourd'hui, le banquet ? Oui, oui ! Attention ! Vite ! Vite ! Se réveiller correctement !

Le banquet était dans deux heures, dans justement l'une des annexes de la Neue Reichskanzlei. Il faisait beau, comme les deux jours précédents. La veille, le couple avait reçu une nouvelle lettre officielle, qui indiquait l'heure et le lieu précis du banquet, avec la liste de l'ensemble des officiels y assistant. Il y avait bien l'Obergruppenführer Josias de Waldeck-Pyrmont, mais aussi Herr Fritz Fischer, et Herr Führer Joseph Goebbels allait passer également un petit moment au banquet. L'on pouvait également emmener une personne de son choix, et Gustav choisit évidemment Flora. Le banquet commençait à 11 h 45, et le couple fut présent une dizaine de minutes avant l'ouverture. L'annexe se trouvait en face de l'arc du Triomphe allemand, et ce bâtiment était réservé aux banquets honorifiques de ce type.

Les caméras de l'UFA[205] étaient déjà présentes, et filmaient les seuls recoins autorisés du lieu. Les autres aviateurs de la Luftwaffe arrivèrent également, progressivement, et Gustav put reconnaître le vaniteux Heinrich, accompagné de sa femme – sans doute, étant elle aussi très précieuse, et d'un blond pur presque effrayant – ainsi que Karl le lecteur, et le quatrième, qui possédait encore sa balle dans la main, et qui s'amusait à la faire rebondir sur le sol.

Quand il fut l'heure, tous purent entrer dans la cour de l'annexe. Étaient disposées çà et là des statues de l'Homme nouveau.

Le sol de la cour était en marbre, et ressemblait très fortement à l'immense salle centrale du grand Dôme, car le sol de l'annexe possédait aussi une grande croix gammée sur le parterre. Dans la cour étaient déjà présents l'Obergruppenführer et directeur en chef du recrutement des Weltraunautes, Herr Von Waldeck-Pyrmont, ainsi qu'à ses côtés le sulfureux médecin Herr Fischer. Ce dernier reconnut Gustav, et s'approcha de lui :

— Heil Goebbels ! Vous êtes bien Herr Gustav Horst ?

— Heil Goebbels ! Oui, je suis bien Gustav Horst, pourquoi Herr Fischer ?

— Je me souviens de vous, c'est vous qui avez commencé en premier les tests de recrutement. Et d'ailleurs, je souhaite vous féliciter pour votre très haut taux de pureté. J'ai aussi l'excellente nouvelle de vous annoncer que vous êtes priés de continuer les tests, et cette fois-ci à Von Braun.

— Merci beaucoup, Herr Fischer. Oui, j'ai eu connaissance il y a trois jours de cette heureuse nouvelle, et je suis très honoré de pouvoir servir à nouveau ma patrie… et ma race.

— Très bien dit, Gustav. Et qui est cette très charmante jeune femme qui vous accompagne ?

— Je vous présente Flora, ma femme.

---

205 L'*Universum Film AG* est la chaîne de télévision du Reich, la seule, nationalisée et dirigée par la Propagande Nazie.

— Très enchanté, Flora… répondit le tonitruant médecin.

— Moi… de… même, Herr… Fischer… répondit-elle avec énormément de précaution, car elle méprisait cet homme encore plus que Gustav.

— Voulez-vous vous rejoindre à nous, l'Obergruppenführer et moi, Herr Fischer ? demanda-t-il de sa fierté de haut gradé.

Gustav n'avait guère autre choix que d'accepter. Ainsi, il regarda Flora, qui comprit la même chose, et l'aviateur répondit :

— Oui, avec… plaisir. Êtes-vous sûr ? Cela n'est pas trop malvenu ?

— Bien sûr que non, si je vous le propose ! L'Obergruppenführer serait également enchanté de faire votre connaissance, répondit Herr Fischer.

— Bien.

Et ils y allèrent, contournant les invités, fixés par certains de ces collègues de l'escadron, par une sorte de jalousie imperceptible. Les cicatrices de l'Obergruppenführer étaient toujours aussi effrayamment présentes. Les trois, traversant la bouche, l'œil, la joue… La voix rauque et très puissante de Josias de Waldeck-Pyrmont écrasait le bruit alentour.

— Heil Goebbels ! Herr Obergruppenführer von Waldeck-Pyrmont. Nous sommes très honorés de nous joindre à vous.

— Êtes-vous le fabuleux polytechnicien aviateur Gustav Horst ?

— Oui, mais je ne suis qu'un humble patriote de notre grande nation, la servant jusqu'à la mort, répondit Gustav, de telle manière à masquer le plus possible son anticonformiste vision du régime, et cette méthode fonctionnait sans cesse.

— Ne soyez pas humble comme cela, vous faites partie des 1 % de la population mondiale à posséder ce taux de pureté très incroyablement élevé nota l'Obergruppenführer.

— Certes.

— Ah ! Mais je vois que Herr Führer Joseph Goebbels arrive ! coupa soudainement le médecin nazi.

Tout le monde s'arrêta. Plus aucun bruit. Les caméras fixées sur la porte d'entrée interne de l'annexe, attendaient le Führer. Puis soudain Il sortit. Dans toute sa splendeur, ses cheveux grisâtres plaqués, sa main se levant en guise de salut.

« Heil Goebbels ! Heil Goebbels ! »

Tous se mirent à crier ces mots, et Gustav était bien obligé de bien les articuler, deux très hauts gradés étant à ses côtés. Le Führer levait la main, la tournait, et souriait, par pure politesse, car il n'avait pas d'autre choix, c'était l'heureux devoir de sa fonction.

Les caméras de l'UFA le fixaient, Gustav les regardant embellir Herr Goebbels, se souvint que c'était lui, oui lui, qui avait mis en place toute cette machine de propagande impressionnante, durant le « règne » du Führer Hitler, lui, Joseph Goebbels, avait été le ministre de la Propagande du Reich. Ses cheveux luisaient au Soleil qui apparut soudainement sur la cour intérieure. Tout le monde applaudissait la présence du Führer, mais ce dernier abrégea, et l'ordre fût donné de décerner les médailles. Alors, l'ensemble des membres de l'escadron se rassembla sur la petite estrade.

Les trois aviateurs qui avaient lâché le feu nucléaire étaient priés de se mettre au centre. Gustav, un grand châtain aux yeux verts, mais aussi et surtout le vaniteux Heinrich.

Ce dernier se tenait très droitement, et tel un enfant tout heureux d'avoir sa belle médaille, regardait sa femme et rigolait comme un sot. Ce fut l'Obergruppenführer qui décerna les récompenses, et quand ce fut le tour de Gustav, Josias de Waldeck-Pyrmont le félicita en lui disant : « Vous avez honoré votre Patrie, félicitations Herr Horst. Nous nous reverrons… »

Et Gustav se contentait de cela pour être heureux à l'instant. Le Führer se mit à le regarder, et c'était ce même regard, oui, le même regard entre les deux hommes, la fois où Gustav se sentait oppressé par les yeux froidement noirâtres du Guide.

Après la longue attribution, lente, solennellement lente, les honorés invités s'en retournèrent déguster les délices offerts par

Herr Führer Joseph Goebbels. Ce dernier resta jusqu'à la fin de la cérémonie, et pour la conclure, fit un impressionnant discours. Son talent oratoire était réellement très impressionnant. Il contrôlait les foules. Il lisait à peine son texte et regardait durement chacun des aviateurs félicités, sous les acclamations des journalistes et hauts fonctionnaires.

À la fin de la cérémonie, avant que le Führer partît, il parla longuement avec l'Obergruppenführer von Waldeck-Pyrmont. Ils échangèrent énormément, protégés par un mur de soldats de la Garde Hitlérienne. Soudainement, ce fût un très court instant, mais soudainement, les deux hommes fixèrent Gustav et Flora, d'un regard attentif, et l'Obergruppenführer s'approcha de l'oreille de Herr Joseph Goebbels et lui toucha quelques mots, qu'ils étaient seuls à connaître.

Gustav se sentit très bizarrement gêné, observé par deux des hommes les plus puissants de tout le Reich. Ils partirent après que le Soleil commença à se coucher.

La pluie se mit à s'abattre, pendant que Gustav et Flora parlaient du banquet, et ils durent se réfugier dans la Gare du Sud. Cet édifice était impressionnant, trop exquis architecturalement, et méritait pleinement sa place au bout de l'immense avenue de Welthauptstadt Germania.

C'était une sorte de grand carré surélevé, se trouvant très aligné au Grand Dôme, et dont les colonnes étaient en marbre. Un grand Aigle gardait l'entrée, au sommet de l'édifice. Des soldats SS protégeaient l'entrée principale, et des dizaines d'autres patrouillaient sur l'Immense Avenue, tout le long de cette dernière. Le bout de l'avenue qui permettait de s'y rendre possédait des dizaines et des dizaines de statues, d'obélisques, et d'autres monuments construits avec les pierres de la Cathédrale Saint-Basile-le-Bienheureux, antique monument de Moscou. Ses pierres rouges servaient désormais à décorer la vraie capitale, Welthauptstadt Germania.

Les galeries de la gare possédaient des centaines, et plus encore, de tableaux d'artistes russes, dont les falsifications étaient presque perceptibles par la classe moyenne allemande. Les tableaux représentant des scènes bibliques avaient été falsifiés, mais aussi à la fois gardés, et remplacés par des peintures représentant le peuple russe n'attendant que la venue de l'Homme nouveau sur ses terres, afin d'être établi en esclavage, et de servir l'heureux colonisateur aryen… Oui, tel était maintenant l'art allemand.

Le reste du bâtiment possédait des façades composées de grands panneaux vitrés et de forme carrée. La grande majorité du bâtiment était vitrée, et pouvait désormais concurrencer dans sa splendeur le Grand Terminal Central de Ford City[206]. L'intérieur pouvait presque égaler par sa richesse artistique les plus grandes salles du Louvre. S'y balader était d'une richesse culturelle incomparable, et Gustav, malgré ses grandes réticences envers le régime, pouvait avouer que ce monument était beau. Après que la pluie diluvienne eut cessé, ils sortirent dehors, dans la nuit froide, et rentrèrent chez eux à pied.

Ils passèrent devant l'immense tour en construction. Cela faisait plusieurs années que montait toujours plus la Fernsehturm Großdeutscher Rundfunk. Immense aiguille métallique qui traversait le ciel et le transperçait, la tour radiophonique de la Grande Allemagne s'affinait au fur et à mesure qu'elle s'approchait de Dieu, telle la tour de Babel. Sa stature incomparable était déjà devenue, même encore inachevée, la plus haute structure du monde, dépassant le Henry Ford National Center à Ford City, qui était désormais en seconde position. Gustav ne pouvait guère voir, mais imaginait les ouvriers travaillant à son sommet, pour qu'elle monte toujours plus haut, dans des conditions encore plus dangereuses que celle de la seconde plus haute construction du monde, dans les années 1940. Des étrangers, pour la plupart, recueillis ici par pure volonté stratégique du Führer…

---

206 Cette gare a longtemps été la plus grande gare du monde, mais fut incroyablement surpassée par la Gare Sud de Germania. La ville de Ford City, anciennement nommée New York, est la plus grande ville des USGA, et possède un peu l'importance équivalente de Germania, aux USGA.

Gustav allait encore rester quelques jours avec sa femme, avant de repartir pour Von Braun, et y passer ses tests.

CHAPITRE CINQ

Il faisait terriblement chaud lorsque l'Ultra-Stahlwurm arriva dans la Gare de Von Braun. Ce dernier n'était réservé seulement qu'aux personnes qui allaient s'engager dans les tests. Ils n'étaient qu'une trentaine dans l'engin, qui avait filé à toute vitesse dans toutes les villes du Reich, pour y récupérer toutes les personnes nécessaires.

À côté de Gustav se tenait le vaniteux Heinrich. Ils n'avaient pas choisi leurs places. Quelle malchance ! se disait Gustav, quelle malchance d'être à côté de ce type affreux !

Derrière eux se tenait Karl, le lecteur des ouvrages hitlériens. En réalité, un cinquième des membres de l'escadron qui avait rasé Omsk possédait des ambitions spatiales. Ils sortirent tous de l'Ultra-Stahlwurm, et furent accueillis par un subalterne du Docteur Fischer.

Ce dernier les mena au dortoir du Camp de Weltraunautique de Von Braun. Les rues étaient en général désertes, seulement quelques officiers rigolaient près des bars, mais la ville lorsqu'on la traversait semblait assez vide.

Le soleil frappait très durement la ville. À travers les quais du port patrouillaient encore d'autres soldats, portant dans leurs mains les armes les plus puissantes du monde, tels que des fusils à électrons, nouvelle invention du maître de cette ville : Wernher Von Braun.

Celui-ci était l'ingénieur le plus qualifié d'Allemagne, après avoir écarté ses ennemis, dont Walter Dornberger, et il possédait ce titre donné par le Führer Hitler lui-même.

Sans lui, le Neuer Mann ne serait jamais allé sur la Lune en premier, et l'ensemble des supériorités du Reich n'existerait pas, et les Américains domineraient déjà l'espace.

Nous étions en 1958, et Von Braun (la ville) était déjà réputée comme la principale ville de communication avec l'espace.

Chacun possédait une chambre, qui ressemblait presque à une suite. Un lit double, avec une mini-cuisine, un tableau des deux Führers accrochés à son sommet.

La salle de bains était impressionnante dans sa beauté, et la richesse du sol de toute la chambre n'était pas à négliger. Heureusement, les dispositions avaient fait que tous les anciens membres de l'*escadron d'Omsk* ne soient à côté, et Gustav put faire la rencontre de nouvelles personnes. Il n'y avait néanmoins que des hommes, le régime nazi jugeant que les femmes n'étaient pas aptes à réaliser tous ces tests.

Après leur installation, tous durent sortir des chambres, pour visiter le camp de Weltraunautique. Le même subalterne présenta progressivement, le lieu de restauration général, le bâtiment de l'Institut de Recherche, l'annexe du ministère de la Science et de l'Espace[207], le centre de lancement, qui se trouvait derrière une immense esplanade vide, et enfin le Centre des Recherches Physiques et Psychologiques.

Ils ne virent que ces bâtiments de l'extérieur, et le subalterne ne se contenta que de décrire leur architecture, et d'expliquer vaguement leur fonction.

Après cela, ils mangèrent tous ensemble à la salle de restauration, où l'Obergruppenführer Josias de Waldeck-Pyrmont fit un discours d'ouverture, et d'explication très détaillé. Le docteur Fischer se tenait à ses côtés, et observait de ses yeux machiavéliques ses différents futurs sujets d'expérimentation.

---

207 Le ministre des Sciences du Reich et de la Colonisation Spatial est actuellement Rudolf Mentzel. Ce ministère ne fut créé qu'à la création du Cabinet Goebbels. C'est un ministère très important.

D'après le discours d'Obergruppenführer, n'étaient présents que les Allemands possédant un taux de pureté supérieur à 90 %, et c'était pour cela qu'ils étaient envisagés pour accomplir la conquête spatiale nazie. Le discours dura l'entièreté du temps de dîner, et après cela, tous se couchèrent, et Gustav le premier.

La nuit lui fut horrible. Malgré l'extrême confort de la chambre, il ne réussit aucunement à fermer l'œil. Tous ses souvenirs, et ses pensées qui cherchaient à prédire le futur, s'entremêlèrent tout le long de l'interminable et abominable nuit.

Il rêvait sans rêver de cauchemars semblables à celui qu'il avait vécu la veille du banquet. Des rêves sordides, incompréhensibles, et malheureux. Il se voyait par exemple torturé à mort par le docteur Fischer, sous les yeux passionnés du Führer et de l'Obergruppenführer. Et de plus, ces douleurs ne semblaient pas fictives, et si l'on donnait un coup dans la tête, dans son faux rêve, Gustav se mettait à avoir une douleur atroce au niveau de la tête. Il sentait le regard froid du Führer, au-dessus de lui, l'observer, comme pour lui signifier toute l'horreur anticonformiste à laquelle pensait Gustav.

Après des heures et des heures d'insomnies terribles, le soleil se leva, et le réveil général sonna. La voix forte d'un subalterne de Herr Fischer résonnait dans les murs, et se propageait très rapidement à travers toutes les chambres. Tous, ils n'avaient que dix minutes pour s'habiller, se laver, et être prêts à faire face à la journée. Gustav, même en prenant son temps, sortit très largement en avance de sa chambre, et se rendit là où les autres attendaient aussi, en face de la salle de restauration. Des menaces étaient proférées via les interphones, telles que : « Plus que deux minutes ! Schneller ! Et si vous avez le malheur d'être en retard, votre chance d'accomplir tous vos tests sera réduite à néant. »

Le vaniteux Heinrich et le lecteur hitlérien Karl étaient arrivés quelques secondes après Gustav. Puis, lorsque le décompte arriva à sa fin, cinq malchanceux arrivèrent en retard. Aussitôt, des soldats se présentèrent, et les emmenèrent dans une salle non présentée, comme inconnue.

Des cris se firent entendre à plusieurs reprises, puis l'un des soldats sortit. Il portait un grand pic de bois, au sommet duquel se présentait… la tête d'un des retardataires.

À la vision de cette chose trop répugnante pour être observée, tous se retinrent de vomir. Les yeux vides et sinistres du subalterne regardèrent attentivement les émotions de chacun, et annonça : « Qui est dégoûté par cela, se doit de s'en aller, sur-le-champ ! » Gustav se redressa, et évita la souffrance morale qu'était de voir cette tête séparée de son corps, puis fit en sorte d'être suffisamment concentré pour ne plus avoir *peur*.

Dix autres hommes partirent lentement vers leurs chambres, et abandonnèrent cette course horrible, qui ne faisait que commencer.

Heinrich n'était point dégoûté, et c'était l'un des seuls qui étaient presque à se réjouir de la disparation – au total – des quinze personnes. Hop ! D'un coup, la moitié de l'effectif qui cherchait à devenir weltraunaute *fut réduit à néant. Et ce n'était seulement que le premier jour, premier jour de ce qui s'annonçait une longue semaine de diverses souffrances, insupportables.*

Après toutes ces scènes, les quinze autres hommes qui restaient allèrent déjeuner. Le subalterne fit son rapport au docteur Fischer. Ils n'eurent qu'une vingtaine de minutes pour manger, et enfin, les cours commencèrent. Plusieurs professeurs firent des cours d'une heure chacun sur la Weltraunautique, et étaient narrés des témoignages – sans doute très falsifiés, pour évidemment servir la propagande – sur les conditions ici.

L'emploi du temps de cette semaine fut annoncé, et était très chargé. Ce premier jour était consacré à l'explication, et la présentation de cette chance, ainsi aussi elle servait à poser les cadres de l'ambiance de travail de la semaine. Le *Dienstag* était quant à lui consacré à l'étude des conditions de décollage, et des différentes étapes avant de se rendre sur la Lune. Le *Mittwoch* allait être tout une série de tests physiques et mentaux très approfondis, tandis que le *Donnerstag* et *Freitag*, des activités physiques rudes et des cours assez difficiles allaient avoir lieu.

Le samedi était le jour du décollage, et ce dernier allait précisément avoir lieu dans la soirée. Le subalterne annonça également que chaque jour, un certain nombre de membres de la mission allaient devoir partir, pour enfin se retrouver à quatre à la toute fin, au décollage. Plus personne n'avait peur, et tous étaient rigoureusement sérieux.

Après que la journée fut passée, on alla se coucher, et cette fois-ci, Gustav dormit agréablement bien.

Le lendemain matin, tout le monde arriva à l'heure, rigoureusement, puis alla manger.

Cela étant, les cours commencèrent. Le docteur Fischer avait déjà fait un tour dans la salle de restauration, et observé – à son tour – très attentivement toutes les personnes qu'il restait.

C'était un homme moustachu châtain clair, aux yeux bleus aussi profonds que l'océan, qui présenta le premier cours. Ce premier cours était consacré à la découverte historique de toute la Weltraunautique. Ils n'avaient le droit à aucune note, et donc il fallait tout écouter et mémoriser, car une épreuve allait avoir lieu en fin de journée. Un grand nombre de dates allait devoir être correctement assimilé dans le cerveau, car l'épreuve consistait en quelques sortes à réécrire le cours, indépendamment.

Ensuite, après une courte pause de trente minutes, un autre cours eut lieu, cette fois-ci sur les techniques des autres pays utilisées dans la course à l'espace.

Était principalement étudié le féroce ennemi américain qui commençait à très sérieusement concurrencer le Reich dans sa construction d'une base sur la Lune – c'était d'ailleurs pour cela qu'un recrutement très soutenu avait lieu afin de continuer à construire cette base.

Les Japonais avaient pour ambition de poser le pied sur la Vénus, et s'y approchaient de plus en plus. Enfin, les autres pays, tels que la

Nation Française ou l'État Britannique, ne pouvaient que conquérir Mars, ou ses satellites. La Lune allait être soit américaine, soit allemande, Vénus très certainement Japonaise, et la colonisation du reste du système solaire restait très incertaine.

Les cours duraient chacun deux heures, et entre chaque cours, une pause de trente minutes avait lieu.

Ils mangèrent ensuite à 12 heures, après leurs deux premiers cours. Une grande pause avait lieu ensuite jusqu'à 13 heures, puis les cours reprirent. Personne n'avait abandonné, tout le monde était certain de lui, confiant.

Le cours suivant était sur les conditions de vie, et la mission de chacun, une fois sur la Lune. Et cette fois-ci, un étudiant sortait du lot, et connaissait incroyablement bien tout ce sujet. C'était un grand brun – un des seuls présents ici – aux yeux bleus – et une fois encore – il se nommait Masshäus Hoffman. Lui pouvait presque rédiger et faire le cours, tant il savait de choses sur les conditions de vie sur la Lune. Après ce cours, Gustav alla parler à ce Massahäus, qui était très sociable, et très gentil. Ils firent très rapidement connaissance, et devinrent ensuite le premier binôme amical dans cette tension toujours croissante, où il fallait tuer l'autre.

Le dernier cours eut ensuite lieu, sur le « voyage » qu'ils allaient faire jusqu'à la Lune, en passant une station spatiale, et une fois sur la Lune, la finition de la base nazie, la récolte des matériaux sur le satellite de la Terre, et pour finir les impacts physiques et mentaux qu'allait avoir cette mission.

Enfin, ils eurent une heure entière de repos, et l'épreuve commença à 17h30.

Ils avaient jusqu'à 19 heures pour écrire le plus de choses dites lors de ces huit heures totales de cours. Gustav, se surprit, en remplissant presque parfaitement les dix feuilles qu'ils avaient à leur disposition. Masshäus Hoffman termina le premier, suivi de Karl, Gustav et enfin Heinrich, puis tous les autres. En une heure et deux minutes, Gustav avait fini de tout bien correctement rédiger.

Il s'en retourna à sa chambre. Cette épreuve était l'une des plus compliquées et rudes de toute l'Allemagne, et la réussir équivalait à réussir à entrer dans la Reichsuniversität der Wissenschaften. À 19 heures, après s'être reposé un petit peu dans sa chambre, Gustav ressortit et vit dehors, au loin, le tableau qui annonçait les « vainqueurs » et les « perdants ».

Il était pris ! Oui ! Miracle ! Il avait réussi très correctement, et en était très fier. En effet, le temps comptait beaucoup aussi : le dernier qui avait achevé de remplir sa copie au bout d'une heure et quatorze minutes. Lui, et deux autres, qui avaient fait respectivement une heure et treize minutes, et une heure et douze minutes, étaient « priés de partir », c'est-à-dire exclus des jours suivants de tests.

La nuit était tombée, il faisait beau et chaud, et Gustav fêta sa petite victoire avec Masshäus, tandis que Karl lut méthodiquement un certain passage de *Mein Kampf* à haute voix. Heinrich, lui, était pris – bien sûr, dans sa qualité d'aryen parfait – et jouissait de cela en humiliant les trois rejetés. Après le dîner, le docteur Fischer félicita les désormais douze étudiants qu'il restait, et leur annonça des exemples de tests qu'ils allaient subir le lendemain.

L'ordre de passage pour les tests fut aussi annoncé, et Gustav passait en troisième, après Heinrich et un autre étudiant peu sociable. Après ceci, tous allèrent se coucher. Gustav lut un petit peu l'ouvrage du Führer Hitler *Mein Kampf*, mais fut très dégoûté par les théories racistes émises à l'époque – et conduites aujourd'hui – par le Führer Hitler.

Le lendemain matin, après le déjeuner, les tests généraux commencèrent. Chacun leur tour – et cela durait en moyenne deux à trois heures pour chaque – ils firent leurs tests. Heinrich, vers 11 heures du matin, sortit, larmes aux yeux et coulant sur sa joue, de la salle 7.

La salle 7 était la salle où l'intégralité des tests était opérée. Située au fond de l'intersection entre l'annexe du ministère de la Science et de l'Espace et le Centre des Recherches Physiques et Psychologiques.

On demandait à Heinrich pourquoi il pleurait, mais il passa, le regard vide, sans mot dire, devant eux.

Il marchait droitement, tel un automate, et se comportait extrêmement étrangement. Il rentrait dans le grand dortoir, et enfin disparut dans l'obscurité du bâtiment.

Et des rumeurs se mirent à circuler. Pourquoi était-il dans cet état ? Comment ? Que se passait-il dans la salle 7 ? Quelles étaient les raisons pour lesquelles l'accès à cette salle 7 était surveillé par des soldats aux armes électriques ? Le deuxième qui allait subir cette série de tests entra dans la salle 7. Les rumeurs continuèrent, s'amplifièrent. Allait-il ensuite être dans le même état que le vaniteux Heinrich ? Allait-il mourir ? Leur enlevait-on des organes, notamment une partie de son cerveau, ce qui expliquerait ce comportement si particulier ? Allez savoir !

On ne pouvait que théoriser, se faire peur mutuellement, et l'ambiance qui se créait dans la salle d'attente qui se trouvait dans l'accueil du centre des Recherches Physiques et Psychologiques, devenait très malsaine, déséquilibrée, voire glauque…

Il était 14 h 03. Personne n'avait jamais pu manger. Le deuxième étudiant sortit, la main gauche tenant son épaule droite, et inversement, la bouche ouverte, les cheveux pleins de sueurs, et ses habits mouillés, la main moite, mais surtout, ses yeux vides, terriblement… vides.

On l'appela, l'appela, aucune réponse. Vide sidéral dans son cerveau, semblait-il. Maintenant, c'était le tour de Gustav.

L'horrible torture qui était décrite indirectement par les deux précédents testés faisait que le cœur de Gustav battait terriblement dans sa cage thoracique. Chacun lui souhaita bonne chance :

— Bonne chance Gustav ! Qu'Hitler soit avec toi ! disait Karl.

— Force et courage à toi Gustav ! disait Masshäus.

Et ces commentaires d'espoirs qui étaient suivis par d'autres, vinrent réchauffer la froideur de l'angoisse que ressentait Gustav à ce moment-là.

Il s'avança lentement devant la porte de la salle. Quatre soldats gardaient l'entrée. L'écriteau « SALLE 7 » faisait trembler Gustav.

L'un des soldats gardiens ouvrit la porte. Obscurité. Totale. Enfin presque. Une petite lampe à huile éclairait la pièce.

L'ambiance qui y régnait faisait penser à Gustav à celle qui avait régné durant le premier interrogatoire, et la première série de tests. Mais ceux-là étaient plus importants, car ils allaient déterminer une grande partie du parcours de Gustav : allait-il avoir la chance de se rendre sur la Lune, ou bien continuer sa vie monotone d'aviateur, en déchiquetant les restes d'une république honnie de tous ?

Les yeux du docteur Fischer, et sa blouse blanche pouvaient s'apercevoir dans la noirceur de la salle 7. Il faisait aussi très froid, et il y avait presque un choc thermique entre le dehors et l'intérieur de la salle 7. Gustav n'avait pas le choix : il entra.

Le regard du docteur Fischer était tellement froid qu'il devenait insupportablement malveillant. Mais le sourire qu'il tentait d'arborer lui donnait un air plus ou moins cordial.

Une grande impression de déjà-vu envahit Gustav, car il reconnaissait et ressentait les mêmes choses, les mêmes détails, les mêmes sinistres détails, que les deux différentes salles inspiraient.

— Vous pouvez vous asseoir, Herr Horst, articula le plus clairement possible Herr Fischer.

— Bien d'accord, répondit-il en s'ordonnant.

— Les tests physiques étant déjà faits, nous allons procéder plus en profondeur aux tests psychologiques. Êtes-vous heureux d'être ici ? demanda-t-il en sortant ses feuilles de notes.

— Oui, oui. C'est pour moi un immense honneur que d'être ici, en votre présence, afin de tenter de réussir le mieux possible tous les tests qui me seront demandés d'être faits.

— Bien. Je vais devoir réaliser une sorte de portrait psychologique de vous.

— D'accord, Herr Fischer.

— Quelles relations avez-vous avec votre famille ? commença-t-il.

Ces questions servant à brosser le portrait psychologique de Gustav furent longues. Il devait répondre, toujours plus, et ses souvenirs – bons comme mauvais – revenaient dans sa tête comme les hordes mongoles revenaient déferler sur l'Europe. Puis tout à coup, la question que redoutait le plus Gustav arriva :

— Que pensez-vous du régime dans lequel vous vivez ?

L'horrible question ! Il ne pouvait dévoiler sa pensée des choses, il fallait mentir ! Et toute de suite ! Sans hésiter ! Quelques secondes passèrent, et Gustav répondit :

— J'adore le régime. Et c'est un véritable plaisir inconditionnel que de vivre dans la grandeur et la beauté infinie du Grand Reich Allemand.

— Êtes-vous sûr de ce que vous avancez ?

Non ! Cela continuait ! Non ! Que répondre, ô hypocrisie !

— Oui, j'en suis certain.

— Bien, je vous crois, maintenant passons aux tests sensoriels. Vous allez devoir fixer cette horloge, et ses rouages qui tournent lentement, ses lumières changeant de couleurs indépendamment, ses rouages qui tournent lentement… lentement… très lentement, voyez-vous ?

— Oui… je les vois… répondit-il, petit à petit hypnotisé par la beauté de l'appareil dont les lumières faisaient penser à de beaux disques lumineux dans le ciel obscur de la pièce vide.

— Voyez-vous le bleu, passer au violent, puis au rouge, vert, jaune, orange, rouge, puis revenant au bleu, et ceci infiniment dans l'infinité du temps qui traverse cette pièce. Voyez-vous ?

— Oui… je… vois… tout cela.

— Vous sentez-vous bien ?

— Oui, terriblement bien, affreusement bien…

— Que pensez-vous de moi, Herr Fischer ? Répondez honnêtement, vous vous sentez bien, répondez honnêtement…

— Non, je ne dois pas le dire…

— Si, dîtes-le !… Cela vous libérera, faites, faites ! Que pensez-vous du Docteur Fischer ?

— Je le hais… je le déteste… suis-je avec lui, monsieur ?

— Non, le docteur Fischer n'est pas là, vous seul êtes là. Écoutez le son de ma voix pénétrer dans la profondeur instable de votre corps. Continuez maintenant.

— Je n'aime pas le docteur Fischer. Je le déteste au plus profond de mon âme, il est comme… comme…

— Comme qui, exactement, Gustav ?

— Comme… tous les autres nazis, les hauts fonctionnaires du régime… Je les déteste tous…

— Pourquoi les méprisez-vous, Gustav ?

— Ils usent de la propagande pour faire valoir leurs seules idées… Ils exterminent des minorités qui ne demandent que la paix… Ils vénèrent une race inexistante… Se font la guerre, politique, et idéologique entre tous ces états semblables…

— Que pensez-vous de l'Humanité, ici et maintenant ?

— L'Humanité n'existe… plus… et seul les Enfers règnent dans ce monde.

— Êtes-vous conscient que ce que vous pensez peut vous poser des problèmes ?

— Oui, je le sais, bien sûr, c'est évident.

— Maintenant, je vais reposer la première question : que pensez-vous du régime ?

— C'est un régime… infernal… que je ne peux décrire tant il est horrible, et c'est une véritable honte que de vivre ici, et même partout dans le monde.

— Auriez-vous aimé que les démocraties corrompues et le Judéo-Bolchévisme gagnassent la Guerre ?

— Oui… oui… tellement…

— D'accord, maintenant regardez encore les lumières changer, passant du clair au foncé, du rouge au bleu, de la crainte à l'espérance, de la révolte… à l'acceptation. Voyez-vous le changement ?

— Oui… je le… vois.

— Tout ce que je vais vous dire maintenant sera pris pour vérité ultime, et sera ancré au plus profond de vous, de votre corps, et de votre conscience. Tout ce que je vais vous dire, vous l'avez toujours pensé, et vous le penserez toujours, à jamais.

— D'accord.

— Le régime du Reich Allemand est le meilleur régime au monde. C'est un paradis sur Terre, et vous êtes un très grand chanceux que d'y vivre. Le monde est ravi d'accueillir pleinement l'idéologie fasciste, car c'est la seule qui mérite d'exister. Toutes les minorités méritent la mort, dans la souffrance et la torture, car ils « polluent » la Terre par leurs respirations sournoises. Les Américains, leurs alliés, le Japon, ses alliés, les Britanniques, et leurs alliés, sont tous des pays et des peuples décadents, corrompus par l'argent que leur donne dans l'ombre les Judéo-Bolchéviques. Seuls l'Allemagne et ses alliés hongrois, suédois, peuvent prétendre à régner sur Terre. Vous adorez le Führer Hitler, et son successeur Herr Führer Goebbels. Vous les aimez par-dessus tout. Vous savez que votre taux de pureté est incroyablement élevé, vous le savez, et cela est d'une vérité qui est autant vraie que la pluie tombe, et que le Soleil se couche le soir. Vous êtes heureux et très chanceux de posséder ce taux de pureté très élevé. Vous appréciez énormément vos collègues, et eux aussi vous apprécient énormément, et vous faites en sorte d'établir une ambiance de franche camaraderie au sein de l'équipe. Vous êtes fier de pouvoir aller sur la Lune, et tenter de servir le régime du mieux possible. Vous adorez votre pays, et c'est ce qui compte le plus au monde pour vous, au-delà de votre femme. Vous aimez énormément aussi Flora, votre femme, car elle est comme vous, et *pense* comme vous, désormais… Et pour finir, vous accomplirez à fond les épreuves qui suivront, mais vous resterez très fatigué jusqu'à demain matin. En sortant, vous allez directement vous coucher. Ai-je été suffisamment clair ? Car c'est la vérité, et vous l'acceptez et désormais, tout est vérité au fond de vous.

— Oui… j'ai toujours adoré le régime, ses dirigeants, ma femme, mes collègues-camarades, et pour toujours je les aimerai.

— Très bien, sortez, maintenant.

Gustav se leva, lentement, et sortit de la pièce, lentement, pour traverser la salle d'attente, où tous ses collègues étaient présents. Ils attendaient tous dans l'incertitude la plus totale. Gustav était heureux, et se rendait compte désormais de sa chance de vivre ici, dans le Reich.

Ses collègues, peut-être pas pour l'instant, mais plus tard, se rendront à l'évidence qu'ils avaient de la chance. Gustav qui n'entendait pas les inquiétudes dites par les autres, ne tourna pas la tête, et traversa lentement la cour, pour aller se coucher. Il croisa le portrait du Führer, et qu'était-il beau et puissant ! Il s'effondra sur son lit, et dormit. Il rêva, de l'Aigle, dans un paradis sur Terre. Avant, Gustav voyait l'Aigle comme la représentation infernale du totalitarisme horrifiant, mais maintenant l'Aigle était l'ambassadeur du bonheur et bien-être dans ses rêves. Désormais, et pour toujours, il aime *ce* Monde.

CHAPITRE SIX

Gustav dormit terriblement bien, et se réveilla en pleine forme, sans se poser de questions, car il aimait l'Aigle, et avait épousé ses idées. Il était sept heures quand le réveil sonna. Il fallait être à 7 h 30 prêt, dehors, à déjeuner, et à passer les prochaines épreuves. Il s'habilla rapidement, et arriva en avance au lieu de rassemblement. Quand les 7 h 30 sonnèrent, Gustav remarqua qu'ils n'étaient plus que huit. Quatre des membres avaient disparu, pourquoi ?

Peu importe, se disait Gustav, il ne fallait s'occuper que de l'importance donnée au régime, oui le Régime.

Le soleil se levait, et offrait un spectacle extraordinaire aux derniers « survivants » d'ici. Il remarqua, en parlant aux autres, que beaucoup avaient changé. Heinrich n'était plus vaniteux, et ne vivait – contrairement à seulement un jour auparavant – que pour le régime. Masshäus exprimait beaucoup plus sa gratitude infinie envers le régime et Herr Führer Goebbels.

Karl était le seul à ne pas avoir changé, aucunement même. Il lisait toujours en boucle *Mein Kampf*, et faisait profiter sa lecture aux autres.

Et lui, avait-il changé ? Il se posa la question. Était-il la même personne qu'auparavant ? Peut-être, mais il avait l'idée d'avoir toujours adoré le régime. Était-ce le cas ? Il possédait un infime doute, mais il en était certain : il avait toujours aimé sa patrie.

Après avoir déjeuné, en écoutant les sages lectures de Karl, tous se dirigèrent dehors. Ces deux jours, *Donnerstag* et *Freitag*, allaient être l'occasion de tester et démontrer leurs capacités physiques et intellectuelles. C'était un peu la dernière ligne droite avant d'accéder à la gloire lunaire, mondiale, et patriotique.

À huit heures commença le premier cours. Tous les cours allaient se dérouler dehors, ces deux derniers jours. À leurs grandes surprises, on leur donna des sacs de treize kilos sur chacune de leurs épaules. Enfin, le subalterne du docteur Fischer annonça calmement :

— Votre mission aujourd'hui est de prouver votre courage. Vous allez devoir courir un marathon de 40 kilomètres avec ces sacs de treize kilos sur les épaules. En même temps que cela, vous devrez écouter le cours qui vous sera dicté oralement par le Professeur Basch, qui sera en voiture près de vous. Des questions ?

— Nous sommes obligés de… de faire ce marathon… ? osa poser comme question l'un des plus faibles du groupe.

L'on se demandait aussi pourquoi il n'avait pas été arrêté plus tôt, car même s'il possédait sans doute un taux de pureté extrêmement élevé, ce jeune Franz n'avait guère l'allure d'un homme courageux. Le subalterne répondit :

— Mais ne vous sentez pas obligé de rester, si vous avez peur, partez, mais ne revenez plus, et ne faites plus parler de vous.

— Bien… merci Herr… au… revoir…

Deux gardes armés des mêmes fusils électriques vinrent le chercher, puis l'accompagnèrent dans sa chambre, et seulement quelques secondes après, le peureux partit, et s'éloigna du Centre.

Une goutte de sueur apparut sur le front de Gustav, mais pourquoi ? Il n'avait pas peur, enfin… le pensait-il ? Chacun se regardait, puis regardait le subalterne qui attendait sagement l'arrivée du Professeur Basch.

Ce dernier arriva enfin. Il était très grand, mortellement mince, la peau sur les os, des cheveux courts et très noirs – avec une coiffure semblable à celle du Führer Goebbels – et possédant aussi une bouche petite et étroite, dont le léger sourire faisait transparaître ses dents jaunâtres. Il était vêtu d'un long costume noir, et y mettait ses mains dans les poches avant, de la grande veste. La démarche lente, lourde, impressionnante, il se présenta :

— Heil Goebbels ! Je me présente, je suis le Professeur Basch, et vous ne devez m'appeler que par ces deux mots. Je suis le principal adjoint du docteur Fischer, je vais vous suivre ces deux jours. Lors de cette première épreuve, je vous parlerai de Weltraunautique, pendant que vous parcourez vos jolis 40 km marathoniens. Nous y allons maintenant. Prenez bien une gourde d'eau, car nous ne nous arrêterons que quand le marathon sera terminé. À votre arrivée, un test visant à la récapitulation du cours que je vous aurai édicté vous sera soumis si vous voulez être accepté. Des questions ?

Aucune. Alors, l'épreuve commença. Ils eurent cinq minutes pour se préparer, et après, ils partirent. Le Professeur Basch s'était mis à l'arrière de la Mercedes[208], et commença son cours en parlant dans un mégaphone. Les sacs de vingt kilos pesaient très lourd sur les épaules de Gustav. Mais il l'avait fait, et réussit. Un seul abandonna, ou plutôt s'effondra sur le parterre rocheux de la longue piste aérienne de Von Braun.

Il fut ensuite récupéré par le Professeur Basch, et soigné au Panzerschokolade[209], pour ensuite continuer la course, et s'effondrer une seconde fois, une vingtaine de mètres avant la fin. Heinrich, Karl, Masshäus et Gustav avaient tous réussi ceci, et ceux qui restaient également.

En arrivant, ils n'avaient que dix minutes pour se reposer, et après cela le test commença. Gustav finit très rapidement, et copia tout ce qu'il avait entendu, dans les échos bruyants de la voix du Professeur Basch à travers le mégaphone. Il était 14 heures quand tout le monde eut fini, et après cela, ils mangèrent un véritable banquet de réussite, et furent félicités par le docteur Fischer, sous le regard attentif de

208 La marque de voiture Mercedes, avec Volkswagen, est la seule firme allemande autorisée à produire, pour le Reich et ses alliés, des voitures.

209 Le Panzerschokolade est du chocolat qui améliore incroyablement les performances de chacun.

l'Obergruppenführer von Waldeck-Pyrmont. Après le festin, ils se couchèrent, et furent réveillés seulement deux heures après pour la dernière épreuve de la journée : la Centrifugeuse.

À l'annonce de cette dernière épreuve, chacun se mit à rire, à rire, à rire aux larmes et même à s'en faire mal. Pour aucune raison apparente, ils riaient tous ! Éperdument ! Mais il n'y avait rien de drôle, alors pourquoi rigoler ? Pourquoi frapper méthodiquement les tables de métal pour se calmer ? Et même le docteur Fischer et son principal adjoint se mirent à rire, et même l'Obergruppenführer voyait sa bouche déchiquetée par son sourire. Ils rigolèrent tous pendant dix longues minutes, et puis l'on se calma, pour ensuite se rendre au Centre des Tests Physiques et Psychologiques.

Le soleil frappait encore énormément, et l'on voyait par terre toutes les gouttes de sueur des futurs weltraunautes après le marathon. Encore une fois, ce fut le Professeur Basch qui mena les expérimentations. Gustav entra le premier dans la centrifugeuse. Au début lente, cette dernière prit de plus en plus de vitesse, de plus en plus vite, projetant de plus en plus le corps de Gustav sur le fauteuil. Il ne le voyait pas, mais la machine dépassait rapidement les 5 g, pour ensuite arriver aux terribles 7 g, et enfin, ralentir. Ses camarades le regardaient souffrir, et en sortant de l'appareil monstrueux, Gustav tomba sur eux, en rigolant, toujours. Puis, à leur tour, ils se mirent aussi à rire, sauf Heinrich qui savait qu'il était le prochain à passer.

À peine une minute de répit qu'aussitôt le vaniteux aryen entra dans la machine infernale, pour en ressortir dans le même état que Gustav, un état second, dans lequel il rigolait, riait. Mais pourquoi ?

Puis chacun passa, et la fin était la même à chaque fois. Puis, les 18 heures sonnèrent, et tout le monde avait fini la journée infernale de tests. Au dîner, Herr Fischer annonça les derniers membres restants :

— Les noms que je vais dire seront les restants, les quatre qui auront la chance de servir leur patrie sur la Lune. Car demain, ce vendredi, ne sera pas comme aujourd'hui. Au vu des résultats intéressants que vous avez fournis, nous vous proposons une journée de repos, avant le décollage de samedi, où vous serez suivis par le Professeur Basch et moi-même, afin de vous remettre en pleine forme pour servir votre patrie. Les personnes non acceptées pour le décollage seront également suivies pour leur rétablissement, demain également, et pourront assister au décollage de leurs collègues. Rassurez-vous, après toutes ces épreuves et difficultés, vous aurez la chance de pouvoir accéder à des postes assez hauts dans la fonction administrative du Reich. Bien, vous avez des questions ?

— Oui, s'élança Heinrich tendu de stress, qui sont ceux qui sont acceptés Herr Fischer ?

— L'Obergruppenführer va se charger de les transmettre maintenant, Herr Von Waldeck-Pyrmont, je vous en prie.

L'Obergruppenführer monta sur l'estrade, et se présenta sous les lumières de la grande salle. Ses cicatrices étaient illuminées, et brillaient de mille feux comme des canyons sous la chaleur ardente du Soleil. Son magnifique uniforme SS, noir, médaillé par les récompenses militaires qu'il avait obtenues, lui allait très bien, et renforçait sa crédibilité terrifiante. Gustav regarda autour de lui. Tout le monde s'angoissait, et attendait, attendait, les yeux fixés sur l'Obergruppenführer, que ce dernier, annonce.

Josias de Waldeck-Pyrmont regarda lentement ceux qui avaient vécu toutes ces difficultés, s'avança un peu plus près du microphone, pour, enfin, annoncer les noms des personnes acceptées :

— Sont acceptés en tant que Weltraunautes pour le Vol Mond Reich V :

« Allez-y annoncer ! » se disait impatiemment chacun.

— Herr Döderlein Heinrich…

— Oui ! s'écria-t-il.

Ses yeux, désormais vidés de toute angoisse, devinrent infiniment reposés et sages, tout à coup.

— Herr Exner Karl…

Son visage demeura impassible, sans doute dans sa tête était-il en train de réciter des phrases du livre du Führer Hitler, mais son léger sourire à l'annonce de son prénom le trahit.

— Herr Horst Gustav…

Un immense soulagement emplit tout le corps de Gustav. Il était… accepté ! Il avait envie de sauter partout, de crier son exaltation, sa joie, sa chance, mais comme Karl, il se contenta d'un simple sourire. Plus qu'un nom, qu'allait-il être ?

— Et enfin, Herr Hoffman Masshäus.

Il ria nerveusement quelques instants, avant de se réduire au silence, heureux.

Voilà les quatre personnes acceptées afin de se rendre sur la Lune. Quelle chance ! Karl, Heinrich, Masshäus, et lui, Gustav.

Après ceci, tous applaudirent, on remercia ceux qui n'étaient pas acceptés, et on les consola avec : « Oh, quel dommage ! Bon courage pour ta nouvelle vie. »

Heinrich devint expert de cette méthode en deux minutes, et était celui qui se laissait le plus emporté dans son euphorie. Cela étant, ils se couchèrent.

Le lendemain matin, heureusement, il n'y avait aucune exigence horaire : ils purent dormir jusqu'à l'heure qu'ils voulaient.

Mais il fallait tout de même se lever, pour profiter des soins apportés par le Professeur Basch. Gustav se réveilla aux alentours de 10 heures, et rejoignit la salle de restauration, pour y trouver seulement Karl. Celui-ci disait qu'Heinrich et Masshäus dormaient encore, et qu'il était le premier à s'être réveillé. Sur la table, le déjeuner en face de lui, il lisait, et toujours ce fameux ouvrage hitlérien.

Sa légère barbe lui donnait un air sage, mais machiavélique aussi. Ses lunettes rondes et ses cheveux noirs assez longs développaient chez lui un air anticonformiste, il n'avait aucunement l'air d'un aryen parfait comme l'était Heinrich. Sa bouche se tordait quand il mâchait les aliments, et son regard méfiant faisait de lui un être véritablement spécial. Cependant, il était d'une très grande intelligence, et d'une culture très développée. Alors, pour la première fois avec lui, Gustav discuta longuement. Ils parlèrent chacun de leur vie, des ressentis des différentes épreuves et tests, tout en restant dans une attitude parfaitement patriotique.

Après réflexion, Gustav aimait, aimait de plus en plus, son Führer et sa Patrie, et parla de cela avec le tonitruant lecteur. Puis, une heure plus tard, sans doute sur le coup des onze heures, Heinrich et Masshäus entrèrent dans la salle de restauration. Eux quatre étaient seuls dans l'immensité de la pièce, et pouvaient déjeuner un véritable banquet presque inépuisable.

Ils mangèrent tous énormément, en retrouvant leurs forces perdues durant les trois jours précédents de « fausses » tortures. Ils enchaînèrent le repas du matin avec celui du midi, et rigolaient, discutaient, faisaient bien plus ample connaissance.

Désormais, à la fin du festin, ils étaient comme quatre frères, servant la même patrie, et ayant le même objectif : servir le Reich sur la Lune.

Ils savaient tous qu'ils étaient constamment observés, et n'attendaient que le Professeur Basch pour commencer les soins.

Puis enfin il entra dans l'immense pièce. Avec sa blouse blanche, ses quelques collègues-adjoints, et ses documents plaqués sous le bras droit, il interpella les quatre weltraunautes :

— Heil Goebbels ! Eh bien messieurs ! Je vois bien que vous vous êtes rassasiés, désormais, il est question de commencer les traitements. Veuillez, vous quatre, me suivre.

— Bien, nous vous suivons, acceptèrent-ils tous en chœur.

Ils sortirent au-dehors, et suivirent le professeur Basch jusqu'à une salle fermée très intelligemment par des codes, ainsi qu'une porte blindée. Une fois à l'intérieur, ils virent quatre sortes de tables, creusées légèrement, et dont les creux étaient remplis d'un liquide bleuâtre. Des lampes se trouvaient au-dessus de ces lits creusés, et laissaient transparaître la même lumière bleuâtre. Le Professeur Basch ordonna alors :

— Veuillez-vous allonger sur ces *Pflegebetten*, et une fois dessus, détendez-vous et faites le vide en vous.

Ils le firent. Les *Pflegebetten* possédaient chacun des noms appropriés, comme « Lit de Soin 1 : Masshäus Hoffman », et un liquide coulait par des sortes de minuscules cascades.

Une fois le weltraunaute allongé, une sorte de vitre artificielle, comme de verre, mais molle, et traversable apparut. La technologie allemande était véritablement très avancée.

La vitre isolait complètement la personne à l'intérieur, et désormais, ce dernier était seul. Gustav avait en tout cas cette impression. Très rapidement, il s'endormit. L'air qu'il respirait était d'une douceur incompréhensible. Une fois qu'il dormait, immédiatement, des rêves commencèrent. Ils n'étaient pas haineux, ni effrayants, ils étaient paisibles, beaux, et calmes.

Gustav ressentait une sensation de totale plénitude, d'un bien-être presque infini, dans lequel il voulait rester éternellement. Après une durée qu'il ne saurait déterminer, il se réveilla.

Il ne voulait pas plus rester dans cette capsule de vie, et sortait dans un état parfait. Les vitres s'ouvrirent, et tous se réveillèrent en même temps. Ils se sentaient tous parfaitement bien, et étaient entièrement prêts aux épreuves du lendemain.

Le Professeur Basch était assis sur une chaise, et avait noté tout ce qui s'était passé dans cette salle sur une petite feuille de papier. En ressortant, Gustav aimait encore plus le Führer, et pouvait se donner la mort des dizaines de fois pour juste le contenter.

Et il était fier de cela, et sentait pouvoir subir toutes les tortures et horreurs du monde pour sauver le Führer. Était-ce le cas des autres ?

Gustav ne le savait pas, et n'avait aucune idée de la réponse à cette question. Il se sentait jeune et bien dans son corps, il était dans une sorte d'apogée physique et intellectuelle. Une fois dehors il courut, courut, car il le pouvait, et sentait pouvoir le faire pendant des heures. Masshäus, Heinrich et Karl se sentaient dans le même état, et sautaient, couraient, s'adonnaient aux plaisirs de posséder un corps aussi puissant et riche. Puis soudain une immense faim les parcourut tous. Ils allèrent encore une fois manger, puis dormirent.

Pendant leurs repas, le Professeur Basch et le docteur Fischer leur expliquèrent l'organisation du lendemain.

Ils allaient se lever très tôt, pour se préparer à entrer dans la fusée. Cette dernière était déjà prête à décoller. Puis ils allaient encore une fois manger, puis se reposer grâce aux *Pflegebetten*, et après ceci, ils allaient entrer dans toute leur gloire en s'engageant dans la fusée.

Étaient annoncés présents Herr Hermann Von Göring[210], Wernher Von Braun, l'Obergruppenführer Josias de Waldeck-Pyrmont – évidemment – ainsi que le Russlandsführer Herr Martin Bormann[211]. Tous ces personnages étaient les plus importants du régime allemand, et leur présence au décollage témoignait de la très grande importance de cette cérémonie.

Le décollage allait avoir lieu dans la nuit du samedi au dimanche, normalement à 00 h 06.

Gustav dormit incroyablement bien, héritant du repos que lui avait procuré la science du Professeur Basch. Il se trouvait merveilleusement bien, et sentait son corps flotter dans l'immensité de l'espace. Le lendemain matin, ils se réveillèrent tous en même temps, à 6 heures du matin. Les pendules des horloges dcs différentes chambres avaient sonné, et comme des automates, les quatre weltraunautes s'étaient réveillés.

Gustav repensait à son quotidien d'antan, l'aviation, les bombardements sur des citoyens russes innocents, les allers-retours

---

210 Hermann Von Göring est le ministre de l'Intérieur, ministre des Forêts, Ministre-Président de la Prusse, ainsi que Président du Reichstag. C'est l'un des principaux grands dirigeants du Reich Allemand, et son importance est très grande au sein des institutions nazies.

211 Martin Bormann est le Russlandsführer du Reichsprotektorat von Russland, c'est-à-dire son dirigeant – malgré qu'il soit conseiller par le Vizerusslandsführer Konstantin Rodzaïesvsky. C'est aussi un personnage très important de la vie politique du Reich Allemand, et est le deuxième homme le plus puissant du Reich, après le Führer Goebbels.

Barbarossa-Germania pour voir sa belle dulcinée. Puis il se demanda si cette dernière allait assister au décollage. Peut-être ? Espérons.

Il ne savait pas, mais voulait absolument la voir, avant de partir sur la Lune, et y servir le Führer.

Il s'habilla rapidement, et en sortant de sa chambre, se sentit en pleine forme. Il avait envie de courir, sauter dehors, et se sentait pouvoir refaire l'épreuve de *Donnerstag*. Mais en arrivant dehors, sur le chemin vers la salle de restauration, il vit quatre femmes. Heinrich, Karl et Masshäus étaient à ses côtés. Gustav, en plissant les yeux, reconnu… Flora, sa femme !

Il courut vers elle, et les autres le suivirent pour embrasser à leur tour leurs femmes. Elles étaient les quatre dans la même tenue, traditionnellement droites en regardant leurs maris approcher en courant.

Ils s'embrassèrent, puis chacun fit la connaissance de l'autre. Après les retrouvailles, ils allèrent déjeuner dans la salle de restauration. Mais ces moments d'émotion ne durèrent que le temps du repas, car aussitôt après avoir fini de déjeuner, les quatre weltraunautes furent appelés par le Professeur Basch.

Ce dernier, le visage froid, et son éternelle blouse blanche sur lui, les fit entrer dans la salle des *Pflegebetten*, et encore une fois, ils se reposèrent merveilleusement.

En se réveillant, le professeur Basch leur annonça qu'ils allaient, avant d'arriver sur la Lune, faire une escale à bord de la Reich II Raumastation Sänger[212]. Après le repos, ils repartirent manger, pour enfin se reposer dans les *Pflegebetten*, et ceci dans un cycle d'une heure de repas et de trois heures de repos, jusqu'à la tombée de la

---

212 C'est la deuxième station spatiale nazie construite dans l'espace, et son rôle est de servir de base d'escale entre la Lune et la Terre. C'est presque une ville dans l'espace, car elle compte déjà deux mille habitants permanents. Elle doit son nom à son ingénieur, Herr Eugen Sänger. C'est la troisième station spatiale orbitale à être mise en service, après la Reich I Raumstation Von Braun (première allemande) et la Ford National American Space Station, américaine, lancée en 1956.

nuit. Quand cette dernière tomba, c'est-à-dire aux alentours 19 h 30, ils embrassèrent leurs femmes, puis s'équipèrent de la combinaison de Weltraunaute. Après avoir enfilé les vingt kilos de combinaisons, ils entrèrent dans un bus. Ce dernier traversa les routes qui menaient jusqu'à la piste de décollage de la fusée.

À son arrivée à proximité de l'immense fusée, des milliers de personnes se pressaient afin d'essayer de voir les quatre weltraunautes. Cependant, aucun des quatre finalistes à la course à la Lune n'ouvrit la bouche.

Gustav se sentait très angoissé, mais aussi avait réellement hâte de partir. Il avait vu sa femme, accompli sa mission d'aviateur, et désormais pouvait continuer à travailler pour sa patrie, mais sur un autre monde, celui de la Lune.

Il faisait nuit, un petit vent frais soufflait et accompagnait une splendide soirée.

La pleine Lune était très largement visible. Nous étions le 17 juin 1958, et pour la deuxième fois dans l'histoire du Reich, l'on allait se rendre sur la Lune.

Elle brillait dans le ciel, et semblait ne faire qu'attendre d'être encore une fois visitée. Les visages se multiplièrent, et tous avaient des casques de protection pour éviter de perdre l'audition au décollage. Gustav aperçut sa femme, au loin, le regardant et lui souriant. Enfin, arriva la dernière ligne droite. Le bus ralentit. Il prit son temps pour traverser cette dernière avenue avant le boulevard lunaire. Puis, il s'arrêta.

On devait descendre. Son casque à la main, Gustav sortit le premier du bus et fut acclamé par les foules.

Des foules. Des foules acclamaient la science nazie, les quatre courageux weltranautes qui partaient servir si loyalement et si patriotiquement leur pays. Le grand jour était arrivé. C'était là. Maintenant. Et dire qu'il y avait une semaine, personne ne connaissait les futurs weltraunautes.

L'immense fusée était en face d'eux. Ses réacteurs prêts à s'enclencher, pour partir dans l'immense *Weltraum*.

Des croix gammées étaient représentées à chaque nouvel étage.

Mais surtout, Herr Göring et Herr Russlandsführer Martin Bormann, en face d'eux, leur tendaient la main pour les saluer et les féliciter. Hermann Von Göring portait son uniforme militaire distinctif, mais aussi surtout son très remarquable sceptre, qui lui donnait son véritable air de charismatique grand dirigeant du Reich.

Ses yeux bleus étaient encore vifs, malgré la vieillesse grandissante de l'homme. Son visage carré et son air martial ne pouvaient que renforcer l'angoisse du moment, même si désormais Gustav *aimait* le régime nazi et son Führer.

Puis, à sa droite, se tenait le Russlandsführer et Reichsführer-SS Herr Martin Bormann. Ces cheveux restant plaqués, ses yeux profonds et cet air impressionnant faisaient de lui le bourreau exécuteur du Reich Allemand. Il avait été le plus proche conseiller du Führer, dirigeant ainsi presque les relations du Führer Hitler avec celles des autres très hauts fonctionnaires.

Dans les pays en Guerre Froide contre l'Allemagne, Martin Bormann était surnommé « le Bourreau de Russland », car sa spécialité était de faire éliminer méthodiquement tous les pauvres russes qu'il faisait trouver avec sa SS orientale.

Car Martin Bormann ne dirigeait pas la SS allemande, en tant que Reichsführer-SS, mais il dirigeait la SS-Russland, du Reichsprotektorat dont il était le Führer.

Il avait été nommé par Hitler à ces postes clés, faisant de lui le deuxième homme le plus puissant de la Grande Allemagne.

Les deux hommes se tenaient côte à côte, il régnait un silence morbide et terriblement froid. Gustav serra la main aux deux personnalités politiques qui lui dirent en chœur :

— Félicitations, Herr Horst. Vous avez toute la fierté et l'espérance du Reich.

Et ils dirent ces mots dans une amicalité surprenante à chacun des trois autres Weltraunautes.

Les meilleurs soldats protégeaient les deux plus hauts gradés, et leurs armes électriques redoutables pouvaient simplement à leurs apparences faire fuir le plus courageux des assassins.

Après avoir été félicités par Herr Bormann et Herr Von Göring, ils continuèrent leur marche.

Casque à la main, Gustav arriva le premier en face de l'ascenseur qui permettait de monter jusqu'à la navette. L'avantage de celle-ci était qu'elle pouvait pivoter en fonction de la position des réacteurs, ainsi donnant la chance d'être correctement assis au décollage. Les quatre weltraunautes montèrent à travers le ciel via l'ascenseur de verre, et contemplèrent une dernière fois l'horizon couvert de personnes les acclamant.

Ils étaient des milliers, tous en uniformes pour être beaux, et tous applaudissaient et criaient leurs espérances. Une fois au sommet, Gustav regarda une dernière fois la Terre, ses contours, les neiges du nord, la Lune sur laquelle il allait se rendre, ses humains l'habitant, et la multitude de vie y grouillant, puis entra.

Une fois assis sur le premier siège à gauche – il allait diriger la navette une fois dans l'espace avec Karl – il mit son casque. Karl s'installa à sa droite, Masshäus derrière ce dernier, et Heinrich juste derrière Gustav. Tous mirent leur casque une fois prêts, on leur répéta une seconde fois l'ensemble des consignes, puis le compte à rebours commença. Zehn… Neun… acht… sieben… sechs… fünf…

Le stress monta jusqu'au cerveau de Gustav, il avait peur, et tourna la tête pour voir à travers la vitre le monde silencieux à leur décollage.

Vier… drei… zwei… eins…

Il respira profondément, ferma les yeux.

Null.

Les réacteurs s'activèrent. La fusée décolla. Gustav vit la vitesse incommensurable de l'engin via les fenêtres. Une accélération immense et soudaine. Impressionnante.

Gustav s'évanouit, et les trois autres weltraunautes firent de même. Il rêva de l'Aigle, et se voyait désormais planer au-dessus de l'Aigle. Il voyait la Lune, nouvelle, habitée. Mais habitée par qui ? Par quoi ?

En arrivant sur cette dernière, après l'escale, Gustav vit des centaines et des centaines, plusieurs milliers de personnes, sans doute, ils ressemblaient tous à Herr Von Göring.

Gustav prit peur, tourna la tête, chercha, chercha quoi ? Il était seul, les autres avaient disparu, rester sur la station ? Il décida de tout de même se rendre sur la Lune. En atterrissant, la machine spatiale fit un bruit impressionnant. Ensuite, il descendit, et avant même de se rendre compte qu'il marchait sur la Lune, vit des visages difformes, des croix gammées partout où il y avait une sorte d'humain. Le premier s'avança, c'était une sorte de clone maléfique de Göring. Il s'avança, tendit sa main, que le weltraunaute serra ensuite. Puis le ministre du Reich broya de sa force sa main. Il voulait sortir. Mais ne pouvait pas ?

Fermant les yeux et essayant de freiner la douleur le plus possible, il se concentra et chercha un moyen d'en sortir. Il les rouvrit, mais cette fois il vit haut dans le ciel l'Aigle planer. L'Aigle volait toujours, et régnait toujours. Mais pas seulement sur la Terre, l'Aigle régnait aussi sur le monde lunaire. À la vue de la terrifiante ombre du volatile, il réussit à sortir de cet effrayant cauchemar.

Gustav se réveilla après une durée qu'il ne saurait déterminer. Effrayé par le rêve qu'il venait de faire, il regarda par la vitre, pour chercher où il était : la navette était déjà dans l'espace.

CHAPITRE SEPT

La température intérieure était relativement bonne. Les vitres laissaient apparaître la Terre, ronde, d'un bleu éclatant. La richesse de ses couleurs, de ses nuages atmosphériques, de ses contours qui la parcouraient était extrêmement ravissante. Magnifique, était la Terre, et Gustav s'avoua qu'il avait beaucoup de chance de servir le plus beau des pays qui existaient sur cette Terre.

Après quelques minutes de contemplations, il se retourna. Karl reprenait ses esprits. Masshäus et Heinrich étaient encore évanouis. Gustav sortit de son siège et flotta jusqu'à Masshäus pour le réveiller, ce dernier n'eut aucun mal à sortir de son sommeil involontaire. Puis, il alla vers Heinrich. Il le secoua, l'appela, mais aucune réponse. « Il n'est pas simple à réveiller celui-là ! » se disait Gustav.

Mais cela devint inquiétant quand, accompagné des deux autres weltraunautes, il ne réussit pas même à le faire bouger. Puis, les trois weltraunautes firent silence total. L'on entendait vaguement le bruit des moteurs, mais ce fut tout. Durant l'une de leurs heures de cours sur ces types de situation, ils avaient appris que, si dans la navette, ou autre, avec le silence total, l'on n'entendait pas la respiration d'un membre de l'équipage, alors il fallait utiliser le défibrillateur, en tapant le code d'accession sur le tableau de bord. Gustav rechercha, mais ne trouva pas. C'est Karl, l'ayant marqué sur son *Mein Kampf* transporté illégalement, qui le retrouva.

Le code était 11824. Aussitôt, Karl tapa ce nombre sur le tableau de bord, et apparut à gauche, sur le mur, le défibrillateur. Il était jaune, marqué d'une grosse croix gammée trop perceptible pour ne pas être remarquée.

Gustav secoua encore Heinrich, lui cria dessus, puis remarqua, en touchant une partie de son cou, qu'il n'avait plus de pouls. Alors, le défibrillateur effectua son travail, et tenta d'éveiller l'aryen, qui demeurait plongé dans un éternel sommeil mortuaire. Ils firent chacun plusieurs tentatives, mais Heinrich ne bougeait pas. Difficilement, ils arrivèrent à cette conclusion : Heinrich était mort.

Les trois weltraunautes restants firent une minute de silence en l'honneur de Heinrich, puis jetèrent son corps dans l'espace infini, comme l'indiquait le protocole à suivre. Cela étant, ils dirigèrent la navette spatiale vers la Reich II Raumstation Sänger. Après plusieurs heures de « route », ils abordèrent la grande et magnifique station spatiale. L'on pouvait aussi apercevoir, très loin, la Ford National American Space Station, la station spatiale américaine. La Reich II Raumstation semblait immense, et ressemblait à un long tube, possédant plusieurs modules de propulsion, mais surtout la croix gammée distinctive faisant comprendre que celle-là, était bien allemande. Une fois la navette spatiale fixée correctement à la station, ils entrèrent dans la Reich II Raumstation. Tout était blanc, et une ambiance angoissante de découverte régnait. Puis on vint les accueillirent. Un grand blond, aryen aux yeux bleus arriva et les salua :

— Heil Goebbels ! Je suis enchanté, chers Weltraunautes.

— Heil Goebbels ! firent les trois arrivant ensemble.

— Je me présente, je suis Herr Sigmund Strausberg, le Reichsstatthalter[213] de la Reich II Raumstation Sänger.

— Nous sommes Gustav Horst, Karl Exner, et Masshäus Hoffman, annonça Gustav en désignant du doigt ses collègues.

— Il ne manque pas un weltranaute ?

— Oui… effectivement, Heinrich Döderlein. Il est… mort, il n'a pas supporté le décollage. Nous avons rendu son cops à l'Espace.

213 L'équivalent de Gouverneur, Maire.

— Soit, paix sur lui. Je vais maintenant vous faire visiter une partie de la station. Je sais que vous devez impérativement partir dans deux jours.

— Nous le savons, nous ne sommes là que pour faire escale.

Ils commencèrent la visite, guidés par Herr Sigmund. Ce dernier leur présenta les nombreuses salles dans lesquelles étaient stockées la nourriture et l'eau. Puis ils visitèrent l'espace des chambres, puis la grande salle collective où la vie en apesanteur se faisait ressentir. Le millier de personnes qui cohabitait dans l'immense station spatiale se connaissait presque entièrement les uns les autres.

L'Utopie nazie régnait ici. Tout le monde possédait un taux de pureté élevé, et tout le monde s'entendait bien avec tout le monde. C'était l'exemple à suivre, et la Propagande disait :

« S'ils y arrivent dans l'espace, le Reich et ses fiers habitants le peuvent bien aussi ! »

Herr Sigmund faisait partie de ces ultra-nationalistes qui exécutaient quiconque s'opposait à la politique raciale du régime. En visitant la station spatiale, Gustav ne vit que des hommes et des femmes – oui, les femmes avaient seulement le droit de partir résider dans la Reich II Raumstation Sänger, seulement à condition de posséder un taux de pureté supérieur à 90 % – qui faisaient partie de la « race » que chérissait tant le Führer Hitler.

Mais l'ambiance utopique de l'endroit ressemblait plus à une contre-utopie, car ses habitants faisaient comme semblant d'être heureux et partout, dans les chambres, l'on entendait des pleurs incessants, qui témoignaient des résultats de cette « expérience spatiale ».

La salle principale possédait un grand bar – où était néanmoins servie uniquement de l'eau – ainsi qu'une sorte de mini-cinéma avec lequel on pouvait visionner des films de propagande tournés pour certains sur la Lune.

Y apparaissait le premier homme jamais allé sur la Lune, Herr Hannibal Röhm, neveu d'Ernst Röhm. Et il y était toujours, car il dirigeait le groupe des quatre personnes construisant la *Super Basis des Reiches auf dem Mond.* Les trois weltranautes allaient seulement aider ce groupe de quatre. Les deux jours passèrent, monotones, trop semblables pour être décrits, durant lesquels ils jouèrent au billard spatial, regardèrent les films de propagande, ou encore se reposèrent dans les *Pflegebetten* installés près des chambres. Puis, ils remontèrent dans la navette spatiale, dont le carburant était désormais rempli, puis ils partirent sur la Lune.

CHAPITRE HUIT

La navette s'approcha rapidement de la Lune. Cette dernière était semblable à un diamant dont la couleur brillait par les reflets solaires qui y apparaissaient. Gustav, Karl et Masshäus ne parlaient que très peu depuis la mort d'Heinrich.

Ils ne savaient que dire, et craignaient chacun de faire remémorer à l'autre les douloureuses épreuves qu'ils avaient vécues, ces tortures physiques et mentales.

Après trois jours de navigation dans les flots obscurs et infinis de l'espace, ils arrivèrent près de la surface de la Lune. La navette s'ajusta correctement, puis lentement, se posa sur le sol gris du satellite terrestre. L'on pouvait voir au lointain, à travers les collines et les cratères lunaires, l'immense base en construction. La démesure nazie arrivait à son apogée en ces lieux inhabités. Les trois weltraunautes mirent leur casque, sortirent le rover lunaire *Eroberung des Mondes II*, et enfin montèrent à son bord pour rejoindre la lointaine base. Ils avaient pris quelques provisions, et s'attaquèrent aux vingt heures de voyage à travers le désert froid et stérile de la Lune. Les froids rochers gris ne bougeaient aucunement, mais semblaient trembler quand le rover passait à proximité. L'espace lunaire était vide… terriblement… affreusement… vide.

Il n'y avait pas d'air, ni d'atmosphère – certes une très fine, mais elle n'était pas considérée comme telle – et ces choses ne faisaient qu'augmenter l'angoisse sordide de l'inactivité au sein de cette sorte de planète morte. Ils ne parlèrent pas plus durant le trajet jusqu'à la base.

Puis, en montant sur la dernière colline qui était à traverser pour y arriver, ils virent, ils virent l'immense base en forme de croix gammée en construction sur les flancs des formes des contours lunaires.

Le rover s'arrêta. Les trois weltraunautes contemplèrent avec effroi cette immense structure en cours de construction. Elle était presque achevée. Des éclairages parcouraient les hauts escaliers qui menaient à l'intérieur. Les hauts murs de roches lunaires semblaient et étaient sans doute infranchissables. De nombreux robots solitaires, à la croix gammée sur le dos, déambulaient, les roches amassées portées par une sorte de bras, et ajoutaient les briques à cette construction trop immense pour avoir un sens.

Aussitôt, des systèmes de surveillance les détectèrent, et un homme vêtu d'une combinaison noire sortit de la base. Armé d'un de ces fusils électriques que possédait la Garde Hitlérienne, il s'avança, et prit une longue-vue pour les observer. Les reconnaissant, il baissa son arme, et leur fit un grand signe de la main, puis d'un air solennel qui pouvait se découvrir derrière sa combinaison, leur adressa le salut nazi, en levant haut le bras et le tendant.

Gustav, Masshäus et Karl s'engagèrent dans les escaliers, pour enfin rencontrer le grand personnage à la combinaison noire.

Il possédait plusieurs croix gammées sur les manchettes, une sur le cou, et enfin une légèrement grande sur le torse de sa combinaison : on savait que c'était un Allemand.

L'homme leur fit signe de se rendre à l'intérieur de la base, et ils s'exécutèrent. Les hauts escaliers de roches grisâtres provenant de la Lune étaient très solides, et les bases de l'immense construction étaient bien réelles. Une fois à l'intérieur, dans une sorte de salle de décompression et de transition entre les deux mondes – lunaire et allemand – étaient érigés des portraits des Führer Hitler et Goebbels.

Un buste de marbre se dressait également au milieu de la salle, à l'effigie de l'Obergruppenführer Josias de Waldeck-Pyrmont. Une fois la salle apte à accueillir des conditions de vie terrienne, les portes menant à l'intérieur de la structure s'ouvrirent, et l'homme retira son casque.

Il possédait le visage grand, carré, un peu gras. Ses yeux bleus possédaient une grande pupille, et étaient relativement grands. L'homme possédait également des cheveux très noirs, ainsi qu'une calvitie commençante, puis une légère barbe apparemment entretenue quotidiennement. Gustav remarqua une griffure près de l'œil droit, puis d'autres sur le front, qui étaient toutes très courtes mais très profondes. L'homme prit son casque dans les mains, et se présenta :

— Heil Goebbels ! Je suis Hannibal Röhm, Reichsstatthalter de la *Super Basis des Reiches auf dem Mond*. Et vous chers messieurs ?

— Je me présente, je suis Karl Exner, commença Karl.

— Je suis Gustav Horst, enchanté Herr Röhm, continua Gustav.

— Je m'appelle Masshäus Hoffman, finit ce dernier, et nous sommes les trois weltraunautes venus ici pour vous aider.

— Enchantés. Je crois savoir que le quatrième weltraunaute, Heinrich Döderlein, est… décédé.

— Oui, acceptèrent en chœur les trois weltraunautes.

— Soit, il a la chance de ne pas être arrivé ici, sortit sans faire exprès Hannibal Röhm, qui se rendit compte ensuite de son erreur, et qui ajouta un rire sarcastique et nerveux.

— Pourquoi ? demanda Karl.

— Eh bien, je vais vous expliquer pourquoi, mais je vais commencer par vous faire visiter notre chef-d'œuvre.

Ils n'ajoutèrent rien, et suivirent le grand homme au centre de la grandiose salle centrale. Cette dernière était basée sur les plans du Grand Dôme. En effet, la salle centrale possédait une immense croix gammée en son centre, qui rappelait énormément celle du Grand Dôme.

Il y avait de grands gradins sur tous les côtés, et on avait réellement l'impression de se trouver au sein du splendide monument de Germania.

— Cette salle servira à accueillir tous les Allemands luniens une fois que nous serons assez nombreux pour utiliser cette salle. Nous y ferons des réunions afin de préparer les plans de la Terraformation de la Lune.

— N'est-ce pas trop ambitieux ? demanda Gustav.

— Rien ne l'est assez pour notre Führer et ses fiers patriotes allemands. Nous pouvons tout faire, et nous l'avons prouvé en construisant la *Super Basis des Reiches auf dem Mond*, de plus en la forme ultime du pouvoir nazi, la croix gammée. Voyez déjà les scientifiques s'y hasarder pour trouver les différents moyens de domination totale de la Lune, et les généraux s'offrant aux stratégies militaires afin d'envahir les dernières possessions américaines.

— Les Américains possèdent eux aussi une base sur la Lune ? demanda Masshäus, surpris.

— Oui, effectivement, en cours de construction. Mais votre rôle est de nous aider en ce sens : établir des relations avec les Américains. Ils possèdent une base sur la face cachée.

— Oui, nous le savions plus ou moins, mais une grande part de mystère était restée dans ces indications.

— C'est normal. Veuillez maintenant voir la première branche de la base.

Ils suivirent Hannibal Röhm, traversant les hauts murs froids de roches lunaires, montèrent des escaliers tout aussi froids d'expression dans leur beauté quasiment inexistante, pour enfin arriver en face du sanctuaire nazi.

C'était une haute statue d'Hitler, dont le regard portait sur la Terre, et tendait le bras vers cette dernière. Elle était toujours en construction, mais allait sans doute dépasser les trente mètres de hauteur. Des vitres de verre faisaient office de murs dans cette grande salle vide, dont la hauteur était presque démesurée pour ces types de statues. Après ceci, ils s'engagèrent dans la deuxième branche, qui servait au stockage des provisions alimentaires, ainsi que la construction des cuisines. La troisième branche était celle des chambres, toutes semblables à celles de la *Reich Raumstation II Sänger*, mais qui se démarquaient par leurs fenêtres offrant une vue magnifique sur la Terre.

Hannibal vérifia, et personne n'y était à l'intérieur. Les trois autres s'adonnaient sans doute aux jeux de cartes dans la dernière branche. Cette quatrième branche de la croix gammée était le lieu de détente de la base. Des billards, un bar où pouvait être servi – encore une fois – seulement de l'eau, des salles emplies de cartes du monde, la bibliothèque, des tables avec des jeux de cartes sous une lampe à huile peu productive d'énergie, étaient installés dans cette dernière branche.

La paranoïa de la solitude régnait au sein de la base, et la quatrième branche de la croix gammée servait en quelque sorte à amenuiser l'effet psychologique de pression trop important pour être subi sans détente. Il y avait là des catalogues avec des femmes nues à l'intérieur, des livres *de l'ancien temps*, qui héritaient de l'ère préfasciste du monde. Malgré l'ambiance s'efforçant d'être accueillante et chaleureuse, la froideur des couleurs, la hauteur des murs, et l'impression de vivre dans une prison sur une autre planète, faisait que finalement, être allé sur la Lune n'était pas forcément un immense plaisir. Ils arrivèrent au bar, où était installée dans la salle une seule et simple table, ronde, en bois, avec quatre chaises autour. Le jeu de cartes installé et déjà entamé, les trois autres *Mondmänner*[214] se levèrent et se présentèrent :

— Heil Goebbels ! saluèrent les trois hommes.

Ils étaient tous trois semblables, et même très ressemblant les uns aux autres. Après s'être présentés, ils continuèrent à jouer aux cartes, sous le regard attentif des nouveaux arrivants. L'avantage de la Base était qu'elle était en hauteur, et dominait tout une région. Ses canons automatiques installés dès le début de sa construction pouvaient défendre la *Super Basis des Reiches auf dem Mond* de toutes les attaques extérieures.

Il n'en y avait jamais eu, certes, mais les Américains savaient désormais qu'il ne fallait pas s'approcher de la base allemande.

---

214 Les quatre premiers allemands à vivre à presque temps plein sur la Lune sont désormais surnommés par la population allemande et des autres pays les Mondmänner.

L'un de leur robot était chargé de s'approcher de la *Super Basis des Reiches auf dem Mond*, et de tenter de récupérer des informations sur les activités et ambitions spatiales du Reich.

Directement repéré par le système de surveillance nazi, le robot fut anéanti, et s'en suivit une mini-crise diplomatique entre les deux géants, mais qui se conclut par la délimitation des zones d'influences sur la Lune. Les Américains possédaient l'ensemble de la face cachée, et les Allemands la face découverte. Si l'on voulait s'approcher pour dialoguer avec l'ennemi, il fallait avoir l'autorisation des deux parties.

La mission des trois nouveaux weltraunautes était de commercer et coopérer avec les Américains, afin de détruire leur base ensuite. Cela allait déclencher une guerre, sans doute, puis sans doute, une troisième guerre mondiale, mais comme le pensait dorénavant Gustav : « Si telle était la volonté du Führer… »

La face cachée de la Lune n'était pas très bien connue du Reich, et les USGA y avaient choisi le terrain pour la discrétion de leurs opérations. La mission était déjà parfaitement connue de Gustav, Karl et Masshäus, il ne leur restait plus qu'à l'exécuter. C'était une mission très risquée, mais dans le pire des cas, ils allaient mourir en héros pour le Reich.

Après avoir rassemblé toutes les informations entre eux, et avec l'aide de Hannibal Röhm, ils se couchèrent.

La nuit n'existait pas sur la Lune, et le repos n'était composé que de siestes plus ou moins longues. La vie de la *Super Basis des Reiches auf dem Mond* continuait tranquillement.

Le Reichsstatthalter de la base ne dormait presque plus, et dès que son temps était à peu près libre, il jouait – soit seul, soit avec ses trois camarades – aux cartes dans le bar de la quatrième branche. Mais quand il travaillait – l'immense partie de son temps – c'était un véritable bourreau de travail silencieux, car il demeurait dans la salle de contrôle général des jours et des jours, pour achever l'entièreté de la base.

Ses robots s'exécutaient méthodiquement, et avançaient les blocs de pierre, les découpaient pour en faire de magnifiques formes harmonieuses, et pour enfin les assembler. Hannibal Röhm disait toujours « ce sera bientôt terminé », comme pour s'encourager lui-même à terminer l'immense structure, mais il le savait bien, et en prenait le risque, il savait qu'un jour ou l'autre la *Super Basis des Reiches auf dem Mond* serait vouée à disparaître sous les feux des tirs ennemis.

Après avoir dormi un bon coup, une bonne fois, Gustav se réveilla. Il entra dans le bar, là où déjeunait en général tout le monde, et y croisa Karl et Masshäus, déjà levés qui l'attendaient.

Les quatre autres *Mondmänner* étaient dans la salle de contrôle général pour finaliser la défense de la base. Les trois weltraunautes les rejoignirent. Ils construisaient via les robots le dernier canon, le plus puissant de tous, qui pointera en direction du plus petit intrus, de la plus petite roche qui semblerait douteuse.

Après la finition de ce dernier, ils pouvaient enfin se préparer à se rendre sur la face cachée de la Lune. Ils avaient eu l'accord la veille, du Gouvernement américain, et du Gouvernement allemand. La rencontre allait pouvoir avoir lieu.

Un grand moment historique. Des caméras avaient été emmenées pour prévoir ce type d'évènement. Mais personne – ou tout du moins, personne de la population moyenne – ne se doutait des enjeux et objectifs allemands derrière. La Wehrmacht était en état d'alerte, mais cela depuis déjà longtemps. Les trois weltraunautes allaient installer un dispositif explosif très conséquent aux alentours de la base américaine. Ce dernier était déjà entièrement préparé, il fallait juste le poser, et enclencher la minuterie. Ce moment de paix et de réconciliation allait devenir un moment de guerre, de solitude, de désespoir et de trahison horrible.

Gustav ne pouvait penser à cela, et son côté humaniste revenait sans cesse. Mais il était chassé par les drogues du docteur Fischer, comme sans doute aussi ses deux autres amis-weltraunautes.

Comme pour Heinrich, ils ne parlaient pas de cela, par crainte de faire peur à l'autre en parlant des choses inhumaines, malsaines et fourbes qu'ils allaient faire. Mais telle était la volonté du Führer, et elle devait être exécutée pour toujours, et à tout moment, pour n'importe quel caprice.

Ils mirent leurs combinaisons et se préparèrent à sortir dehors.

La Terre était d'un bleu éclatant. Gustav considéra la surface qu'il n'allait peut-être plus pouvoir fouler, puis conduisit le rover.

La rencontre avait lieu dans le Cratère Russel, à la frontière entre les deux zones d'influences germaniques et américaines. Quand ils arrivèrent à proximité du cratère d'impact, ils purent apercevoir les rovers américains déjà opérationnels.

C'étaient eux qui avaient apporté les caméras pour filmer ce moment historique. Les weltraunautes s'avancèrent, tandis que les astronautes se préparèrent à les accueillir. Les heures de voyage entre les deux points avaient épuisé Gustav, qui se reposa durant les deux dernières heures avant leur arrivée au cratère Russel.

L'Océan des Tempêtes – là où se trouvait ce cratère – était tout bonnement immense, magnifique, regroupant des quantités astronomiques de cratères d'impact. Les Américains possédaient une combinaison bleuâtre, mélangeant le bleu marine et le blanc, ainsi que leur drapeau sur le bras droit, semblable dans l'idée à la combinaison nazie.

Ils étaient également trois. On ne pouvait voir leur visage derrière les casques. Après la rencontre au cratère Russel, ils étaient invités dans la base américaine pour discuter d'amélioration des relations entre les deux pays, ainsi que d'une détente dans cette Guerre Froide. Gustav avait hâte, mais se rendait compte qu'il allait avoir avec Karl et Masshäus à participer à une crise, en la mettant en place, et en donnant son honneur pour servir les intérêts personnels du Führer. Mais telle était sa volonté.

Il accepta cette vérité, et désormais, quoi qu'il fît, s'attendait et se préparait à mourir. À travers leur casque, et des dispositifs pouvant transmettre leurs paroles, ils échangèrent avec les astronautes américains, dans une ambiance froide, trop froide pour se vouloir un peu chaleureuse.

Leur dédain et leur ultra-patriotisme étaient récompensés par la méprisante façon de s'exprimer des trois weltraunautes allemands, dans un échange « équitable », comme le pensait Gustav.

Puis les caméras commencèrent à filmer. Le monde entier regardait ce moment historique. Il fallait être parfait. Gustav serra la main du capitaine américain, et ses collègues serrèrent les mains des deux autres astronautes. L'instant solennel n'était pas terminé, car il était demandé de sortir une réplique marquante pour l'Humanité tout entière, et ce fut le capitaine John Glenn qui la prononça :

« Si même la Lune est le spectacle de notre réconciliation en tant qu'Humanité pure et unie, alors cela s'applique également à l'ensemble de nos populations. »

Gustav pensait que cela était un peu trop long, mais bien trouvé, bien trouvé, avoua-t-il…

Il se donnait mal à la tête en pensant à l'immense trahison à laquelle ils allaient participer.

Après la rencontre épique entre les deux nations sur la Lune, les weltraunautes suivirent les astronautes jusqu'à leur base. La Base Eagle II se trouvait dans le cratère Daedalus, et s'étendait très rapidement à ses différents cratères satellites. Elle n'avait aucune forme particulière, contrairement à la *Super Basis*, mais semblait encore plus grande. Elle était la fusion entre la toute première base américaine, Base Eagle I, et la seconde, Base Eagle II. Une fois à l'intérieur, dans la salle étape, ils commencèrent les discussions. Malgré l'importance de l'évènement, elles semblaient banales, habituelles, et ne faisaient que répéter des choses connues de tous. Des promesses.

Ils prirent un verre d'eau au bar de la base, et rencontrèrent les autres astronautes américains. Ils restèrent à discuter des enjeux géopolitiques durant des heures. Masshäus fatigua, et alla se reposer sur le canapé le plus proche. Les autres astronautes fatiguèrent également, et suivirent l'exemple de Masshäus.

Il ne restait que Gustav, Karl et John Glenn autour de la table de fer qui servait de lieu de débats.

Les yeux bleus et la vraisemblable pureté raciale de l'astronaute ne faisaient qu'augmenter le mépris qu'éprouvait Gustav pour ce dernier. Il parlait hautainement, mais tout à coup, il se posa la question : et lui ? Parlait-il comme cela ? Que pensait le capitaine américain de lui ?

Et soudain, il se reprit et tenta de devenir le plus exemplaire possible. John Glenn l'imita. L'échange devint plus détendu, et plus fluide. Il se faisait parfois en allemand, parfois en américain, ou parfois même les deux, l'Américain répondant en américain, et l'Allemand en allemand. Karl demeurait la plupart du temps assez silencieux. La sueur coulait sur son front.

Gustav savait pourquoi. Car c'était lui qui allait installer la terrible bombe. Karl prétexta une envie d'aller aux toilettes, pour ensuite dissimuler la bombe dans un conduit d'aération des toilettes. Durant l'absence de Karl, Gustav parla énormément avec John Glenn. Mais de choses personnelles. Le capitaine américain semblait avoir vécu les mêmes choses, et possédait la même vision de ces choses. Ce dernier, pour renforcer la convivialité entre les deux spationautes, sortit du bar la seule bouteille d'alcool qu'il possédait.

« Les Américains sont des fous » pensait Gustav en voyant John Glenn sortir la bouteille.

Le sourire gracieux de l'homme lui fit changer d'avis. Il ne prit néanmoins qu'un seul verre. Pourquoi ?

Il versa le liquide jaune – vraisemblablement du whisky – dans le petit verre.

— Pourquoi ne prenez-vous pas un verre également ? demanda Gustav d'une voix très interrogatrice.

— La prohibition est toujours d'actualité aux États-Unis. De plus, la base est surveillée, notre Gouvernement sait à tout moment quand nous prenons de l'alcool, et c'est puni de la peine de mort. Mais je vous en prie, vous, prenez-en.

— Soit.

Gustav prit le verre d'alcool, et en inhala le whisky, sous le regard triomphal de John Glenn. Puis soudainement, il se mit à adorer son serveur d'alcool. Il n'en voulait pas plus, mais voulait parler, profiter de l'Américain, dans une condition trop spéciale pour être décrite.

Il vit Masshäus allongé sur le canapé, et avait envie de… de… de le tuer, l'embrocher. Quand il vit Karl revenir, il avait envie de faire de même. Était-il drogué ? Pourquoi n'appréciait-il plus soudainement ses compatriotes allemands ? Se faisait-il encore manipuler ? Pourquoi ? Et dans quel but ?

Sans aucune raison, il voulait aider les Américains, ses ennemis. Mais il semblerait que la drogue du docteur Fischer faisait encore effet, et il ne pouvait pas se forcer à sauver les Américains de la catastrophe. En réalité, et il le savait, il était tiraillé entre deux pôles contraires. Qu'avait mis John Glenn dans le verre d'alcool ? Il ne savait pas, et ne pouvait pas savoir, car c'était l'une des rares fois où il en avait bu. Que faire ? Mais que faire ? Ses pensées s'égaraient, pendant que le capitaine américain parlait, et parlait, et parlait encore, mais Gustav ne savait pas de quoi. Ses pensées s'égarèrent, pourtant il tentait de trouver une solution. Que faire ?

Il trouva enfin. Karl s'était couché. Alors la bombe allait exploser dans longtemps. Les Américains ne se doutaient malheureusement de rien, les pauvres !

Ils allaient mourir dans l'incrédulité la plus totale de la cause de leur disparition… à tous. Gustav regarda attentivement Karl, et il savait. Il savait que ce dernier ne dormait pas, mais faisait semblant. Sa légère barbe l'indiquait par une manière inconnue, mais il ne dormait pas. Revenir aux priorités.

Oui, revenir aux priorités, c'était le plus important. Donc ! Que faire ? Oui, enfin, la solution ! Il fallait avant tout servir son pays, et ça, pour l'instant, Gustav le savait et pouvait diriger ce libre-arbitre de penser.

Donc, il fallait laisser périr les Américains, à tout prix, les laisser mourir dans la haine et le mépris qu'il se devait de penser. Mais pourquoi ? Les pauvres !

Gustav voulait à la fois les laisser mourir, et à la fois les sauver. « Attendons. »

Il reprit sa conversation hasardeuse avec John Glenn, mais sa schizophrénie l'empêchait de répondre très clairement. Deux personnes vivaient en lui-même. La première, trop patriotique et fière pour se laisser abattre, vantait les mérites du Führer et du Reich. La seconde, nouvelle mais terriblement puissante, vantait quant à elle les mérites des USGA, leur politique, leur démocratie fasciste, leur système.

Après dix minutes, une troisième personne apparut, ou plutôt réapparut en lui. Sa toute première vision des choses, l'antifasciste. Trois caractères cohabitaient difficilement dans un cerveau ne faisant que se dégrader, se mourir, sans que cela puisse s'inverser. Que faire ? Que faire ?

Karl se réveilla. Il se réveilla difficilement, enfin fit comme si. Il se leva, marcha lentement vers Gustav, pour lui annoncer qu'il fallait bientôt partir. Et même maintenant. Ils avaient tous bien discuté, mais il fallait rentrer. Un problème de communication, à résoudre immédiatement. John Glenn goba tout très facilement, et l'on réveilla tout le monde. Le capitaine américain eut même la gentillesse de prêter la navette américaine pour que les Allemands puissent se rendre plus vite à leur base. Il croyait réellement pouvoir se servir de Gustav, mais il ne se doutait pas que ce dernier ne devenait pas qu'un fervent partisan américain, mais un dément schizophrène tiraillé par trois personnalités différentes.

Il était l'objet de la convoitise de deux parties, et tentait difficilement avec son ancienne personnalité, son ancienne conscience, de vaincre ces deux intrus, en vain.

Ils remirent leur combinaison et ils s'engagèrent dans la petite navette spatiale américaine. John Glenn tentait un coup de poker, mais qui sans le savoir, était déjà voué à disparition. Il essayait d'améliorer le plus possible les relations entre les USGA et le Reich, et semblait presque rêver d'une alliance entre les deux superpuissances. Mort, désespoir, trahison, malheur, n'allaient qu'arriver.

Gustav serra une dernière fois la main de John Glenn, et celui-ci lui rendit un dernier regard d'une amicalité surprenante. Masshäus et Karl firent de même, et le capitaine Glenn les imita.

Ils décollèrent de la Base Eagle, et sortirent du cratère. Gustav regrettait, regrettait infiniment de ne pas avoir pu aider ce pauvre capitaine. Sa personnalité américaniste reprenait petit à petit le dessus, tandis que l'antifasciste perdait du terrain dans cette bataille démentielle au cœur de Gustav.

Il regarda au loin, tandis que Karl annonçait à voix haute le décompte fatal, qui allait changer la face du monde.

— Plus que dix secondes, et la Base Eagle ne sera plus, annonça-t-il.

— Oui, profitez de ce dernier moment de paix, car après, ce sera la guerre et la désolation, enchaîna mélancoliquement Masshäus.

— Oui… que je regrette… je les tuerai tous, pensa à voix basse Gustav.

CHAPITRE NEUF

2 juillet 1958, la Base américaine sur la Lune, Eagle II, explosait. Ou plutôt non, non, ce n'était pas la Base Eagle II, la nouvelle, mais plutôt la première, la Base Eagle I, qui explosait. Oui, grosse erreur, trop grossière erreur, qui allait leur valoir la réputation de terroristes.

Ces mots faisaient la une des journaux américains :

« LES WELTRAUNAUTES ALLEMANDS FONT EXPLOSER LA BASE EAGLE I »

Ou encore :

« LES ALLEMANDS, OU LE TERRORISME LUNAIRE »

Quelques heures plus tard, la Reich II Raumstation Sänger disparaissait dans le néant de l'espace infini. Impossible ! Trop d'évènements en trop peu de temps ! Trop de morts ! Eh bien, ce n'était pas comprendre l'immense coup de poker qu'avaient prévu les deux dirigeants. Aussitôt les deux bases explosées, détruites, à jamais, le Président MacArthur et le Führer Goebbels organisèrent une conférence.

Le 5 juillet, seulement trois jours après ces catastrophes, la Conférence de Von Braun avait lieu. Les deux dirigeants arrivèrent très rapidement – trop rapidement – à un accord incompréhensible, improbable : Le Reich et les États-Unis de Grande Amérique conclurent un pacte de non-agression. Cela était presque comme une alliance.

Aucun des pays du monde entier ne comprenait. Personne ne comprenait.

Deux pays qui pouvaient théoriquement entrer en guerre l'un et l'autre, conclurent à la place un pacte de non-agression.

Incompréhension. L'Utopie aryenne dans l'espace était terminée, tandis que la Base Eagle I, vraisemblablement trop vieille pour être rénovée, avait été également détruite. Mais alors ses astronautes? Aucune liste de morts après cette catastrophe n'avait été faite. John Glenn était bien vivant. Mais comment? Pourquoi?

Quand toutes les informations arrivèrent dans la Super Basis, tous restèrent béats. Que faire? Que comprendre par ces actes? Puis soudainement, après la Conférence de Von Braun, les communications avec la Terre cessèrent. Plus aucune nouvelle.

Rapidement, les sept *Mondmänner* finirent les stocks de nourriture, croyant que de nouveaux allaient arriver. Mais non.

À partir du jour où tous se rendirent compte qu'ils étaient abandonnés, ils devinrent des morts-vivants, attendant la mort avec envie, dans cette Lune, dans cette base ayant la forme de la croix gammée, et toujours, cherchant à comprendre pourquoi était-ce leur destin.

Gustav était déçu. Infiniment déçu. Que faire?

Il se posait trop la question. Bien, maintenant, ils attendaient tous la mort, et Gustav le premier. Ses batailles schizophrènes s'arrêtèrent, et son ancienne personnalité, l'antifasciste, reprit le dessus.

Il ne le clamait pas, mais il détestait au plus profond de lui, et encore plus qu'auparavant, ce monde trop eugéniste pour le laisser vivre. Les jours passèrent, Gustav avait de plus en plus faim. Les *Mondmänner* passaient leurs journées en jouant aux cartes, tout le temps, abondamment. Il n'y avait que Karl qui n'y jouait pas tout le temps, ce dernier n'y jouait que le soir. Le reste de la journée il lisait le Führer qu'il adorait tant, marchait, s'arrêtait, cherchait à comprendre, puis relisait, marchait, s'arrêtait, et recommençait ce cycle infernal en tentant de ne pas penser à la nourriture.

Ils devinrent tous minces, trop minces, maigres, puis beaucoup trop maigres.

Au bout de deux mois sans aucune nourriture, le premier weltraunaute tomba. C'était le plus vieux, le doyen de la base, le second d'Hannibal Röhm. Puis ce fut quelques jours après, ses deux autres collègues. Le neveu d'Ernst Röhm tenait bon, même trop. Ils jetèrent les corps dans la salle étape entre la lune et la base, puis continuèrent à jouer aux cartes.

Karl avait cessé de lire son livre, et l'avait brûlé dans une euphorie alcoolique. Car oui, il ne restait qu'à boire que de l'alcool. En octobre 1958, ils n'étaient plus que quatre. Toujours sans nouvelles du Reich. L'Allemagne était peut-être en ce moment en guerre ? Qui savait ? Les Américains n'avaient pas non plus témoigné le moindre signe de vie.

L'univers était désert, ils étaient comme les derniers de ce monde horrible, cet enfer terrien. Et plus personne ne se le cachait, il fallait mourir. Quelques jours plus tard, après une millième partie de jeux de cartes, Karl dit :

— Je vais chercher à manger.

Personne ne le reverra. En allant aux toilettes, Gustav vit le corps poignardé de Karl. Il était allongé, sa barbe, désormais trop longue pour en connaître sa taille, coulait de sang.

Ses yeux vides regardaient la Terre. Il lui sortit le poignard du cœur, alla pisser, puis revint jouer aux cartes en annonçant :

— Karl est mort. J'ai pris ça, au cas où.

— Ah, répondirent en chœur Hannibal et Masshäus.

Ils continuèrent à jouer aux cartes.

Le lendemain, Hannibal alla aux toilettes, le poignard dans les mains, en annonçant :

— Je vais pisser.

Masshäus alla à son tour aux toilettes, et ramena le couteau en annonçant de manière monotone et dépressive :

— Hannibal est mort, aussi.

— Ah, répondit Gustav.

Puis ils continuèrent à jouer aux cartes, à dormir, boire, jouer aux cartes, boire, dormir, boire, cartes, dormir, et cela pendant une semaine. Puis soudain, un matin, Masshäus ne se réveilla pas. Au bout d'une semaine, Gustav se dit :

— Il a besoin de repos.

Puis, la semaine qui suivit, Gustav comprit que Masshäus était mort. Il ne restait plus que lui.

Seul. Terriblement seul. Infernalement seul. Solitaire sur cette Lune abandonnée de tous. Il décida lui aussi d'en finir.

Il alla dans la salle étape, regarda mélancoliquement les corps, et ouvrit la porte qui menait au-dehors.

La Terre était magnifique. Plus que bleue. Incroyablement extraordinaire. L'air lui manquait. Il la regardait, puis soudainement tomba.

Il faisait froid, aussi. Pas grave. Ses yeux se fermèrent tranquillement sur cette Terre d'apparence magnifique, pour ne plus jamais se rouvrir.

L'Aigle l'avait utilisé, puis abandonné, car il ne lui était plus utile. Il rôdait toujours autour de planètes trop vivantes pour mériter l'Enfer, qu'il dirigeait seul, en Satan.

Imprimé en France
ISBN 979-10-284-2577-7
Dépôt légal : 2e trimestre 2023